地产界教科书式小说.

2019.6.20

# 3号地产商

俞越◎著

时代出版传媒股份有限公司
安徽文艺出版社

图书在版编目（CIP）数据

3号地产商/俞越著.—合肥：安徽文艺出版社,2019.9
ISBN 978-7-5396-6729-4

Ⅰ.①3… Ⅱ.①俞… Ⅲ.①长篇小说－中国－当代
Ⅳ.①I247.5

中国版本图书馆CIP数据核字(2019)第147726号

出 版 人：段晓静　　出版策划：禹成豪
责任编辑：汪爱武　　装帧设计：沈加坤

出版发行：时代出版传媒股份有限公司　www.press-mart.com
安徽文艺出版社　www.awpub.com
地　　址：合肥市翡翠路1118号　　邮政编码：230071
营 销 部：(0551)63533889
印　　制：天津旭非印刷有限公司

开本：710×1010　1/16　印张：28　字数：500千字
版次：2019年9月第1版　2019年9月第1次印刷
定价：68.00元

# 目 录

## 第一章 一场华丽的地产序幕



## 第二章 四足鼎立，巧设雷局

## 第三章　群雄逐鹿，英雄不问出处



## 第四章　无疆界市场，不适者也要生存

## 第五章　攻城略地，百城风云进化论



## 第六章　轻战略，赶集IPO

## 第七章　非理性繁荣，竞合时代的危机感

## 第十章 波澜起伏，天下之后是天涯

## 第十一章 大潮退去



## 第十二章 盗梦地产慈善盛宴

第一章

# 一场华丽的地产序幕

# 【1】地产界的私房会

上海的虹桥路自20世纪筑路以来，一直都是受人青睐的。

20世纪三四十年代，上海掀起了一股建造小别墅的热潮。郊区的虹桥路一带绿树成荫、空气清新，自然就成了国内外商贾、官员的首选之地，各式的别墅也成了虹桥路上一道亮丽的风景线。房前老树耸立，绿草成茵。云华地丽荡漾着娇媚的表情，轻盈的身姿舞动出无限的绚丽，幽雅的形状勾勒出历史天空的隽永，这就是具有百余年历史的上海虹桥路。

由现在的中山路起，沿着虹桥路往西走，这道风景就将向你逐渐展开了，同时也开启了上海房地产市场近十年的风华变迁。

1997年，上海最有特色的是一座美国草原风格的别墅，隐藏着肃穆的表情，褐色的仿草屋顶，木结构的柱、廊、台阶，呈现出浓浓的西部草原风情，布满异域风情的绿色长廊，镌刻着沉默与岁月的力量，只有饱经风霜的人，才能读懂它的内涵。

9月的某天，夜风袭来，带来了深秋的感觉，夜上海的灯光分外妖娆，青灰石纹屋瓦在彩色的灯光下放射出妩媚的肤色，威卢克斯天窗上面，极具赖特风格的玻璃彩绘，宛如女子的霓裳一样轻透……

就在这座极具优雅美感的别墅里面，方伟、金世羽、张豪、胡鸣四人成立了沪上首个房地产代理公司——上海皇基投资咨询有限公司。

伴随着舞曲的旋律，胡鸣开了瓶香槟。方伟望着金世羽和张豪，笑着说，希望十年后的今天，我们还能在这里相聚。我开的不仅仅是香槟，还是情谊和财富。

这仿佛是一场可遇不可求的梦！

张豪看着金世羽说，金钱确实很重要，但是希望我们之间的情谊能更长久。金世羽的脸上露出一丝不易察觉的微笑，您比我大，您就是我们的大哥，我们听您的吩咐就是了。

胡鸣看着眼前三位比他大近半轮的大哥，心里暗暗想，有一天我也要开一家这样的代理公司，创立属于自己的事业。

1997年，东南亚金融危机，香港回归。那一年，张豪33岁，金世羽32岁，方伟29岁，而年仅23岁的胡鸣，还是个初出茅庐的小孩。

方伟望着窗外的夜景，问金世羽，我们这座别墅叫啥名字？张豪说，目前还没有名字，不过这座别墅是有历史渊源的，传说是借鉴了一百年前的F.L.赖特的杰作，他的招牌式“草原风格”及“有机建筑”理念独步天下，至今仍为世界各地的建筑师们顶礼膜拜。

方伟若有所思地想了想，既然没有名字，我来给起一个吧。你们看这个风格、环境，还有这种意境，就叫九观云庭怎么样？胡鸣拍手说，妙，今天的节目就叫“观庭夜宴”。方伟瞪了他一眼。

张豪和金世羽都点头说好，这个时候顾悦拉着张晴和张纯进来。张豪看到妹妹也来了，就问，怎么回事？你这么晚了还跑出来干吗？

张纯跑到哥哥面前撒娇说，你能出来，我为啥不能出来？等下你要送我回家的。张豪无奈地看着妹妹，对着金世羽和方伟说，都是我宠坏的，以后肯定嫁不出去的。

张纯转脸白了一眼哥哥，问顾悦，悦姐，等下你带我去玩好不？顾悦说好，等下想去哪里玩就去哪里玩，反正你哥哥请客。张豪打岔道，哪个讲我请客的？

方伟和金世羽望着眼前三个大姑娘问张豪，她们三个哪个最大呢？张豪说，这你还看不出来呀，顾悦最大啦，她现在是天域公关的老总呀；我妹最小啦，刚大学毕业；张晴好像刚出校门，听说在顾悦的公关公司当媒介经理。

胡鸣转头好奇地问，天域公关主要是从事什么行业的？张豪说，主要是高端奢侈品及房地产等高端产业的公关活动，听说来头很大。

方伟对着金世羽半开玩笑说，金老板觉得哪个最合适？金世羽望着张豪说，当然是老张家的最靓啦。和她名字一样，纯得很。方伟笑着说，你就喜欢嫩的。金世羽回了一句，难道你喜欢老的呀?

顾悦呢？方伟问道。比你小一岁，张豪说，我看和你挺合适的。方伟说，别乱说哦。把你妹子介绍给我吧。张豪转头对着金世羽说，你觉得伟弟跟我妹合适不?

许久没有说话的胡鸣说，我觉得和我挺合适的。方伟拍着胡鸣的肩膀说，小孩子，一边凉快去。

胡鸣比张纯大三岁。他从侧面看着张纯，发现她确实是个挺有魅力的女孩子，单纯的外表容易让人亲近，谁都想要保护她。清澈的大眼睛仿佛藏不住任何秘密，你能从她的眼睛里面看到自己的内心世界。张纯有163厘米的样子，比较娇小，纯情而且略带青涩。相比之下，顾悦给人的感觉是属于那种热辣的，张晴的身材比较性感。方伟看着叹了口气，如果三者合一，就更加完美了。

张豪看着方伟说，你想得美，不许打我妹妹的主意哦！来来来，咱们言归正传，讨论一下皇基公司的发展问题。张豪招呼顾悦和张晴过来。方伟问顾悦，你不是认识万润地产的王岩吗？引荐一下吧。顾悦说，方总开口，哪能说不行呢，不行也得行呀，我约好时间告诉你。

金世羽说，听说万润地产在上海又要开始拿地了，主要以住宅为主，据说近期会在闵行及古北地区储备土地。如果我们能接到万润地产的代理项目，皇基公司就能走上正常的运营轨道。方伟说，这个没有问题，我相信顾悦肯定能有准确的信息给我们。

闵行那块“FD20地块”有多大？胡鸣问道。张豪说，总用地面积有60多万平方米，分5期开发，总建筑面积约55万平方米，绿化率35%，建筑形态以多层、小高层为主，可容纳1.6万人，是目前上海市四大居住示范区之一哦。

金世羽说，如果拿下这个项目的话，那够吃很多年了呀。顾悦问道，如果接下来，能把公关的活动都包给我不？方伟看着顾悦打趣地说，那你的伟哥还能亏待你呀。

方伟问顾悦，王岩有啥喜好，或者有啥特殊爱好啊？张晴说，王岩近期都在深圳，上海的公司由赵健负责，不过听说王岩喜好体育运动哦。

顾悦补充道，赵健和王岩是最佳拍档，赵健也是体育爱好者。他们俩一个喜好足球，一个热爱登山。

胡鸣说，我听我朋友说，这块地的代理可能采用“约标”的方式，其中有一家新进入上海的台湾代理行，还有一家是广州的代理机构以及国际五大行代理机构参与竞争。如果通过内定的方式，顾悦这里的公关非常重要。

方伟看着胡鸣，发现这个小伙子还是有点儿头脑的，问道，你从哪里知道这个消息的？胡鸣说，我一个朋友在这家台资代理行，他和万润地产的赵健很熟悉。

方伟担心地说，那是不是万润地产的这个项日会内定他所在的代理公司呢？胡鸣说，可能性是比较大的，但是听说，赵健不是很喜欢台式的代理公司，他们的那套做法赵健个人不是很认可。

张豪说，赵健这个人也不见得喜欢港式代理吧？广州那家代理公司有港资背景的。胡鸣说，这家公司目前上海还没有办公地点呢，估计进上海难度比较大。

金世羽打断了胡鸣的话，现在市场早已经不是启蒙阶段了，你没看到这几年上海的样子变了多少，一年一个样，三年就大变样了。我估计用不了三年，上海市场将冒出一大批代理机构，到时候竞争是很残酷的。

方伟说，金总有点儿危言耸听了吧，自从1988年8月第一次住房制度改革，以虹桥路第一个土地批租为起点，上海商品房市场已经走过了二十年的发展历程。现状还不是这样？我认为不可能涨得如此快，也不可能像你说的发展如此迅速。而且现在还遇上东南亚金融危机，市场没有那么快复苏的。

金世羽拍着顾悦的肩膀对方伟说，那咱们赌一下，看看三年后的形势吧。如果三年后房价上涨快，这里都是见证人哦。到时候告诉你咱们赌的是什么。

到时候再讲吧，还是先把目前这个项目拿到再说。方伟说，顾悦，这个项目我们一定要不惜一切代价拿下来。张晴说，张总放心好了，我们一定竭尽全力。

方伟看张纯待在一边很是无聊，就说，走吧，三位大小姐，带你们去衡山路玩。张豪说，你不要带我妹妹去那种地方。方伟说，那个地方又不是什么下流场所，就聊聊天，喝喝酒而已，等下保证完好无损地送她回来。

那你们去吧，我和金世羽再聊聊公司的其他事情，记得要早点儿送我妹妹回来。金世羽半开玩笑地说，你直接领回家得了吧。

## 【2】夜幕下的悠然庭院

胡鸣吵着也要去，于是一行五人出了虹桥路上的九观云庭，打车前往衡山路。如果说外滩是上海梦开始的地方的话，那么衡山路就是喧闹的上海一个体己的悠然庭院。开上海酒吧风气之先的衡山路，在上海的夜生活的位置一时还难以被别处取代。

衡山路，是属于徐家汇商圈百米以内的一条很洋气的、栽满梧桐的路，正好是晚上8点左右，灯光与霓虹交错，车流与人流并行。白天骄阳下烤得疲软无力的梧桐，也仿佛被这夜的激情和喧嚣带动，在五彩光辉的映衬下重新焕发了生机。

这夜，人在光里，如在画中。

这夜生活，是一场场永不褪色、永不疲惫的青春恋歌……

张纯清澈的眼神与夜光如眉交互，她转身问方伟，我们这是去哪里呢？方伟笑着说，你想喝茶、喝酒还是喝咖啡呢？这里有喧嚣的“虹蕃”和“福庐”，也有安静的“索列”和“寒舍”，看上去门脸儿都不大，但是绝对风格各异，而且非常精致。

方伟问顾悦与张晴，两位大小姐想去哪家？顾悦说，还是去“索列”吧，安静而且富有活力与朝气，你们一定会喜欢的。

五个人一踏进这个咖啡厅就觉得确实非同凡响，一个餐厅，两种享受，名副其实的咖啡厅，咖啡豆、咖啡杯、咖啡工具让人一览无余。全方位的玻璃，突出了餐厅的透明感。远处是人们收获咖啡豆的情景。利用围台做成的书架，既利用了空间，又减少了木台带来的沉闷气氛。隐在天花板里的蓝色灯光带着一点点的忧郁。流动的玻璃线条，看起来令人觉得舒服。灯透过玻璃的反射好像增加了许多，仿佛天上的点点星光。墙上放置的花篮，既简单又别致。用柱子做书架，其外形犹如圣诞树，既美丽又实用。

另外就是顾悦所说的活力。黄、绿、蓝三种颜色的灯光就如停在姑娘衣裙上的蝴蝶一样，活跃着整个咖啡厅的气氛，跟灯光一样跳跃的是隔栏上波浪似的玻璃，或磨砂或透明，都具有流动的视觉效果，把人的视线吸引到咖啡厅的每一个角落。

胡鸣刚坐下，就看到不远处他的朋友们。他对着张纯说，我过去打个招呼。方伟说，你去吧，我们在这里先聊着。

方伟给张纯点了一杯卡布奇诺，张晴想喝一杯果汁，顾悦说这里没有果汁，只有咖啡。张晴无奈地说，那就随便吧。方伟说，没有随便这种饮料的。张纯傻傻地笑了。

方伟注意到胡鸣的朋友一共有六个人，其中有一个是女的，胡鸣打完招呼回来。方伟问道，这都是什么朋友呀？

胡鸣说，那个圆脸的男人叫董海，据说是广州智慧资源的老总。张晴好奇地问，就是那家以“搭建地产平台”的独特方式介入中国房地产界的公司？貌似号称中国唯一横跨投资开发、策划代理、资讯平台三大领域的地产集团。

方伟点点头，又摇摇头。胡鸣继续说道，那个坐在董海边上的男人叫毛语，据说是董海手下搞IT技术的，貌似很厉害，是从美国回来的。听说智慧资源将在资讯平台方面，建立中国最大的房地产研究中心，打造一个“知识+交易”的产业平台，要做中国房地产界的龙头。方伟差点儿笑出声来，这个想法很不错，可实践起来难度很大呀。

另外那个女的是谁呀？顾悦问道。方伟说，这个女人你不认识呀，是广州风海广告的公关经理，叫肖林，美吧？光看背影就能说明一切了。

张晴又问，那个戴眼镜的看上去比较稳重的男人是谁呀？哦，他呀，你说的是小眼睛的那个？胡鸣说，他叫马经天，是北京卓美网首席执行董事，可能最近卓美网在进行战略部署。

方伟在想，一帮是北京的，还有一帮是广州的，可是他们跑到上海来干吗呢？顾悦看着这阵势，有点儿明白了，就问胡鸣，你那个朋友是不是叫俞镜呀？对呀，胡鸣说。那边上那个是不是杨旭？胡鸣好奇地问顾悦，你怎么认识的？顾悦说，咱们咋能不认识这些人呢？他们两个不是在上海那家台资代理公司的吗？哦，方伟想了想，有些明白这几个人的来头了。

那俞镜是不是做设计的，还有那个杨旭是不是搞房地产市场研究的？张晴问道。是呀，胡鸣说，看样子你们很熟嘛！

另外一个高高的男人是不是上海地产传媒界大腕祝涛呀，张晴一边朝那边望着，一边问方伟。嗯，就是《地产买家》杂志的老大，方伟看也不看地说道。

南北联动，中心在上海，不知道他们在搞什么鬼，胡鸣喃喃自语。

方伟的脸上露出了不经意的笑容，想到未来的上海房地产市场可能会上演非常精彩的节目，方伟的内心也非常期待，希望能有大项目让自己新成立的公司赶紧试手，尽快在上海的房地产市场站稳脚跟。

张纯的小手在方伟面前晃了晃，方伟才从对未来的幻想中醒过来。怎么了？方伟透过眼镜望着张纯，张纯指着吧台上写有“SOLE COFFEE”的字样问，这是什么意思？

方伟说，这就是“索列”这个牌子的由来呀，是由“SOLE”演变而来的，“SOLE”的原意是“唯一的”，想必是这里的老板的初衷——做到最好，做到唯一。

张纯已经开始喜欢上这里的一切了，那一排弧形的木架勾出一个弧形的小吧区，这是一种空间变换的方法，可以自得一片天地，吧台的天花很特别，好像是洁白的天花中挖出空来，填上柔柔的蓝色。边沿上还有几排网状木板，使这个吧台一下子就显得含蓄起来。

晚上10点多，那帮人在俞镜和杨旭的引领下，离开了“索列”。

张晴说，我猜他们肯定是要去外滩了。张纯说，你怎么知道的呀，傻丫头？

肯定的啦，看他们的样子就是那种过惯了夜生活的人。

而上海的夜色之美，几乎都浓缩在外滩了，其实不管是本地人还是外地人，外滩就是上海的代名词，感受外滩就是感受上海，华灯初放，那些古典的、现代的建筑，都在夜幕下变成一座座水晶般的宫殿，与浦江对岸的高楼遥相呼应，要多美，有多美。你们说，他们怎么会错失良机呢?

## 【3】“三部曲”妙计定乾坤

顾悦知道杨旭和赵健很熟，而且两个人都热爱足球，杨旭这个人外表很酷，有点儿黑帮老大的派头。但是重感情，比较仗义，内心还非常细腻。如果能和杨旭搞好关系，就能见到万润地产的赵健了。可是杨旭也不是轻易能见到的。

顾悦想了半天，也想不出什么好办法。内心十分烦躁，还有不到两个月的时间，“闵行FD20地块”就要公开招标了，时间非常紧张。

张晴端着一杯咖啡进来，递给了顾悦，问道，在想什么呢? 顾悦说正在为怎么介入“闵行FD20地块”项目犯愁呢。

张晴说，那天胡鸣不是说和俞镜是朋友吗，就是那家台湾公司的设计，或许他能引荐一下杨旭，再通过杨旭或许能见到赵总。

顾悦眼前一亮，这个方法可行，你马上叫胡鸣约他的朋友，我们找个地方吃个饭，聊聊这个事情吧。张晴说没有问题。

等下，张晴正要转身离开，顾悦问，那天我们在九观云庭的时候，你有没有感觉金世羽和方伟两个人都有些喜欢张纯。

张晴一愣，不知道该说什么好，转脸微笑着说，好像有点儿哦。顾悦说，这以后肯定有好戏看了。不知为何，张晴看到了顾悦得意的眼神后面露出的一丝异样。

第二天，张晴对顾悦说，已经约到杨旭和俞镜了，问顾悦定哪家餐厅比较好，顾悦说就定在湖南路附近吧，正好谈完事情可以逛一下。

张晴问道，湖南路那一带美食店很多，要不就定在湖南路上的那家“溢香阁”？顾悦说，你来安排吧。

傍晚的上海，金秋的落叶随风飘落，好像纷繁的思绪，顾悦的眼前仿佛闪现出未来天域公关辉煌的场景。

俞镜和杨旭如约而至。这家小店不大，没几个人知道，来的客人大都是周边居民。虽然店小，菜式家常，却不花哨，做的菜相当认真，一道梅菜蒸鲈鱼堪称上品，入味深而且肉质鲜嫩。

俞镜顿时有一种悠闲之感。正如小店正面上的一联诗：“今日闲情还小斟，他年物华重复来。”很有《浮生六记》的意味。

杨旭今天看上去更像一位专家了呀，顾悦说道。俞镜从上到下打量杨旭说，是“砖家”吧。杨旭反驳道，你来拍呀。俞镜说，我经常“忘我”。

杨旭讲“忘我”就是每天可以从镜子里看到自己的敌人，却从来看不到自己，这就叫“忘我”。

顾悦说了“闵行FD20地块”这个项目以及皇基公司的背景，杨旭和俞镜觉得这是一次非常难得的机遇。俞镜说如果这个项目能成功，希望能和皇基进行深度合作。

顾悦说，项目一旦接到，你们俩干脆直接来皇基好了，台子这么小气，你们俩要混出头，得到啥时候呢?

顾悦从自己精致的拎包里面拿出了两个信封，鼓鼓的，相当有厚度，分别递给俞镜和杨旭。张晴看出两个人有些尴尬，就打趣地说，那个老祝有你厉害吗?

杨旭说现在流行地产三六一呀。张晴问，什么意思？俞镜答，这是老祝的名言呀，专业地产人，三分时间接项目，六分时间打官司，还有一分做专业。

顾悦不禁叹了一口气。

这四人一见如故呀!

Art Deco Garden坐落在瑞金宾馆3号楼的底层，黄黄的帷幕半遮半开，随风飘来阵阵花香，令人心旷神怡。经过岁月磨砺的朋友们，到这里来找一间看得见风景的屋子，共同追忆流逝的美好时光。

赵健、杨旭、俞镜、顾悦和张晴正在说着同一个话题，那就是上海的楼市，赵健表面上性格很爽朗，但骨子里却有些世故。

赵健说，王岩始终坚守着一条价值底线，拒绝利益诱惑，万润地产一直坚持以专业能力从市场获取公平回报，这也是万润地产获得成功的基石。

随后张豪、方伟和金世羽也来到这家咖啡厅，几个人攀谈一会儿之后，竟有一种相见恨晚之感。他们都迫切地希望能成为这个行业里面的头牌。

金世羽说，你别看现在是金融危机，我认为上海的楼市用不了三年，一定会往上涨的。方伟示意金世羽不要说大话。

赵健说，不仅价格会涨，我认为其他很多地方也都会改变，例如产品、景观等。

张豪说，在营销方面我估计未来会有更大的突破与创新。

顾悦适时地问道，赵总，“闵行FD20地块”目前什么情况？赵健看了看杨旭，说，目前在规划方面遇到点难题，主要是容积率及限高方面的问题，那里的规划局喜欢鸡蛋里面挑骨头。

张豪解释说，不是挑骨头，是在淘金子呢。

金世羽委婉地一笑，这个问题好解决，闵行规划局的石局长我们很熟，希望能帮到赵总的忙。杨旭打趣道，在上海的地盘咱们金总说了算。哈哈。张晴笑着说，那是因为赵总和金总都是大腕呀，那就麻烦金总了。赵健端起咖啡杯，品了一口，张豪和方伟在一旁也附和着。

10月的最后一天，“闵行FD20地块”全程代理招标会，皇基没有任何悬念就拿到了这个项目的代理权，而那家台资代理公司与具有港资背景的广州公司被淘汰出局。

当晚，位于虹桥路的皇基公司沸腾了，九观云庭在夜色的衬托下显得格外暧昧，张晴问顾悦是怎么搞定赵健的。

顾悦说，公关就如谈恋爱，需要的是沟通，沟通的三部曲是，明确对方的需要、获取对方的信任、介绍自己的服务。

金世羽说，革命尚未成功，同志还须努力呀，我现在希望杨旭和俞镜你们俩能来皇基，杨旭和俞镜互相望了望，说没有任何问题。

方伟发现金世羽在这次项目中采用的是非常有效的策略，同时也发现自己和金世羽在某些地方差异确实非常大。

下面项目的进展如何，还要看各位了，张豪补充道，媒体这边我来搞定，公关活动就交给顾悦了，方伟来负责客户俱乐部，至于具体的市场与方案就交给杨旭与俞镜了，方伟，你来把下关。

金总啊，你现在是这个项目的总导演了，接下来这个项目能否演好，就要看各位的角色定位是否精确了。

俞镜说，要有一颗导演的心。

胡鸣在一旁默默地看着，没作声，一种深深的失落感从心底生出。

杨旭说，上海的楼市可能会在后年年底触底，估计到2000年才开始反弹。我昨天刚在网上和老祝侃上海楼市，老祝说要过五年以上，我说2000年前后就会反弹，他笑我太不懂经济规律。

金世羽说，要看政府是否会出台相应的政策啦。我估计我们现在接的这个项目到正式开盘销售，也快到后年底了，这里的前期工作一定要先准备好，这样才能获得更大的利润空间。

方伟说，当务之急，是制定一个精准的营销模式，以甲方视野直达房地产本质，协助我们的客户解决问题关键环节。现在是这个项目的最佳时机，从拿地阶段的前期策划开始，直到项目开盘销售推广，只有项目定位精确、设计新颖、营销犀利，才能刷新纪录。

金世羽说现在的市场不需要太多的创新与营销方式，张豪认为还是需要开拓新的营销模式的。方伟听着他们俩的谈话，不知道说什么好了。

## 【4】“98房改”风潮

一大早，杨旭拿着一份文件来到九观云庭，正好在皇基的门口遇到了金世羽。杨旭很高兴，说，金总你看，“98房改”政策出台了，国家停止住房实物分配，逐步实行住房分配货币化了。这是不是一个好消息呢？

是啊，金世羽看到了希望的曙光。方伟说，还是让赵总加快工程进度吧，争取今年年底之前上市。

张豪走进公司，对大家宣布，我要告诉大家一个好的消息，金源在上海拿地了，和我们上次接触的“闵行FD20地块”相距不远，我估计2000年左右能向市场推盘，大家有没有兴趣拿下这个项目？方伟说，先把手上的这个大项目做好就已经不错了，何必还要争取那么多，如果连这个项目也做不好，什么都白费。

金源的老板是不是叫励博呀，很有腔调的一个男人，和他在一起的还有一个女的是不是叫施彦呀？俞镜问道。

胡鸣转头对着俞镜说，我发现你挺像一个人的。俞镜瞪着眼睛问，像谁呀？“包打听”呀，杨旭笑了笑，他就喜欢开这样的小玩笑。

方伟走过来，问大家，闵行项目的提案要抓紧了，案名想好了没有呀？不要整天瞎忙，实在不行招个文案吧。俞镜说我有一个朋友很有才华，叫李放，要不叫她来试一试？方伟说，可以呀。

方伟问金世羽，赵健那边是不是有什么新的构思？金世羽说，其实在“闵行FD20”项目上，王岩和赵健在项目策划上存在分歧，这也是目前工作不能明确的主要难题。

但是我认为，赵健的主张还是很有道理的。闵行那个地方，现在发展还在起势阶段，这样一个大盘，如果是纯住宅势必造成配套不健全。但是王岩只专注于住宅领域，这也是比较头疼的事情。那万润地产谁说了算？金世羽说，目前看来肯定是王岩说了算了。

那就朝王岩的方向来，方伟说道，大家赶在下周末之前将方案提出来，不能再拖了。皇基这段时间主要的任务是把这个提案做好，争取一次性就通过。

经过几个昼夜的努力，最终的提案终于完成了。

完成后的提案讲稿人是方伟。那天，在万润地产偌大的会议室，王岩和赵健都在场。

方伟的演讲深深地打动了王岩。首先在案名的提法上，方伟不仅给这个项目取了一个非常有格调的案名——“四季润园”，同时这个项目未来还具有极高的可复制性。“四季润园”还打造了整个项目未来可以看到的生活方式，这在当时的房地产市场是属于特别领先的新思维模式了。

方伟在整个项目的规模、环境、配套、服务等方面都提出了自己创新的营销路线，结合俞镜的企划稿子，杨旭对市场精准的分析，整个提案堪称完美无缺。

这也是后来方伟被上海的房地产界誉为“地产界的鬼才”的原因之一。

王岩很欣赏方伟，认为方伟的策划案整体思路是非常明晰和具有前瞻性的。晚上吃饭的时候，顾悦与张纯都来了。张纯发现方伟还是挺有男人魅力的，虽然他个头没有张豪高，也不怎么帅。

金世羽的心里有些失落，虽然功劳最大的应该是自己，可是不能表露，很多事情都只能在下面默默地承受。看到张纯以欣赏的眼光望着方伟，他心里就更加失落了。

在10月份的房展会上，“四季润园”的宣传要点放在了“大”上，除了保留近1,0000万平方米的原生态水面和树林，以及7 000多平方米的郊野公园，还在配套方面建造了6 600平方米的全功能运动休闲会所及8 000平方米的假日广场，集购物、娱乐、社交于一体，同时引入“同心圆”创新的物业服务理念。事实证明，皇基这一次的整体策划获得了成功。

在房展会上，首期开盘的“四季润园”楼盘持续火爆热销，至当年年底每月销量保持在闵行区前三位，并跻身上海市的年度住宅销售面积10强。

这一成功是离不开方伟制定的整体策划理念与主旨的。完成一个包装的全过程，注重细节与各环节的严密协调性是皇基最独特的代理理念，这也是它在强手如林的代理行业站稳脚跟的立行之本。

皇基千辛万苦地拿到了第一桶金，在九观云庭的庆功宴会上，方伟神采飞扬地讲述着整个项目的营销思路。一旁的张纯静静地凝视着方伟，对方伟产生了深深的爱慕之情。金世羽看在眼里，心里很不是滋味儿。

顾悦对张豪在媒体运营这块的能力很欣赏。

张豪希望未来能独创沪上传统媒体的地产专版，而且在媒体资源方面能有些深厚的积累。而金世羽在资源调动方面凸显了自己的能力，其实这个项目的成功可谓是天时地利人和。

在这次成功的背后，是离不开每个人的努力与奋斗的。杨旭说，你们知道北方和南方又有大动作了吗？俞镜问道，什么动作呀？你不是知道吗？杨旭说。

你还记得上次我们在“索列”接待的那些人吧，卓美想把总部设在上海，董海也会来上海开设风海的分公司。

哦，金世羽说，那么上海的房地产市场将会波澜壮阔了。

张豪说，不要那么乐观，也不见得是好事。方伟拍手道，是不是好事，得看从哪个角度来看。

杨旭点头道，看样子“98房改”风潮给上海的房地产市场带来了剧变。

俞镜想了想，其实他还是很喜欢风海这个广告公司的。有创意，而且工作氛围也不错。他们的“思考时不工作，工作时不思考”的工作观念，俞镜也是非常欣赏的。

胡鸣看着俞镜在发呆，问道，怎么？你很欣赏风海广告，莫非你想去？

俞镜说，为什么我不能去？我去偷师。张豪打岔道，上海的房地产市场未来不会有翘楚广告公司诞生。

这个时候张纯走了进来，最近九观云庭门庭若市，上海的媒体邀约采访方伟的邀请函特别多。方伟这段时间也非常忙，本来这个项目是由金世羽负责的，可是王岩认为方伟的理念与思路更适合市场，于是，整个项目的操盘便交给了方伟。张纯进来没有看到方伟，有些失落。

她问杨旭，方伟去哪里了？俞镜回她，去约会了。张纯的小嘴噘得老高了。

张豪看到妹妹来了，一看她那副表情，就知道不是什么好事，刚想躲开，张纯刚转身便看到了他，哥，方伟呢？

张豪说，方伟被媒体邀约采访去了，最近他非常忙，你不要打扰他。

张纯拉着哥哥的手说，我没打扰他，我就是想找他吃饭而已。杨旭说，我陪你去吧。这时候金世羽从里面的会议室走出来，看到张纯一副不开心的样子，问道，发生什么事了？谁欺负我们的小妹妹了？

张纯嘴里面哼哼。金世羽满是怜爱地说，走吧，我带你去找他。张纯的脸上立刻露出了笑容，就连双眼也充满笑意，真的吗？

走吧，金世羽拉着张纯走出了九观云庭，一边走一边打电话给方伟，方伟说刚接受完媒体的采访，正准备回公司呢。金世羽说，你直接到“咖加乐”咖啡店等我们，我们马上过去。

## 【5】深邃幽远，等爱原味

慵懒的午后，阳光透过橘色的窗幔洒落在沙发上。方伟走进了“咖加乐”咖啡店，一楼的大厅高高悬挂着水晶灯，墙体是古色贴金的窗花。咖啡店的二楼摆设着各类古董钟表、英文书籍，墙上挂着一张很大的世界地图。

张纯和金世羽已经来了一会儿了，张纯慵懒地靠在绛红色的沙发上，耳边流淌着优雅的音乐，服务员恰到好处的笑容和轻声细语，让张纯有种自己是在欧洲的某个经典咖啡厅里似的感觉。

远远看到方伟上楼，张纯立刻从沙发上蹦了起来。金世羽在一旁说，不要这么着急，他不是来了吗。

方伟看到张纯和金世羽在那个靠窗的角落，大步走了过去，坐在了金世羽的边上。张纯有些不开心了。金世羽一看苗头不对，就假装接电话，之后，金世羽起身说有事，要先走，张纯倒是挺乐意的。

方伟也看出张纯不开心，就招呼服务员给张纯点了些好吃的。你哥呢？方伟打岔道。在公司呀！张纯很不情愿地回答。

为何不一起来呢？怎么只有金世羽陪你呢？方伟貌似责备，又好像在询问。

我爱去哪就去哪，管得着吗？张纯有些不乐意了。

张纯今天穿的是一件宝蓝色的连衣裙，巧夺天工的剪裁衬托出她秀美的身材，方伟看着有些眩晕。他赶紧移开眼神，你知道媒体都采访我什么了吗？

什么呀？张纯的好奇心被勾了起来。媒体问我“四季润园”这个项目有没有什么不可告人的内幕。为啥呀？张纯一脸的惊讶，这个项目不是皇基通过招标取得的吗？

方伟讳莫如深地说，当然不是啦，你个小丫头怎么会知道社会的复杂性呢！莫非你们给了他们很多钱，贿赂吗？张纯问。

当然不是，方伟一口否认，万润地产那么大的开发商怎么会要你的这么点儿钱。你知道你金世羽大哥是什么来头吗？张纯一脸惊讶，当然和你一样呀，是个好人哦。

方伟心里不禁有些好笑，方伟靠近张纯小声地说，他是个坏人哦。就是他搞定了万润地产的赵总，才接到这个项目的。

张纯感觉自己的耳朵痒痒的，很不舒服。

转头的一刹那，张纯那柔软富有温度的双唇一下子贴到了方伟的脸颊上，方伟的心动了下，身体不由自主地一阵悸动。

张纯的身体往后缩了一下，绯红的脸宛如一片着了色的云彩。我不信金世羽就能搞定，你又骗我。张纯那双不掺任何杂质的眸子，闪动着灵动而纯净的光亮。

你不信自己去问金世羽或者顾悦，方伟说。我才不问呢，关我什么事情呢。张纯一脸不屑。

方伟看着张纯慵懒地窝在沙发里，安静得宛如一个进入梦乡的芭比。

方伟内心回想着身边的几个女子，顾悦辣辣的，宛如一盘取材和调味手法都非常大胆的泰国菜，常常让人味蕾惊艳，胃口大开。入口时，酸酸甜甜，就像初恋；咽下去时，辛辣爽口，正如热恋；过后细细品味，回味悠长、香浓，正是甜蜜的滋味儿!

张晴那丰满而微微隆起的小腹有成熟感和柔美感，如果从身后搂抱她，这种腹部更有诱人的质感和手感。

方伟不禁有些遐想了。

而张纯宛如婴儿般的笑容，给了他无邪、穿透内心的感觉，是其他笑容所不具有的。

她多情而又迷离的眼睛，如果扭转身落泪，那一瞬间一定最动人，也最容易击垮方伟的内心。

张纯拍了方伟一下，方伟从遐想中醒了过来，都说男人是视觉动物，方伟发现自己还是感觉动物呢。

只有纯粹的味道才留得住原味。这一点，方伟很确定，但是他不确定，这份感情是不是爱情……

张纯深邃的眼睛看着方伟，全身上下透着浓浓的依恋和爱意。

张纯这瞬间的温柔让方伟有一种眩晕……

其实，这个世上，不经掺杂的原味往往才是最美好的滋味儿，食物是，感情更是。放错了调味品，或是烹煮不当，再好的食材都可能在顷刻间毁去。

而感情的开始，都是美好和纯粹……

这个时候方伟的电话响了，方伟一看是顾悦来的电话。顾悦说“四季润园”出了点问题，需要和方伟沟通一下。

方伟说好，马上过来，看着张纯还坐在沙发上面不肯离开，方伟说，你先在这里等我，我去一下，过一会儿就回来。

摩卡咖啡豆比较柔和，略带酸味，但是很多咖啡店冲得太甜，尝不出原味。夜已经很深了，窗外的灯火亮晃晃的，实在没有看头，方伟没有再回来，连电话也没有再打来……

# 【6】攻心为上，攻城为下

方伟赶到天域公关的时候，金世羽和张豪还有胡鸣都已经来了。顾悦将情况说了一遍，“四季润园”二期交付的楼盘有质量问题，估计是前段时间施工方急着赶工，出现了偷工减料的情况。现在很多业主都围着售楼处呢，打着很多横幅，有的业主已经闹到消协去了。

就在大家讨论对策的时候，杨旭拿着当天的报纸也赶来了，报纸上的头条位置全是楼盘质量问题的报道，方伟看了不禁一颤。

## 万润地产遭遇“漏水门”事件

万润在上海开发的“四季润园”被多名业主投诉，其所谓采用了建筑周期较短的新技术的楼盘出现了楼层漏水等多种质量问题。

据了解，目前已交房的二期万润“四季润园”楼层存在着严重的渗水现象，部分浴室漏水，甚至会渗到卧室和临近卫生间的书房。

万润地产的诚信令人忧虑，“润”字高端住宅未必高品质。作为中国最具影响力的万润集团尚且如此，其他规模较小的房地产企业，更加堪忧。如果此问题得不到有效处理，很可能会导致商品房“低质风”在全国蔓延。

金世羽一看这则新闻，就觉得这里面一定有问题，这样的质量问题，并不是“四季润园”一个楼盘出现的，沪上多家楼盘都出现过这样的隔音、漏水问题，为何媒体单单盯着万润地产呢?

金世羽望着张豪，想要从他身上找到答案，可是张豪正在和顾悦低声交流着。金世羽知道这些报道一定是竞争对手故意夸大其词，煽动业主来闹事的。

一定要和甲方沟通好，不然项目推盘会严重滞后。金世羽的心里虽然非常着急，但是，他还是很镇定地说，要注意和甲方的沟通方式，这样才能保证项目继续推进。

金世羽赶紧和赵健联系。赵健说，他听说了这次事件，不过他现在在国外，不能马上回来处理这件事情，希望金世羽能不惜一切代价，挽回公司声誉，并希望他能将公司的损失降到最低。

金世羽答应赵健，一定把这次危机公关给做好。赵总，你放心吧。挂完电话，金世羽说，情况大家已经了解了，我们现在需要对出现的问题做出万全对策。

张豪说，首先质量问题是存在的，所以当前最重要的是先给业主一个说法，我们可以向业主承诺返工，重新整改，或者赔偿。目前只有一栋楼出现这样的情况，情况还不算恶劣，后期的工程我们必须把紧质量关，尽最大努力把损失减到最低。

方伟说，整改肯定是要的，还有怎么安抚客户的情绪问题，不要让他们再闹下去，这方面的公关问题我来解决。顾悦，我这次要求你们天域公关配合我这次活动。顾悦说没有问题，听方总的安排。

金世羽说，这次事件并非偶然事件，我认为是有竞争的同行对媒体故意夸大其词，煽动不明真相的业主进行闹事，这件事情我会调查清楚的。金世羽说这句话的时候，张豪的眼神有些异样。

杨旭说，金总有什么阴谋？方伟让杨旭闭嘴，什么阴谋阳谋？只要能解决事情，都是好谋。

第二天，在电视台《房产观澜》频道，方伟就“四季润园”的漏水问题做出了相应的回复。

方伟表示：万润上海公司将就“四季润园”的质量问题进行整改，通过在墙壁内加入隔音棉，加涂防水层等措施，彻底解决房屋的质量问题。同时将在本周末举行“四季润园”客户见面会活动，就相应问题与客户进行详细磋商。

此事件进而引发了一场上海房地产市场界话题探讨，最后，万润地产以讨论“如何带动房地产行业质量发展”为主题，举办了一次论坛，随即又开展了全国产品质量检查品牌提升活动。

金源的励博和施彦都来了，以及来自甲方的很多老总都参加了万润地产的这次论坛，这次事件不仅没有让万润地产“漏水”，反倒引进了很多的“活水”。

那天在九观云庭的办公室，杨旭问方伟，您是怎么想到这个主意的？一般人都不知道该怎么办了。方伟说，你看过大卫·李柏曼的《看谁听谁的》吗？他说，“千万别管人，管人要管心。”哦，金世羽说，正所谓一物降一物，“降”字有艺术。

方伟接着说道，他的管理没有理论上的条条框框，他的经验全都来自真刀真枪的实战，他更讲究管理的“术”。

杨旭问，这是什么“术”？

方伟说，这个“术”，放在李宗吾身上，那就是“厚黑学”；放在戴尔·卡耐基身上，就是“成功学”；而放在李柏曼身上，就是“心理学”，更为确切的叫法是“心理攻心术”，其实就是“攻心为上，攻城为下”。

顾悦拍手道，太厉害了，高手中的高手呀。我们天域公关一定要邀请您做首席顾问。

方伟看了看金世羽，面无表情，对着顾悦说，还是请你金大哥来做内参吧。

金世羽爽朗地一笑，何必挖苦我。

杨旭打岔道，那方总预测下明年的房价，是不是会上涨？“四季润园”虽然卖得不错，可是价格并未上涨多少呀！我觉得这不叫成功。

方伟说，明年也不会涨，金融危机哪能那么快就过去，最起码要个五年。金世羽说，不见得吧。这个也还要看国家的政策的，虽然国际大势如此，但中国毕竟不同，中国是发展中国家。

杨旭说，顶多到明年年底，后年房价一定会上涨。我们一定要先调整好项目推进速度。不然我们会跟不上市场节奏，会很吃亏的。

金世羽和张豪点头表示同意。只有方伟不以为然。其实方伟骨子里有一种赌性，那是谁都无法改变的事实。

# 【7】潜规则背后的酸葡萄心理

这段日子方伟很忙，忙着“四季润园”的营销问题。张豪也不甘寂寞，他通过朋友——《地产买家》杂志的祝涛总编，认识了金源地产的老总励博。他们公司正在为“闵行RE50地块”的整体策划做最后的工作。虽然把握很大，可是竞争的几家代理公司实力也非常强大。

听俞镜讲，风海广告也成立了代理事业部，特别是董海手下那个叫肖林的女子特别能攻关。张豪一直想要见见这个如此善于琢磨人心的肖林到底是何方神圣。

这天，张豪约了俞镜、胡鸣和杨旭在一家叫“巴厘岛”（Bali Laguna）的餐厅吃饭，据说餐厅的名字取自印尼一个相当著名的旅游景点，Bali即为其名，而Laguna则是另外一处岛屿名，两岛屿隔水相望，景色宜人。

当夜幕悄悄降临静安公园，绿荫掩映处点点烛火分外惹眼，张豪走进湖庭，一座颇具东南亚风格的小屋出现在他眼前，透过透明的玻璃，屋内点点的烛光与湖中的灯光相互交映，这就是“巴厘岛”，喧嚣都市里难寻的“世外桃源”，一个隐藏在公园深处的餐厅。

张豪正处于无限的遐思中……

迎面走来一个披着长发的女子，身上散发着阵阵幽香，这个女人的气场像一张渔网，一下罩住了男人的视线甚至灵魂。

张豪觉得此处的“巴厘岛”虽无印尼的那般宏远辽阔，却也是风情万种，各种摆设及各类雅致的菜品让人赏心悦目，石佛、石灯、石路、水岸、水光、水荷；木房、木雕、木椅、烛火、灯火；冷风、热菜……

俞镜、杨旭和胡鸣已经等了很久了，张豪说，你们看到刚进来的那个女的了吗？太有味道了。

杨旭笑着说，是不是把你的魂都给勾走了？张豪说，这个你都知道呀！胡鸣在一旁笑着，我怎么没看到呢。

这个时候，刚才遇到的那个女子再一次从张豪这边经过，张豪拉着俞镜的衣角说道，就是她。

俞镜神秘地在张豪耳边说道，你知道这个女子是谁吗？

是谁呀？胡鸣问道。

她就是肖林，风海广告的公关部经理。

啊！张豪差点儿叫了出来。就是那个被你们神化了的女子呀。

张总，要淡定。杨旭在一旁打趣道。

张豪注视着肖林走进了一个包间，包间开门的时候，张豪竟然看到了金源地产的两位老总——励博和施彦，张豪的心里一阵七上八下，看样子，风海广告真的要进驻上海了，如果对方在资金与技术方面优胜于皇基，那么皇基绝对不是风海的对手。

张豪的担心是不无道理的，虽然皇基在“四季润园”这个项目盈利不少，但是以目前皇基公司的实力来讲，如果想进行全国范围内的扩张还存在着资金链上的风险。如果能借势，或许是一桩好买卖。

张豪倒是希望皇基能和风海广告进行合作，张豪回到九观云庭，把这个想法讲给金世羽与方伟听，方伟认为目前皇基公司应该先将手上的这个项目做好，与万润地产搞好关系才是首要任务。

金世羽倒是很赞成张豪的想法，如果能参股风海广告，无疑将获得更多的资源，毕竟风海广告在广州的势力还是很强的。

这天午后，张豪约了肖林，到浦东的金茂凯悦咖啡厅喝咖啡。张豪提前去了这家法式咖啡厅，咖啡厅四周是两层楼高的落地窗。去金茂凯悦咖啡厅并不是为了喝咖啡，而是因为这里能欣赏到上海的美丽风景，配上舒缓的音乐，会让人的心情不知不觉地放松下来。

下午1点左右的样子，肖林如约而至，依然秀发披肩，袅袅婷婷。

张豪觉得今天选的这个地方没有错，也只有这样的场合才配得上肖林的气质。

望着肖林精致的脸庞、灵动的眼睛、修长的颈部，闻着她身上散发的幽香，张豪被深深地吸引了。

张豪有些不知所措。还是肖林打破了两个人之间的尴尬，问，今天张总找我有何吩咐？张豪忘情地笑着，我哪敢吩咐你。

听说你老板想进上海的房地产市场，是不是？张豪试探性地问道。

肖林说，是的，你从哪里听说的？董海做事一向高调，这次进上海，大家都知道的，莫非张总你有意见？肖林的眉梢向上挑了一挑，一副挑衅的模样。

张豪的身子往前倾了倾，我就算对你有意见，你能听我的吗？你们对“闵行RE50地块”是不是志在必得，有没有什么秘密？

肖林没有想到张豪也会开玩笑，有些不知道该怎么回答。张豪言归正传，说，皇基有诚意和风海广告公司合作，不知道你老板是否有这样的想法？

肖林解释道，这个问题，我要问过董总后才能回答张总。不过张总财大气粗，为何要和我们这种小公司合作呢？肖林的询问带着某些不确定的因素。

她不确定张豪想和风海合作的真正意图是什么，是借势，还是借壳，或许是还有别的打算，因为毕竟金源地产这次的招标项目不仅仅是风海广告一家。

另外几家也是非常有实力的，肖林毕竟还年轻，她弄不明白张豪的真实用意。

两个人心照不宣，但表面上还是非常融洽的。在张豪看来，肖林并不像大家说的那样开放，还是一个比较含蓄的女子。

然而令业内没有想到的是，“闵行RE50地块”公开招标的结果，最后的赢家是广州的风海广告和上海的金源地产。张豪失落了整整一个星期，大家都安慰他，没有什么大不了的。

张豪最后说了一句，这个项目肯定不行，两家公司联合代理，肯定要出问题。俞镜跑过来跟张豪悄悄地说，你知道你为什么没有拿到这个代理权吗？

张豪问，为什么？

俞镜说，并不是我们的提案差，也不是我们的团队凝聚力不足，而是因为他们两家都交了保证金。

多少呀？张豪问道，是不是很多？

俞镜说，具体多少我不清楚，不过以目前的市场来讲，可是个不小的数字。

张豪叹了一口气，低下了头……

## 【8】房企人事大地震

这是一个上海冬天里非常难得的晴朗早晨，空气格外清新，给人与众不同的感觉。杨旭匆匆忙忙地赶到九观云庭，一进门就问前台，金世羽来了没。

前台指了指，在里面。杨旭连门也没敲就进去了，金世羽正在闭目养神，被杨旭吓了一跳，有些不高兴。

什么事？这么毛毛躁躁的，要淡定，知道不？杨旭说，金总，你知不知道房企要大地震了。

金世羽说，什么地震，即使地球地震了，房地产市场都不会地震。

今天的新闻呀，杨旭拿着清早的晨报给金世羽。金世羽看到头条新闻上面赫然写着：

**万润地产副总裁突变，房企高管陷入躁动期**

地产界人事地震余波未了，继金源地产三位高层因公司内部矛盾相继离职后，10月底，万润地产再爆变更总裁人选，至此，这一波从今年6月底开始的高层离职风暴，已经涉及金源万润等10家知名房企。

杨旭问，地产界到底怎么了？

金世羽说，是房企的扩张导致的，估计未来几年的房地产市场要进入大发展阶段。你有没有兴趣跟我一起成立新公司？

杨旭惊讶地问，你要离开皇基？这里难道不好吗？

金世羽说，时机还没有到，不过刚才的话不要对任何人讲，等时机到了我会告诉你的。杨旭点点头表示同意。

等杨旭走出办公室，金世羽拿起电话打给赵健，问他到底什么情况？

赵健说，我自己找了一家基金公司，所以出来自己干了，可能近期会在五角场附近拿地，金总呀，你干脆也出来得了。咱俩精诚合作肯定会成功的。金世羽笑着说，以我们的关系当然不会有什么问题。并问，公司注册了没？赵健笑着说，名字想好了，叫万冠，正在走程序呢。什么时候能和金总您商量一下？

金世羽笑着说，那荣幸之至呀。

金世羽刚挂完电话，方伟进来说，施彦昨天给我打电话，她也要成立新公司，想要和皇基合作。金世羽说，皇基有什么地方可以和她合作的？

方伟也不是很清楚，是的啊，施彦的老公是搞建筑的，她本来在金源地产做得很不错，就因为上次联合代理的事情，和老励闹翻了才出来的，不知道她是怎么找到第一笔投资的，听说她的公司近期会在浦东拿地。

方伟说，这个女人不简单啊！你单看她公司的名字——星邑湾，这气势和想象力就让人佩服。

金世羽说，这个名字的确很不错。方伟说，星邑湾的那个Slogan也很不错。

“一城，一宅，一知己。”

张豪微笑着走进来，看到他们两个人聊得正起劲，哪里来的知己？看样子我们的机会来了。

方伟笑着说，大河绕青山，知己遇红颜呀。金世羽说，方伟的红颜知己最多了。

哪里呀，方伟说，张总您遇到的才是极品呀！张豪尴尬地一笑。他遇到的女子可都是那种只可远观而不可亵玩的。

金世羽说，看样子沪上房地产格局将要面临一次新的洗牌了。

杨旭问道，那么金总，我们的机会是不是也来啦？

机会到处都有，看你是否能抓得住了，张豪说，就如我们上次没有抓住金源在闵行的这个项目。

金世羽问道，金源的这个项目什么时候开始推盘？会不会和“四季润园”形成竞争局面？杨旭说，根据我的判断，他们在年底之前肯定要推盘的。但是，是否会形成较大的竞争，很难讲。张豪说，你这不等于废话吗？

俞镜打岔道，为何施彦会离开金源呢，老励这个人不是一向很内敛的吗？

方伟说，正因为老励内敛，才导致金源一直以来没有个性的主张，而施彦是一个非常要强并且聪明的女人，如果要长期抹杀自己的“个性”，来适应金源所谓的“内敛文化”，她就不可能会有更加辉煌的明天，她的离开，看似偶然，实属必然。

金世羽说，明眼人从这几件事里面不难看出施彦辞职的原因，对于了解金源和施彦的人来说，那是意料中的事。

俞镜说，1998年，施彦未请示集团高层领导参加了全国“最具价值的职业经理人”评选，与赵健等全国知名的十位企业精英共获殊荣，施彦也借此提高了在全国的知名度。

同年3月，金源的“格林紫郡”在北京获得了空前成功，使施彦的身价倍涨，早就有公司向她抛出了橄榄枝，甚至有的公司出300万到500万年薪向她招手。而金源的对外宣传上，却把过去一直加在施彦头上的金源的“巾帼英雄”称号，换在了深圳的另一个总经理头上。

杨旭说，这么说就意味着金源未来的接班人……

张豪感叹道，这种“墙内开花墙外香”的反差，使施彦终于有机会可以告别过去那种偷偷摸摸打“擦边球”的方法，可以光明正大地实施展示自己价值的战略。

方伟不禁长舒了一口气，宛如解脱了一般。施彦的辞职真可谓“功成名就，水到渠成”。

俞镜傻傻地说道，大人的世界真是好邪恶。杨旭在他的脑袋上拍了一巴掌。

胡鸣从张豪、金世羽和方伟的眼神里面看出了端倪，感叹道，皇基绝对是个有人情味的公司，不会出现他们的那一幕。

金世羽起身倒水，没有正面回答胡鸣的话，方伟也一样，只说道，回家吧。

张豪喃喃自语，看自我越清澈，看物质时就会越淡然；看利益越清晰，看世界时就会越模糊。

# 【9】代理模式的王者之战

天气渐渐地转凉了，北风也开始夹带着寒气，低声地呼啸着，穿过城市的缝隙。在这灯火霓虹的城市中，没有凋零的树叶，也没有口中吐出的热气，却有那么一股寒意直钻心底。

这天肖林竟然主动约了张豪，张豪有点儿受宠若惊。美女约见，哪敢怠慢。他赶紧推掉了朋友的约，去见他心目中神圣的女子。

夜幕很快降临，迅速吞没了光秃秃的路面，褪了色的建筑物和川流不息的人群也渐渐隐没在夜色之中。一只流浪的小猫轻轻闪过公园的角落，瞪着眼睛，似乎寻觅着什么。路灯已经亮起，色彩斑驳，昏黄的颜色，为冬天特有的凄美添了几丝寂寥。

肖林约他在“一介书屋”，这是位于淮海路近华山路的一个小书店，像《电子情书》里梅格莱恩描写的那种书店，温馨且清幽。

张豪到的时候，肖林正低着头，认真地看着一本书。张豪拍了拍肖林的肩膀，肖林转身微笑地望着他。张豪问，这里的书都是以文学类书籍为主呢！我看这里的顾客从青年到老年都有，你也喜欢文学？

肖林说，书可以带你进入思绪的海洋。忘了是谁说的了，喜欢文学的人，一辈子都会很天真。

张豪说，是我说的。肖林随手拿起书架上一本台湾人著的《房地产广告设计》问道，这本书你看过没？张豪说，没有。又道，不过你看这些书对你从事房地产行业有用吗？

肖林说，当然有用啦。我记得有人说过，能好读书必有读书的好，譬如能识天地之大，能晓人生之难，有自知之明，有预料之先，不为苦而悲，寂寞时不寂寞，孤单时不孤单，所以物权欲，弃浮华，潇洒达观，于嚣烦尘世而不卑不畏、不俗不媚。

肖林还想继续说，张豪打断了她，行行行，你厉害，我说不过你。张豪看着肖林的眼睛说道，我只愿化作石桥，受五百年风吹，五百年日晒，五百年雨打，只愿你从桥上走过。

你愿意走过吗？张豪问道。

肖林打趣道，你这座桥结实吗？张豪抓住肖林的手往自己的胸口捶打，一边捶一边说，你试一下吧。肖林一挣扎，差点儿扑进张豪的怀里。张豪说，你今天找我是不是有什么事？

肖林心里也没有底，因为张豪经过上次的竞标失败后，提出想要和风海合作，但是风海广告并没有答应，肖林不知道张豪会不会拒绝她，但肖林知道，张豪是个很有气度的人，应该不会那么小气的。

肖林低着头说，是呀，我想问问你，关于台式代理和港式代理的优势。

肖林举起那本书，说道，代销房地产在中国台湾，是白手起家进阶豪门的最快捷径，在台湾造就了数以千计一夜致富的贵人。张总，你是怎么看待的呢？

肖林接着说，现在我们和那家台湾公司是联合代理模式，不过我始终觉得我的项目更适合港式营销。这是我们在拿这个项目时候和老励说过的，可是老励这个人很内敛古板。你也知道的，施彦前不久离开的真正原因就是因为这个。

张豪说，这你可是问对人了，不过你怎么报答我呢？肖林没有回答。

我跟你讲哦，台式营销模式，一切以实现销售为最终目标，整个销售过程强调衔接和呼应，也就是平时所说的喊柜，让客户从一开始介入销售流程就被现场的气氛所感染，不由自主地进入销售的各个环节，达到完成销售的目的。张豪的思维一向都是那么清晰。

肖林望着他问，北京的那个“观天下”是不是就是典型的台式营销模式？

张豪说，是呀，这个你也知道呀，不错。台式代理是1992年进入中国的，实际上1997年之后就日渐萎缩了，因为他们过度注重“炒作”和包装的方式，现在这种模式，在国内已经有了严重的信用危机。

那港式呢？肖林惊讶于张豪的思路清晰与表达流畅。

港式营销模式，来源于香港5A级服务模式的演变，主张西方的绅士风度，借鉴欧洲上流社会的生活方式，通过周到细致的服务让客户有宾至如归的感觉，同时借助销售道具让客户在心理上接受自己所需求的产品，达到完成整个销售流程的目的。张豪一口气说完。

那为何上海的台式代理公司还是比较兴旺呢？肖林不解。

张豪背靠着窗边的一根柱子，说，那是因为上海人务实、细致，与台湾风格相近；而北京人讲究的是大气，强调身份感和文化感，其实消费文化对营销模式的影响是最大的也是最致命的。

就像我一样。张豪看着身边的肖林，他不知道自己在肖林眼中是什么样的。虽然他很欣赏这个不食人间烟火的女子，可是肖林毕竟是个公关部经理，既有女人的柔软，也有职场女性的那种刚强的手腕，张豪不知道自己是否能吸引住她。如果没有足够的魅力，这样的女子是很难被吸引的。

肖林迫不及待地问道，那金源闵行的项目你觉得哪种方式更适合呢？

张豪故意卖关子道，你猜呢？肖林说，我觉得港式的更合适，你说呢？

嗯，聪明。其实台式营销俗称武场，而港式营销俗称为文场，武场适合于二三线城市的普通物业、大盘，而文场更适合于高端物业。张豪不知道自己为何这么想告诉肖林这些，其实作为竞争对手，他完全不应该讲这些给肖林听的。

肖林似乎感觉到了什么，不再继续问下去了。她说道，我们走吧，我请张总吃饭。他们在夜色中去了一家广式火锅店。

从肖林的眼神中，张豪似乎看到了她对自己的亲近，什么样子的女人可以被把握住，张豪知道。这一次自己一定要抓住机会，尝试一下。

## 【10】保证金引发的营销乱局

张豪拿着今天的报纸进来，一进门就嚷嚷道，大家快来看看今天的新闻。杨旭接过张豪手中的报纸，看也没看，便说，我今天很惬意，因为我最近遇到了一个网上的朋友，聊得很开心。

张豪好奇地问道，是女的吗？

杨旭瞪大眼睛，你怎么知道的？

俞镜说，你们俩看上去不太合适。

杨旭问，哪里不合适了，她看上去很单纯的。

俞镜睁大眼睛说，单纯？怎么单纯？

杨旭说，她昨天说了，谁能给她买套房子，她就嫁给谁，她不像其他女人那么复杂。

俞镜顿时无语。

李放抢过杨旭手中的报纸读了起来。

近日，成立不久的风海广告地产事业部联手金源的"格林紫郡"，在市场震动的情况下，销售业绩依然丰硕，引来市场关注。

据悉，风海广告地产事业部和金源建立了战略伙伴关系，主要为项目转介客源，实现项目销售。据了解，金源的"格林紫郡"的主要策划代理商现为一家台式代理公司，风海广告作为联合代理进入。

李放念完说，看样子联合代理这种模式很不错。我们的"四季润园"要是也能尝试下就好了。

方伟看了看李放说，小丫头知道什么，只知其一不知其二。这个项目早晚会出问题的。

杨旭问道，为什么？你为什么会这样说？

金世羽拍了拍杨旭的肩膀说，不仅要研究市场，还需要研究人心呀。杨旭摸了摸自己的头，有些不知所措。

俞镜笑了笑，偷偷跟杨旭说，我们打赌好不，我猜不出一个月，这个项目的两家代理公司肯定会打架。

杨旭说，怎么可能呢？

张豪给俞镜使了一个眼色，俞镜立马不作声了。

肖林给张豪打电话主要是告诉他，他们的项目目前进展非常顺利，同时她也向张豪表达了感激之情，感激他的指点。张豪一听肖林的柔声细语，都不知道该怎么说话了。

其实张豪当初还是留了一手的，并没有和盘托出。方伟拿着杯子出来倒水，经过张豪的门口，恰好听到了肖林的电话，就进来说，你怎么还盯着这个女人呀。

张豪说，我哪有，我觉得这个项目早晚还是得归我。

方伟哈哈一笑，我看你是想这个女人早晚得归你吧。张豪不好意思地说，我有你那么邪恶吗?

金世羽这个时候从外面进来，听到了他们两个的对话，打趣说，我看你们两个都是半斤八两的，一个是内黄外白，一个是外黄内白。

张豪和方伟异口同声地说，就你最纯洁，行了吧?

晚上，张豪经过衡山路，那是上海最具异国情调的马路，被称为上海的香榭丽舍大街。张豪经常走这条路，感叹这座城市的文化底蕴和历史的沧海桑田。

经过一个路灯口，张豪看到了坐在凯文咖啡屋内的肖林，她正在和一男一女争执着什么。张豪侧身一看，原来是那家台式代理公司的人。张豪猜测肯定是为了“格林紫郡”的事情，估计项目遇到难题了。

张豪轻轻踩着路灯下面的落叶，看着马路对面旧时的宋子文公馆，突然觉得历史原来是如此接近。

那个周五，大家正在安静地上着班，李放突然之间叫了起来，神了，俞镜，你真的是神了呀。

俞镜莫名其妙地说，什么神了，小姑娘不要没头没脑的，讲话要讲清楚。李放指着网上的一条新闻说，这个，这个，竟然真的被你猜中了。

俞镜和杨旭凑上去一看，吓了一跳。不仅有文，而且有图哦。

据悉，昨日新推盘的“格林紫郡”项目，竟然有人在聚众闹事。起初以为是购房客户与置业顾问的矛盾，经过记者调查后，竟然发现有两家销售公司的人员同时抢着卖楼。对这样的“闹剧”哑然失笑的同时，不能不让人感叹房地产营销也随着交易市场“着了火”，营销市场之间的无序竞争正在某种程度上扭曲着上海的楼市。上述闹剧出现在位于闵行的金源“格林紫郡”的项目销售现场，闹剧的起因则为保证金……

张豪说，这么快就显现了？俞镜问，到底是什么原因？张豪说，你不会自己看呀，肯定是金源收取了两家公司的保证金，而且保证金的额度肯定不同，导致最后的利益分配不均。

杨旭说，以前是开发商找营销公司，现在是营销公司找开发商。这是房地产市场细化的结果，也是一个成熟的标志吧。

嗯，你越来越成熟了，俞镜看着杨旭说。

李放说，这样岂不是也很好，在保证销售进度的情况下，我们可以将价格抬高，多出来的部分按照双方预先商定好的扣点分成。

张豪说，你这个小姑娘脑子转得倒是很快，可是你要知道，这样一来营销代理公司的积极性肯定是被调动了起来，但是房价肯定也会随之攀升。

房价升了，难道不好吗？杨旭反问道。

房价升了，房子好卖了，开发商还要你干吗呢。张豪白了他一眼，你傻呀，懒得理你。

张豪回到自己的办公室，看到手机上有多个未接电话，他知道肯定是肖林打来的，接还是不接呢？张豪正犹豫着，电话再次响起，张豪仿佛看到了肖林焦急的神态和沮丧的表情，不禁有些心疼起来。

你先别着急，晚上我们找个地方好好聊聊。张豪说。

肖林说，好，我在南京西路那里的“银涛”等你。

张豪说，没问题，那晚上见。

冬天的上海之夜，寒冷里面露出了幸福的模样，张豪来到“银涛”，透过窗户，南京西路上各种现代化建筑物尽显现代大都会的繁华。夜的五彩灯光透过路边树枝，洒落在咖啡桌椅上。

张豪没有坐在露天的那个地方，如果是夏天就好了，露天的靠椅上，来杯百利爱尔兰的咖啡，啜上一口，感受威士忌和咖啡的香醇、热烈，所有的烦恼便荡然无存。

肖林姗姗来迟，可能是天气冷的缘故，手有点儿红红的，看得出最近她很累，脸有倦容。刚坐下，肖林的电话就响起来，肖林干脆把电话关掉了，张豪问，想喝点什么?

肖林说随便吧。肖林抬头的时候看到墙上挂着一幅画，那幅画很奇怪，空白的，什么都没有。肖林起身看了半天，没有看出什么缘由来。

张豪问，怎么了？肖林指着那幅画说，这是什么？很奇怪 。

张豪说，这是法国小说家巴尔扎克的房间里挂着的一幅“空白画”，那是他最喜欢的画，因为他可以随心所欲，把自己的想象投射到空白的画布上。就如苏东坡的“无一物中无尽藏，有花有月有楼台”。

张豪看着肖林听得比较出神，继续说道，一流的思考不是要教你怎么从“实有”里看出“虚幻”，而是如何从“空无”里看出“妙有”。

肖林本来沮丧的表情里面放出了光亮，是呀，现在老励想要换掉代理商，你也看到今天的媒体是怎么说的了，这么说，简直就是侮辱人格。现在董海整天催着我，我都没有什么好的办法。

张豪说，我有办法，不过前提是要你家老板同意和我合作。肖林说，你这不是趁火打劫吗？张豪说，不对，每一棵好树，都是树根和树叶合作双赢的典范，而且在必须合作的事情上，不是双赢就是共赢。肖林说，那我回去问问董海。

# 第二章

# 四足鼎立，巧设雷局

## 【11】地产迷谍008

都说命运是无法模拟的，肖林回到风海广告，就把张豪的意思告诉了董海，董海虽然没有同意股份合资这块，但两家还是形成了战略联盟的态势。

皇基与风海广告合作不久，上海的楼市又爆出了猛料，金源的“格林紫郡”项目遭遇代理公司假按揭，金额高达到4.5亿元，这笔巨额贷款全部为一家台式代理公司的部门经理指使公司职员用签订虚假商品房买卖合同的方法从银行骗得。

张豪看到这则新闻的时候，也接到了肖林的电话。肖林告诉他，老赵决定把“格林紫郡”的代理权百分之百交给风海广告了。

张总，我们赢了。肖林兴奋地说道。

张豪在电话那头露出了不易察觉的笑容。是不是你搞的鬼？张豪问道。肖林的话有些得意，你说呢，张总？近朱者赤，近墨者黑呀。

张豪暧昧地道，哦，这么说你本是赤的，因为我才变成黑的哦。不过你还是红点好看。肖林不作声了。

那天公司开例会的时候，金世羽问道，“格林紫郡”什么时候开盘，推盘的量大约是多少？张豪说这个要打听下才能知道。金世羽接着说，这个项目未来产品定位、定价的策略是否对“四季润园”的客户群带来影响？张豪说，多少肯定是会有的。

方伟看着张豪说，现在台式代理公司退出“格林紫郡”项目，风海广告能不能把控这个项目的全案权？张豪说，风海广告的企划能力还是比较强，但是代理销售方面估计有点儿问题，关键是董海这个人个性比较强，有些偏执。

金世羽问张豪，你有没有可能搞定这个项目？方伟说，他搞定女人行，搞定项目估计有难度。胡鸣看看这个又望望那个，不知道说什么。

方总，天域公关的顾总来了。前台工作人员推门进来说。方伟说，进来吧，正好一起开会呢。顾悦应声而进。

顾悦和张晴都来了，主要是讨论“四季润园”的定价问题，结合高端的公关活动执行，方伟的定价策略是低开高走，而张豪觉得目前市场还不错，应该高开高走，因为张豪打听到了“格林紫郡”这次推盘的定价也是高开高走的。

方伟坚决不同意张豪提出的建议，张豪也只好作罢。

结果市场的销售情况证明了方伟的策略是正确的。1999年上海的房地产市场触底，“四季润园”由于合理的定价与公关执行，取得了当时沪上销售量和销售金额双料冠军的宝座。

肖林在电话里问张豪，为何“四季润园”当时的定价是低开高走。张豪打哈哈说，那是方伟的主意。又道，你们“格林紫郡”也不错嘛。

肖林从电话里分明感觉到张豪是在敷衍她，内心一阵失望，心里嘀咕道，别得意得太早，马上就有好戏看了。

然而，事情远非大家想的那么简单，就在“四季润园”销售迎来小阳春的报道刚出来的时候，“四季润园”还没开盘，内部已经排号的一幢楼却遭遇大批客户退号退钱。方伟赶到现场，发现现场排了好几十号人，事态比较严峻。

经过多方了解，终于发现退号的客户竟然是“格林紫郡”派过来的人，这是董海他们为了打探“四季润园”的情况想出的主意。

方伟感叹道，本是同根生，相煎何太急？

回到九观云庭，方伟累得不行，看到张豪还在办公室，方伟说，这招卧底到底是肖林的主意还是董海的？如果是肖林的话，这个女人城府也太深了。

张豪说，不见得是肖林的主意，方总，你先别急，等我吃掉她再说。

方伟苦笑，你能吃得下吗？我看你闻一闻就晕了。

张豪倒了一杯水给方伟，说，喝杯水，事情现在怎么样了？有没有什么好的解决方法？方伟接过水一饮而尽，确实渴死了，今天一天一口水都没喝。

方伟说，其他的事情倒是不怕，就怕媒体乱说话。张豪说，要不我跟媒体打声招呼，叫他们不要乱讲话。方伟说这样最好了，张豪就去打电话给他媒体的几个哥们儿，还真的如方伟所说，还真有人买通了他们，要求他们做负面报道，张豪通过关系，总算把这些报道给压了下来。

方伟又给顾悦打电话，要求天域公关出面搞一次危机公关活动，把这次的“退房门”事件正面化。顾悦有些为难地说，这些天她们快被一个项目的全国路演活动给折腾死了，能不能缓一缓？方伟很生气，对着顾悦发了一大通的脾气，顾悦有些委屈地把这件事情告诉了金世羽，金世羽说没有关系，稍微缓一缓吧。

自从“四季润园”遭遇同行的“退房门”事件后，一直没有什么新的动作，董海他们也一直静观方伟的新动作，可是方伟这里却没有任何举措，这让董海和肖林他们感到有些迷惑。

虽然肖林多次从张豪那里打探消息，可是张豪除了和她开玩笑、打哈哈之外，竟然没有露出任何蛛丝马迹来，这让肖林觉得很无奈。

不过肖林始终认为，“格林紫郡”在产品及规划方面更胜于“四季润园”，这也是肖林认为有胜算的方面。

“格林紫郡”的二期就要开盘了，肖林正在为推广的策略和董海较真，这一期推出的产品为TOWNHOUSE，这种产品在国内还不是很成熟，在推广上面需要扬长避短。董海认为国内的TOWNHOUSE产品比较新颖，这次推广应该主打产品功能，而肖林认为国内的这种产品还存在很多的缺点，应该避免产品的劣势，主打生活方式。两个人谁都不让谁，最后肖林拗不过他，只好放弃自己的观点。

肖林认为“格林紫郡”选择与“四季润园”同一天开盘，在策略上面肯定会赢对方，因为肖林打听到，“四季润园”这次的蓄客量并不多，可是开盘当天，“四季润园”门口竟然排起了长队，而“格林紫郡”竟然门可罗雀。

董海为此大发雷霆，肖林认为是董海的策略制定错误而导致了“格林紫郡”这次失误，可是事实远非如此简单，位于闵行另一个板块的一个独栋别墅项目，竟然卖得很火。

肖林始终觉得自己所掌握的“魔岛理论”是正确的，可令她百思不得其解的是，“格林紫郡”的失败到底是因为什么？

## 【12】无序之最高境界

这天在九观云庭里面，大家都在讨论销售与策划方面的事情，方伟认为要想彻底打败“格林紫郡”，就要在价格与销售速度上压倒对方，王岩对于“四季润园”这个项目一开始的策略就是走量，需要的是快速回笼资金。如果能在这段时间迅速走量，掌握这片区域的市场主导权，就能保证销量稳定。

张豪对于方伟的策略有些不屑，他始终觉得“格林紫郡”这个项目，皇基当初就应该拿下来，如果那样或许现在就不会出现这种局面，而可能出现的局面将会是双赢或者多赢。

金世羽说，现在局面已经这样了，我认为应该和董海他们沟通一下，或许双方还能采用竞合策略实现共赢。

方伟冷笑了几声，看着金世羽说，金总，您不会是慈善家吧。现在这个年头谁和你共赢。

金世羽叹了口气，不知道该说什么好了。

这时，张豪的电话响起，张豪一看是肖林打来的，起身去接电话了。方伟继续说道，要么把“格林紫郡”这个项目抢过来，要么就把他踩在脚底永不翻身。

肖林在电话里面暧昧地说，张总，作为地产界的权威人士，你就再帮我一次吧，你觉得我们的项目为何这次败得这么惨呢？张豪说，你跟错了人。你应该跟着我，就不会这个样子了。知道不？电话那头肖林的笑声宛如银铃，是呀，张总，我也很想跟着你，可是现实并不如我意。如果我是甲方，我一定把这个项目给你做。

张豪听出了些端倪，就说，现在也不迟，你把老励给我引荐一下，我和他聊一聊，或许我能改变他的态度。肖林沉默了一下说，好吧。

有人说，人生有三重境界，这三重境界可以用一段充满禅机的语言来说明，即：

看山是山，看水是水；

看山不是山，看水不是水；

看山还是山，看水还是水。

也许肖林的境界正处于人生之初，纯洁无瑕，初始世界，一切都是新鲜的，眼睛看见什么就是什么，人家告诉她这是山，她就认识了山，告诉她这是水，她就认识了水。

可是这个世界问题越来越多，事情越来越复杂，不知道是谁向董海打的小报告，董海大发雷霆，指着肖林的鼻子大骂，骂完后叫她立刻滚蛋。肖林第一次经历这样的事情，她忧郁、激愤、不平、疑惑，她哭着将这些事情告诉了张豪。张豪在电话里叫她先别着急，说他马上赶过来。

张豪望着站在路边上肖林的背影，人群从她旁边不停地穿梭而过，她的长发在春风的吹拂下更加飘逸。远方的喧嚣若隐若现，张豪内心不觉有些悲伤，或许不该让一个如此脱俗的女子卷入这样的战争。

肖林，张豪在她背后轻轻地呼唤着，肖林转身的一刹那，两行泪水夺眶而出，张豪知道这是他的不好。安慰是没有用的，张豪告诉肖林，其实老励也不是很满意董海他们的公司，正在准备换代理公司呢。他还是非常感谢你的，如果你愿意，他想让你去金源地产管理“格林紫郡”这个项目，你觉得如何呢?

真的吗? 肖林露出了不可思议的表情。对呀，张豪捏了下她的鼻子，当然是真的。我昨天刚和老赵谈完，他说等你到位，就开始签代理合同。

怎么样? 张豪望着依在他怀中的肖林，不禁有些得意。肖林点头表示同意了。

当张豪把和金源的代理合同摆在金世羽和方伟面前的时候，方伟有些惊讶，金世羽笑着说，张总不仅能搞定女人，搞定项目也有一手嘛。

方伟问道，你打算怎么操盘这个项目? 目前“四季润园”处于关键时刻，正在蓄水，如果你再把“格林紫郡”推出来，势必会抢走部分客群，我可不希望出现抢客现象。

张豪说，其实“四季润园”并不是多高端的项目，它的客源具有区域性的特点，而“格林紫郡”不同，他的产品具有高端及投资性，客源分布是比较广泛的，我觉得并不存在抢客现象，只要在宣传策略方面有所差异，我认为能起到树立区域标杆的作用。

俞镜说，“格林紫郡”项目不仅产品高于“四季润园”，在各方面的配套及服务方面也是相当有优势的，我认为“格林紫郡”可以树立闵行的区域标杆作用。

方伟说，俞镜，不要认为“格林紫郡”能高端到哪里去，那种属于小资情调的高端并不是真正的豪宅。

杨旭在一旁默不作声。张豪问，小杨有什么好的建议。杨旭抬头看着方伟严厉的表情，知道说什么方伟都会反对的。他干脆就说，没有什么建议。

就这样，会议在不愉快中散场。令大家没有意料到的是，张豪随后就利用了“四季润园”已经内定的客户名单，进行了私下的广告联络，导致三分之一的“四季润园”的签约人群退订，这是方伟无法容忍的。

方伟非常生气，一把推开张豪的办公室，拍着桌子问张豪为什么要这么做。张豪一副没事的样子，说，这是项目需要呀，我刚拿下代理权，不能没有任何业绩，那样老励也不会相信我的。兄弟，这个你要谅解。

方伟的眼神里面露出了惶恐，看得张豪有些心虚。那谁来理解我呢？你知道你抢了我的客户，你要知道老王那里我怎么交代呢？

张豪不作声，他知道所有的语言都是多余的，他们之间不可能再恢复到从前的那种兄弟情谊了。张豪最后说了一句，那我离开吧，我的股份你们谁买？

方伟一愣，他没有想到张豪会这么说，一时间不知道该如何回答。方伟知道，张豪不是说着玩的，他已经具备了单飞的实力与人脉。其实他知道张豪早晚是会单飞的，可是没想到这事情会来得如此快。

方伟不知道该说什么。这个时候，金世羽来了，金世羽在外面听到了两个人之间的对话，之所以没有进来，是因为他也有自己的想法。金世羽进来看着方伟和张豪，怎么，你们想内讧呀，还嫌公司不够乱？

以后有什么事情当面说，不要这么搞，伤了兄弟和气，低头不见抬头见的，我认为没有这个必要。方伟一听更火了，我不像某些人，当面一套背后一套，我总是把事情摆在台面上讲，希望某些人要以公司利益为重，不要自私自利。

张豪心里也是清楚的，方伟迫切需要的是在皇基的发言权，当一个人的威信与尊严都失去了，他肯定会翻脸的，而张豪正好给了他这样的一次机会。

## 【13】皇基之乱，金方控股权之争

俞镜和杨旭互相看着，也不知道怎么办才好。于是他们俩准备打电话给张纯，张纯说，要不我拉我哥出来，大家一起聊聊吧。杨旭说，好呀，那就在“乐加尔松”吧。

张纯问，那是什么地方呀，我没有去过。

俞镜笑道，这都不认识，在衡山路。

张纯哦了一声，挂断了电话。随即听到开门的声音，回头一看，竟然是哥哥回来了。

张豪坐在沙发上，手上拿着遥控器，不知道在想什么。张纯坐到哥哥身边问怎么了，张豪说，很烦。

张纯说，那我们出去放松一下吧，我带你去一个地方。张豪对于这个妹妹总是百依百顺，这次也不例外。

张纯拉着张豪来到衡山路，找了好久才找到“乐加尔松”。真是“酒香不怕巷子深”，这家店竟然在一个小弄堂里面，甚至连招牌都没有，好不容易找到，张纯看到俞镜和杨旭还有张晴三个人都来了。

张豪一看到就说，你们不要劝我，我已经想好了。杨旭说，我们不是来劝你，我们想知道你下一步打算怎么办?

张纯问俞镜，这个地方你是怎么找到的？这么偏僻，我还以为是打劫的地方呢。你确定你熟悉吗？熟悉呀，俞镜说，你知道不，这里有个典故，据说衡山路九弄里的这幢三层房子，是一个日本人在上海整整走了三个月才觅到的好地方。黑色的木家具、幽暗的灯光，给人简洁到有些冷硬的感觉，说得张纯一身鸡皮疙瘩。你不觉得像《霍华兹庄园》里的霍普金斯？

张纯说，我没看过。俞镜流着口水说，二楼有家西餐厅，有一道香草鸭特别入味，什么时候去尝一尝。一说吃，张纯眼睛一亮，连声说好。

张总，你真的舍得离开皇基？张晴觉得有些可惜了。张豪笑着叹了口气，不离开又能怎么办？不可调和的矛盾只有一方退出才能解决。不是我想离开，是事实该如此。

杨旭问，那我们怎么办？张豪说，我可能会注册一家新公司，因为金源的合同已经签好了，而且已经开始运作“格林紫郡”这个项目了，如果没有公司，肯定是不行的。不过，现在我最头疼的是资金问题。如果我的公司注册好了，你们要不要一起过来？张豪问道。

杨旭看了看俞镜，说，好呀。俞镜问，张总，那给不给股份呢？张豪叹了口气说，我觉得还是给现金更加可靠。杨旭尴尬地说，张总看着给好了，不会亏待我们俩吧？

张纯在一旁附和道，那当然，我哥哥一向都是很大方的。

哥，肖林还不知道这个事情吧。张纯问道。是呀，先别告诉她，免得她担心，张豪嘱咐妹妹。

第二天下班的时候，皇基召开会议，公司中上层员工都来参加了。

这是一个不眠之夜，皇基自成立以来的第一次股东大会，参加成员都是公司的元老，可是这次竟是皇基的分手之夜。

张豪一边抽着烟一边说，我希望皇基能在我离开后更加辉煌，金世羽在一旁想要开口劝说，张豪挡住了他说话的时机。

张豪接着道，我的30%股份，你们谁买对我来说都无所谓的，你们看着办吧，想好了给我一个回复就好了，我可以马上在股权转让合同上面签字。

方伟说，这个我们肯定会给你一个满意的答复的，你放心好了。张豪冷笑着，这样最好了，希望大家能好聚好散。

古人云：“分久必合，合久必分。”也许是命运安排了这样一场没有硝烟的战争，张豪说的那句话，令方伟一直耿耿于怀，可是令方伟更没有想到的是，金世羽一直想成为皇基的真正主人。当初的股份是这样分配的：90% 的股份三等分，张豪、方伟、金世羽三人均分，余下的10% 作为公司的员工股份。

如今张豪要求退出皇基，金世羽认为自己的机会来了。在股东会议上，金世羽表示自己愿意收购张豪20% 的股份，这样自己就能成为皇基的大股东。

方伟说，张豪的股份必须一次性转让，不可以分割的，你要么一次性购买30%，要么放弃。

金世羽一听火了，公司哪条规定一方股东退出必须一次性转让股份呢?

方伟说，这是皇基公司的内部不成文规定，如果你收20% 的股份，那么剩下的10% 的股份我不会要的，你问一下谁愿意接盘。方伟狠狠地盯着会议桌上的每一个人，大家都低着头不说话。

金世羽被方伟的嚣张样子给气炸了，他一拍桌子说，那今天的会议没法开了，继而拂袖而去。

金世羽一个人出了九观云庭，来到了与南昌路交界的茂名南路上的“1931”，那是上海最早以怀旧为标榜的酒吧之一。知道的人很多，20世纪六七十年代在上海长大的孩子，都喜欢去那里喝一杯盐汽水，那是他们童年的夏天。

金世羽走进“1931”，看到万冠的赵健正和一个女人在聊天，便上去打了个招呼，赵健热情地邀请他一起坐。

赵健介绍说，那女人是他的爱人，叫简云。金世羽一听这个名字，就一愣，问道，就是现在上海疯传的风云人物，世房销售的简总?

简云委婉地一笑，说道，周总过奖了。赵健说，内人不过是一介女流。

金世羽环顾了一下周围的环境说道，这家店很有特色呀。简云说，这里的店主也是年轻而且有个性的，她说一开始她就想开一家老店，就像欧洲某个小城里某个街角的一家小店，招待的都是熟客，有一种温馨的感觉。

金世羽说，确实感觉很好。赵健问道，金总最近是否春风得意？

金世羽叹了口气说，最近不顺，皇基内部出了点问题，我可能会离开。赵健说，金总是否对内人的公司感兴趣？

金世羽惊讶地问，你是问我是否想去世房销售？

简云说，是的，世房一直缺少一个得力的领军人物，我将来可能要移民国外，所以我也在找接班人呢！如果你感兴趣，我们热烈欢迎你加入世房销售。金世羽说我考虑一下。

在关于股份这件事情上，方伟是不会让金世羽这样得逞的。

方伟召开了员工大会，承诺给大家加工资及发年终奖，方伟取得了公司大部分员工的一致支持，这一招，金世羽竟然没有想到，这也是他注定无法成为皇基老大的原因之一。

## 【14】跟随老张走天涯

10月的上海，满城的桂花飘香，心随意动，阳光和煦，交错成时光轮回的记忆。

“人生如棋，进退若弈。”张豪终于开始了自己的历程，沪上又诞生了一家代理机构蓝思，伴随着开业盛典，也开启了商场博弈的序幕。

张豪觉得就连那天地一时也开阔了很多，当他把这个消息告诉肖林的时候，肖林对张豪的大胆之举有些惊讶。

张豪其实也想让肖林加入他的公司，因为毕竟公司目前只有金源的“格林紫郡”项目，而且肖林在自己的手下也更加游刃有余一些。张豪知道，要想开拓新的项目需要大量的公关费用，如果“格林紫郡”这个项目黄了，那他的蓝思公司只会是一个空壳子了。

你想不想加盟蓝思？张豪问肖林。肖林想了想说，可以呀。出多少钱，我都愿意。

肖林在张豪新成立的蓝思里占有40%的股份，这也是肖林看好张豪和自己的未来，作为对他们未来的一种投资，肖林觉得张豪一定会有一番作为，何况他又是个值得期待的男人。

杨旭和俞镜打电话给张豪，他们俩表示想过来。张豪说，别着急，等我把公司前期全部弄好，你们俩再一起过来吧。

肖林约了张豪在陕西路那里的季风书店碰面。季风是当时上海最大的民营书店，有人称它为上海的诚品书店。因为每天都有大量的新书上柜，让你像上了瘾般每天上班下班途中，心甘情愿地交钱。

张豪知道肖林喜欢看书，就答应在季风见面。其实肖林想给张豪介绍几位媒体方面的朋友。

在季风的咖啡座里面，肖林给张豪引荐了一位在媒体群拥有一定分量的人物——上海传媒界的大亨祝涛。祝涛一直想要把媒体的触角伸向房地产这个行业，苦于没有专业的人士领进门。

正好肖林说自己认识一个在房地产界非常有才华的人，于是祝涛就决定把手上的几个媒体交给张豪来弄。

张豪看着肖林，不知道该如何感激她，他觉得这个女人真的是自己的知己。

祝涛问张豪，有没有信心做好这个媒体。张豪说，祝总，我向你保证，一定把这个媒体打理好，让它成为房地产界的主流媒体。

肖林看着富有男人味的表情，心里暗暗地高兴。

祝涛和张豪的策略性合作使得上海当时的传媒市场掀起了一股热辣的房地产广告之风。多年后的上海，还依然存在这类型的广告风格。

一个星期后，张豪打电话给杨旭和俞镜，希望他们两个人过来帮他。蓝思机构很需要他们，并承诺了更高的待遇与奖金。当时正对方伟不满的杨旭和俞镜接到张豪的邀请，毫不犹疑地答应了。

俞镜与杨旭的到来使得蓝思公司的实力更强大了。杨旭对张豪说，金世羽可能也会离开皇基，你知道不？

张豪说，我猜到了，可惜没想到事情这么快，估计是因为股权的事情，金世羽才会离开的。方伟不可能让金世羽成为皇基的大股东。

俞镜问道，为何你不叫金世羽加盟蓝思呢？我觉得金总还是很有实力的。

张豪浅笑，金世羽不会来我这里的，他需要更大的舞台。

哦，杨旭好奇地问，张总，你知道金总会去哪里吗？

张豪打着哈哈说，这个我不知道，不过我估计他肯定是有了退路，才敢和方伟这么叫板的。

你们俩跟着我干吧，我一定不会亏待你们的。

俞镜和杨旭互相对望了一眼，对张豪的话还是有些怀疑。

他们俩加盟蓝思公司后不久，上海的房地产市场传媒界就独创了一份跟随新闻类报纸一起发行的专版——《蓝筹地产》，张豪没有料到，这份媒体的诞生给蓝思公司带来了更为辉煌的前景。

杨旭刚开始是以专栏的形式在《蓝筹地产》上面连载有关房地产类的文章，受到了业界的很多评议。俞镜是做设计的，在这之前上海还没有这么活跃的版式与图片，房地产广告还处于一个非常落后的境况。

俞镜总是能从很多的地方找到灵感，并将其运用到房地产广告开发的实践当中，因此他就引领上海房地产广告的方向，使得上海地产界的传媒牛人祝涛都对他们刮目相看。祝涛的《地产买家》是上海唯一的一本房地产信息类媒体，与上海的房地产协会合作，作为一种权威的指导性媒体，祝涛在这份媒体上花了很多精力。

祝涛其实很想俞镜和杨旭能加盟他的杂志社，但是苦于没有合适的机会。祝涛是在美国长大的台湾人，从小受着西式的教育，很欣赏俞镜与杨旭的才华。

由于报纸的发行量大大超过了杂志，所以这出来后不久，就得到了很多客户的认可。于是俞镜建议张豪成立自己的客户会，张豪说，这个要等一等，现在我正在忙着“格林紫郡”的事情，如果再忙客户会，我怕自己分身无术。

俞镜想了想也对，还是先把手上的这份媒体做好吧。俞镜其实一直想要李放过来，可是李放说什么也不愿意，李放的文字很美，很有意境，在皇基曾经受到大家的一致好评，俞镜不明白，李放为何死守着方伟的破公司，不想跳槽？

## 【15】藤蔓式攻击战

在“格林紫郡”的战术问题上，大家一直存在着不同的意见，这也是这个项目一直萎靡不振的主要原因。自从和“四季润园”采取竞争策略后，两者一直在竞争。张豪想要突破目前这样的境况，寻求一种崭新且有效的模式。

这几天肖林也在一直催着张豪，把“格林紫郡”这期的策略赶紧定下来。由于张豪最近一直在忙公司开业的事情，所以一直在拖，这几天实在没法再拖了。因为肖林说老赵也在问这件事情了，张豪答应本周一定提交方案。

午夜的上海虽然有些冷，但是耀眼的星光一直在天际闪烁。张豪从公司出来，经过新华路，一路慢慢地走着。突然，他看到新华路旁边有一根细细的柱子，柱子上面有一个类似爬山虎的藤蔓，以一种极其疯狂的方式成长着……

张豪停下来，看着这根柱子，思考了许久……突然之间他仿佛全明白了。

张豪加快了脚步向公司走去，路上他轻松了很多，因为解决了一个难题。

他重新回到了办公室，开始策划。要想和“四季润园”竞争，必须采取这种“藤蔓式攻击战”的方式，因为时下最流行的推广手段并不适合本案。

阳光照进了现实中，杨旭第一个来到办公室，一看张豪趴在桌子上面睡着了，轻轻地拍了拍他，张豪从美美的梦中醒来，看着杨旭一头的汗，反问，你昨晚没回家？

杨旭手上拿着早餐，要不要来个包子？张豪说，不了，关于“格林紫郡”这期的推广方面的策略问题，我昨天想到一个非常绝妙的主意。

俞镜走进来问，什么好主意，我也来听听。

来来来，我们一起去会议室里面讲吧。张豪拿起手上的笔记本电脑，往会议室里面走去。在营销的战术方面做了大胆的调整，在“四季润园”这个竞争项目关注度最高的广告、户外旁，紧邻而立，缠绕式发布“格林紫郡”的广告，以确保关注到竞争项目的人，都有可能关注到本项目。

“藤蔓式攻击战”的第二招，就是在两盘销售现场的附近，客户所去的必经路口，派人发项目的传单，这是个直接有效的办法，但气质难融，直接拉低了项目的档次。

张豪的第二招就是目的不变，把传单换成绿茸茸的草坪外衣的充气玩偶，高尔夫外形的活动玩偶，派发有项目信息的小礼物，就能在博得客户好感的同时，巧妙告知“格林紫郡”的项目所在位置。

“藤蔓式攻击战”的第三招，就是挖掘中青年客户，采取追踪策略，根据年龄特性，找到符合他们的阅读习惯，以此确定专向媒体渠道。

现在市场不乏网络与短信营销，应以此为开拓方向，做一些创意的区隔，来提高同类媒体的信息到达率和记忆度。

张豪一口气讲完这个策略，杨旭还在回味中，俞镜则很好奇张豪这个策略的来源。

张豪看着俞镜满脸疑惑的表情说，你一定是想问我的这个主意来自哪里。我告诉你，昨晚我回家走到新华路那里，我看到一根柱子，上面绕着藤蔓，以一种极其疯狂的方式生长着，仿佛要吞没了对方一样，我觉得这种生长方式可以运用到我们楼盘的策略里面来。

俞镜把眼睛瞪得大大的，一副难以置信的样子。杨旭说，那你能知道“四季润园”的策略会是什么吗？你用什么方式来绕着它？

张豪说，方伟的那套东西我太熟悉了，我能猜到他打什么牌。

走吧，等下你俩一起跟我去金源公司交提案去，我先回家换件衣服，记得啦。你们俩把稿子的PPT重新排一下。

下午的提案十分顺利，老励还是蛮欣赏张豪的，特别是老励觉得张豪新创立的《蓝筹地产》很是不错。

张豪说，这份媒体未来的前途，还是要靠甲方的支持呀。肖林说，希望我们这次合作愉快。老赵问道，听说你和方伟闹翻了，会不会影响项目上面的事情?

张豪说，那没有，只是大家都希望有话语权，所以才分开了。其实还是朋友，一个圈子里的，以后估计还会有合作的机会。

按照张豪新制定的“藤蔓式攻击战”，“格林紫郡”紧紧盯着“四季润园”的每一步动作，并且制定了更为严密的行动战略。方伟这段时间很是萎靡不振，金世羽已经有很多天没有来公司了，自从上次股东会议没有开成后，金世羽就没出现过，不知道他在干些什么?方伟给他打电话他也不接，“格林紫郡”的策略如此严密，使得方伟有些措手不及，再加上杨旭、俞镜的离开使方伟失去了核心和左膀右臂，让他的整个策略执行大打折扣。

更让方伟担心的是，张豪创立的《蓝筹地产》竟然受到了很多开发商与客户的好评，使得方伟本来建立起来的自信心受到了严重的打击。

方伟开始担心皇基的财务安全问题。皇基很有可能在财务和信用方面产生危机。这是方伟不愿意看到的。

回到九观云庭，方伟看到李放一个人在公司忙着，很好奇地问道，为何他们都走了，你没有离开呢?

李放回答说，俺是打工的，到哪里还不是一样呀。

方伟不禁一阵苦笑。想想也是哦。反问道，胡鸣呢?他这几天去哪里了?李放说，去“四季润园”的案场了。

哦，方伟哦了一声，一直往里面的办公室走，半路又回过头来问，这几天金总来了没?

李放说，没有看到呢。方伟一阵失望。

## 【16】低调的奢华，淡淡的嚣张

上海绝对是个足够奢华的商标，上海的夜带着颓废，是那种鲜有历史却不失璀璨的颓废，张纯爱极了这种感觉。

这几天几乎令人目不暇接的变故令张纯很是郁闷，金世羽终于打电话给张纯，想约她出来聊聊。自从上次会议不欢而散之后，金世羽终于第一次出来见张纯，所有的人约他，他都不接电话，所以张纯一接到金世羽的电话，非常高兴。

金世羽在M On The Bund一边等着张纯的到来，一边看着外面的景致。突然，他看到门口缓缓走进来一个女子，上衣沿袭了经典的性感路线，暖色系反衬冷冽的灰暗披肩，披肩上淡淡的亮色透露出优雅，纯手工制作的不规则褶皱令里面的春色熠熠生辉。

金世羽仔细一看，那不是顾悦吗？刚想起身打招呼，就看到她走到一个中年男人身边，中年男子拿起一瓶1982年的拉菲，打开了，给她倒了一杯，两人喝了一口，就朝露天的平台走去。

金世羽望着与餐厅相连的露天平台，那里视野极佳，微风阵阵，美酒一杯，藤椅一张，整个外滩就在眼前，顾悦与这位中年男子眉目传情，甚是惬意。

张纯进来的时候，金世羽还在望着外面出神。张纯在金世羽的对面坐下来，金世羽瞬间眼前又一亮。

今天的张纯比起以前的她看上去柔和了很多，以前像只丑小鸭，今天有点儿像白天鹅了。不过和外面的顾悦比起来，还是有差距。

在想什么呢？张纯问道。

金世羽看了看她，朝服务员招手，来瓶“1983”吧。我不喝酒，张纯说道。

陪我喝一口吧，嗯。金世羽期待的眼神里面露出了渴望。

好吧，就一口，张纯笑得很是甜蜜。

酒是一种很好的情感催化剂，借着酒意，金世羽看张纯的眼神儿开始变得有点儿含情脉脉。

张纯问道，你真的打算离开皇基了？要不你去我哥哥的新公司吧，他那里缺少人手，杨旭和俞镜都去了。

金世羽望着张纯，觉得她真的很是单纯，单纯到通过她的眼神就能知道她的想法。

你打算去哪里？张纯见金世羽看着她不说话，继续问道。

我打算去世房销售，金世羽的回答令张纯很是惊讶。世房销售在上海那是独霸一方，传说简云是个很不简单的女人，张纯惊讶于金世羽会认识她。

这个时候，金世羽指了指外面的两个人，张纯顺着金世羽所指的方向望去，竟然发现了顾悦与一位中年男子在调侃，很悠闲暧昧的样子。

那是谁？张纯问，那个男人怎么看上去像个暴发户？金世羽笑了笑回道，你知道什么是暴发户呀？张纯一脸迷惑，还真的不知道。

金世羽说，所谓的暴发户，就是骑着自行车带上一个垃圾袋，里面全是现金，去买别墅，喝酒的时候喝一杯，这一瓶就不再喝了，而且一定要1982年的拉菲。

金世羽指了指柜台上面那瓶1982年的拉菲，这就是他们刚才开的，等下你看好了，他们马上会离开了，你看他们离开前的举动。张纯笑着，不会吧，暴发户会舍得?

还没等张纯说完，顾悦和中年男子起身，来到柜台，买单后，扬长而去，留下柜台上那瓶拉菲在孤独中酝酿成了一种“低调的奢华，淡淡的嚣张”。

张纯惊讶金世羽惊人的判断与观察力，问道，那你觉得这个男人和顾悦是什么关系呢？金世羽笑着说，这个可不能告诉你。

金世羽和服务员嘀咕了一会儿，张纯不知道他在搞什么名堂，也许不知道反而更好，都说太清醒的女人是不容易幸福的。

你真的决定去世房销售了，不再考虑一下吗？张纯还是不太甘心地问。

金世羽仰了仰头，看向远方，是呀，我决定了，你支持我不?

张纯说，这个和我有什么关系呢？我也不是很清楚你的决定到底是不是正确，只是可惜了，当初你们几个一起艰难创业，现在困难已经过去，你们反而要分开了，太可惜了。

听说胡鸣还没有离开皇基，金世羽问张纯。张纯说，是呀，他还在，还有李放也在，不过他们两个再一走，老方就真的是孤家寡人了。

老方这个人多疑，我估计他们两个留不住的，还是会走的。金世羽继续道。

不见得吧，张纯说，我觉得方伟人挺不错的呀，挺讲义气的。

你是不是喜欢上老方了？金世羽看着张纯的眼睛。张纯的眼神忽闪了一下，说，我哪有，别乱说。

金世羽笑笑，说，那就好。

张纯问，简云那里给你安排了什么位置，你就这么急着过去，连皇基的股份都不要了？金世羽说，CEO。张纯惊讶地望着他，那简云呢？她干吗呢？

她可能会离开上海去美国，金世羽看着张纯惊讶的表情，放到嘴边的杯子举在半空一动不动了。身体微微往前倾了倾，有些半信半疑。

我说的是真的，金世羽又道，因为怕张纯不相信，所以金世羽又肯定道。这段时间折腾的事情太伤神了，金世羽本来就瘦削的身裁看上去瘦了更多。张纯说，你瘦了很多。

金世羽微小的眼神里面有点儿湿润，他感觉张纯不算讨厌他，而他对于张纯不光是喜欢，还有爱。男人的爱有时候不仅多情，还伤情，或许金世羽就是那种既多情又伤情的男人，只在千百回的梦里，注视着这个他生命中爱着的女子。

我们走吧，太晚了。张纯是冰雪聪明的，侍应生拿着一束粉红色的玫瑰递给了张纯，张纯看了看金世羽，她终于知道金世羽今天约她的原因了。她接过玫瑰花，笑着说，很漂亮，谢谢。

## 【17】胡鸣的赢谋

胡鸣知道，自己要想获得成功，跟自己的付出是成正比的。

记得有一部写“乙方”的小说是这么描述的，乙方所服务的甲方，不只是合同上的那个印章，也是生命中的那个岁月的图腾，某某直击房地产营销行业的辛酸苦辣，一个以妥协和隐忍为生存艺术的行业，一场用智慧和灵感做终极武器的博弈。乙方，是一种姿态，是一种艺术，甚至是一种哲学。

虽然他没有离开皇基，但是他知道，以自己目前的处境是很难单飞的。张豪因为有肖林的资金支持才成立了蓝思。胡鸣知道方伟是个多疑的人，这段时间方伟很少来公司，所有的事情都归胡鸣来管。而张豪的“格林紫郡”上次运用的藤蔓式攻击战那么棒，让“四季润园”这段时间的客户流失量非常多，令胡鸣很头疼，一时之间难以缓过气来。

要想突破藤蔓式攻击战需要更强大的策略，这也是胡鸣这段时间一直考虑的事情。

李放走进来问，胡经理，中午吃什么？胡鸣说随便吧，哎，今天方总来了没？

没有，李放回道，这几天都没有来，不过金总昨天来电话了，说想约个时间办理一下手续，我给方总发了消息，方总还没回复我。

哦，我知道了。胡鸣还不知道金世羽选择了离开，他一直以为金世羽只是生气了，并不会离开皇基，还期待着金世羽能回来，可令他没想到的是，金世羽也选择了离开。

他不知道金世羽会不会去张豪的公司，杨旭和俞镜两个人都去了，如果金世羽也去，那么蓝思的竞争力将会更加强大。

张豪创办的《蓝筹地产》房地产媒体在短短几个月内，广告业务就呈爆发性增长，这是胡鸣没有料到的事情。

九观云庭这段时间显得格外安静，往日喧闹而忙碌的工作场景已不复存在。胡鸣很茫然，当朋友们都离开的时候，他觉得很寂寞。斜阳透过窗帘的缝隙，照到他的身上，如今再也没有人来帮助自己，得靠自己才能解决目前的难题。李放走进来，说道，明天金世羽会来，方伟也会来。

胡鸣知道，该来的都会来，而他当务之急是把“四季润园”这个项目操作好，这个项目快接近尾声了，万万不可松懈。

毕竟这个项目是皇基的代表作，如果搞砸了，对公司和自己的未来都没有什么好处。

上海的秋天到了，要变冷了，已经经历过几场雨的洗礼，仿佛老天也是在预示着什么，这次的雨下得特别大，气温一下子降了十多度。李放一大早就来到了皇基，因为今天她要写“四季润园”的文案，这段时间公司很安静，给了她很好的创作环境。李放见一个人都没有，前台也没有来，就一个人开始写起了文案。

“四季润园”主要的策划方向都是方伟定的，方伟打的是大众牌，在文案上面没有深层次的要求，只要把项目的基本情况交代清楚就可以了。

但是，这段时间方伟都不知道跑哪里去了，所以“四季润园”的所有事情都是由胡鸣来弄。别看胡鸣还年轻，但心思却相当缜密，“四季润园”这段时间的广告风格与前期的风格有所变化，使得最近案场的来电量多了很多。

李放正想着文案的结构，就看到胡鸣与方伟走了进来，一大早两个人有说有笑的，就知道这段时间方伟肯定是遇到了好事情。

方伟一进办公室，就看到了李放在那里忙，便问，就你一个人吗？李放说是的。前台没来？李放说，还没到点呢。

10点左右，张豪和金世羽都来了，在九观云庭的会议室里，这是真正意义上的“最后”的会议，从此之后，上海的地产界将会揭起更加激烈的竞争。方伟点着烟，来到会议室，大家很久没有见面了，表面上还是那么和谐，旁人一点儿都看不出其中的矛盾。

方伟让胡鸣把股权退出协议交给金世羽和张豪，他们俩简单看了下，就签了个字，也就短短的几分钟。方伟说，关于现金，我会在一周之内打到你们的账户上。张豪说，方总客气了，虽然我们不在一起了，但还是朋友，有什么事，还是要互相照应的。

方伟点了点头说，是呀，上海的圈子也就这么大。方伟转脸问金世羽，是不是准备去世房销售？金世羽一脸惊讶，你怎么知道？

哈哈，方伟说，你别管我怎么知道的，是不是吧？

金世羽说，还在考虑，不过可能性比较大。方伟说，世房销售的实力很强，有国资背景，而且在上海有200多家门店，我觉得是个机遇。

金世羽听到方伟也赞同他去，心里就更加有底气了。

金世羽问方伟，最近看到顾悦和张晴了没有。方伟说，没有呀，最近她们都在香港和澳门，很少在上海，可能和那里的几个投资商在谈合作的事情呢！那些港商对内地的楼市很感兴趣，他们认为内地的楼市很有投资价值。

方伟问，张豪，你那个《蓝筹地产》办得不错，将来的潜力非常大，有没有兴趣把这个专版推到香港去？张豪一听说，好呀。这个我倒是很感兴趣。看样子，方伟，你的路子还是蛮广的。张豪笑道。

张豪和金世羽说道，以后有用得着我们的地方尽管说。方伟想了想，说，你们俩以后肯定要比我风光多了，我可不敢使唤你们呀。

方伟问，张纯呢？怎么最近都没见她，哪去了？张豪。

她呀，一天到晚瞎混，不知道将来能嫁出去不。张豪担心。

没事，嫁不出去，嫁给我好了，方伟道，这几天我都在上海处理事情，她要是没事，叫她过来玩吧。好久没见她了，要不带她到香港玩，你放心不？方伟看着张豪。张豪低头道，这有啥不放心的。

金世羽看到一旁的胡鸣一直在低头思考着什么，不说话，就拍了拍胡鸣的肩膀说，怎么了小胡，舍不得我们离开呀？

胡鸣一惊，抬头道，是的，你们都走了，我这里现在忙死了，整天被甲方折腾，快要受不了了。方伟说，你那是自己折腾自己，你非要改稿子的风格，原来的不是挺好的吗？改那么多，有用吗？

张豪说，方总，你还别说，“四季润园”这段时间的稿子风格还引起了上海房地产界很多广告公司的跟风呢！大家都在模仿“四季润园”的广告风格。

小胡是个有想法的人，老方呀，你要好好培养他。方伟尴尬地笑着，说，是吗？我还真的没有看出来呢。

特别是你们上一期的文案，特别棒，是不是李放写的？胡鸣说，是呀，文字都是李放写的。金世羽说，是个才女，不错。老方呀，你有他们两个，是你的福气。现在有才的人很少，你可要珍惜。

方伟说，这年头，看重的是资本，人傻，钱多，就好办事，其他的一切都是虚的。胡鸣听完心里感到很不舒服。

## 【18】流放的烟花，盛开的寂寞

胡鸣坐在办公室的窗前，远远望见烟花从窗户的下沿腾起，飞跃至半空散开，像一朵朵绚丽的花瓣，像一块块思维的田、一园园智慧的果，生与死，静与动，存在与虚无，爱情与人生，善与恶，瞬间与永恒，美丽与丑陋，黑与白。

盛开的烟花总是可以让人产生一些出乎意料的臆想，尤其是独自一人看烟花的时候，脑海中会浮现更多的臆想。

胡鸣想到了“四季润园”这个项目，与其与别人一起讲同样的竞争点，不如利用项目的核心卖点，创立自己独特的格调。就如烟花，它们利用极限的时间对天空诉说，把文字书写于静谧又幽深的夜空，描摹一幅绚丽又生动的图画，勾勒并铺排一本彩色的装帧精美的书。

胡鸣知道，这样的做法非常冒险，因为世间一向曲高和寡，如果把“四季润园”的理念比作那美丽的烟花，它们就那样笑着，等待着怀抱万千心事的人们去解读，去品味，去应和。一如青山需要流水，人间需要知音。

遐想总是美丽的，胡鸣倚窗站了很久，烟花悄然逝去，最终只剩下寂寥。

胡鸣回味着方伟在会上说的，虽然听着很不舒服，但是现实确实如此，这个世界上没有完美的事情，房地产也一样。

仅存的燃烧过后的烟雾渐渐飘散在空中，再也找不到它们的一丝痕迹。它们曾经的辉煌，曾经的美丽，曾经的灿烂，凝聚成永恒，短暂而经典。

第二天，《地产买家》的祝涛竟然主动打电话给胡鸣，问他想不想在他们的杂志上做一期专访，胡鸣想了想答应了。

胡鸣让李放根据祝涛提供的问题写一篇专访，李放想了想说，这个很难写。胡鸣笑了笑说，容易还需要你来写吗？你这个大才女。李放被胡鸣说得有点儿不好意思了。

胡鸣说，我有一个很好的主意，关于近期“四季润园”宣传广告的主题，不知道你有没有这样的感觉，其实这个楼盘的格调是浪漫，我们以“浪漫”为主题来打造销售这个楼盘的理念，例如鲜花、烟花以及音乐，融入文化、人文等元素，你觉得这样的定义怎么样?

李放说，感觉不错，和楼盘的整体风格也很相近，但是这样，客户群定位会不会有点儿故步自封呢？浪漫一向都是女人的特权，男人不一定喜欢浪漫为主题的东西吧?

胡鸣笑着说，买单的就是男人呀，哈哈，都一样的。

李放说道，那倒也是，那我先试一下，写两个阶段的文字出来，你再看看是否可行。

胡鸣说，记得我的专访，一定要写得感性一点儿。知道了，李放说，你先走吧，剩下的事情交给我。

胡鸣正要转身离开，电话响了，原来是卓美网的马经天。因为卓美网想要做一个专题，正好最近皇基的广告风格很是抢眼，使得非常多的媒体开始关注这件事情。

胡鸣说，没有问题，你们选专题，我来回答好了。

马经天说，那我明天来你公司。胡鸣说没有问题。

李放最近一直很早来公司，前台这几天生病没有来，所以公司最近都是她一个人在。中午10点多的时候，马经天如约而至，推开九观云庭的大门，马经天被这里精致的装修风格吸引了，感觉有点儿像迷宫，这样的办公室在上海很少见。

李放晚上本来是有约会的，所以穿得很正式，马经天进来的时候，李放正从里面走出来。马经天一看就觉得这个女子很端庄精致，典型的江南女子，初看并不太起眼，但当你多看几眼之后，就会发现属于她的那份独特的美丽。李放走到跟前的时候，马经天竟然从她的侧面看出了几分惊艳的味道。一双灵动的眼睛，精致的脸蛋，秀气的双手。

我和胡经理约了来专访的，不知道他在不在？马经天戴副眼镜，小眼睛，眼神非常亮，很聚光，外表看起来很稳重。马经天递名片给李放，李放接过，手轻轻地碰到了马经天温暖的手心，她的心竟然轻轻地颤抖了一下。再看马经天的眼神，李放心里一阵悸动，他的眼神仿佛能看透自己的心似的。

李放说，今天胡鸣可能不来了，因为甲方今天突然说要开会，我估计可能得一天了，没有一天的时间，甲方是不会放他出来的。

马经天说，没有问题，由你来做这个专访也一样，你看可以吗？马经天神情期待地看着她。

李放说，那你稍等一下，我请示一下胡经理。

李放回来给马经天倒了一杯水，说道，胡经理说先让我跟你沟通一下，可能专访会有所变化，因为他现在正在甲方那里跟对方沟通，甲方想要搞个更大的活动，如果你这里网络宣传能启动的话，我们会考虑从网络宣传着手。

马经天说，没有问题，卓美网在上海也有分公司的，最近我常驻上海，对你们的活动，我代表卓美网承诺一定鼎力支持。

李放说，那好，胡经理一直想要给“四季润园”这个项目搞一次大规模的路演活动，不知道你们对此怎么看？

马经天说，没有问题，路演活动我们曾经搞过很多，活动大都交给公关公司，我们作为媒体全面支持。

你平时都有什么爱好呀，马经天说。李放听得一愣，灵机一动，说没什么爱好，就上班逛街而已。

马经天说，你喜欢逛街呀？我也是，什么时候有空一起逛街。李放听着很是尴尬，心里想着一个大男人喜欢逛街？

马经天问，你喜欢看书吗？李放说，还行吧，都是随便看看的，没有什么特殊的爱好。马经天也看出了李放的不自在，也就没有再说更多，起身道，先走了，下次聊。

## 【19】我等待你的关心，等得关上了心

胡鸣回到九观云庭的时候，李放正在收拾东西下班。看到胡鸣拖着疲惫的身体跨进公司的门，李放不忍心离开，赶忙起身给他泡了一杯茶。胡鸣见李放还没有回家，就说，你先回去吧，不用管我。李放说，你想吃点什么，我去给你买。胡鸣看了看李放说，回家吧，我等会儿自己去吃。

李放走后，胡鸣独自在想着今天甲方开会的主题，难度有些大，老王不仅要做活动，还要大量媒体宣传，但是经费有限，巧妇难为无米之炊呀。胡鸣正想着问题，就听到外面有高跟鞋的声音，胡鸣以为李放又回来了，出来一看，竟然是张纯。

咦，你怎么来啦？胡鸣惊讶地说。张纯说，我怎么不能来啦，是方伟叫我来的。

哦，方总呀，他自己没来呢，就叫你来。张纯说，他一向都是这样的，你咋还没下班呢，这么忙啊？

是呀，今天刚在甲方开了一天的会议，烦着呢，又要搞活动，又要做媒体宣传，经费又少，不知道怎么弄。胡鸣一副愁眉苦脸的样子。张纯说，找顾悦看看，她那里有很多的资源，你可以不搞大众的那种宣传，搞定向的营销——圈层营销，或者你也可以只针对小众进行口碑宣传的营销，其实方法有很多，看你怎么运用了。

不错呀，小姑娘有潜力，跟你哥学的吧。胡鸣发现张纯还是很有灵性的，但是她的这种灵性是没有心机的、单纯的。难怪方伟如此喜欢她。

方伟来的时候，看到张纯和胡鸣两个人讨论得正热乎。胡鸣见方伟来了，就说，自己要先回去了，留下张纯和方伟单独在九观云庭。

张纯今天穿了一件淡蓝色的蚕丝连衣裙，显得端庄、高贵，大眼睛在色调温和的灯光下格外地深邃。方伟很久没有见到张纯了，很想一把抱住她，可是他得控制自己的情愫，他怕把张纯给吓跑了。

方伟问，你哥最近还好吧？张纯说，挺好的，他和肖林一唱一和的，公司各

项进程都挺顺利的。你最近怎么样?

张纯靠在桌子上面，转身的时候，方伟正好起身，两个人紧紧贴着，张纯身体上的温暖透过衣服传递给对方，方伟的身体一阵异样，张纯感觉自己的脸颊发烫，不由自主地往后退着，方伟一把抓住了她，把她紧紧地拥进了自己的怀里。

双唇复合的时候，两个人之间就开始融合了，时间如果能停止，世间最美的吻就会被定格。

张纯的初吻，在毫无征兆的情况下，就这样被剥夺了。张纯挣扎着想要摆脱方伟的怀抱，可是那热烈的，让人留恋的吻把她融化了。乍暖还寒时分，半醒半梦之间，勾起了命中注定的那份春喜秋悲，该忘掉的忘不掉，想记起的记不起。张纯觉得自己迷路了。

我后天要去香港，跟我一起去吧? 方伟渴求地望着张纯绯红的小脸。她柔软的身体，在他的怀里温润地滋养着他干枯的灵魂，张纯嗯了一声。

金世羽打电话给张豪，问张纯怎么不接他的电话，张豪说，这个坏丫头跟着方伟去了香港，到机场的时候才给我打电话，我想追也追不回来了。

金世羽心里一阵失落，他知道张纯是喜欢方伟的，他也知道不是每段情缘，都有幸经历死生契阔的升华，不是每颗痴心，都曾经历双城之间的起伏沉落。在轰轰烈烈、惊天泣地之外，世间又有多少爱情于渺茫中困顿、彷徨，一如纷扬愁细的雨。

金世羽在办公室待到了午夜，他很想告诉张纯，如果有一天，你走进我的心里，你会哭，因为里面全是你！如果有一天，我走进你的心里，我也会哭，因为那里没有我!

明明知道喜欢并不是爱情，可是金世羽还是想等待，哪怕最后只留下遗憾，他也愿意。

就如林徽因与金岳霖，金岳霖为她，一生不娶，却保持距离。在林徽因死后很多年的某一天，金岳霖请客吃饭，待众人坐定了，金岳霖突然幽幽地说，今天是徽因的生日。失焦的镜头被缓缓拉进，也许有一滴泪落下来，却没有人看见，它长在心里，随年华老去。这样的暧昧，才真正离爱情很近。

金世羽傻傻地一笑，自己是不是现实中的金岳霖？有点儿夸张了。

## 【20】世纪之交的四面楚歌

胡鸣把“四季润园”的这次路演活动交给了天域公关，顾悦与张晴两个人终于不辱使命，在胡鸣的要求下全力配合了“四季润园”的公关活动。在网络方面，胡鸣要求马经天他们的卓美网全面报道，祝涛的《地产买家》也进行了全面翔实的专题报道，还有张豪的《蓝筹地产》专版，杨旭为“四季润园”项目进行了系列宣传的广告、活动、线上与线下活动联合，使得“四季润园”项目不仅在上海，而且在全国都产生了不小的轰动。一时间，模仿“四季润园”的营销模式在全国兴起。

俞镜打电话给胡鸣，问他为何不出来自己干，胡鸣说还在等时机。俞镜说，你小子我以为你傻呢！原来你在卧薪尝胆呀。胡鸣说，现在资金还不够，你又不来帮我，我没有办法呀。

俞镜说，如果我和你出来单独干，你觉得怎么样？胡鸣开玩笑地说，张豪那里不是挺好的吗？何必要出来自己干活呢？多累呀。俞镜说，打工的到哪里不都是一样吗？

胡鸣叹着气说，现在方伟啥都不管，整天往香港那里跑，这几天带着张纯去香港了，就留下我和李放几个守着公司，你不知道，万润地产多么难伺候，我快累死了。

俞镜说，我这里不也一样，弄个肖林既是甲方，又来演乙方，搞七搞八，我这里还要弄那份媒体，我和杨旭两个也快累死了。杨旭最近很烦，想要走呢。

哦，胡鸣说，看样子老张对你们并不怎么样呀！等时机成熟了，我们几个单干吧。

俞镜说，单干当然好了，不过压力肯定更大了。如果是有人出钱，我们出力，给我们股份，那该多好呀。杨旭说，你想得倒是挺美呀。

然而事情往往就是那么富有戏剧性，胡鸣在万般无奈的情况下，突然有了很大的转变机会。俞镜打电话说，你知道那个风海广告的董海吗？自从他的项目被你们抢走后，他一直心有不甘，现在很想找人合作，开代理公司。他有的是资金，你只要出技术就可以。杨旭说，这个人可靠不。俞镜说，怎么不可靠了？只要目标和利益一致，都是可靠的。

胡鸣觉得自己目前的处境挺尴尬的，他在为皇基打工，却只有固定工资，没有任何提成，而所有的活都是他在弄，这样的日子是没有尽头的。他跟方伟说了很多次了，方伟总是推托，说公司最近业绩不好，很难维持，而他自己却整天往香港跑。

胡鸣很是不满，一份没有尽头，付出却得不到回报的工作，让他失望透顶，他想着俞镜说的话，很有道理，与其在这里默默地付出，还不如出去赌一赌，说不定还能有一番作为。

没有想到的是，董海和胡鸣很快就达成了共识，双方成立了风海代理事业部，胡鸣占49%的股份，争取把“四季润园”这个项目从方伟那里直接带过来，董海占51%的股份，双方的合作竟如此快速顺利地达成了，令俞镜也没有料到。

方伟从香港回来的那天，九观云庭内只剩下了李放一个人。李放这两天打了方伟很多的电话，方伟始终没有接，李放都快急死了。李放听甲方的内部人员说，胡鸣打算在外面另立炉灶，李放急着给方伟打电话，可是方伟就是不接。

这天李放来公司很晚，进来一看，公司已经有人在了，她推开门一看，竟然是方伟。李放很是激动，方总，你知道吗？胡鸣在外面和别人成立了公司，“四季润园”项目也被他抢走了，我打了你很多电话，你都没有接。方伟说，是吗？我刚回来，刚刚有人打电话给我，我已经知道了。方总，你有什么办法呀？

李放很激动，也很紧张，胡鸣这样做，她可能会失业的。方伟说，不要紧张，没有这个项目，我们也不会没饭吃的，你安心看好公司就好了。

知道了，方总。李放觉得最近很落寞，什么都不顺，好好的一个项目，就这样没有了。

张纯打电话来，说等下过来。自从和方伟去了香港后，两个人的关系迅速升温。张纯来到九观云庭，李放说，张纯呀，你最近咋越来越漂亮了，看样子你恋爱了。

张纯看到李放最近有些憔悴，说，你最近脸色不是太好呀，怎么了，有心事呀？李放说，没有事，就是最近这里不是很顺，你还不知道，胡鸣带着公司的“四季润园”项目出去自己单干了，我打了方总很多的电话，他都不接，我都快急疯掉了。

张纯说，啊，这是真的？胡鸣手上有很多资金吗？怎么搞代理公司啊？李放说，你不知道吗？他和董海合作的，就是原来你哥从他手上抢走的“格林紫郡”，现在他们从我们这里抢走了“四季润园”。

是吗？我去问问方伟，到底怎么回事呢？张纯边说边往方伟的办公室里面走去。方伟正在看新闻，看到张纯进来，起身抱住了她。张纯问道，是不是公司出事情了？胡鸣带着项目离开了？方伟说，是的，先是你哥走了，接着是金世羽走了，现在连胡鸣也走了。

方伟的表情有些落寞与无奈。张纯说道，你现在可是四面楚歌，接下来你打算怎么办？

方伟笑着一把搂住了张纯说，四面楚歌也是一种境界，一般人还体会不到呢！

张纯一把推开方伟，都这样了，你还嬉皮笑脸的。方伟说，你相信我，我说的是实话。

# 【21】把天堂压在地狱之下

胡鸣在取得了风海广告49%的股权之后，开始了“四季润园”项目的品牌全面提升活动，但是他明显感觉到风海广告老员工的排斥。虽然董海并不在上海压阵，但是很多老员工还是经常把胡鸣的一些事情私下汇报给董海。

这使得胡鸣很被动，在甲方决策方面还要取得董海的最终意见，让很多很好的创意都没法实现，这是胡鸣不愿意看到的。

胡鸣感觉很烦躁，俞镜给他出了个主意，先在公司搞内部培训，魔鬼化训练，让员工适应你的工作节奏，通过这样的训练可以驯服一部分员工。胡鸣觉得俞镜说的话有道理，就制订了一个风海广告的培训计划，叫作“天堂”。

“天堂计划”没有实施多久，那些董海手下的老员工们就吃不消了，纷纷向董海提意见。董海起初觉得这是胡鸣新官上任三把火，想树立自己的威严，况且董海广州那边的业务实在太忙，没有时间来上海。

董海只得安慰他的老部下，要配合胡鸣的训练，做好自己的本职工作。

董海没有料到，胡鸣不仅想要和他合作，还要把他吃掉。胡鸣在得到风海广告49%的股权之后，开始对员工实施魔鬼式训练，最后，一大批董海的手下被迫离开风海广告，风海广告瞬间成了一个空壳子，当董海从广州赶过来的时候，公司已经没有几个人了。

董海望着上海的公司，该走的都走了，不走的早已经归属到胡鸣的门下了。作为一个公司的老总，他竟然如此放任胡鸣。无奈的董海，后悔自己当初的决定，可是为时已晚。

胡鸣开始全面执掌风海广告，董海觉得在这里，自己再也没有说话权了，提出撤资。胡鸣望着昔日曾助过他一臂之力的董海，说，看在往日的情分上，我就把你的51%股份收购回来吧。

董海的心里其实很不甘心，可是事情已经这样了，董海把所有的股份卖给了胡鸣，风海广告正式撤离了上海市场。

其实创立一家公司并不难，难就难在如何经营，走上正轨之后如何坚守，董海的失误在于他太信任别人了，胡鸣正好把握住了这样的机遇。

2000年，胡鸣把原来的风海公司正式更名为晨远，成为沪上第三家典型的代理机构。胡鸣的魔鬼式训练，成为晨远未来训练员工的基础，也形成了晨远独特的企业文化。

俞镜笑着说，胡总，你怎么把天堂压在了地狱之下呢?

胡鸣笑笑，你过来吧，我压给你看看，保证你舒服得再也不想离开了。

你打算怎么样搞这个公司?杨旭好奇地问道。你把董海赶走了，你行吗?虽说董海在上海没什么背景，但他在南方还是很有实力的，你要小心点他。

胡鸣说，怕啥，他们短时间内不会来上海的，再说，即使再来，还有方伟、张豪和金世羽呢，我怕个屁呀，天塌下来，还有大个儿的顶着呢。

俞镜说，你狠呀，叫我肯定做不出来哦。杨旭说，所以他能成大事，立大业，而你只能给人家打工。

俞镜指着杨旭说，你一边去，我就是没啥追求而已，人只要过得舒服、闲适，要管那么多事，累不累呀。

杨旭鄙视了俞镜一下，胡总，啥时候发财，接济我一下。兄弟我感激不尽呀。

胡鸣看着他们两个笑了笑，没有问题。不过我叫你来，你可不许推三阻四的。现在我在等待金世羽的挑战，别的我都不怕，我担心金世羽的那个世房销售可能会有更大的动作。

俞镜说，怎么可能呢?你要担心的也是张豪和方伟，金世羽现在也就只是一个打工者而已，你还怕他。

胡鸣若有所思地说，千万别小看金世羽，未来他是个非常强劲的竞争对手。他属于那种真人不露相的人。

# 第三章

# 群雄逐鹿，英雄不问出处

## 【22】左手圈钱，右手扩张

简云从美国回来的时候，金世羽正在忙着世房的业务。那天简云从浦东机场回来，金世羽竟然忘记去接她了。简云推开办公室的门，看到金世羽正在忙着打电话，公司所有的人都在加班，简云很是欣慰，她觉得自己和赵健没有看错人。

金世羽抬头一看，是简云，他一愣，突然想起了什么！赶紧把电话放了下来，起身说，啊呀，都怪我，竟然忘记要去接你了。简总，实在是不好意思呀，让你委屈了。

简云笑着说，你那么忙，还说要来接我，幸亏我没在那里傻等，不然等到明天你都不会来。

金世羽一边赔罪，一边给简云泡了杯咖啡。简总呀，你不知道，最近世房销售业务非常火爆，我觉得公司的战略模式要变一下，不知道简总有没有这个想法。

简云接过金世羽递过来的咖啡，你说说，什么想法，我刚从美国回来，美国有投资商对中国的房地产市场是很感兴趣，不知道你所谓的改变战略是什么?

金世羽瞪大眼睛看着简云，我的这个想法很久了，就是目前资金与人员都不够用呀，你要是有这方面资源，我们配合在一起那绝对是天衣无缝呀。

简云哈哈一笑，敢情我们是绝配了？金世羽尴尬地一笑说，谁说不是呢！我觉得确实是个机遇，不仅上海，中国的房地产市场未来十年绝对火爆。

简云说，资金我去解决，公司的架构与人员你来解决。不过不要扩张太快，我怕资金链跟不上。金世羽说，营销代理是轻资产的，只要不是大的行业调整或者是政策压制，不会出现什么大问题。

两人在对公司的未来规划上有着惊人的相似，正在这时，门开了，张纯的大眼睛在门口闪耀着，简云一看，哟，这是谁家的姑娘，长得这么漂亮。

金世羽起身开门，拉着张纯进来，简总，这是张纯，张豪的妹妹。张纯上前说，简总好。早闻大名，原来简总如此年轻啊!

简云一听张纯的夸奖，就知道这个丫头嘴巴灵光的。好，下次有空一起吃饭，简云拉着张纯说道，金总，我刚下飞机时差还没倒回来，我先回去了，你们慢聊。

关上门，金世羽问张纯，你怎么来了？张纯坐到金世羽边上说，方伟最近很是不顺，你能不能帮帮他呢？

金世羽看了看张纯说，是他叫你来的？你告诉他，叫他自己来找我。

不是的，张纯解释道，是我自己要来的。他最近真的很是不顺，胡鸣也离开了，项目也被他挖走了，现在公司都快空了，你给想想办法吧。

金世羽看着张纯泪眼汪汪的样子，很心疼，可是他能帮她什么呢？或许只能安慰下张纯了，别哭，放心好了，他有啥困难，我会帮他的，你先别着急哦。

听说胡鸣进了风海广告，是不是真的？金世羽一边替张纯拿纸巾，一边问道。是呀，这个坏家伙，他太坏了，竟然挖走了“四季润园”这个项目。

现在方伟可困难了，资金和项目都没了，我都快急死了。张纯说着眼泪又下来了。别哭，金世羽最见不得张纯哭的样子，她一哭，他就受不了。

简云的话让金世羽更加坚定了自己的想法，人、钱和资源都要有，才能搭好新的平台，金世羽认为天时、地利、人和都已经具备了，是他展现身手的时候了。通过朋友介绍，他认识了智慧资源董海的手下毛语，毛语不仅是房地产方面的能人，还是IT方面的专家，金世羽花了巨资把毛语从董海那里挖了过来。

毛语说，要想在房地产行业有更深入的发展与扩张，必须注重资本化与信息化，未来中国的互联网会有更大的发展空间，我们现在要先做好准备工作，例如成立房地产的市场研究部门、信息收集部门，这样才能更好地了解房地产市场的整个动态，我觉得未来不仅是一线城市，二三线城市也会迅猛发展。

金世羽听了觉得非常有道理，建议毛语人先过来，先把框架搞起来再说。

毛语没有拒绝金世羽的邀请，他此时也觉得在董海手下实现不了自己的职业理想，上海的那片天地对他来说可能更好，因此他便毫不犹豫地答应了金世羽的邀请。

2001年初，金世羽把世房销售的资产整体打包，成立了世和中国，至此，以世和中国为代表的蓝思、皇基、晨远沪上四家具有强大资源与规模的房地产代理机构正式形成，也正是这四家公司成为未来角逐房地产营销代理天下的主要力量。

## 【23】葫芦里面装的是什么

毛语不愧是国外名牌大学毕业的高才生，他建立的世和中国房地产研发系统，不仅受到了很多开发商的好评，还让众多代理机构竞相模仿。随着部门的扩大，毛语和金世羽商量是否需要招一批专门从事房地产市场研究的专业人士过来，将来还可以接前期的项目。

金世羽觉得很有道理，就说，那这方面的东西由你来安排了。毛语说，先招几个人吧。毛语从卓美网那里，把马经天请了过来。马经天对项目的前期有一定的经验，对网络也有自己独特的见解，毛语和他接触过几次，觉得很谈得来。

起初，马经天还再三推托，不想，后来经不住毛语的三顾茅庐，终于答应来上海了。

那天下着雨，毛语正在面试一个秘书，叫艾青。艾青是典型的“80后”，前卫，新潮，毛语看着她就好像看到了自己女儿一样，觉得很是亲切。马经天推门进来，看到毛语正在和一个小姑娘聊天，很是惬意，就开玩笑说，老毛，上班这么轻松呀，不错啊。

毛语一看是马经天，挺高兴，示意小姑娘先回去等通知。艾青道谢出了门，马经天一把拉过老毛问，怎么样？这个小姑娘，干啥的？你的生活秘书？

老毛笑他见色忘义，我还不知道你的喜好，你不就是好这个吗？给你安排的，你的秘书。

马经天尴尬地笑着说，真的对我这么好，我也就那么一说而已，你还来真的呀。

老毛说，我要不这么做，你会来吗？我还不了解你！

马经天放下手中的杯子道，我说，老毛，你葫芦里面到底卖的什么药。

毛语转头，看着窗外说，春药，你敢吃吗?

马经天原本往后靠着的身体，往前倾了倾，问，金世羽他什么打算呀? 准备让我干些什么?

毛语起身，走到大桌子前面说，公司整体架构都已经出来了，你知道，世和中国刚重组，现在正在准备拿项目，我这块是房地产市场研究，我打算把这块东西独立出来，现在只是世和中国的研究部门，过段时间我要把这块独立出来成立新的公司，毛语拿着手上的计划书给马经天看，你看，我都计划好了。

先把ERCI系统建立起来，然后再把公司注册出来，你看，世嘉研究，这个公司名都想好了，金世羽也批准了，现在就是执行问题了。

老马，你有什么好想法，可以跟我一起商量。马经天说，没有问题，一切听您老毛的安排。

马经天的办公室就在毛语的隔壁。第三天，马经天就来世和中国正式上班，见到了年轻而且活泼可爱的艾青。艾青正在和前台说着什么，看到马经天进来，就上前问好。马经天瞟了一眼艾青，她今天穿的倒是很正式，不过也掩饰不住她清纯可人的本质。

给我泡杯茶吧。马经天推开办公室的门，把自己的包往桌子上面一放，随手脱下了自己的外套。艾青上前想要接过他的外套，马经天没有发现，抬头才发现艾青拉着自己的外套，毕竟还是不熟悉，马经天倒是略显尴尬。

我自己来吧，你去帮我泡杯茶吧。马经天客气地说道。好的，艾青轻快地推门出去。

毛语推门进来看到马经天盯着门口发呆，就知道他看上那个艾青了。要不要我给你约一下呀，小姑娘外地人，一个人在上海也没个依靠，要不你们俩正式谈一谈?

马经天看着老毛说，我不喜欢这种类型的，我喜欢那种温柔、贤惠、聪明的女子，她太小了，不行的，这个未来要有代沟的，玩玩可以。

毛语指着马经天的鼻子说，你给我记住了，别玩出火来，到时候谁都帮不了你。马经天露出那洁白的牙齿，情场老手在此，你就放一百个心。

毛语无奈地看着他，苦笑了一声。说正经的，说说你对ERCI系统开发的想法，看看能不能在全国范围内扩张，这样就能掌控全国的楼市动态。

马经天说，这个可以，技术方面你是专家，我看看能否和当地的一些政府机构合作，这样对于土地、房价等突出问题有一个及时掌握，能够更好地做好这套系统。要不我这几天先去广州那里出个差，看看董海那里怎么弄，他的那个智慧资源绝对是个很不错的资源库，如果能把他的那个弄过来，那对我们做ERCI系统是有很大帮助的。

毛语听马经天这么说，便说，这个你觉得有用，我觉得他做的顶多是个资源库，我在的时候，我想要做得更大点，可是董海不愿意多投钱，所以我没有办法呀，才到金世羽这里来的。要不我先派你去试探一下，看看他愿不愿意出售这块资源。马经天说，好吧，我先去看看。记得带上艾青。

毛语白了一眼马经天说，发现你真是色得可以，没女人就不能活了，带着她干吗，外面叫几个不就好了。马经天一本正经地说，外面的没劲，自己带的好。

这个时候艾青推门进来，两个男人立刻住嘴了，毛语无奈地摇着头走出了马经天的办公室。艾青帮我订两张去广州的机票，明天你和我一起去一下广州吧，马经天对艾青说道。

艾青说，要去广州呀，太好了，好玩吧?

马经天从心里笑着，很好玩的，到时候你就知道了。

天空晴朗了很多，艾青提前一个小时来到虹桥机场。到了候机室，看到马经天从大门口拖着一个行李箱进来。艾青发现马经天长得很帅。这个年纪的男人更能吸引艾青这种涉世未深的小丫头，他身上散发出来一种独特的男人味，让人感觉很有安全感。

艾青举起了双手说，这里，马总。马经天往前一看，艾青穿着一套红色的休闲外套，使得原本凹凸有致的身材更加曼妙了，看得马经天差点儿流下口水。马经天急忙上前，把登记证给拿了出来，先去登记。艾青走在马经天的前面，马经天紧跟在后面，那散发着青春气息的艾青，让马经天开始魂不守舍了。

飞机上的中餐简单，艾青想喝果汁，马经天给她要了杯果汁，艾青喝完把杯子递给了他，马经天抓住了她的小手，拉近了看着艾青的眼睛，悄悄地在她耳边说，我喜欢你。

艾青被这突如其来的举动吓了一跳，不过她还是转弯挺快的，马总你可真会开玩笑，我听说你有女朋友了呀。

马经天放开艾青，问道，听谁胡说呢？我哪有呀。气氛显得有些不和，艾青假装自己很困，想要睡觉，就侧着头在一旁睡着了。

醒来的时候，飞机已经开始准备降落在广州的白云机场了。马经天看着艾青睡眼惺忪的脸，你还真能睡。艾青笑着说，现在睡了，等下有精神玩了。

我们是来谈事情的，哪会有那么多时间玩，你呀，就知道玩。马经天捏了捏艾青的鼻子。

## 【24】联姻世和，大变革冲突

马经天见到董海的时候，董海正在广州的一家饭店里面和一家开发商谈一个项目的代理问题。马经天和艾青找了很久才找到这家名叫“意庐”的餐厅。

那栋大厦远远看过去灯红酒绿，暗沉色调的“意庐”显得安静内敛，高贵优雅，感觉很舒服，简单而有品位，艾青一眼就喜欢上了这里的浪漫氛围。

马经天和艾青坐下后，就听到对方的几个人问了很多的问题，而董海显然有些尴尬，因为他对这些专业化的问题确实不在行。

马经天接过董海的话题说，有关前期的问题，我想并不是很难解决，如果你要提高容积率的话，可能在产品的组合方面要变化一下。还有，即使牺牲了容积率，产品也有可能实现溢价，要看你追求的是什么了。

马经天不时地把自己曾经做过的案例和大家一起分享，董海看在眼里，心里还是非常佩服的。王岩很难伺候，也很难把握住他的心态，他心里想什么，董海大多数时候都无法猜到。但是看马经天竟然能知道对方的一举一动，他显得非常惊讶。

马经天代董海回答了开发商的问题，对方点头表示赞同。这位是王岩，万润地产的董事局主席，董海一边为马经天介绍，一边递了个感激的眼神给他。

马经天心领神会，不失时机地自我介绍，王岩对董海的这位合作伙伴很是赞赏，评价说，如果未来你们能建立合作平台的话，中国的房地产代理行业将面临翻天覆地的变化。

董海笑着说，还是王董你有眼力呀，马总这次过来，正是要和我们建立长期的战略合作。所以，王董，你就放一百个心，把你的项目交给我们做，我们一定派最好的专家，把项目打造成为中国的标杆。

王岩看了看马经天，又望着董海说，好，只要你们能引进最有技术的专家，我这里的合同就给你保留着。

好的，马经天笑着说，那王总您肯定是选对人了，上海那边现在对标杆的追求已经是百花齐放了，未来随着房价的上涨，我想会出现更多的房地产龙头企业。王董，以您的魄力一定是整个行业的领军人物。

王岩听着马经天的马屁，倒是很受用，虽然公司在上海的项目目前也处于竞争阶段，但是如果董海能跟世和中国战略合作，上海的代理行业将会有更为激烈的竞争，也会出现整个代理行业的龙头企业。

先行建立起合作关系也不失为一种优选。三方都在为自己的处境考虑着，大家心里也都是明白的，今天的合作是为了明天更好的发展。

马经天的心里终于明白毛语在董海手下的分量了。董海失去毛语，就宛如失去了自己的一只手，他也明白了毛语为什么这么有把握董海一定答应与他合作。原来一切都是天意呀。

马经天放松了很多。艾青坐在窗边很舒服，看着窗外天南海北的人来人往，餐桌上银光闪闪的餐具及高脚酒杯，很有欧洲的感觉。

马经天遐想着艾青可人的面貌，期待着夜幕尽快降临。董海不失时机地问马经天，毛语现在在上海怎么样了？

马经天举起杯子说，哎，老毛让我问候你呀，说你们俩曾经是最好的合作伙伴，希望未来我们之间也能建立起长久的合作呀。

董海那闪烁的大眼睛里面露出了疑惑的表情，他信毛语说的话，可是眼前的马经天他还是有些怀疑的。特别是他瞅着身边这位年轻靓丽的小姑娘的眼神，很是不一样。

董海吩咐身边的秘书，给两位安排一间总统套房，然后转身对着马经天说，马总一路还顺利吗？要不我先安排你们住下，剩下的事情，咱们明天慢慢谈，你们先休息吧。等明天谈完事情，我们再去广州转一转。马总，你看这样的安排可以吗？

马经天巴不得现在就回宾馆，就说好好好，一切听从您董总的安排。

晚宴在三方都很满意的情况下，竟然就这么顺利结束了。

马经天在洗手间，给毛语打了一个电话，老毛呀，一切顺利。后天就回来了。毛语听到老马的电话点了点头，对着一旁的金世羽示意着，南方局势一切顺利，放心好了。

挂完电话，金世羽说，那么我们下一步的计划是不是可以开展了？毛语说，一切等老马从南方回来再说，我估计没有什么问题了，董海答应我们战略合作，不过早晚我们会吃下他的，这一切都要等上海这里的总部扩张化后，才有可能实施这样的并购计划。

金世羽说，那这一块我就交给你了，ERCI系统我希望你这里抓紧一点儿，争取早点上市哦。毛语说，放心好了，人手不够我给你去挖来。

金世羽看了看毛语说，就你会挖人呀。还是公开招聘好，毛语顶了他一句，挖来的都是宝呀，这都不懂。

## 【25】“纯爱”的假面悲剧

去宾馆的路上，马经天问，艾青，你的名字是谁给你取的？很有诗意。艾青抬头看了一眼马经天，发现马经天晚上比白天更有魅力。马经天的眼睛很小，但是非常有神，宛如漆黑的夜里闪亮的夜明珠一样。

我的名字呀，艾青说，是我爸给我取的，他说，“青”字就是小草，寓意像小草一样，怎么吹也吹不倒，来年还会长得那么悠悠青青。

马经天一把搂住了艾青说，就如我们之间的爱情一样，纯真又富有激情。艾青并没有反抗马经天。马经天是她喜欢的男人，面对这样坏坏的男人，她已经完全没有了抵抗力。

夜幕降临，马经天和艾青回到了宾馆。总统套房内有两间卧室，艾青却并不清楚自己已经身处险境，开心地走进房间。服务员把行李放好后就出去了，马经天看着艾青一脸纯真的样子，心里在偷偷地笑。

马经天去自己的卧室洗完澡，打开艾青的卧室门，就看见艾青已经躺在自己的床上睡着了，电视也没关，不禁叹了口气。小丫头这么能睡，简直就是瞌睡虫投胎。

他轻轻地走进来，艾青还蜷缩着身体，显然是没盖被子有些冷。马经天轻轻地抱起她，把她放进了被子里面，那股有着青春般苹果的气息在幽暗的空气里面弥漫开了，唤醒了马经天疲惫的身体，激起了他身体里久违的躁动。他轻轻抚摸着艾青的额头，温柔地亲吻她的双唇，双手开始在她凹凸的身体上游走。

艾青分明感觉到一具滚烫的身体在和她纠缠着，一种从未有过的欲望之旅就拉开了序幕……那一夜，两个人都睡得很香，也许是累了，也许是双方都满足了。

夜晚，艾青竟然梦见自己和马经天结婚了，马经天对着她温柔地说，自己和她之间只有纯爱，那梦仿佛就在眼前，那么真实，那么富有美感。

梦醒了，艾青睁开眼睛看见一丝光亮透过窗帘的缝隙悄悄地跌进她的心里，昨夜的一切宛如黄粱一梦，而真实的却是马经天在她身体里面留下的味道，她感觉浑身上下都不舒服，那种味道浸透了她每一寸皮肤。艾青急忙爬起来冲进浴室，打开花洒开关，把温度调到最高，那滚烫的水洗刷着她的皮肤，洗去了那味道。艾青拿出随身带的沐浴露，差点儿把一整瓶都倒了出来。那透着青草芳香的沐浴露从艾青的脖子上慢慢往下滑落，艾青重重地搓洗着每一寸皮肤，仿佛要接受某种宗教的洗礼。也不知道过了多久，艾青听到了敲门声。是马经天，艾青急忙洗完澡穿上睡衣，打开了卫生间的门，却看见马经天那睡眼惺忪的样子，不再像昨晚那样帅气了，艾青失望地回到了自己的房间。

马经天整理完行李，再次敲了敲艾青的房门。艾青在里面回应了一声，拉开房门，发现昨晚帅气的马经天竟然又回到了身边。她突然感觉到马经天仿佛占据了她整个身心，怎么也去不掉，她不敢看他，低着头匆匆地往外面走去。

## 【26】定位，定天下

马经天一回到上海，就听到了轰动上海房地产界的大事件，万冠、金源等10家房企将同时争夺静安区的两个地块，而涉足竞标的代理达到了18家，其中不乏国际性代理机构，金世羽一大早就召开了世和中国的高层会谈。

马经天问，张豪和胡鸣会不会参加此次竞标？毛语说，这个还用你说吗？蓝思、晨远、皇基肯定是参加竞标的，还有10多家代理机构，国际的，中国香港、台湾的都有，你说怎么现在竞争会这么残酷？

金世羽说，更残酷的竞争还在后面，所以你不吃掉别人，就有可能被别人吞掉。马经天望着毛语说，那我们要抓紧了，人才很重要，公司一定要注重人才培养。人才来了，才能带财来呀。

毛语说，没问题，我去找吧，你们说那个天域公关的张晴怎么样？

马经天说，是个女人啊，女人不太好办事，况且现在要对外，这个职位可能就是经理级别以上的，张晴多大了？行不行呀？

金世羽说，你先面试，老马，等你面试过了，再找老毛吧。

毛语叫张晴过来面试一下。张晴听说老毛这里要人，赶紧来到了世和中国。马经天那天去开会了，不在办公室。艾青示意张晴稍微等一会儿，马总过一会儿就到了。

张晴环顾了一下马经天的办公室，从办公室的风格来看，马经天是一个外表看上去很稳重的男人，不过很强势，但是内心又是很温柔的。

张晴走到窗边，看着窗外的风景，对面是一个公园和一所大学，所以满目的绿色，一眼望不到尽头。在高楼林立的上海，很难找到一块如此绿意盎然的地方，张晴不仅喜欢上了这里的办公环境，相比起天域公关狭小的办公场所，张晴觉得这里太宽敞了。

马经天推门进来的时候，就看到了一个背影，一个性感女子的背影，那覆盖在窗花上的背影宛若一幅绝美的巨作，在释放着某种信号。此刻她正被阅读，她的身体在接受系统性的阅读，透过触觉、视觉和嗅觉讯息的管道，还穿插着些味蕾，听觉也扮演着它的角色，那是爱人阅读彼此的身体，它可以从任何一点出发，跳跃，重复，后退，持久。警觉到后面的喘息与震颤，张晴转身，她竟然没有发觉到自己的后面站着一个男人，而且注视了她很久很久……

您是……？张晴疑惑地问道。马经天，叫我老马好了，你是张晴吧？马经天来到桌子前面端起茶杯喝了一口，不好意思，刚才开会开得久了一些，让您久等了，要不一起到外面咖啡店坐一坐？我们边喝咖啡边聊……

张晴一愣，感觉不像是在面试呀，就打断了马经天的话，是老毛叫我过来的，说是来面试的。马经天说，是的，的确是面试，不过我觉得这个职位很重要，所以要深入了解一下。我想了解一下你对静安区这两块地的一些看法，例如前期的一些规划、定位等等，毕竟这个职位是要面对开发商的，一定要有专业知识才可以。

张晴看了看马经天说，没有问题。最近这两块地很火，吸引了很多开发商竞争，是因为市中心的黄金地块的原因，这里未来升值潜力不可限量。

马经天问，那你觉得这两块地最大的问题在哪里呢？

张晴说，最大的问题是两块地都很相似，未来存在同质化竞争的局面，除非产品上面有差异，不然是避免不了同质化竞争的。

马经天点点头表示同意张晴的观点，笑了笑说，还不错，看样子毛总的眼光不错。张晴似笑非笑，不知道说什么好。

马经天说，我这里没有任何问题了，你去老毛那里报到一下，省得他老是催我。张晴起初还不相信自己这么顺利就能通过，起身离开的时候差点儿忘记道谢了。

杨旭一大早就嚷嚷着特大新闻，俞镜上前问，什么大新闻呀？桃色的吗？杨旭递过报纸说，你看看静安区的两块地最终花落谁家了。

俞镜接过报纸一看，万冠与金源两家房企双双摘得静安区新地王，楼盘价突破了5 000元/平方米的大关。

杨旭自言自语道，万冠不一直做的是商业楼吗？怎么突然会对纯住宅地块感兴趣？

俞镜插了一句，市中心呀，而且这个也可以建商业，不过是那种社区型的，顶多就是区域性商业中心，不可能再大了。我也觉得奇怪，金源也在市中心拿地了，这么贵的地也敢拿下来。

杨旭拍了拍俞镜的肩膀问道，这两块地现在有18家代理机构来竞标，你觉得哪几家的机会比较大？俞镜白了一眼杨旭说，我又不是神仙，我哪里知道？

俞镜放下报纸盯着天花板说，前期定位很重要，我估计老张这次能拿下其中的四分之一。杨旭上前拍了一下俞镜，四分之一是什么意思？不会又是联合代理吧？那岂不是很没劲？

这个时候张豪来了，看着杨旭和俞镜在讨论事情，就说，新闻你们看到了吗？现在马上召开会议，甲方马上就要公开邀标了，我们要全力加速，一周后开始报价，我已经让秘书把竞标函呈交给对方了。你们俩赶紧的，先把提案报告做出来吧。

俞镜叹了口气说，“格林紫郡”的事情还没弄完呢，又来一个新项目，还真不要活了。

杨旭说，有什么办法呀？老板到哪里都一样，还是你舒服，只要弄创意的事情，我可惨了，既要去做市场调查，又要写政策研究，烦都烦死了。

俞镜说，总有一天能熬出头来的，这个你不用着急的，老张是明白人。杨旭说，等他明白我都熬成老头了，还是算了吧。

一周的时间飞快，两个提案，皇基公司的全体成员熬夜都熬成精了，首先是李放，白天耷拉着脑袋只想睡觉。方伟说，小丫头，不许睡，精神点，就快提案了。

俞镜也快疯了，稿子改了十来次，最后改到快要吐了，定稿的时候他都感觉快要虚脱了。

幸运的是提案是分两天进行，还好都错开了，两个提案如果在一天，那就要打架了。

大家都没有想到的是，国外的港资的还有台资代理在第一轮的时候就被刷了下来，这个金世羽他们没有料到，他没有料到世和中国的提案水平已经如此厉害了。不过金世羽反思过后才知道，那是ERCI系统发挥了它前期定位的重大作用。

这个要感谢毛语呀，张晴的演讲水平还真不赖，柔中带刚，还有俞镜的演讲也非常风趣，不过这个还是要感谢方伟，虽然方伟那组第一轮就把那几家港式的、台式的代理给刷了下去，但方伟还是手下留情的。不然号称"上海地产界鬼才"的他，不可能轻易地输给金世羽，张豪也听说了最近方伟的精力都不在代理这块。最近他经常去香港，不知道他在搞什么名堂。

杨旭从甲方内部了解到，万冠的"静A502地块"，产品的定位甲方已经定下来了，是顶级城市高层公寓，金源的"静D789地块"的产品竟然和万冠的一模一样。

注定的竞争局势是无法改变了，俞镜无奈地说道，赵健说了，老励盖什么，他就盖什么。

你说赵健是不是有毛病呀？他干吗跟着老励的思路走呢？这样市场风险多大呀，同质化竞争不仅在产品上，还有价格上也会很激烈的。

还是等开标后定下来，看看有何策略可以改变这样的形势，杨旭感慨地说。

张晴风风火火地回到世和中国，进了金世羽的办公室，高兴地说道，赵健把项目给我们了，也同意了我们的案名和初步定位，"紫金贵冠"这个名字很不错，赵健说他很喜欢。

金世羽问道，那另一个地块呢？马经天推门进来，另一个地块被俞镜他们拿下来了，老励喜欢俞镜提的那个案名，叫什么"香邑"，这么女性化的东西，老励竟然会喜欢，真是世道变了。

# 【27】一城，一宅，一知己

李放因为提案的失败，正在一个人生着闷气。方伟来到九观云庭，看到李放一个人在那里不开心，就上前说，怎么了？哪里不舒服？李放正在专心致志地想着问题，听到方伟的声音，吓了一大跳，赶紧起身说，方总你来啦，我给你倒水去。李放去饮水机边给方伟倒了一杯水，端了进去。方伟看着李放一脸心事的样子，怎么？还在为那次提案的事情不开心呀？

李放说，真是可惜呀，如果不是我没有讲好，也不会一个都不成功。方伟说，这个其实和你没有关系，你没看金世羽和张豪他们，一个个如狼似虎，哪会轮到我们这呀？不过你放心好了，马上就有项目做了。

什么项目呀？李放惊讶地看着方伟。星邑湾，施彦的项目我和她谈得差不多了，估计这周就可以签订合同了，马上你又要有的忙了。这几天先休息一下，不要着急。

李放非常兴奋，哇，太好了，方总。她敬佩地看了一眼方伟。

方伟眼光独特地看中了施彦在浦东拿下的那块地，因而他放弃了与世和中国、蓝思和晨远等10多家代理机构的明争暗斗。他通过施彦的关系，顺利地拿到了这个项目，而金世羽、张豪他们竟然毫无知觉，这也是方伟独特的公关之道，这个人实在是太“鬼”了。

李放这几天正在思念着一个人，这个人就是曾经来过公司的马经天。记得柏拉图说，灵魂在诞生时即具备了一阴一阳的两性，从此生生世世在寻找对方，以平衡弥补残缺的自己。一见钟情也美丽，李放那天在九观云庭遇到了马经天之后，就仿佛跟这人通了电流，那短短一刹那她觉得马经天这人是她很久以前就认识的，一种无法言说的特别感觉。

马经天的身上透露着一种坏，这种坏释放出来的能量，是吸引女人的致命元素。一般的女人很难抗拒，这种坏是从他的骨子里面溢出来的，这也是马经天特有女人缘的原因。相比起毛语对爱人的用情专注来说，马经天绝对是个坏男人。

李放对爱情的免疫能力还算是好的，可对于马经天，从第一眼看见，她就有心跳的感觉，这是无法避免的两性之间的情感接触。

正当李放呆呆地想着，手机响起来了，浑厚的男中音，就是她日夜想念的马经天。李放，今晚有没有时间？出来吃个饭吧，我有事情要和你聊聊。李放觉得什么事情已经不重要了，重要的是能见到他。

嗯，去哪里呀？李放幽幽的声音吸引着马经天。马经天听到这种声音，恨不得化成音符穿过话筒直接来到李放的身边。星巴克怎么样？马经天问道，好，星巴克，晚上见。

李放挂掉电话，感到自己的心跳得是那么快，她拿起镜子照了照自己，幸好今天穿的衣服不是太差，她起身来到洗手间，对着大镜子前后左右照了很多遍。

也许这就是女人一辈子喜欢做的事情，其中照镜子就是一件自始至终都会做的一件大事。在镜子中寻找美丽、性感，在镜子中欣喜，在镜子中沮丧和失落。

见到马经天时已经将近8点了，马经天在星巴克里等了大约十分钟的样子，李放才姗姗来迟。

想喝点什么？马经天的那双小眼睛透过眼镜上下打量着李放，那透着幽香的身体，诱惑着马经天，其实他很想靠近她，可是他还不是很确定，李放到底是什么态度。

来一杯橙子汁，李放对服务员说。马经天说自己很忙，最近经常要出差。李放问道，静安区的两个项目被世和中国和蓝思两家公司拿下来了，你们下一步准备怎样应对这场恶性竞争？这两个项目我听说产品、规划及推盘时间等都是非常相似的，你打算怎么弄呢？

李放好奇地望着马经天，她很想从他那里知道一些世和中国近期的动向。马经天看出了她的心思，避重就轻地说，其实这也没什么，产品相似不要紧，我们包装可以不一样的，规划和推盘时间虽然差不多，但是客群定位不一样。

我觉得没有什么可比性，上海那么大，一个好的项目出来，跟风的肯定一大堆，例如今年流行欧洲风格，市场上大批的欧洲风格楼盘问世，如果明年流行中式风格，那开发商肯定会随着市场风向走，你说对吧？马经天笑着问，你要不要来我公司？我这里正好缺少一个文案策划职位。李放一惊，回答说，真的吗？

马经天看着她，没有说话。意味深长地看着她，欲言又止。

李放也就不敢再问了，她始终觉得马经天想要说些什么，又不想让她知道。李放说，我该怎么称呼你呢？叫你马总？

马经天露出了笑容，他的笑容里面藏着一丝玩味的表情，哦，叫什么都无所谓，不过我可以教你很多东西。

李放说，真的吗？那尊称你为老师比较好。马经天露出了一丝不易察觉的微笑，说道，人生在世，我们会遇到不同的人，也会遇到除了爱人之外的不同情感，就如我和你，我们之间是超越亲情的另一种情感，你懂吗？

李放听得糊里糊涂的，不知道他想说些什么，迷惑地看着他。马经天接着道，男人在这个世界上想要追求的是一种境界，这种境界可以用七个字来形容。

李放喝了一口咖啡，好奇地问，哪七个字呀？

“一城，一宅，一知己。”马经天把眼光投向窗外走过的一群人，李放发现从侧面看他竟然如此好看。

解释一下，老师，你说的那七个字是啥意思？李放追着马经天的眼光望向窗外，说道，那不是星邑湾的Slogan吗？莫非这就是男人们的追求呀？难道男人都是这么想的，每个城市买套房，养个小三呀？

马经天瞪了她一眼，你怎么这么肤浅？李放辩解道，不要被美丽的外衣所迷惑，本质就是这样。

马经天说，一城，一宅，一知己，就是一个男人的事业、家庭、爱情三者具备，才算是一个成功的男人。

哦，李放问道，那老师处于哪个阶段呢？马经天把手伸向她，就差你一个，知己呀。

李放突然之间发现，马经天与自己之间的距离如此之近，宛若热恋的情人一样，她有些胆怯了。老师，你知道浦东那个星邑湾吗？我们就要拿下这个项目了，这个项目未来的价格肯定会翻很多倍的。

马经天问，是不是方伟通过施彦的内部关系搞定的？连我老大金世羽都不知道，方伟这个家伙怎么这么鬼精呀，我们10多家代理公司在争抢两个项目的代理权的时候，他竟然玩声东击西的游戏。

马经天又一次惊讶于方伟的策略，他发现从李放这里能发现方伟的一些动向，也许这个小女人是他未来长期攻城的目标了。

真是所谓“红颜都是被拿来利用的”。

## 【28】“和”谋背后透露的信号

2001年夏天，在世和中国成立一周年的年会上，金世羽和毛语他们一起讨论，决定要把世和中国的市场研究部门独立出来，成立世嘉研究，毛语创立的ERCI系统将向全国扩展，而马经天与张晴分别出任世嘉研究的项目经理。

艾青望着马经天紧闭的办公室门，她知道马经天最近和张晴正在搞内部斗争，虽然张晴的工作能力很强，但她毕竟是个女人，而且还是个性感的女人，不仅在外面有不少追求者，在公司里面也是。艾青很难受，虽然马经天和她在一起已经很久了，但是她还是不放心。

艾青打电话进马经天的办公室，马经天拿起电话的时候，艾青就听到张晴的笑声，那声音通过话筒刺激着艾青的每一根神经。

什么事情呀？马经天还是那么温柔，令艾青有火无处发。艾青说，金总叫你去会议室开会。马经天哦了一声就把电话给挂掉了。

马经天开门的时候，艾青看到张晴那充满了爱情滋润的脸颊，艾青不知道马经天是不是在里面亲过她了，令她如此兴奋。

艾青狠狠地瞪了他们一眼。会议是由金世羽召开的，毛语说，我们的新项目

“紫金贵冠”要上市了，金总决定不和对面的“香邑”展开正面竞争。我们想和老张联合起来一起推高这个板块的市场格局。

张晴瞪大眼睛看着毛语说，为什么要这样做？我觉得竞争是免不了的。再说市场前景也没大家想象的那么坏。

马经天嬉笑着，刚在办公室夸你聪明呢，咋一下子变笨了？你多看看国家政策，懂点政策那是有好处的。

什么政策呀？张晴一下子稀里糊涂的。

中央银行收缩银根，要实现经济软着陆。这个信号对房地产市场肯定是有影响的。金世羽说道。

马经天问道，那老张和甲方什么看法？会不会和我们形成联盟呢？

毛语说，你还不了解老张这个人？典型的一只“大河蟹”。现在和金源的那个肖林，我没法说了，夫唱妇随，我最看不惯了。能实现双赢，他肯定不会和你争啥的。

那岂不是很好呀，张晴说道。好啥好，马经天瞟了一眼张晴，双赢也是要在牺牲部分利益的前提下进行，天下没有免费的午餐。

望着马经天嚣张的样子，张晴不作声了。老毛看不下去了，拉了拉马经天的衣服。马经天正想说什么，毛语指了指旁边的张晴。马经天发现张晴低着头不说话，便凑过去，在她耳边不知道说了些什么，张晴的脸上露出了笑容。

马经天转头对着金世羽和毛语说，晚上一起出去放松一下。金世羽说，我忙着呢，最近一大堆的事情，我要想清楚才行，你们去吧。毛语转头对着金世羽说，我要回家，我老婆在家等我吃饭呢。张晴叹了口气说，就老毛是个好男人呀，一天到晚在家待着，你就不觉得闷得慌吗？

行了，你们都不去那我也不去了，张晴说道。别，不是还有老马陪你吗？金世羽说。老马就算了，我可不敢要他陪我，等下外面的小姑娘把我吃掉该咋办？

马经天笑得很淫荡，拉着张晴说，那你可要救救我呀，我好怕呀。

张晴把手甩开，合上笔记本，你就别寒碜我了，我听着别扭。金世羽又强调说，这周赶紧约张豪他们见个面，把我们的意思跟他们说一下，看看这种策略行不行。

马经天说，没有问题。毛语对着金世羽说，还是让张晴先去试探一下老张的想法，不要一开始就搞僵了，要不然不好收拾呀。

金世羽低头想了下说，这个提议有道理，还是张晴先去试一试，万一老张有其他的想法呢，我们也好提前做准备。

张晴晚上约了老张在外面吃饭，令她没有想到的是，马经天约了皇基公司的李放，四个人竟然来到一个饭店。张晴他们先来，所处的位置相当隐蔽，竟然没有让马经天发现。张晴发现，马经天对李放很暧昧，只是她明显感觉到李放是个很传统的姑娘，她不明白为何李放也会喜欢马经天这样的坏男人。

张晴将视线从他们的身上收回，转向张豪，笑着说，张总，这次的“香邑”与“紫金贵冠”的战略，你有什么具体的意见?

张豪知道，以他目前的实力，还没有办法和金世羽他们直接抗衡，眼下最好的办法就是拖延时间。张豪露出了笑容，爽快地回答，我觉得你们提出的建议非常好，是个双赢的机会。

李放坐在窗边，望着窗外的风景，等着服务员上菜。这是家很普通的菜馆，但是菜做得非常地道，马经天发现李放不是一个很讲究的人，便决定不带李放上那些太高端的饭店，并不是他消费不起，他是怕李放不习惯而已。

看到马经天从洗手间出来，李放收回了看向窗外看风景的目光，看着马经天眼神中闪现出来的光亮，李放知道马经天是喜欢她的。马经天对她说过，他喜欢她，她的回答是，喜欢不是爱。马经天说，喜欢是一种淡淡的爱，爱才是深深的喜欢。

最近，方伟在不在上海?马经天问。李放说，方总这段时间经常去香港，那个星邑湾的老总施彦好像也和他一起去的。

不会是他们两个有一腿吧?

李放瞪着马经天说，怎么可能?方伟和张纯都快要订婚了呢!施彦的孩子都很大了，你不要整天乱讲哦。

李放身上散发的那种双性之美深深吸引着马经天，她身上既有桀骜不驯的动态美，又有婉约灵秀的静态美，那仿佛是女人最精彩的双面之灵魂。

他很想体味一下这种他从来没有感觉过的爱情，渴望这样的纯爱之美，他渴求的眼神一刻都没有离开过李放。

身在包房里面的张晴看到了这一幕，她总算看清楚了，马经天那虚伪的外表后面掩藏着野狼般饥渴的欲望。

张晴很晚才回到家，接到了金世羽的问询电话，问她张豪那里怎么说。张晴如实汇报了张豪的想法，张豪原则上同意与金世羽的合作，不搞恶性竞争，共同推高这个板块的市场格局。当然他也愿意在适当情况下牺牲自己的小利益，成全双方的共同目标，获取大利润。

金世羽夸奖张晴说，不错，你这个公关工作做得可不差，你把握得也不错。张晴说，我还看到老马和那个皇基的李放在一起，感觉两个人很暧昧，不知道他们俩啥关系。

金世羽说，这种事情你就不要管太多，属于个人隐私了。还有呀，我听说方伟和张纯快要订婚了，你知道吗？金世羽的心里一愣，这事早晚得来，只是没想到来得这么快。挂了电话之后，金世羽手里的电话悄悄滑落，他呆呆地望着窗外，张纯或许就只是他一辈子想要追逐的一个梦而已。

## 【29】手微张，不要试图永恒

张豪最近忙得开锅了，“格林紫郡”和“香邑”两个项目同时启动，又要搞地产平面媒体《蓝筹地产》，最近又接了一个电视类栏目，叫《房产观澜》，忙得都没空和肖林约会了。肖林最近特别寂寞，她来到蓝思，发现张豪不在公司，俞镜和杨旭在公司忙着。俞镜发现肖林进门，就让她到会客室坐一下，告诉她张豪等下就会回来了。

他去哪儿了？肖林那闪烁的大眼睛露出几丝怀疑的波澜。俞镜知道张豪最近都没有时间和肖林在一起，可能肖林会有所误会，赶紧解释道，张总今天约了《房产观澜》频道的那个人，和他一起讨论主持人的事情，可能等下就会回来的。

哦，肖林惊讶地说，要开电视栏目，这个需要很多资金，他怎么没跟我提起呢？肖林有些不开心了。

俞镜一看肖林的脸色，就知道了，说，还没正式谈合作的事情，现在就只是搭框架，处于沟通阶段，你也别瞎想，最近老张确实太忙了。

最近新接的项目“香邑”要上市了，都在忙这个呢，还有媒体的事情。你们怎么不招人呢？肖林问道。

老张也是准备要扩张的，杨旭接着道，现在世和中国已经开始布局全国版图了，他们的世嘉研究开发的那套ERCI系统貌似很强大。

肖林说，还行吧，我听说已经有开发商开始买他们这套系统了，听说还是按照年费来收取的，每一年的费用不少。

开发商还不都有钱，这点钱算啥？我是说这套系统如果垄断了，估计世和中国就能成为代理行业老大哥了。俞镜笑着道。

杨旭笑俞镜目光短浅，哪有那么容易就成老大的？肖林说，金世羽和毛语这个团队还是不错的，虽然这次我们的合作没有选择世和中国，但是老赵还是很肯定金世羽他们的做法的。

肖林和他们聊了很久，一看都快10点了，张豪还是没有回来，她就告辞出来了。

肖林回家的路上路过一家风格简约的餐厅，透过窗户玻璃，他看到了金世羽和张纯正在吃饭。张纯在激动地比画着什么，而金世羽却始终平静地看着张纯，脸上带着微笑，点着头，不知道他们在说些什么。

肖林也无暇上前打招呼，她赶紧回家，明天要准备公司的会议。就在肖林准备叫车的时候，她看到了张纯从那家饭店急匆匆地出来，而金世羽紧紧地跟在后面。张纯往马路边走去，金世羽从后面想要抓住她，他的手微张，张纯秀美的黑色长发从他的指缝间滑出，他从侧面一把搂住了张纯的腰，搂抱进他的怀里，他抬头，凝视着张纯的樱桃纯色，想要俯身，可一刹那的光辉使得这个瞬间成为永恒。

肖林看到了张豪的车，就停在两个人的面前，她本想上前，可是她停住了。张豪打开车门下车，拉过金世羽怀里的张纯，回家吧，妹妹。

张纯乖乖地跟着张豪上了车，刚才的场景她还没有反应过来，还处于游离状态。

金世羽失望地看着张纯离开，他不知道刚才的举动是不是吓着她了，可是他真的控制不住自己对张纯的爱，他不知道自己应该怎么表达，他的内心是那么激情澎湃。

张纯或许是被金世羽的举动给吓傻了，呆呆地坐在她哥哥的车上，一路无语。张豪看着妹妹这个样子，有些不放心，赶紧打电话给肖林，同样是女人，或许两个人之间会有相同的话题。肖林说，马上过来。

在张豪的家里，肖林看着张纯默默地坐在沙发上，一句话都不说，很沉闷的样子。她其实也知道，方伟对张纯的爱以及金世羽对张纯的爱都是真诚的。但是这两个男人给人的感觉完全是两个派系，方伟的身上有一股赌性，骨子里面喜欢冒险；而金世羽却是个踏实干事业的人。肖林也明白张纯肯定是喜欢方伟的，但也不排除她对金世羽也有好感。一个女人最难的就是同时对两个男人产生好感，这样的例子不是很少，通常受伤害的还是女人，女人的情感很脆弱。

张纯，你到底喜欢哪个多一点儿？肖林问道，张纯看着肖林的大眼睛，说，当然是方伟了，我把金世羽只是看成朋友，很好的朋友而已。没想到他刚才那么对我。肖林摸了摸她的头，说，傻丫头，那你可要看准了，如果你只是喜欢方伟，那就大胆地去表达，不要不好意思，金世羽那里交给我和你哥。

嗯，张纯露出笑容。快去睡吧，肖林推了推她，明天还要上班呢。我听说你哥想让你去他的公司，是真的吗？

张纯说，嗯，哥哥提过这个事情，要把他手下那块地产传媒整合包装起来，成立一个新的广告公司。还说让我当什么总经理，肖姐，你说我怎么担当得起？

肖林笑了笑说，我看行，只要你愿意干，有我们教你，你就放心吧。

那我先去睡了，张纯起身朝卧室走去。肖林来到张豪的房间，看到张豪正在忙着看文件，就问道，你真的打算让你妹妹搞那个什么广告公司？张豪看到肖林进来，就赶紧起身，拉着肖林坐下。对，张豪一边说道，一边拿着文件过来递给肖林。

“九重锦传媒”，肖林一看，公司都已经注册下来了，她竟然还不知道，她露出了不悦的神色。张豪轻轻抚摸着肖林的背说，这几天太忙，所以没有来得及告诉你，先让她试一试，不行你来弄。肖林抬头说，我哪里有时间呀，老励最近想让我升职呢！我说要先考虑一下，太累了。

张豪看着肖林很累的样子，就说，那今晚就别回去了，住这里吧。肖林起身想说些什么，张豪拉着她进了客房。这间，一直是给你准备的，怎么样？肖林推门一看，很不错的房间啊，很美，谢谢。

## 【30】生死轮盘上的大拯救

胡鸣自打从皇基公司出来后，带走的“四季润园”项目一直处于舆论的风口浪尖，再加上前段时间在“紫金贵冠”与“香邑”两个项目上竞标失败，使他对“四季润园”有如获至宝的感觉。然而世事难料，“四季润园”这个大盘其中有8万平方米的商业区，这个当初是胡鸣在皇基公司的时候接代理一起签下来的，商业区对胡鸣来说还是比较难的，因为胡鸣手下没有什么人。“四季润园”的商业区一直是胡鸣内心的一颗钉子，万润地产多次催促胡鸣要把招商这块提上日程，胡鸣由于手上的资源还不够，所以一直拖着。现在“四季润园”项目就快接近尾盘了，而商业区这块已经不能再拖了，胡鸣这段时间一直头疼着这件事情。商业区在前期也做过定位与招商，但由于定位不是很准确，招商的进程虽不是多么失败，但经营方面却出现了严重的问题，客流量很少，可能是因为商铺的定位不符合当地商圈的客群需求。经营方面也出现了很大的亏损，导致很多商铺撤离。

俞镜打电话给胡鸣，玩笑地说，胡总呀，你还是招人吧，我这里暂时还过不来呢。胡鸣说，那介绍几个给我吧，我这里现在缺的是商业区规划这块的，“四季润园”招商和运营这块很难搞，我对招商这块暂时还没有什么好的招数。

你觉得那个金合韵怎么样？俞镜问道。胡鸣想了半天，哦，你说的是以前跟我们一起竞标的金合韵，是一家台资代理公司的总监吧？

俞镜说，就是她，她对招商这块很有经验，你可以把她挖过来，我听说她在现在的公司干得不是多么顺心，我估计你挖她，她肯定会过来。

胡鸣问，你小子咋这么肯定呀！俞镜笑着说，这个你就不用知道了，我有内线呀。

胡鸣笑了，你这个坏家伙，早晚你得归我。俞镜说，那得看你出啥价钱，我很乐意奉陪。

你开价吧，我一定把你挖过来。胡鸣说，我有电话进来，先挂了哦。

俞镜打完电话，就给金合韵发了一条短消息，告诉她胡鸣这里需要商业这块的人，让她赶紧做好准备，金合韵很感激俞镜。

金小姐，你好，什么时候出来吃个饭，聊聊。金合韵其实很想和俞镜他们一起切磋的，自打上次一起竞标后，金合韵对俞镜的专业水准有点儿刮目相看了。

俞镜说，没问题，等胡鸣有空吧，约你和他一起聊一聊，他那里那个“四季润园”项目有将近8万平方米的商业区出了点麻烦，你要不去他那里，给他支几个招。

金合韵说，这个可以，我正好一直就是做商业区策划的，8万平方米，小意思。他那个项目我研究过，其实他那里顶多是个区域性的商业中心，他现在搞得太大了，主题大而空洞，没有实质性内容，高不成低不就，商家留不住，客群也不会来。

俞镜笑着说，我就知道你行，要不明天吧，我先和胡鸣约一下，明天见好了。

金合韵说，哈哈，没有问题，等你好消息。俞镜心里其实很清楚，他为什么要向胡鸣推荐金合韵这个人，其实是因为金合韵在这家台资代理行的背景与资源，对于商业这块金合韵有很深的见解与很多资源，她是个能帮助胡鸣走出目前困境的人。虽然俞镜对金合韵还没有那么知根知底的了解，但鉴于目前形势下的上海房地产代理界如此竞争的场面，只要有共同的目标与利益，就没有任何合作的矛盾。

胡鸣见到金合韵的时候，俞镜也在场，在一家很普通的饭店吃了个便饭，金合韵倒是很能喝酒，也很豪爽。

金合韵问胡鸣，你这个商业主要的客户是哪些？有没有前期的业态规划与定位？

俞镜说，好像还没有什么规划，都是以投资客户为主。

金合韵说，那你觉得有什么地方可以吸引投资客户的呢？

胡鸣说，这是个大盘，区域规划，项目的三大核心规划，而且商业区本来是要做成整个区域的购物中心，还有就是社区性商业。

金合韵看了看俞镜，说，做规划不一定就做招商，不做些规划，你跟客户说什么？还有，投资价值在哪里？如果说规划不好，谁知道啥时候能实现呢？说不定未来就改了呢。

胡鸣说，现在的问题是目标群体和针对点在哪里。

俞镜插嘴，商业区的前期规划很重要，不然你怎么能知道后面的危机会出现在哪里？等你知道了，为时已晚了。

金合韵说，先进行一下周边摸底，等透析了整个区域的市场需求，我们再来讨论具体的规划及招商。

胡鸣说，这就都按照你说的安排进行。

事实证明俞镜的判断确实是正确的，胡鸣和金合韵聊得很投机，双方的理念、看法及判断也很相似。这一年，金合韵正式加入晨远，出任公司的副总经理。胡鸣对她期望很大，金合韵在加入晨远后的三个月之内，就把“四季润园”这个项目的商业进行了重新定位与招商，短短半年，这里就聚集了很多的商家，客流量明显回升，很多没有买到和租到商铺的客户后来都后悔莫及。

这些倒是胡鸣没有预料到的，胡鸣开始关注金合韵在商业这块的运营与管理模式，只是金合韵并没有像俞镜说的那样坦诚，这也使得胡鸣对她也防了一手。

胡鸣问俞镜，你知不知道金合韵的后面有哪些资源？虽然她的这个项目搞得很成功，但是我发现她总在我面前留一手。我觉得这人不是很坦诚，她会不会有什么其他的目的呢？

俞镜在电话中说，金合韵对你留一手是有道理的，毕竟大家是初次合作，而且也不像我和你一样知根知底，但是只要利益与目标一致，我觉得并不是什么坏事，首先你要相信对方，毕竟她把你那个都快死掉的项目救活了。

## 【31】莫问幕后

金世羽听外界说，张豪把《蓝筹地产》的专版及《房产观澜》电视专栏两个项目独立包装起来，成立了九重锦传媒，由张纯担任总经理。

金世羽给杨旭打电话的时候，杨旭正在谈这一期栏目的制作问题，一看是金世羽的电话，赶紧来到会议室外面。金世羽问道，外面传言张纯要担任九重锦传媒的总经理，是不是真的呀？杨旭说，当然是真的。

金世羽说，她这么小，又没有什么经验，张豪怎么放心让她搞这个公司呢？杨旭说，她还小？都是小人精了，别提多精明呢！

金世羽笑着说，她再精明也只是一个小女人，我就觉得不应该让她做这样的事情，我看张豪将来肯定会后悔的。

杨旭叹了口气说，将来的事情谁说得准？也许都会后悔的。金总，你知道他们两个就要订婚了，你难道不急？

金世羽的心一阵战抖，感觉被针扎了一样，很痛，很难受。他赶紧端起茶杯喝了一口，哇，他叫了起来，一口水喷了出来，一股热浪从喉咙口溢出来，这茶是艾青刚泡好的，非常烫。杨旭在电话的那端听到金世羽的叫声，金总，你……

金世羽苦笑，刚喝了茶，烫着了，你小子就不盼着我点好，你在张豪那里怎么样？什么时候方便到我这里，我这里的世嘉研究缺人。

杨旭说，你缺少的是不是关键人？如果是关键人我就过来，无关紧要的人，那就算了。

金世羽说，你就是关键人呀，我都跟你说了多少遍了，你就一直拖着。什么时候，你就跟我明说了，不要一直拖，时间不等人。

好好好，杨旭答应得倒是很爽快。

对了，问你个事，张豪那个传媒板块的幕后老板是谁呀？杨旭说，这个我哪里知道呀？听说是国企背景的，好像姓什么祝的，具体我也没有见过。

哦，金世羽挂完电话，发现嘴唇还是很难受。

毛语推门进来说，马经天和张晴两个人又开始互掐了。

金世羽问，为什么呀？前段时间不是还好好的吗？

毛语说，还不是为了“紫金贵冠”这个项目？甲方的意见很烦琐，他们一直做的是综合体项目，这次搞个市中心的高端公寓，理念上估计没有转换过来，一直要照着老赵那个“香邑”项目的思路搞。

不对呀，老张不是说了，这两个项目一同推向市场，不搞价格竞争吗？怎么老张又开始反悔了？

毛语坐下说，老张那是没有问题，但是甲方不答应，他们说要么超越老励，要么另辟蹊径。金世羽说，怎么这样呀？是赵健的意思吗？毛语说，我估计八成是他的意思，不然他下面的人谁敢这样大胆，改变策略？

毛语说，“香邑”这个项目格调偏向女性化，很柔，而赵健万冠公司的“紫金贵冠”比较男性化，很阳光。两个项目虽然味道不一样，但是能互相取长补短，我觉得这也是市场产品差异化的一种路径。

马经天什么意思？毛语说，马经天的思路我认为是正确的，但张晴我觉得她思考问题的角度完全是从甲方的思路出发。我认为她还有些问题，不能什么事情都依赖着甲方，甲方说什么就是什么，不然要我们干什么呀？这个项目还是撤掉一个项目经理吧，不然自己内部都闹起来了，不好吧？

嗯，金世羽低头想了想说，把张晴撤下来放在ERCI系统里面吧，这块未来需要很多的人力。毛语说，那好吧，我觉得张晴还是可以好好培养的。

老毛呀，我听说胡鸣他们也在挖老张那里的人呢，你觉得俞镜和杨旭他们两个会不会到胡鸣那里去呢？金世羽抬头问毛语。

毛语原本坐在椅子上，站起来说，这个胡鸣现在怎么变得这么坏？以前挺诚实的一个小伙子。金世羽说，这也不能怪他，他成立一个公司毕竟也不是那么容易的事情，你看他能把“四季润园”从老方那里搞出来，我认为这家伙将来一定能成就一番大事业。

毛语笑着说，你怎么老是长他人志气灭自己威风呢？金世羽说，我一向说的都是事实，我只是就事说事而已。你赶紧把杨旭那小子给我弄过来，他在老张那里简直是浪费青春。

毛语看了看金世羽，你知道杨旭能跟我们一条心，老张对他不好吗？

你觉得有我们对他好吗？金世羽白了一眼毛语。那我去试一试，杨旭可不像马经天那么好弄，给色就来，杨旭很有自己的主见的。

你以为马经天就那么好弄呀？我看呀，以后有你受的，这家伙虽然说业务能力强，但你可要看好他了，生活作风、人品有问题，你可要当心点了。

金世羽说，舍不得孩子套不着狼，先用着再说，他那么聪明，不会干傻事的。

两个人正唠叨着，马经天敲门进来，说和广州智慧资源的战略合同要请两位老总过目下，对方催呢。

哦，是董海呀，我们不急，他急啥？金世羽问道。

毛语笑了笑，还不是他在南边那里拿了个项目，老马上次去帮他搞定了那个开发商，现在开发商要请我们当顾问，所以他就急着催我们签订合同了。他呀，精明得很呢！

金世羽接过马经天递过来的合同，说，我看下，明早给你。马经天说，好，没有什么问题。

马经天正要推门出去，突然之间想起了什么，转头问金世羽，“紫金贵冠”这个项目甲方的意见很多呀，我觉得张晴的做法有些欠妥，她什么意思都是按照甲方的思路去办，这样的话我们就会很被动。毛语说，我同意你的看法，我刚和金总讨论着呢，想让你单独负责这个项目，你觉得如何？

马经天看了看他们两个，仿佛想要看透他们的心思背后的真正想法，犹豫了一下说，好吧。那张晴那边呢？我可不想得罪这个美人呀，她要吃了我咋办？

毛语指了指他，说，你小子，就知道泡妞，去吧，张晴那里我跟她说。

第四章

# 无疆界市场，不适者也要生存

## 【32】越是分裂，思想越是灿烂

这段时间方伟一直在香港与上海两地之间奔波着，虽然事情烦琐，但还是很有收获。他在一次去香港的飞机上，偶然之间结识了祝涛，祝涛当时正在忙着《地产买家》杂志的港台及海外发行工作，目前香港这里的渠道差不多都打开了，美国那边的渠道也在有条不紊地建设中。认识祝涛，对于方伟来说又多了一个资源。

祝涛问道，你那个公司现在还在运营，没有关掉吧？方伟看了看祝涛说，当然啦，好好的干吗关掉呢？

我听说张豪、金世羽还有胡鸣他们都离开了，从原先那么强大的一家公司分裂成现在的四家公司，竞争对手一下子多了三个，你不觉得压力大吗？

方伟笑着说，祝总，即使他们不分裂，上海这个地方也会有更多的代理公司涌现出来，这个都是一样的。何况我们现在还是朋友呀，大家有钱一起赚，不是好事情吗？而且竞争越是激烈，越是能大浪淘金，也越是能促进彼此成长。

祝涛点点头说，听起来很有道理，方总经常去香港吗？莫非有啥大生意？

方伟转头看着祝涛说，有呀，最近香港的资金很活跃，都想往内地流动，我这不是在找渠道嘛。

莫非方总的公司想要谋求上市？祝涛试探着说。哈哈，上市还不太可能，最起码要五到十年的发展时间，只是现在先要做好准备，其实祝总你现在杂志做得也相当不错了，这样的信息量在上海已经有不错的市场份额了。

祝涛说，我现在的难点就在于无法使信息系统化，你没看金世羽的世嘉研究搞的那个ERCI系统吗？将来估计能借助互联网迅速规模化，我的杂志目前的影响力还可以，将来就不一样了。张豪他们搞的那个《蓝筹地产》在广告传达方面已经很有规模了，我的这份杂志未来的生存空间会很小。

方伟第一次听到祝涛说这样的话，他一直以为祝涛是个很强势的角色，没想到也有这么多的无奈呀。现实就是现实，不适者就要被淘汰。

方伟说，那么毛语找广州那里的智慧资源合作是什么意思?

祝涛说，方总呀，广州那里属于南方了，世和中国想要独立建团队，肯定需要花费很多的人力与财力，金世羽这么搞战略合作，是在用少量的人力，达到迅速占领市场的目的。我敢跟你打赌，未来他们将会吃掉很多小企业，一旦世和中国上市，资本化运作，将会迅速扩张。祝涛说着说着叹了口气。

方伟说，祝总呀，你也别叹气，难道金世羽能吃下整个中国的房地产市场，成为寡头?我觉得不太可能的。

算了，不想那么遥远的事情了，祝涛说，人只是能思想的苇草罢了。我们都应该追求自己的尊严，绝不是求之于空间，而是求之于自己思想的规定。

方总有没有兴趣一起去澳门玩玩。方伟看了看祝涛问道，祝总经常去吗?

哈哈，偶尔，最近突然感兴趣了，想出去散散心。方伟说，等我有空了，给你打电话吧。祝涛说，求之不得。

两个人聊得很起劲，飞机降落后，祝涛说要等人来接他，方伟就独自离开了机场。这次本来张纯也要和方伟一起来的，可是最近张纯忙着“九重锦”的筹备工作，一时脱不开身，方伟就一个人来香港了。

方伟来香港的目的可不单纯，最近他迷上了股市和期货，香港如此多的热钱，这是他能从中取得机会的良好途径。然而这些都是金世羽他们不了解的，方伟连张纯都没讲，留下李放在公司看守着。

李放在公司无聊地看着案例，方伟一去香港就要很多天才回来，李放俨然成了公司的领导一样，可是什么事情都不太好拿主意。这几天马经天经常约李放，都被李放给推掉了，不是她不想见他，相反她非常想见他，可见了之后又很忧伤，不知道该做些什么，这是李放的矛盾。她一方面渴望见到马经天，一方面又害怕两个人单独接触。李放其实很想拥有真正的好朋友，她一直把马经天当成是她的朋友兼老师。有那么三两个朋友，可以随时请教，又很默契，这就是张爱玲说的“懂得”。

马经天是懂得的，但他不是李放心中的十万个为什么，马经天需要进一步的身体接触，这是李放所害怕的，不是她不想恋爱，而是她怕被欺骗。

李放遥望远方的云儿的时候，电话响起，李放拿起电话，是张纯。怎么样？今晚有时间吗？一起出来聊聊，我有事情呢！

张纯邀请李放出来吃饭，李放哪有不答应的份，其实李放并不知道张纯已经成立了自己的传媒公司，这也是她觉得非常意外的，谁叫张纯命好呢？有哥哥和男朋友疼，哪像自己，没人疼也没人爱。

张纯不仅约了李放，还约了天域公关的顾悦，她没有约张晴，张晴最近非常忙。她们三个来到了“屋企汤馆”一起喝汤，顾悦最近穿着非常性感，张纯看到她就说，你是不是最近又遇到什么稀有男人了？李放尴尬地看了看顾悦，顾悦坐下白了一眼张纯说，我哪有那么好命呀，如果能傍到大款我还要这么辛苦地在这里啰唆吗？

张纯想了想说，那倒也是，没有大款也有大腕啊。得了吧你，顾悦说，大款和大腕不就是一个级别的吗？没啥用，除了钱，他们给不了你什么。我现在需要的不是这些。顾悦说。啊，张纯惊讶，那我就不知道了，你现在还缺什么呢？

李放插了一口，缺爱。

顾悦扑哧一笑，爱，这年头还有爱吗？爱就是狗屁。李放知道她说错话了，脸色有些变红。张纯说，我相信爱情，而且我也向往爱情，我觉得我和方伟之间就存在爱情。

李放听着张纯的话，说，爱情已经成为奢侈品了，不是想拥有就能拥有的。

得了，不扯这些了。顾悦说，你叫我们来干吗？张纯说，还不是九重锦刚组建，请各位关照一下啦。顾悦说，没有问题，我这里的广告不都给你了吗？

李放说，我能帮你什么？

张纯说，你能帮我很多事情，九重锦的企业文化理念以及CI形象系统都没建立，这个就拜托你了。

李放说，我可以吗？

张纯眼睛瞪得大大的，怎么就不可以了，当然可以啦。

那好吧，我回去给你做个提案吧。顾悦说，你哥真的把整个广告公司都交给你了？他放心？张纯说，有啥不放心的。

本来还想让你来我公司呢！顾悦脸上露出了可惜的神情。张纯说，是因为我哥太忙了，所以要我帮帮他。

你怎么不找金世羽和胡鸣他们？他们手上项目已经很多了，都有大量的广告需要投放呢！张纯说，我不太好意思找金世羽，再说胡鸣这个人我觉得人品有问题，不想找他。

李放说，胡鸣那不是人品问题，当时方伟也不管公司，胡鸣那是迫不得已，如果他不这样做，这个项目就有可能会被你哥或者金世羽他俩抢走。

算了，不说这些不开心的事情了，我现在只希望能把九重锦做好做大。

广告界如公关界一样，不好混。顾悦舀了一勺汤自顾自地品尝了起来。

## 【33】什么是调性

这里的汤不错。张纯看着顾悦喝得那么津津有味，情不自禁地拿起勺子也尝了一口，确实不错，温润恬淡。她抬头问顾悦，为什么叫“屋企汤馆”呢？

顾悦说这是因为“屋企”在粤语里是“家”的意思，这里不仅能让客人喝到鲜美的家常汤，还会根据节气推出具有滋补养生功能的营养汤品。

李放说，那经常来喝汤，会不会变漂亮呀？顾悦说，当然可以，汤羹养生是一种传统的养生方式，每天工作之后，如果能喝上一碗滋补鲜香、营养丰富的汤羹，不但身体能够获得滋补，心灵也能得到一些慰藉。

怪不得你的皮肤这么好，张纯由衷地夸着顾悦。顾悦笑着说，这是一方面，还有另一个方面。张纯好奇地问，还有什么呀？顾悦笑着说，当然是男人的滋补啦。

呃，李放发出惊人的叫声。顾悦问，你怎么没叫张晴出来呀，我好久没见她了，自从她去了世嘉研究后，很少和她碰面，我约了她，她说她很忙，要陪客户吃饭。

哎，这个家伙，就知道陪客户吃饭，都没属于自己的时间了。顾悦叹了口气说道。

李放说，我听说前段时间她和马经天两个人吵得很凶，后来被金世羽调到世嘉研究部门了，本来是负责那个“紫金贵冠”项目的，听说跟那个“香邑”掐得很厉害。

哦，“香邑”呀，这个项目名字很好听，顾悦说，并拍了拍张纯的手臂说，这不是你哥公司的项目吗？公关公司定了没，找你哥商量一下，给我做怎么样？

张纯说，好，哪天你约个时间，我带你去见我哥。顾悦仿佛接到了一单大生意似的，特别地来劲，招呼服务员说，再来一锅汤。

张纯说，你还要呀，这里的都没喝完呢。

李放推了推张纯，我上次听说了一件很搞笑的事情。什么事情呀，张纯和顾悦抬头盯着李放问道。上次马经天全面接手了“紫金贵冠”这个项目后，对老张手下的俞镜试探了很多次，但是俞镜始终不肯透露“香邑”的具体策略，使得马经天很头疼。后来，俞镜只告诉马经天要注意“调性”，你们俩知道马经天问什么吗？

张纯和顾悦异口同声地问，什么？

马经天问俞镜什么是“调性”呀？俞镜就回答他，“调性”呀，就是调情的一种。

哈哈，“调性”，调情的一种，很经典呀，顾悦捧腹大笑，也真亏俞镜能想得出来。

李放说，俞镜可是个大才子，什么都懂，传说中的人物，如果是个帅哥，我就倒追他了。

重色轻友，我看你就是典型的花痴，张纯白了一眼李放。她从李放的眼神里面看出了爱情的冲动火焰，这个小女人估计是要发春了。

还真如她们三个说的那样，马经天开始召集开会，研究项目的基调，企划、平面、设计、文案等一起来开会，从上午10点多开始，一直开到下午2点多，大家又饿又累，可是马经天却丝毫没有结束会议的意思。

会议还在继续，马经天喝了一口茶，扫视了一下大家。“紫金贵冠”这个项目是我们服务好万冠公司的一个开始，这个项目做好了，后面的项目就会接着来，所以大家一定要全力以赴，我们要和对面的“香邑”比一比，到底是谁最具有核心竞争力。

我希望大家具体研究一下“香邑”的调性、策略和推广节奏，我们一定要在对方开盘之前把他们的具体策略拿到手，你们听到了没有？可以不惜一切代价。

一旁的文案嘀咕道，牺牲色相也可以？

可以，你们说呢？文案鄙视地看了他一眼，不作声了。

傍晚的上海夜色有时候也需要宣泄，“采菊东篱下，悠然见南山”的境界只属于世外，上海的夜色有着她独特的魅力，丝丝暧昧从每一个车窗透出来，空气里面混杂着寂寞的气味。李放在结束了一天的工作之后，很想去放松一下，正好接到了马经天的电话，那就一起去唱歌吧。

钱柜的音响效果很好，而且是上海最贵的，那就去那里吧。马经天在电话里面嚷嚷着。李放对于这些倒不是很讲究，她很久没有见他了，其实很想见到他，看看人就足矣，也没有其他的奢望。

不堵车，李放竟然先到了，打电话给马经天，我到了，你在哪里呀？

李放明显地听到了马经天电话那头兴奋的声音，马上到，今天一路畅通，你在哪里呢？我在钱柜的门口，如果你还要很长时间的话，我就先进去了。

马经天的声音有些颤抖，我快转弯了，三分钟后就到……

李放说，那我就在门口等你吧，一起进去好了。说完李放把手机放进了自己的包里，往左边伸头遥望了下，马路上依然是高峰时段的车水马龙，上海是一座不夜城，白天上班的人们，夜生活才刚刚开始而已。

感到后面有人拍了她肩膀一下，李放转头一看，这么快就到了？李放上下打量着他，高兴之余还有些期待。

马经天伸手搂住了她的腰，走吧。李放有些不自然，往边上躲了躲，可是马经天的身体也往她这边靠近，两个人一起朝钱柜里面走去。

一角粉色的衬衫从李放那紧紧裹着的小西服里面露了出来，那粉色的纯净在激荡的音乐和漆黑的夜里，闪现出宁静的感觉，马经天立刻有一种回到家的感觉。

李放的声音低沉委婉，有点儿像王菲的音调，马经天坐在她的后面，听着音符从她那精巧的小嘴里灵动地飘出来，那种有点儿忧伤销魂的吟唱让他动了情，他伸手一把拉住李放。

突如其来的力量，李放的头往后仰，一下子栽倒在马经天的怀里，没有反应过来，马经天闲了很久的手开始游荡上了她的后背。

有种淡淡的呻吟声从她喉咙里面发出，和着音响里面不断传出的音乐，她开始迷醉。双手抓住了马经天的头，那竖起的发丝在她的掌心摩挲着，痒痒的，麻麻的，一个世纪的等待，就在此刻释放……

## 【34】最性感的莫过于思考

怎么了？不知道过了多久，李放挣脱了出来，低着头不敢看马经天，歌声还回荡在房间里，凝固的空气里面满是让人感到暧昧的气息。

李放睁开迷乱的眼睛，她望见的是马经天眼神里面的激情，这种感觉是马经天第一次接触到的，也是李放从未有过的、想要的、期待的。不知道过了多久，两个人再次拥抱在了一起，这一次两个人很长时间都没有分开。

李放知道这一次自己真的要完蛋了，马经天竟然就是自己的宿命者，他总是透过她的眼神阅读她的灵魂，让她恨不得化成文字与他相遇，而他最性感的是他思考的样子，他永远有一种让她期待很久的感觉，那就是思念。

嗯，你们公司最近是不是没有什么业务呀？马经天轻声问道。哦，李放说，是呀，那个俞镜倒是想让我去蓝思，他们那个“香邑”要开盘了，还给我讲了很多“香邑”的构思与想法。李放毫无保留地把俞镜给她讲的“香邑”的调性和策略都告诉了马经天。

她没有料到的是马经天正在套她的话，作为朋友，俞镜毫无保留地对她讲了很多。而她也是同样地没有藏着，她深信马经天绝对不会利用她，恋爱中的女人都是盲目的，智商自动降低。

那俞镜有没有说“香邑”什么时候开盘呢？马经天不经意间问，他的一只手还是搭在了李放的腰上，李放微微露出的春光吸引着他的目光。嗯，听他说是本月末的最后一天，说还是要搞个很隆重的开盘仪式，邀请的都是财富界的资本阶层，俞镜说了一定要搞有格调的。

他还说要邀请几个美女明星呢，她们都很喜欢“香邑”这个品牌，其实女孩子都是很喜欢的，我也很喜欢呢，我还给俞镜提炼了这个项目整体的价值走向呢。俞镜说“香邑”的调性是要具备“双面气质”，在策略方面要把握“低调传播和圈层营销”两个特点。

李放把那张“香邑”的项目体系构成拿出来，马经天看了 下，整个项目的调性及策略一目了然。

马经天夸奖李放说，你这图画得真不错，一张纸就能搞定全部的内容，太厉害了。听着马经天的夸奖，李放觉得比吃了蜜糖还甜。哈哈，这是我发明的“一张纸策略”，全部的战略构思都在这个上面了，从宏观到微观，一看就全明白了。

哦，看样子很不错，马经天漫不经心地说，内心想笑，可是又笑不出来，他从来没有感觉到像今天这样的身心愉悦，也许李放是他遇到的最单纯的女孩子吧。

方伟最近人在不在上海，怎么很少看到他了？马经天摸着李放的头发，滑过手心的发丝有些许的凉意。他呀，李放微笑着，我老板三天两头地往香港跑，听说好像是找香港的一些投资机构，类似那种基金，他们会在内地进行投资建设。

那有没有成功的，哪家香港基金会到内地来呢？马经天有些怀疑，眼神瞟了瞟李放。

有倒是有，不过都是投向股市，房地产这块目前还没有。

股市呀，目前的股市都不是很好，我听方伟说，股市会大涨，反正我也不炒股，不是很清楚这方面的情况。你家老板还炒股，马经天很惊讶，眼睛睁大了，挺难看的。

炒股怎么了？又不犯法，李放白了一眼马经天。马经天笑嘻嘻地说，是不犯法，我就是觉得奇怪，他好好的代理不做，去炒什么股。李放推了他一下，不仅炒股，还搞期货呢，我家老板很厉害的。

怪不得那个张纯整天跟着他去香港玩。李放询问的眼神里露出了疑惑，你怎么知道的，我没跟你提起过，张纯和方伟快要订婚了，感觉他们真是幸福的一对，张纯最近还成立了一家新公司，真是幸运呀。

马经天说，那是张豪成立的吧，就是把地产传媒那块独立出来运营。李放问，你觉得这块未来有没有市场啊?

怎么没有，地产传媒未来的市场容量会非常的大，如果未来网络更发达，网络地产传媒也会非常火爆。马经天滔滔不绝地在李放面前说着，李放看着眼前这个男人，开始有些情不自禁地爱上他了，她真的不清楚那是所谓的爱情，还是一时的冲动。反正现在就是看不到他想念他，看得到他又怕失去他。

马经天说着说着电话响起来了，他拿起电话一看是艾青的，他看了看李放说，我去接个电话，你等我一会儿。李放看都没看他一眼，开始选歌。

外面也是一样的嘈杂，马经天接通了电话，艾青在那头哭泣，怎么了？莫非今夜你想我了？马经天关心地问。

还说呢，今天被老板骂了一顿，你也不来安慰我一下。哈哈，马经天笑得很开怀，我等下就过来，你要等着我呀。

他说完兴高采烈地挂了电话。推开门，李放正在唱着那首《假如》，忧伤的气氛渐渐感染了马经天，马经天从背后搂住了她，亲爱的，我们回去吧，明天还要上班。

李放乖乖地放下话筒跟着马经天上了出租车。送她回家后，马经天径直来到了艾青租的房子，它位于上海静安寺附近的一幢老弄堂，老式建筑，艾青从家里搬出来后便自己租了一个单间。

马经天找了很久才找到，楼梯是木头的，走起路来咚咚直响，马经天在幽暗的路灯下找了很久才找到艾青的房间。敲了半天的门，艾青才睡眼惺忪地出来开门。

她穿着嫩绿色的睡裙，敞开的领口里面有种欲念在跳跃着，马经天迫不及待地扔下手上的笔记本电脑，随手把门往后关上，抱起艾青就往床上扔过去。

黑夜的月光无法透过垂荡的窗帘窥探小屋里面的隐私，只能淡淡地映在窗棂上面，飘忽地想要一览春光的美色。

# 【35】通感

毛语在公司召开ERCI系统的例会，会议开始的时候已经是上午10点多了，原本应该出席会议的马经天却一直没有来。毛语问张晴，老马呢？怎么一大早没看到他人呢？昨晚他是不是加班到很晚才回去的？张晴不屑地说，他昨晚8点多就回去了，我没看到他，我昨晚是10点半回家的。

哦，毛语拿起手机打了马经天的电话，电话刚通，就听见推门声，一看正是马经天。他匆匆忙忙的，还是穿着昨晚的那套衣服，脸色有些发白，额头冒出了阵阵虚汗。马经天一扫会议室看到大家都到了，就笑着说睡过头了，毛语意味深长地说，注意自己的身体呀，老马，革命还未成功呀。

张晴低着头，从心里偷偷地笑出了声，马经天还真会装，她偷偷瞧了一眼马经天，正好迎上了马经天那迷离的眼神，那目光赤裸裸地穿进了她的心里。她浑身起了疙瘩，她发现她不能看马经天的眼睛，一看就会出事情，就会瞎想，她自己也不知道这是为什么。

毛语正视了一下大家，都到了吧，现在开始开会，我先讲下ERCI系统最近的进展。毛语往右看了看张晴。

张晴有种如梦初醒的感觉，她不好意思地整了整自己面前的文件，ERCI系统目前已经覆盖了中国全部的一线城市，未来我们的目标是朝着二线和三线城市发展。

预计两年左右把覆盖范围延伸到中国所有的二三线城市，形成我们ERCI独特的技术体系及资源优势。张晴说完看着毛语，毛语的脸上露出了赞同的笑容，那么老马，你来讲讲世嘉研究这块的进展。

马经天抬头环顾了一下大家，目前世嘉研究在一线城市的项目达到了300多个，光在上海就有将近50个项目，当然我们会引进更多的人才，因为我相信世嘉研究未来会是中国最优秀的一个团队。

好了，毛语打断马经天的话，你来讲讲那个“紫金贵冠”吧，听说最近甲方又提出了不少的意见，不是马上要开盘了吗？你和你的团队能不能搞定？毛语的话里有些担忧。

马经天笑了笑，胸有成竹地说，毛总，你放一百个心，我绝对有把握超越对面的“香邑”。哦，毛语那双孩童般纯真的眼神里面露出了惊奇的神色，你想超越张豪他们，我估计难度很大。

哈哈，难度不大，要我做什么？马经天的声音一下子高了很多，看似嚣张的表情里面露出了不易察觉的警惕。

张晴有些疑惑，为何马经天如此有把握，莫非他有什么内幕？

毛总，不会是老马牺牲了色相打探到了蓝思的秘密吧。

马经天白了一眼张晴，你就知道色相，你色一个给我看看，我这叫作“通感”，通感你懂吗？

张晴一脸的不悦，什么叫通感？

毛语说，“通感”一词是钱锺书的话，就是一种感觉超越了本身的局限而领会到属于另一种感觉的印象。

张晴一脸迷惑，马经天身体往前倾了倾说，就是用甲感觉去描写乙感觉。例如我在马路上看到一个衣服穿得很少很暴露的性感女人，我就想到了你，这就叫作通感，你懂了吗？

张晴的脸一阵的绯红，这和项目有什么关系啊？

说了你也不懂。马经天问毛语，我需要公关公司的高端俱乐部配合我们的SP活动，老毛这块你要支持我！

毛语说，你要任何资源我和老周那里都会支持的，没有条件创造条件都要上，这个你明白的！

明白，绝对明白。马经天终于可以放心了，这个可就是天时、地利、人和了。

毕竟在一个公司那么久了，张晴骨子里面的性感虽然外表没有那么明显，但是马经天从她的举止当中就能感觉得到，这也是她做公关工作留下来的职业病。

# 【36】为爱画地为牢

马经天从会议室里面出来的时候，看到艾青正在和一位新来的同事在茶水间说着悄悄话，她们的声音很轻，马经天隐隐约约听到几个字，说什么张晴不要脸之类的。马经天径直走进去，艾青看着马经天板着个脸，就闭口不说了。

艾青把一份快递送进了马经天的房间，马经天示意她关上门，你是不是和刚才那个新来的说我什么坏话了，你知道在你前面有个女的因为乱说一句话就被开除了吗?

艾青低着头不敢说话，她突然发现眼前的马经天和昨夜的那个他完全不一样了，她有些后悔了。马经天用一种陌生的眼睛盯着她，仿佛她没穿衣服一样，艾青就这样被他看透了，赤裸裸的，没有任何防护。

你先出去吧！很久之后马经天才说，以后不要把工作和私事混在一起。

艾青低着头，轻轻地拉上了门。马经天打开快递，里面是一条领带，原来是那天他在钱柜解下来放进李放的包里面的那条领带。

马经天不经意间露出了期待已久的笑容。他发了一条短消息给李放：今晚在家等我，我想你。

李放看到这条短信，正好在和方伟他们开会，方伟问了这段时间上海房地产市场的局势动态，李放现在没事就研究上海的地产发展趋势。

李放啊，这段时间我不在上海，你把公司的事情打理好了。哦，李放心不在焉地哦了一声。有没有人找我呀?方伟问道。有，不过都是你的老朋友，他们问你最近怎么不出现了。你怎么回答的?方伟点着一支中华，吸了一口，吐出了袅袅的青烟。

我说你出差了，生意比较忙。哈哈，方伟扑哧一声笑了出来，烟太浓还是怎么的，开始咳嗽了，一边还说，哪来的生意忙，你个小丫头，竟瞎说。李放一惊，以为自己说错了话，方伟看着她紧张的样子，就说，没事，开玩笑的，不要这么紧张。对了，给张纯打个电话，叫她今天过来一下。

哦，李放起身去打电话了，还没拿起电话，桌上的电话响了起来，李放拿起电话，竟然是胡鸣，李放看了看方伟的办公室门是关着的，就问胡鸣有什么事。

没什么，问问你好不好，最近有没有空，约您一起吃个饭？李放一想今晚约了马经天，哦，我今天没空，要不明天吧。

好，胡鸣爽快地说，那明天见了。

张纯在电话里面听到方伟约她，就开心地答应了，马上过来哦。

张纯推门进来的时候，李放已经回家了，方伟一个人在办公室，看着他认真工作的样子，张纯不敢打扰他，在门口静静地站着，就这样望着他。

过了不知道多久，方伟抬头看看窗外，五彩灯光已经照亮了整个城市。方伟一看表已经6点多了，转头一看门口的张纯正站在那里望着他，他不禁一愣神。

你怎么来了也不进来？方伟走上前去拉着张纯。看你那么认真，没敢打扰你，忙完了吗？

嗯，马上好了，晚上一起去吃牛蛙怎么样？牛蛙呀，就是那种干锅牛蛙吗？好呀，张纯拉住方伟开心地说。

你哥呢？最近怎么样？方伟关心地问着。他呀，还就那样吧，我的九重锦传媒筹备工作都已经弄好了，我哥把他那个地产报纸与地产电视两个栏目都打包放进了广告公司里。

以后我会非常忙，张纯坐在方伟对面的沙发上，抬头望着方伟。方伟的心里其实有些不愉快，自己的公司目前还是没有什么起色，与施彦的合作还是没有展开，他还不是很清楚施彦心里真正的想法，要想摸清楚她的想法，必须要卧底，可是目前还不是时机。

可是张纯竟然比他更早地融入了这个圈子，这是他始料未及的，如果将来她的成就比他还大，他们两个人的婚姻会不会幸福？想到这里方伟有些忧虑了。

李放很早就到家了，把她自己租的小房子打扫得干干净净，可直到晚上8点多，也不见马经天过来，她给马经天发了条短消息，过了很久，马经天才回复道，要晚点。

李放还是没有放弃自己的信念，她相信马经天会来的。时间就像窗台斜照的影子一样，溜得非常快，李放趴在沙发上面睡着了，还做着约会的美梦。午夜时分院子里面的一个女的在叫开门，李放突然从梦中醒来，一看手机，已经零点了，她抬头望着一桌子的菜，心里突然凉了。她后悔自己这么轻易接受马经天的邀约，张纯一直这么告诉她，女人要学会矜持，太主动的女人会被男人看不起的，可是李放有时候真的是控制不住自己。

她拿起手机，给马经天发了一条短信：你总是在我最寂寞与无奈的时候，触摸我灵魂深处的那抹忧伤；我是不是你最初与最终的爱恋呢？如果我是你现在和未来幸福的向往，我愿意为你一生画地为牢，我在那座牢里面慢慢地变老，始终幸福地对着你微笑。

那夜再次在两个人之间轮回着，记忆就这样被隔阂消磨着，直到两个灵魂之间都出现最终的淡淡的忧伤。

## 【37】准确是源，独特是形，高度是力

张豪端着茶杯来到会议室，看大家基本都到齐了，说，大家如果手上有资本资源的，希望能拿出来共享，让蓝思能够扩张得更快。多么平淡的官话呀，俞镜仿佛清楚了张豪下一步的动作，蓝思公司要开始扩张了，这种扩张不会仅仅局限于区域上的扩张，一定是全国版图的扩张，回头看看世和中国也是，短短这么几年，就布满了一线城市，金世羽的那套ERCI系统确实非常强大。

杨旭问，张总，我们的公司是不是要向全国扩张？

张豪正了下声音，说道，是的，杨旭说得非常对，大家想必都看到了金世羽最近一段时间的大动作了吧？他们在上海的项目已经达到了50多个，全国更是有近300个项目，照这样下去，他们的扩张将会更加迅速。再加上他们的那套研究系统，如果布局全国，未来我们的生存机会将非常的弱小，很有可能会被吃掉。

张纯对她哥说，没有这么夸张吧，现在全国那么多的代理公司冒出来，世和

中国想要独霸地产代理这个舞台，我估计没有那么容易。虽然世和中国扩张很快，但是未来一定是个资源加资本的时代，我相信如果没有足够的资源与资本，不管是业务也好，还是公司的战略也好，都很难展开，我认为张总目前的战略发展方向是完全正确的。

张豪赞同地点着头。杨旭和俞镜听得有些不是很舒服，他们俩来公司那么久，张豪都没有给他们加薪或者分成，这使得他们两个工作起来一点儿积极性都没有。

张豪看大家都不作声，就说本月的“香邑”开盘方案定了没有。俞镜说，方案已经差不多定下来了，具体的开盘日期还在和老励那里核实，所有要用的东西及场地和贵宾都已经联络得差不多了，估计这周就能定下来。

“香邑”的方案老励那里有没有提什么意见？张豪问道。俞镜说，意见肯定有，不过大的方向没有改变，改的都是些小细节，这些我都会在最终开盘前进行具体核实，你放心好了。

还有，对面的“紫金贵冠”是否要和我们一起开盘？张豪问道。

杨旭说，这个事情我打听过了，我听世和中国里面的人说，可能要和我们同日开盘。

那俞镜，你要小心点马经天这个人，他会打听我们具体邀请人员的名单，还有策略什么的。这可是“香邑”的机密，你要小心不要泄露，大家也要注意，“香邑”的开盘方案还有策略，邀请人员的名单，这些都要注意保密。

俞镜说，这个肯定的，公司机密，大家都懂得。

还有，这次“香邑”的开盘我想了一个比较独特的东西，就是“香邑”要展现她所拥有的双面气质。

我们根据对这个项目的准确判断，提炼出它的价值体系，形成切实可行的策划推广思路，以及它独特的市场差异性，从而建立“香邑”这个项目的市场高度，达到具有穿透力和沟通力的传播效果。

张豪点头说好，那么具体怎么执行呢？

俞镜拿出“香邑”的策略方案，开始讲解，大家听着都点着头表示认可。

张纯说，媒体方面我们九重锦传媒将全力支持你，你放心好了，保证最好的版面，最优惠的价格。

张豪笑了笑对张纯说，这不就是从“左口袋”到“右口袋”的事情吗?

张纯不高兴地说，现状是这样，我觉得未来我们还是会有很大业务量的。

嗯，整体的思路我觉得没有什么问题，张豪拿着那张纸看了半天，具体的价值点提炼方面，你们再深化一点儿，越细越好。要把握住这么几点：“准确是源，独特是形，高度是力”，最好能落实到具体的节点上面，这样有利于操作与执行。

好的，没有问题。俞镜倒是回答得很爽快。

## 【38】“分裂论”背后的逻辑

“香邑”是周末下午2点开盘，俞镜他们很早就到了现场，顾悦也很早赶到现场，看到俞镜那么早来，顾悦说，怎么?不放心我们的水准?

俞镜看着顾悦说，哪里，你们天域的水平在上海公关界那是有目共睹的，我就是看看细节，随便看看。

顾悦两手做出邀请的样子，那就请俞总监指教了。俞镜干笑两声说，不敢。

这次的开盘活动比较低调，门口没有做任何指引，只在进门口的地方摆着一个指引牌，上面写着：闻香识女人，下面有几个字是：香邑，品位，品质，品牌。

“香邑”的Logo是粉晶的，衬着暗色调，显得高贵、优雅、知性。俞镜看了半天，点头说，很不错。顾悦说，我一定让俞总满意，你说吧，还有啥问题?

俞镜说这些就足够了，很不错了，哦对了，这次总共邀请了多少位客户，顾悦说，总共邀请了200位客户，因为这次开的是50套房，按照这个比例，我们还对客户进行了有效回访，预计有150组客户会出席这个活动。这么多，俞镜说，这样会不会影响现场效果呀?

不会的，这里的现场楼上和楼下有将近1000平方米的场地，这么大不会影响的。

俞镜问道，门口那个Logo你觉得怎么样? 顾悦说，我很喜欢，很多人都说喜欢，非常美，宛如女人的睡姿，像个妩媚的天使。

哈哈，俞镜笑着说，那可是我设计的。哦，是吗? 顾悦惊讶地望着俞镜。你们在说什么? 两个人正在聊得火热，杨旭来了，杨旭刚进门就发现顾悦和俞镜在一起聊得很愉快。

看到杨旭，俞镜上前道，你看到门口的那个牌子了吗? 俞镜问杨旭，看到了呀，不就是一个牌子吗? 我还是觉得这个背景好看，还有你的这个主题很有创意。

哪个? 俞镜问道。就是这个，闻香识女人。这个主题和活动太切合“香邑”这个项目的调性了，简直就是量身定做的。

俞镜笑着说，那可是我的秘密武器哦。你还有啥没使出来的招? 杨旭问，顾悦拿起手机看了看时间，我先进去了，你们等下到后台的贵宾室来，这次的活动我们邀请的全部是女性，这里是不准男性进来的。

啊，男人不能进来? 杨旭惊讶地问。哈哈，俞镜笑着说，当然了，要不然怎么叫闻香识女人呢? 俞镜的眼神露出了得意。杨旭说，你知不知道对面的“紫金贵冠”也是今天下午开盘，不过开盘时间比我们晚三个小时，你知道对面是什么类型的主题活动吗?

俞镜说，我还不知道呢，要不然等下我们去对面看一看? 杨旭说，好呀。俞镜说，我正想看看马经天他们在搞什么鬼呢。

顾悦在这个活动举行了两个多小时的时候来到了后台的贵宾室内，俞镜看到她皱着眉头，就问，怎么了，活动成功不，有多少组签约呀? 顾悦说，我今天也觉得很奇怪，来的人只有100组不到，而且他们很早就离场了，签约的很少。俞镜说，这是为什么? 他们应该很喜欢这样的活动的。

杨旭说，那还用问吗，肯定是对面的“紫金贵冠”把客户拉走了。我们去对面看看，俞镜说。两个人朝着对面“紫金贵冠”售楼处的会所走去。

“紫金贵冠”的售楼处是由会所和售楼处展示区两部分组成，两个人走到会所的门口，门口的侍卫十分殷勤地引导他们两个进来，俞镜一看门口挂着“紫金贵冠”Logo的引导牌，上面是Logo和活动的主题语。Logo是黑金色的，显得大气尊贵，俞镜凑近一看，上面写着：穿透烟雾perfuming男人，下面的一行小字是：紫金贵冠，非君莫属。

俞镜的眼睛一亮，这一切真的是好熟悉哦，他曾经在给李放讲的时候就是这么说的，香邑是一个具有双面气质的楼盘，阳面与阴面同样的精彩，可是现在自己在“紫金贵冠”看到的一切仿佛就是香邑的另一面，俞镜想了半天也想不明白，难道是自己哪个地方疏忽了。

杨旭看了半天，转身对俞镜说，这个绝对是模仿呀，怎么跟我们的一模一样呢？是谁泄露了我们的核心机密呢，难道是李放吗？

俞镜说，不太可能是她，她不会泄密的，我认为顾悦有这个可能。

啊，顾悦？杨旭说，你把全部的方案都给她看过吗？你怎么这么傻呀，这里的活动不也是天域承办的吗？你全部告诉他们，岂不是泄密！

杨旭说俞镜真傻，俞镜在遐思中如梦初醒，我没有全部告诉她，他们连方案都没看过，不是顾悦呀。那会是谁呢？杨旭摸了半天的头，怎么也想不出来。

两个人回到蓝思的时候已经华灯初上，张豪和张纯他们都在公司，看到俞镜他们回来，张豪就说，你们两个进来下，俞镜看了看杨旭，两个人走进张豪的办公室内。

张豪坐下就问今天的开盘到底是怎么回事，邀请到的客户来了只有不到100组，而且有很多半途离场，而对面“紫金贵冠”邀请的客户却非常多，简直就是我们活动的复制，这绝对是谁把我们的策略和思路给泄密了。

你们俩说说，到底哪个地方出了问题？俞镜说，我们刚才也去了“紫金贵冠”开盘的会所看过，确实和我们的“香邑”如出一辙，我和杨旭两个也在想到底什么地方出了纰漏，可是想来想去我们这里不可能泄露的。

张豪说，这个问题相当严重，一定要查出来，不然“香邑”不仅现在会出问题，后面还会出现更严重的问题。还有，“香邑”后面的那些策略都不能用了，赶紧重新整理吧。

俞镜回家后，想了整整一个夜晚。天快亮的时候，他朦胧中想起了一件事情，他曾经让李放整理过这个项目的价值体系，李放当时用一张纸就搞定了，他还夸她呢。莫非是李放？可是李放怎么会认识世和中国的人呢？

第二天很早，俞镜就赶到公司，看到杨旭在门口，俞镜拉住他，偷偷地跟杨旭说，我记得我和李放说过，李放还整理过这个项目的策略方案。如果世和中国的人拿到这张纸，或者他们之间有人看过这个，那么这次的活动肯定就是模仿我们的，这是毫无疑问的。杨旭说，那么肯定是李放泄露了这个机密，不过现在追究责任已经毫无意义了。哥们儿，你放心好了，如果老张要追究，我来承担，你千万别说是你泄露的，反正蓝思这里我也觉得待着没有意思了。

俞镜惊讶地看着杨旭，你真的不想干了，那你想去哪里呀，金世羽那里吗？我觉得目前也只有世和中国比较适合你。

杨旭说，先看看吧，金世羽倒是给我打过电话，邀请我加盟，不过我还在考虑呢！

两个人正谈得热乎，远处张纯走了过来，老远就看到张纯清纯的笑容，俞镜看了看杨旭说，她肯定是在朝你笑呢。杨旭说，别瞎说。

你们在这干吗，怎么不上去呢？张纯一边说，一边走上前。突然之间转变语气说，昨晚我哥非常生气，他始终怀疑你们两个有人泄露了这个核心机密，我说你们不会的，他还不相信，你们这几天要当心点。张纯意味深长的话，让杨旭和俞镜的心里一阵心寒。我先上去了，你们慢聊。张纯的背影消失在电梯间。

俞镜说，还是我和老张说实话吧，再说我也不是故意的。杨旭说，你千万别，你这样搞，不是枉费了我们兄弟之间的一场情谊？再说“香邑”这个项目你那么辛苦地搞到现在，我不信你舍得放弃。为了这么点不经意的失误你放弃，兄弟我会恨你的。

俞镜除了感动，什么话都不说了。

两个人肩并肩上楼了。杨旭径直来到了张豪的办公室，没过10分钟，杨旭出来收拾自己桌子上面的东西，俞镜看着他，心里真是百般滋味无法言语呀。

这夜，杨旭约了李放一起吃饭，李放知道自己的一时大意给俞镜造成了如此巨大的损失，心里非常难受，她不知道自己该怎么弥补。

杨旭说，你也别担心，确实这一切也不是你的过错，怪只能怪马经天这个人太阴险了。你呀，以后要小心点这个人，听说他很花心，和他们公司的一个女的现在搞在一起。

李放听着杨旭的话后，心里的痛简直无法排泄，她恨的是马经天不仅利用了她，还和别的女人在一起，明显是在玩弄她。

## 【39】有人的地方就有阶级斗争

李放喝了一口果汁，一阵透彻心底的凉意袭了上来，杨旭的话仿佛是天外之音，如果他不告诉她这些，让她永远活在梦里面，那该多好呀。都说太清醒的女人不容易幸福，李放多想就这么糊涂地过下去，可现实真的太残酷了。

嗯，对了，胡鸣说他那里缺人，你现在辞职了，有没有兴趣去他那里？晨远现在也在大规模收集人才呢！如果你去，胡鸣一定会举双手欢迎的。是吗？杨旭摆了摆头，看着李放的眼睛，我不知道胡鸣会不会欢迎我？

要不我先给你打听一下，看看胡鸣的反应。李放说。她的心里其实想弥补对俞镜犯下的过错，希望能帮助他们做点什么。

嗯，好呀，那太谢谢你了！杨旭真诚地感谢李放。说什么呢，我现在都不知道俞镜是不是还在怪我，我都没脸见他呢！

杨旭说，这点你放心好了，俞镜不是那么小气的人，他之所以让我来告诉你，是因为不想你有太多的心理负担。

李放叹了口气，为何到处都搞这些事情，工作已经很累了。杨旭说，有人的地方就有斗争，古来如此！

马经天这次在“紫金贵冠”开盘的方式上可谓是棋高一筹，让俞镜他们折腾了好一阵子，金世羽和毛语他们询问了他很多次怎么想到这一招的，马经天总是含糊其词。

张晴推门进了金世羽的办公室，金世羽一看张晴板着个脸，就知道马经天又惹她了。起身说，怎么了，谁又惹我们的张大美女了？

张晴说，马经天太过分了，ERCI这块明明不关他的事情，他却非要来我这个部门指手画脚的，这算什么？

哦，是吗，他说啥了？金世羽问道，他要我们的数据库再增加几个指标，我们的人员要监控这么多地方，已经不够了，还要让我们再增加监控的指标，太过分了。

哦，金世羽想了想，马经天的话也是有道理的。就对张晴说，你们如果再增加监控指标的话，需要配备多少人手？如果需要，打个报告给人力资源部门，让他们再招人。

张晴听金世羽也是这么说，就不作声了。哦，对了，金总，你知道马经天上次“紫金贵冠”开盘的方案为何这么出色，能超越“香邑”吗？

金世羽正好奇这件事情呢。张晴说，这里面是有秘密的，金总，你还不知道吧？是李放，他利用了李放和俞镜之间的关系，把“香邑”的策略给骗了过来，所以才有这么出色的开盘SP活动。

啊，金世羽惊讶，马经天竟然为了这些不顾朋友之间的友情。如果是他，他可能做不到如此绝。这个人虽然要防着点，但绝对是个人才。如果委以重任，将来必能帮助公司开拓一番崭新的事业。

张晴从金世羽的眼神里面看出来他对马经天没有责备的意思，她突然发现自己说出这件事情有些傻，毕竟在任何事情面前公司的利益永远都是第一位的。

马经天这段时间确实游刃有余，不管是事业，还是爱情。艾青一如既往地跟随着他，马经天累了、需要了，就会去她那里住几个晚上。

两个人倒是也相安无事，俨然一对结了婚的小夫妻，有时候还会一起买菜做饭。自从那天晚上他喝醉后看到李放的短消息，他对李放的感情便开始有了转变，他发现李放是认真的，他也清楚地知道李放已经知道他在利用她。

所以这段时间，马经天没有去找李放，李放的心里开始空落落的，感觉被寂寞占据了整个心房。周末张晴约李放出来一起吃饭，两个人来到了那家“屋企汤馆”，李放点了一锅美容的汤，两个人喝了两小碗。张晴今天穿得非常休闲，和平日里职业装的她完全不一样了。你最近怎么都不出来吃饭了？李放问。忙呀，我都快烦死了，那个马经天整天都在找我的茬，鸡蛋里面挑骨头。张晴气愤地狠狠地喝着一口汤，汤太烫，烫得她直吐舌头。

李放说，你慢点，不要折磨自己，你怎么不告诉你老板，让老板管管他。

我可没有这个本事，上次我把他怎么从你那里骗取“香邑”策略的事情告诉了金世羽。

李放一惊，什么，你把这事告诉了你老板，你怎么说的？难堪死了。放心！张晴说，这事老板又不会对外宣传，张豪那里不会知道的，你放心好了。

你可别害我，杨旭为了这件事情都辞职了，俞镜虽然还在，我估计张豪也不会像当初那样信任他了。李放说，你别在外面乱讲了，到时候我可难做人了。张晴其实心里清楚马经天是喜欢李放的，至于艾青，马经天只是近水楼台而已。早晚有一天她会被玩腻的。

听说，最近星邑集团在浦东拿了地了。张晴问李放，你知道不？

李放看了看张晴的眼睛说，我不是很清楚，都是方伟的事情，这些大事方伟从来不让我插手。

哦，这样呀！张晴若有所思地说，那么你知道方伟跟施彦有关星邑湾的具体合同签订了没有？

我哪里知道？李放天真地说，方伟最近都不在上海，一直在香港。

帮我打听一下嘛，好妹妹。张晴撒娇道。李放说，好姐姐，你就饶了我吧，我可不想被老板开除。

哦，对了，杨旭到底去哪里了？张晴问。他没去找金世羽吗？他呀，我倒是跟胡鸣说了，胡鸣非常高兴杨旭能来晨远，就是不知道杨旭什么意见。

# 【40】于变中求不变

如果杨旭真的去了晨远，郁闷的肯定是金世羽了。李放问，为什么？你想呀，杨旭是做市场研究及政策方面的高手，他如果去晨远肯定会有这样的平台让他施展才华，不过这也要看胡鸣的具体想法了，毕竟胡鸣还挺年轻的。

我告诉你吧，马经天拿了你那一张纸策略，正在和甲方谈判呢，想要把“紫金贵冠”这个项目提价，目前上海房地产市场价格已经开始有上涨的苗头了，估计离火爆不远了。

不知道“香邑”会不会提价，还有“香邑”会不会还是按照原来的那个策划执行？张晴有些疑惑地说。

俞镜有那么傻吗？明明核心机密已经被人家盗取，还是按照原方案执行，他那不是找死呀。李放不屑地看了看张晴，她心里在想，张晴莫非又在套自己的话了，她才不上当呢。

不过俞镜确实不傻，他想到的，马经天也同样能想到，到底什么东西是马经天所想不到呢？俞镜这些天确实是相当郁闷，杨旭为了成全自己而离开，张豪对自己不信任，现在连李放也躲着自己，他不知道自己到底得罪了谁，突然之间感觉世界竟然如此陌生。

俞镜在琢磨着马经天这个人的性格，他生性多疑，很多事情都会亲力亲为，但是俞镜从他上次的开盘方案的细节中发现，他没有对盗用来的方案做很大的改变，也就是说马经天认为“香邑”的方案是完全适合“紫金贵冠”拿来用的，当然香水这个主题，确实男人与女人都是可以适用的，但有什么东西是只有女人可以拥有的呢？

如果能找到这样的一个主题，而颠覆原来“香邑”给人设定的感觉氛围，会不会是一个突破口呢？如果是这样的话，马经天便无法抄袭了，因为“紫金贵冠”再改，改的就是整个楼盘的调性了，这对“紫金贵冠”来说，确实是一种损失。

调性是整个楼盘的个性，一个人如果连个性都会改变，那么购房者肯定会对他产生怀疑。

俞镜把握住了整个方向性的东西后，觉得自己突然又活过来了一样，他打电话给杨旭，兄弟，出来吃饭吧！

杨旭一听俞镜这么高兴的样子，猜到俞镜肯定是想通了或者是想到了特别完美的主意，不然他不会那么轻松地邀请自己的。

怎么，有好的主意了，还是谈恋爱了？杨旭打趣地问。我呀，俞镜拉着他说，你看我像谈恋爱的人吗？哥们儿，我这几天都没睡好，一起喝点吧。我这几天白头发都多了好几根，你看看，说着俞镜摸了摸自己的头发，发现很多天没洗澡了，有些油腻。

真想洗个澡，这几天累死我了。杨旭说，等下请你洗桑拿吧，先去吃饭还是先去洗？俞镜说，先去洗吧，洗完再一起吃饭。

你真去胡鸣那里了？俞镜爬进浴池正好想起了什么。是呀，不过一个月下来，我才发现到哪里都不是很顺心。

怎么了，胡鸣那里不好吗？俞镜问道。有啥好，那里做商业的那个金合韵，没事就和我掐架，胡鸣对她也不是很放心的样子，不过金合韵倒是个很强势的人，胡鸣估计很难掌控她。唉，怎么这段时间干什么都不顺。

我这里最近也不太好，张豪不是很相信我了，虽然我为“香邑”做了这么多的事情，我觉得我现在想出来的这套策略应该能对付马经天。

你想到什么了？杨旭边穿衣服边问。俞镜说“于变中求不变”，哈哈，这样马经天就摸不到我的想法了，除非他能钻进我的肚子里面做蛔虫。

杨旭说，你确定马经天那只老狐狸不会像上次那样，用什么计谋对付你周围的人？俞镜笑着说，哈哈，哪能每次他都能得逞呢。

杨旭笑着说，我们就在这边上的那家家常菜馆吃吧！好的。俞镜说，我都快饿死了，吃啥都没问题！

两个人朝着洗浴中心边上的一家饭馆走去，杨旭的电话响起来了，一看是李放的。还没吃饭呢，我们正在愚园路这里，要不你一起过来吃吧？杨旭知道，他和李放之间的误会确实需要解释一下。

李放知道俞镜也在那里，就说不了，下次吧。杨旭挂完电话，转头说，这个小丫头心里还是有顾忌，看样子解铃还须系铃人。

俞镜说，等我忙完这阵子，我就约她聊聊好了。

“香邑”就要于本周进行二期开盘了，俞镜给定的这个主题谁都没有告诉，都是俞镜秘密执行的。在邀请客户方面，俞镜也要求顾悦签订了保密协议，“香邑”会所的门口二十四小时保安执勤，马经天知道俞镜又要搞秘密的行动了，可现在的他已经无能为力了。

马经天知道如果按照先期的策略来执行，肯定会在这次激烈的推盘中出现抢客行为，但是如果能在这个策略上面做些必要的改变，那么“紫金贵冠”这次的开盘也许会比上一次更加出彩。

如何避免横向竞争，实现纵向跳跃？这就需要新的东西融入。马经天想了很久，可依然想不出什么好的办法。

他突然想到了李放，上次那个策略是李放想出来的，马经天打电话给李放，李放都不接，自从知道马经天利用她之后，李放的心里一直恨恨的，只是过了那么久她以为自己会淡化这种愤怒，可是一看到马经天的电话，她还是控制不住自己的感情。

一连十多个未接电话，马经天急了，他买了一束红玫瑰，驱车来到了九观云庭。夜色开始降临了，马经天远远望见皇基公司的灯还是亮着的，估计李放还没有离开。车停了，马经天走进那个小院子，看到门口一个人，正在包里面寻找着什么，马经天悄悄地走到她的后面，把玫瑰花放在她的前面。

李放正在找钥匙，突然一束玫瑰花放在她的面前，吓了她一跳。她转头一看，是马经天那坏坏的笑容和他激荡人心的小眼睛。

你来干吗？李放冷冷地说。马经天一看李放还没有消气，知道了自己今天的任务很沉重。李放一把推开面前的玫瑰花，想要锁门，马经天一只手把门推开，并抱住了李放，两个人从门外纠缠到了屋子里面。屋里面黑黑的，灯都是关着的。

李放想要挣脱马经天，可是越挣扎马经天抱得越紧。李放低着头使劲往外推着马经天，可是马经天高大的个子，娇小柔弱的李放如何能抵挡得住。渐渐地李放的力气都用完了，马经天一使劲，李放和他便双双跌入边上的一张沙发。

那吻深沉而且悠远，这是马经天第二次吻她，越过前面的拒绝与推却，马经天终于把他喜欢的女子，融进了自己的心里。

对于李放他不敢放肆，他不敢那么轻易地就欺负她，感觉到李放在他的怀里面柔软了很多。马经天捧起她的小脸，可是他看到的是李放满脸的泪水，她哭了，她竟然哭了，她以为他这是在欺负她。可是他不是，他那是对她爱的一种表达方式。

我今天来是有件事情来和你商量的。马经天说。莫非你还想利用我？李放冷冷地说。她推开马经天的手，我不能帮你任何事情，你走吧！你最好以后别再来烦我，我恨你！

马经天望着李放流泪的双颊，他从桌子上面拿出一张餐巾纸，轻轻地为她擦去了眼泪。我没别的意思，也不是要利用你，你就原谅我吧！上次是我不对，但是我这次是真的来和你商量工作上面的事情的。马经天温柔地说，搂着李放的腰，你最近好像瘦了很多，腰怎么这么细了，是不是想我想的呀？

李放白了他一眼，讨厌死了，你别臭美了。

最近我忙死了，世和中国快要布局全国二线及三线城市了，我现在不仅忙后期还要忙前期。宝贝，你要体谅我一下呀！反正我看你在皇基没有别的事情，你现在有项目做吗？

没有呀。李放说，星邑湾还没谈下来。

那不就是了吗，帮帮我吧！给我想想这期“紫金贵冠”的策略吧！我给你发奖金，怎么样？

李放看着马经天的眼睛说，你没有在利用我吧？

哪能呢？况且俞镜他有那么傻吗，每次都把方案告诉你呀。

你没看到“香邑”门口的保安有多凶，而且是二十四小时执勤。我什么地方都想了，就是没有办法了，才想到你呀！

李放看了马经天半天，貌似不像是说谎的，那我试一试吧，不过我只提供方案，执行我可不管的。

马经天说，当然了，执行有一大批的人等着去做呢。但是方案很重要，没有这个我后面的事情都没法去做。

走吧，去吃饭吧，吃完饭才有力气想呀！马经天拉起李放往外走。我想减肥呢。李放说。马经天摸了摸她，你要减什么肥，都快成骨头了，再说你即使要减肥，也得吃饱了再减肥呀。

你真是讨厌死了。李放推了他一下。

我想想吧，想到了告诉你。李放虽说不了解俞镜下一步的动作，但是她能了解到俞镜的个性，总是能从个性中找到一个人的思维轨迹。

## 【41】沧海横流方显英雄本色

策略的思维过程总是非常痛苦的，李放也是。虽然马经天并没有逼她，但是既然答应了他就要做好，而且这次应该是公开竞争，而不是像上次那样，这也使得李放有了自己很多的想法。

马经天这几天没有给李放打电话，也没有去看她，而是每天坚持叫快递给她送一束玫瑰花。李放每次看到快递来送玫瑰花，心里就觉得很幸福，原来马经天也并不如张晴说得那样坏。

马经天下午又有会议了，是金世羽和毛语召开的，马经天知道世和中国又要有大的战略调整了。每次只要由金世羽发起的会议，肯定是关注世和中国整体的发展架构的，已经很久没有召开这样的会议了。

艾青推门进来说，马总监，会议改到明天举行了。啊，马经天问，为什么呀？哦，金总去了外地。是吗？明天能回来吗？能呀。今晚你有时间吗？艾青试探地问马经天。马经天说，有什么事情吗？艾青说，没有呀，去我家吃饭不？吃饭呀！马经天抬头看着艾青，今天我约了人了，要不改天吧。艾青有些失望，马经天好多天都没去她那里了，她都有些怀疑他是不是又找了别的女人。

艾青出去关门的时候听到了马经天的电话响起。艾青一听，感觉对方是个女的，马经天在电话里面竟然称呼她为亲爱的。

艾青的心里有着一股无名之火，竟然毫无地方发泄，她憋着一股气回到了自己的座位上。张晴看到艾青气呼呼地坐下，知道肯定是马经天没有答应她的什么要求。

李放一个人在办公室等着马经天。李放说下班后去她的办公室谈谈“紫金贵冠”的方案，马经天就知道具体的策略李放一定想出来了。

这次的玫瑰花是蓝色妖姬，娇媚艳丽，宛若鲜嫩的出浴的肌肤一样。马经天赶到九观云庭的时候，李放正一边听着音乐，一边玩着游戏。马经天推门进去说，你怎么门也不锁？要是外面有坏人进来，你不怕？

李放一看是马经天，手里捧着一束蓝色妖姬，是给我的吗？

当然，是给你的！说着轻轻地在李放的额头吻了一下，献给我心中的小天使！

你过来看看，我整理出来的这个项目的具体打法。马经天坐下一看，乖乖，李放在短短的三天内就制订了“紫金贵冠”的整体策略。马经天一边看一边说，不错，不错，真的是不错！完整，清晰，环环相扣，刺激，精彩……

真的吗？李放不太相信马经天的话。当然是真的，我觉得你完全可以当心理师了，竟然能猜到对方的思维方式。

算你聪明，李放噘起小嘴。

你不会把这个说给俞镜他们吧？听说“香邑”也是和我们差不多同一天开盘。马经天望着李放的眼睛，那清澈的双眸告诉他，她不会这么做。

我可不想别人在背后说我的坏话，我是个好人呢。好人？哈哈，马经天说，你是好人，我是坏人，你怎么愿意跟我在一起呢？

别贫了，看看“紫金贵冠”的策略吧，我认为要从文化地产着手，不仅仅是文化地产的嫁接，而且要让地产插上文化的翅膀。

那不就成天使了吗？马经天笑着说，还做了一个天使想飞的动作。得了，你别闹了，李放打断他。你看，李放指着那张纸说，我觉得要从五个方面来做。第一是开发的风格上面，在定位上进行文化的挖掘；第二是产品形象方面，对产品进行文化的设计；第三是企业的气质，在营销方面进行文化的思考；第四是文化内涵，运营方面进行文化的对接；第五是人文情愫，在服务方面进行文化倾注。

马经天说，你这几个想法都挺好的，那么具体怎么执行呢？

这个呀，李放说，要从两个方面进行，第一个是精神层面的，发掘上海城市的发展脉络，进行区域补缺，体现企业的社会责任和主人翁意识。

那另一个方面呢？马经天问道。

另一方面就是形式层面的，例如引入知名的文化机构设置，以文化的交流或者与大师的沟通来对目标客户进行定位推广，俘获目标客户。

那你觉得“香邑”这次会怎么弄呢？马经天问道。

虽然我不百分之一百地确定对方的策略，但是我知道俞镜此次的策略核心还是艺术。

如果是这样，你觉得我们的把握有多大？马经天问。百分之八十的胜算率。哦？马经天说，你这么有信心呀？

李放拉了拉凳子坐下说，当然。

好吧，那我们拭目以待啦。

“香邑”确实是从艺术地产的角度着手，不仅仅是艺术地产的嫁接，还从深度挖掘艺术地产的根源。

俞镜也从两个层面来说，首先是精神层面，传承历史文化，留下记忆；“香邑”是从艺术地产的根源出发，另外一个层面是从形式层面出发，挖掘现有的资源，注入时尚创意元素。例如上次举办的“闻香识女人”，使过去的记忆与客户产生共鸣。

开盘的当天，两个项目门前都是人山人海，与上一次低调的开盘方式不同，这次两家都选择了高调亮相，一时之间掀起了上海楼市的一股文化与艺术的狂潮。

俞镜感叹道，马经天这家伙还是蛮厉害的嘛。杨旭在电话里面说，只有沧海横流方能彰显英雄本色。

# 第五章

# 攻城略地，百城风云进化论

## 【42】大格局方能显境界

马经天一早就推门进了毛语的办公室，毛语正在看今天的工作日程，看到马经天气冲冲地进来，就感觉到了问题的严重性。

坐呀，老马，怎么了？毛语递给他一根烟，马经天用手一挥说，我不抽烟。我问你，怎么现在“80后”的人都这副样子？毛语说，到底怎么回事？你说清楚点。

那个刚来的做文案策划的女孩子叫金合韵吧，我就那么说她几句，她就在那里哇哇大叫呢。竟然敢爬到我的头上来拉屎，还去金世羽那里告我的状，说我骚扰她，我他妈真是冤枉，就她那要胸没胸，要屁股没屁股的身材，我会看上她？

得了，你说话留点口德，那人可是晨远的副总，人家刚从晨远那里被我挖过来的，你要有点耐心。毛语说着，就看到门又开了，是金世羽来了。

金世羽进来笑呵呵地说，你们在讨论什么呢。等下就要开会了。毛语说，就是那个叫金合韵的女孩子，是不是和你有啥关系？都姓金呢。金世羽说，姓金的并不见得和我有关系呀。行了，老马，这事我来处理好了。

马经天还是气愤地说，最好让她从我面前消失，不然我真跟她没完。

金世羽说，你跟一个小孩子较什么劲呢？马经天说，你最好别让我再看到她，不然我真不客气了。

好好好，金世羽一连说了三个好，我安排她到别的公司去，不在这里，让你看到她心烦，这样总行了吧。

马经天说，这还差不多呢，等下是不是要开会？

是，讨论下公司下个三年计划，战略目标，等下10点正式在大会议室集合，好了，我先去了呀，金世羽说完话，就回自己的办公室了。马经天露出了得意的笑容。

这是世和中国自成立以来第一次召开规模如此庞大的会议，大家一进会议室就感觉到了一股不同寻常的气氛。金世羽站在讲台前面，他的后面是一张庞大的中国地图，地图上面醒目地插上了很多面红旗，大家感觉很奇怪。

金世羽在台上环顾了一下会议室内，看人员都基本上到齐了，金世羽拿起茶杯喝了一口茶，说，今天是世和中国成立三周年庆，也是世嘉研究成立两周年庆，大家是不是都能感觉到公司已经发生了巨大的变化？

毛语说，是的，我刚来的时候办公室还很小，现在都换了这么大的办公室了，确实变化很大。

金世羽继续说道，我们的目标是两年内能在美国上市。说着他转身指了指后面那张中国地图说，我们目前已经建立了南北联动的局势，大家看长三角经济圈、珠三角经济圈、环渤海经济圈、中原城市圈等几大一级城市的ERCI体系，未来两年的目标是建立以这几大圈子为核心的辐射型的二级及三级城市群监测研究体系。

下面我们有请毛总来讲一下ERCI系统的发展现状及未来的发展方向。毛语说，好吧，刚才金总讲的发展战略是未来世和中国的主要发展方向。ERCI系统未来确实要覆盖全中国每一片开发的土地。我相信，不仅将来世和中国要上市，世嘉研究也是要谋求资本化运作。所以，未来这里的每一个人都有机遇。

马经天听着金世羽和毛语的话，觉得未来的机遇对他来说确实很大。金世羽继续说道，为了让公司的人员结构与业务发展模式相互匹配，我现在先宣布一个任命提议，马经天总监从今天起正式接任世嘉研究的副总经理，负责项目的拓展及前期工作，张晴你得辅助一下老毛的工作，兼任老毛的行政秘书。张晴看着金世羽点点头，马经天先是一愣，然后又一阵惊喜，愣的是金世羽事先完全没有跟他打过招呼，惊喜的是自己的权力又扩大了一级。

金世羽继续说道，世和中国未来的业务板块要分为一线城市的二手房业务，就是现在的世房销售、世嘉研究，包括ERCI系统及世嘉研究院，未来我们会向这几个板块拓展，包括基金管理、商业地产、传媒领域、广告领域、网络地产等，我们要成为房地产领域的领跑者。

金世羽说到这里，流露出激动的神态。毛语首先拍手道，我们跟着领头羊一起前进吧。金世羽再回头看了看那张中国地图说，大格局方能显境界。

会议结束后，马经天在走廊上看到金世羽正在和金合韵谈话，他没有在意，以为是金世羽要求金合韵离开呢！可是等下再进毛语的办公室，毛语说，金世羽想让金合韵来担任“紫金贵冠”项目的主案策划，你来专心管理世嘉研究的这块业务。

马经天一听不高兴了，什么？他调我去世嘉研究就是为了让金合韵来接任“紫金贵冠”这个项目，这我绝对不能同意，这个项目我一定会管到底的。你转告金世羽，金合韵可以来做这个项目，但必须听我指挥。

毛语看着马经天说，你何苦要为难这个小女孩呢？你就这么看她不顺眼吗？再说了，她到底哪里得罪你了。

马经天说，那倒没有，我就是气不过金世羽怎么可以这么对我，事先我啥情况都不知道。

他那是想要给你一个惊喜呀！毛语笑着说。惊喜？马经天哼了一声，这样的惊喜你还是饶了我吧，我承受不起。

## 【43】至情则远，悠远博大

我找金世羽问问清楚去！马经天说着就起身往外走。毛语拉住了他，这件事情我来弄，你先别着急，毕竟金世羽是老大，还是给他留点面子吧！

马经天听毛语这么一说，想了一想觉得还是挺有道理的。就说好吧，那你赶紧了，我可不想看到这个女人。

毛语觉得金合韵一定是抓到了马经天的什么把柄，不然马经天也不会这么讨厌她，毕竟金合韵是个大美女。可是金合韵的性格确实很直爽，脾气也很暴躁，典型的白羊座性格，不要说马经天和金世羽，就连自己有时候也觉得跟她说话很尴尬，她不会买你的账，这也是毛语觉得非常难堪的地方。如果跟金世羽说让她离开，金世羽会不会因此不高兴呢？

毛语想来想去，还是觉得自己应该先跟金世羽长谈一下，毕竟马经天是个人才，失去他怪可惜的，如果弄出了什么矛盾也不是什么好事情。

然而令毛语没有想到的是，金世羽在这件事情上面如此强势，怎么都不肯让金合韵换部门或者离开。

马经天听到这个消息后，对着毛语说，那就别怪我对她不客气了。

马经天甩手出了毛语的办公室，他不知道金合韵和金世羽到底是什么关系，但是他明显感觉到金合韵根本就不怕他。这绝对挑战了马经天那根敏感的神经，他开始想法子对付这个蛮横无理的女人。

“紫金贵冠”所有的策略与执行都是经过他一手审核来进行执行的，他邀请李放来做的策略，也是经过甲方同意的。现在这个主案策划交给了金合韵，这就意味着金合韵在将来的执行过程中很有可能改变现有的策略，对一个刚进入市场的项目，如果突然改变整体的调性，对品牌发展很不利，形象上面会有很大的损失。

马经天也知道金合韵很有才华，但是她和他不是一路人物，这也是马经天担心的原因所在，都说官大一级压死人，确实如此，马经天现在是副总，虽然世房销售这块他不用管，但是“紫金贵冠”这个项目他一直抓着不放，金世羽也拿他没有办法。最难受的就是金合韵了，天天要向他汇报工作，本来两个人看着都不顺眼，现在简直就是天天吵架。只要他们两个一碰头，办公室里就能听到他们两个吵架的声音，弄得大家都心神不宁。

只要马经天提出的意见，金合韵总是会投反对票；而金合韵要求大家去执行的东西，马经天也同样会鸡蛋里面挑骨头，绝不退让。

最难堪的一次是在跟甲方的提案会议上，两人当场吵了起来。马经天说，你这个提案的逻辑是有问题的，你看你搞的这个活动，怎么能有与客群互动的时机？如果你先弄了那个小众活动，那么你后面的活动就会脱节。要先造势，然后再进行小众活动，这样才能够达到最佳的效果。

金合韵一听马经天反对她的说法，就更加来气了，这是她想了很多天才想出来的，先进行小众营销是为了节省整个营销的费用，造势虽然容易扩大项目知名度，但是成本费用太高了，而且效果不一定很明显。两个人当场就吵了起来，甲方的人你看看我，我看看你，不知道他们在搞什么鬼。

金世羽知道后，把金合韵找到办公室里面。怎么回事？你们在万冠的办公室里面吵什么？

金合韵知道自己错了，低着头不说话。金世羽说，你要知道若不是赵健看在我的面子上，这个项目很有可能被你们两个搞砸掉。我现在觉得你们两个完全不适合在一个公司待着。我给你转到别的公司去吧，你觉得呢？

金合韵知道这次事情确实是搞大了，低着头说，听你安排吧。这样吧，我跟张豪打声招呼，让你去他的蓝思吧，他那里正好也缺人。

你不要我了？金合韵噘起小嘴，委屈地说道。金世羽看着她将要流下眼泪的小脸，起身拍了拍她的肩膀说，不是我不要你了，是我现在没办法在这里给你安排位置，再说张豪那里也有很多机会，你先去他那里待一段时间，好不好。

金合韵无奈地说道，好吧，那我就听你的吧。毛语走进来说，金总呀，你的安排是对的，这两个人我感觉像天生的冤家一样。公司的发展虽然一定要遵循规则或者制度，但是不要忘记这样一句话。金世羽问毛语，老毛又有什么感慨呀？毛语说，“至情则远，悠远博大”。

金世羽听了毛语的话，点点头表示认可。以后把这句话作为世和中国的企业文化理念吧！要挂在公司的宣传墙上面，让每个员工都能看到。

## 【44】非主流开发商

自从金合韵离开世和中国后，马经天突然觉得有些寂寞了，没有人再跟他吵架与顶嘴，竟然有些不习惯了。“紫金贵冠”的项目运作也一直很顺利，没有出现什么意外事件，马经天把主要的精力放在了世嘉研究的ERCI系统上面，全国化“四点一线”全面扩张策略是ERCI系统的核心指导原则。

马经天回到办公室的时候已经快要下班了，今天他和张晴出去见了一个二线城市的开发商，这个开发商是从事其他行业的，想要在上海的周边城市拿地进行房地产项目开发，马经天也是从公司的拓展部门了解到，这个开发商很麻烦，其他经理都搞不定，所以才把这个项目交给了马经天。

张晴笑着说，那老马你肯定很好忽悠他了。马经天在路上一边开车一边说，得了吧，这种人最难伺候。你说他不懂吧，他能问出很多东西来，你说他懂吧，他又能问出很多可笑的问题。

张晴坐在他的边上，从侧面看着马经天，发现马经天看上去还是挺帅的。她不禁叹了一口气。马经天感觉到了张晴低落的情绪，怎么了，是不是前段时间没和我一起工作，想我了？

张晴切了一声，说，你少臭美了。马经天哈哈一笑，还是老毛有福气呀，有你这么个出色的秘书，啥时候让老毛把你让给我怎么样？

张晴说，打死我也不去你那里。

马经天有些伤感地说，你就那么讨厌我，我有那么令你讨厌吗？

那倒不是。张晴改口说道，你还是有很多优点的，不然金世羽也不会让金合韵离开的。哦，说到这里，马经天又道，我一直不知道金合韵和金世羽到底是啥关系，你知道不？

张晴白了他一眼，我又不是包打听，怎么会知道？再说即使有关系也是人家的家事，关我什么事情。

还是想想等下怎么对付这个缠人的甲方。两个人说着就到了，一路上倒是很顺利。杭州的天空灰灰的，到了美丽西湖边上的一家餐馆，上面写着“欧陆风情”。张晴说，这里风情倒是很美，不过没有隐私可言。马经天说，杭州不是自古以来就被称为天堂吗？今天好不容易来一次天堂，你就不要抱怨那么多了，赶紧感受一下这里的氛围吧。

大家介绍后，才知对方姓文。马经天说，文总，听说你对我们的代理部门意见很大，不知道文总到底有什么特殊要求？今天我们金总让我和张秘书两个人来，再次和文总交流一下思想。

文总看上去很儒雅，也很谦虚。哈哈，还是金世羽比较了解我，这么说，你可是金世羽那里的红人啦，文总边说边让服务人员上菜单。

马总来点什么？马经天看着酒单子说。不好意思，不行啊，我开车过来的，如果喝了酒，等下就没法回去了。

文总看着张晴说，怕啥？没法回去今晚就住这里，夜游西湖也很不错啊！马经天笑着说，就怕等下一喝酒就无福消受美景与美女了。

哈哈，文总说，没事，咱们就适量吧，助兴而已。马经天不好推托，说，那就客随主便啦。张晴没喝红酒，点了果汁。你们金总很是看好我这个项目呀。文总自夸道。

马经天笑了笑说，我听金总讲，你的这个项目是很讲究的，要讲风水，要能传承，还要有中式的风格、西式的细节，我听着比较糊涂。

文总说，是的，如果那么容易，就不需要你们来弄了，我自己搞搞就可以了呀。

哈哈，文总你说笑了，我们之间的沟通最重要了，来喝一点吧。马经天发现文总开的酒有些年头，味道确实不错，就多喝了一点儿。两人聊到了兴头上，对着西湖，文总说，西湖边上这么多的商业，你别看现在很风光很红火，我估计呀不出五年，这里肯定是富人的天堂。

张晴说，不会吧，这里建高端的商业会所？没有私密性呀。

文总笑了笑说，你等五年后来这里看吧，肯定让你大吃一惊。

马经天说，还是文总有眼光呀，杭州不愧是天堂呀，这里确实很美，我要是退休了也能在这里搞一套别墅养养心，一定非常惬意。

文总说，这个不难，你把这个项目搞定了，我送你一套别墅。马经天笑着说，文总说笑了吧，这里的别墅少说也要上百万了。

两个人越说越近，不知不觉聊了三个多小时。张晴说，马总我们要打道回府了，此时的马经天已经有些醉了，他看了看张晴那双美丽的眼睛闪动着爱的光亮。文总说，张秘书，你看老马都喝成这样了，你们就在这边上的酒店住一晚，明天再走也不迟。我都给你们安排好了，老马，你看呢？

马经天糊里糊涂地说，好！好！再喝！再喝！干一杯啊！

张晴一把拉住了马经天，别，文总，那我们还是先回酒店好了。

文总让秘书带他们到了西湖边上的酒店，那幢酒店就靠近西湖，马经天推开窗户，一幅天然的图画展现在他的面前，张晴说，你没喝醉呀。

马经天把张晴拉到窗口，你看天下美景尽在此地，不过美景里面必有美人呀！张晴望外面看了一看，哪里来的美人？马经天一把搂住她说，美人在此，哈哈，我怀疑自己是否进入了世外仙境。张晴也被此时此地的美景吸引住了，喃喃低语，“水光潋滟晴方好，山色空蒙雨亦奇。”马经天抱住张晴说，你不仅是个美女还是个才女，“欲把西湖比西子，淡妆浓抹总相宜。”

得了吧，别酸了，你说今天那个文总是什么背景？张晴问。他呀，典型的浙商，面子最丢不得，还总时不时地摆一摆阔。这么说称不上地产界大腕啦？张晴摸了摸马经天的下巴。嗯，顶多算个小开发商，不过这种开发商通常都有很深的背景与资源。

## 【45】“8·31大限”，阳光地政

马经天和张晴刚回到上海就赶上公司召开紧急会议。马经天叹了口气说，左右都是会议，上下都是出差，真想累死我呀。张晴说，你就知足吧，没把你派到外地去，现在公司很多同事都被派到外地了。

是吗？马经天转头问，谁呀？我怎么不知道？张晴一边说一边往会议室走去，推门一看，所有同事都到了，就在等他们两个人了。

金世羽手上拿着一个文件，幻灯片定格在今天要召开的会议主题上面。上面赫然写着“8·31大限”：国土资源部、监察部联合下发《关于继续开展经营性土地使用权招标拍卖挂牌出让情况执法监察工作的通知》（即71号令）。

金世羽问张晴，你们去杭州的情况怎么样？张晴说，还是老马有本事，基本搞定了那个文总，可以叫合约部出合同了。

那好，现在开始会议。金世羽说。大家都看到这个通知了吧？毛语问，是不是从8月31日起，所有经营性的土地一律都要公开竞价出让？

金世羽说，是的，全国各省市不得再以历史遗留问题为由，采用协议方式出让经营性国有土地使用权，以前盛行的以协议出让经营性土地的做法被正式叫停。

马经天说，这么说土地价格会按照市场化规则运作了？

金世羽说，以后甲方的日子也不是很好过了，开发商必须缴纳土地出让金，两年内不交，政府就要收回土地了。

现在土地价格涨得那么快，光炒地皮就能发大财了。毛语说道。

大家正讨论着，金世羽的电话响起来了，一看是张豪的。电话中张豪问，金总，你看到那个文件了没？我们正在讨论呢！

张豪说，“8 · 31大限”可能是中国地产界的革命。听说浦东星邑集团九月份就要拿地了，这不正赶上风头了，你说施彦会不会放弃？如果真有那么多开发商来竞标？

金世羽说，这个问题要从方伟那里打听才能得到内部消息，我这里暂时不清楚那边的状况，听说方伟和施彦的私交很不错。

我先开会了，张总，等开完会我们再聊吧。你今晚有没有时间呢？要不约上方伟，咱们三个一起吃个饭，都很久没有聚一聚了，这几年一直忙也没个时间。

张豪说，看金总你的时间了，我这里没问题。金世羽说，好吧，等下我打个电话给方伟，看他在不在上海，再跟你定具体时间和地点。

挂完电话，金世羽看了看马经天说，浦东的地块下月初要挂牌了，你们这里做好准备，这个项目挺大的，而且竞标者会很多，晚上我跟方伟他们碰个面，再探探虚实。

马经天说，金总，我最近非常忙，要不你把这个项目给别的部门怎么样，我这里已经超负荷了。金世羽看着马经天疲惫的样子说，那你把其他工作暂时转移一下，这个项目先搞定了再说。

马经天叹了一口气说，真想要累死我？金世羽说，那这样吧，我让张晴给你当助手吧！张晴你说怎么样？

张晴看着金世羽一副不乐意的样子，马经天原本低落的情绪一下子被点燃了。好，转头拉了拉张晴的衣袖说，怎么样？

张晴没好气地吐出两个字，随便。

晚上三个人相约来到“上海早晨”，他们都很久没有吃本地菜了。从车里出来，金世羽的思绪就不由自主地被桥下那滔滔江水声牵引着到了很远的地方去。一道柔和的白光，红黄相间的一轮弧度里标示着中英文“上海早晨ASTOR1846”的字样，金世羽走到门边，从拱形门里，透出丝丝暖色灯光和若有若无的爵士音乐来。

金世羽第一个到，进门落座，不一会儿，张豪和方伟同时来了。金世羽打趣道，你们两个约会呀，咋这么巧都一起？

张豪说，我先到的，在外面透了会儿气，看看风景，这里给我的感觉是一步一景，我都舍不得进来吃饭了，我刚才把每一个角落都欣赏了一番，刚好看到方伟过来，就一起上来了。

金世羽拉着方伟坐下说，你和施彦的私交不错吧，这个浦东拿地是不是可靠消息？

方伟把桌上的杯子擦了擦，张豪递过一支中华，金世羽随手拿出了打火机说。当然是真的，前天施彦还和我一起吃饭呢！说的就是下个月“星邑集团”拿地的事情。

那不是正赶上“8 · 31大限”吗？拿地会不会有问题？张豪急切地问。

方伟一阵好笑，这有啥问题呢，施彦在浦东的地块虽然说是公开拍卖的，但是你也知道的，现在这个行业是有潜规则的，这个我不说你们也懂。

金世羽说，这个我们懂的，代理呢？代理竞标也内定吗？

方伟说，你们今天约我就是为了代理这件事情？我跟你们说，这个项目的代理权我可志在必得。你们两个别跟我抢，我都两年没吃荤了，这次大鱼我说啥都要吃上。

金世羽说，老方呀，你那阵地不是在香港吗，怎么最近又转回来了?

张豪拿着电话给方伟，给，张纯找你呢！这丫头最近越来越疯了，整天不着调子。方伟拿着张豪递过来的电话，就一直在点头，嘴巴里面说着，好吗?好吗?好吗?

金世羽听着差点儿笑破肚皮了。方伟挂完电话，就说，你妹最近天天烦我，吵着说要结婚，你说哪有女孩子这么主动地逼着男方结婚的。

张豪说，我妹妹可是个好女孩，你要珍惜了。金世羽说，我倒是很想被逼着结婚，可惜没有这个机遇。

来，方总，今天你来点菜，这里的本地河虾仁不错，点餐率很高。方伟接过菜单，要不我们来一次中西合璧式的点菜方式吧?

好呀，张豪说，我想吃小牛排。金世羽说，我要小黄鱼。方伟说，这是我点菜还是你们点菜?哈哈，金世羽笑着说，还是你点吧!

金世羽对着服务员说，先来两瓶红酒和黄酒吧。要什么牌子的?服务员问。石库门吧，黑标。张豪说。

金世羽在方伟点菜的时候，试探道，要不老方，给我们俩引荐一下施彦吧，好歹也要公平竞争一下。

方伟说，公平竞争可以，你们俩要给我耍花招，我可不认你们这两个朋友了。

金世羽和张豪互相对视了一眼，绝对不会，咱们都是这么多年的兄弟了。

方伟感叹道，当初是兄弟，可现在，兄弟，都各就其位了，大家都是身不由己。

喝酒，喝酒！啥都不说了！张豪感叹道，一切尽在不言中。金世羽举起了手中的杯子碰向了方伟。

哎，我听说金源也参与了这次招投标，而且报价高达58亿元，金世羽的眼睛开始扫描了方伟的举动。张豪在一边一惊，什么?58亿元，老励疯了呀，这么高的价格，将来定价定多少呀?

方伟说，你们以为老励开价高，就一定是他得到吗?这个很难讲。

# 【46】善利者求恒，支柱的背后

9月8日，方伟从香港回到上海的当天下午，《蓝筹地产》以“浦东TP80地块40.8亿元归星邑集团”为题做了星邑湾获得土地开发权的报道。这也是上海自“8·31大限”以来的第一次土地招拍。

8月初，这个地块曾经因金源集团将近58亿元的报价差点儿造就了2004年全国地王，突然中断了土地邀请招标后，时隔不到一个月，又宣布了如此戏剧化的结果，星邑集团以40.8亿元中标。

方伟看完报道，脸上露出平静的笑容，这一切原本就在他的意料之中，接下来的是准备和施彦洽谈合作的事情。

金世羽电话里面问方伟，不是价高者得吗?

这不是你我能决定的，我们就少操这份心了。

那代理公司定了没？金世羽还是不死心。

定了，我说定了，你会相信不?

不管结果怎么样，大家都会去试一下的，只有试了才知道结果是什么。

哎，金世羽在电话里面叹息道，我这里也不容易，上海的项目很多都接近尾盘了，要开拓新的项目。

你不是二线和三线城市都已经实现了联网和覆盖了吗？上海就留一点儿残羹冷炙给我吧。

哈哈，老方，你可真会说笑，我现在吃的都是你们剩下的。

得了，别忽悠我，还不知道你啥心思。你小子心野着呢，早晚我看上海的这几家代理不是被你吃掉就是被你挤垮。

别危言耸听，等下被张豪他们知道了，可不得了。

这个还用我说吗？他们都心知肚明了。你没见胡鸣吗，最近扩张也很快，你布一线城市，他立刻布局二线城市。

嗯，胡鸣这小子很有生意头脑，上次上海一个项目就被他们的那个团队抢过去了。

我建议你把杨旭挖过来，方伟在电话里面试探着金世羽。

杨旭呀，我也想要，可是也要人家愿意来呀。

可能是时机未到吧。

还有，你看张豪，把地产类媒体都快给垄断了，你要防着点他。

那你呢？

方伟说，我？你就不用防了，我这人没啥野心的。

还是张豪厉害，短短几年就能扩展到其他领域，我这几年的时间都白白浪费了。

我说你不结婚是不是因为张纯还没嫁？

哦，这个倒被你给猜对了，你不娶她，我就不找女朋友。

你这不是在逼我进围城吗？

是呀，就是逼你了，那你到底要不要结婚？

我想等把星邑湾这个项目搞定了再说。

你把这个项目让给我得了，我给你备一份厚礼，你也就可以享受你的新婚蜜月了。

这个礼我可不要，星邑湾和张纯都会是我的，你和张豪谁都不许跟我抢。

你就那么有自信，你能确定就是你的了？

当然，我有秘密武器的。

金世羽怎么也捉摸不透方伟所说的秘密武器到底是什么东西。

我听张豪说你把金合韵安排到他公司里面去了，金合韵跟你啥关系，你家表妹吗？

什么？张豪跟你讲的呀，没关系，恰巧都姓金而已。

你不会看上金合韵了吧，我跟你讲这个丫头很火爆的，我们这里的老马都受不了她，所以我才不得不让她去蓝思的。

没男朋友吧，要不要我给她介绍一个，我看她长得挺漂亮的。

你还是先搞定你自己的事情吧，她还小呢。我跟你讲，你可别脚踏两只船。不然张豪和我都饶不了你的。

你那个ERCI系统到底做到什么程度了，全国目前覆盖了多少个城市？方伟好奇地问道。

这个吗？目前我们搞了个“四点一线”的策略，估计到年底加上二线及三线城市的话，可能会覆盖到将近一百个城市。

这么说，世和中国的扩张会很快了，真没想到啊，方伟感叹道。

金世羽哈哈一笑说，计划不如变化来得快，不过这个全靠背后的政策支持，只要这个政策不产生大的变化，我们的计划就会一直推进下去。再过两年，我一定要到美国上市。

方伟说，很期待。不过全国化是形势所趋。你的总部不会搬到别的城市去吧？

这个总部我认为肯定会在上海，可能会有其他的板块放到北京去。这个将来上市的时候可以再重新规划。

有道理，如果世和中国想要寻求恒久的发展，靠近北京那是必须的，支柱嘛。

## 【47】Mortgage slave所不能承受之轻

艾青在电梯里面看到张晴苦着个脸，一副别人欠她钱的模样，推了推她，怎么了？今天不高兴吗？

高兴啥，我现在是典型性mortgage slave，压力太大了。

艾青摸了摸头说，啥意思。

张晴一笑说，房奴呀，最近刚贷款买了房子，现在压力好大，连早饭都舍不得吃了。

艾青说，有那么可怜吗，那你岂不是正好减肥。

减什么，我再减肥就没人形了。是哦，艾青看了看张晴，脸色的确很差，你这是不是没吃好，营养不够，看你脸色蜡黄蜡黄的，这样下去可不行。

我那不是也没有办法吗，现在一个月要还四千多的贷款，我都舍不得吃舍不得穿。

你买的哪个楼盘，两个人正在说着话，就听到她们两个背后有人问。

转头一看是马经天，马总今天咋这么早呢？张晴嘻嘻道。

想你们两个了呀，马经天嬉皮笑脸道，对了，你买的哪个楼盘？我最近也想买房子，给参考下。要不今晚我请你吃饭，你给我透露点内幕吧。

张晴说，还有哪个，就是“香邑”。

马经天啊了一声，你怎么不买“紫金贵冠”，跑去买“香邑”呢？

艾青拉着张晴的手问，“香邑”到底怎么样，听说买那里的都是白领女性，有钱，有势，还有魅力，这是不是真的呀？

多少钱一平方米？马经天问道。

1万多。什么？“香邑”已经1万多了，我咋不知道。

你不知道的事情还多着呢，艾青白了他一眼。

“紫金贵冠”还没调价呢，市场部这帮家伙真是吃饱了什么事情都不做，这么重要的市场信息竟然没有向我汇报。

我看不是人家没有汇报吧，是你太忙了没有时间看。

马经天走进办公室的时候还在和她们两个开玩笑。

毛语上前说，老马，“香邑”前段时间调价了，你知道不？

我也刚知道，正想为这件事情召开一个市场部的紧急会议呢。咱们市场部门的信息采集是不是时间上面有些滞后？“香邑”这么重要的提价行为，市场部竟然没有把一周的市场报告汇总到各位老总这里，这完全就是市场部的失职。

嗯，确实有点儿问题，但我认为是流程上面的。毛语把马经天拉进了办公室，“香邑”是偷偷提价的，没有对外公开，我们也是从其他渠道知道的，既然这样，这个会议等下我来开，我让市场部把流程和市场的报告在时间上提前，这样就不会延误决策了。

好吧，马经天说，那我先去忙了。哦，对了，我也想买一套“香邑”的房子，你帮我问问看有没有什么优惠措施。

你不买我们自己的楼盘而去买“香邑”，你这个叛徒。

得了吧，老毛，要不是张晴买了“香邑”，我才不会买。

那行，我给你问问看吧。不过不能保证有优惠措施，现在房价都在往上涨。

踩着柠檬般的夜色，三个人来到上海一家高档餐厅里面，艾青点了一桌子菜，张晴点了瓶有年份的红酒。马经天傻眼了，知道这两个女人联合起来捉弄他，但是在服务员面前又不好发作，只好忍了下来。

三人走出饭店，马经天一刷卡，竟然是四千多，心疼呀，虽然说只有工资的四分之一，但是今天这顿饭是他有生以来吃得最不合算的。

他悔呀，常在河边走的他，竟然也会湿鞋。

张晴搬进“香邑”后不到一个月，就发现她对面的那套房子也开始装修了，这是个180多平方米的三房，总价要接近200万了。张晴心里纳闷儿谁这么有钱，买这么大的房子，看到装修队伍进来，发现请的还是名牌公司，估计光装修也要花费一大笔钱呢。

张晴那不到90平方米的房子，总价接近100万了，把她这么多年来的积蓄全花光了，还欠了银行一屁股的债。她现在可要省吃俭用，做房子的奴隶了。她的心里开始有些不平衡了，为何别人总能有高工资、高职位，还有回扣拿，而她却那么点可怜巴巴的工资还要省吃俭用。

可是骨子里面倔强的她，又不肯依靠男人，她要自己养活自己。目前最好的办法是跳槽，如果不跳槽就要求老板加薪，不然就没有什么活路可以走了。

张晴向毛语提出了加薪的要求，毛语说考虑一下，实际上还是不肯加薪的，因为公司正处于快速扩张期，如果现在就给管理层加薪，会影响到整个公司的成本问题。

张晴正为得不到加薪感到郁闷呢，跳槽的话选择也有限，再说已经比较熟悉了现在的公司运作模式和岗位，换一家又要从头开始，张晴的心里非常矛盾。

# 【48】芝麻开花，节节高

那天张晴拖着疲惫的身躯回到家里，发现对面的房子经过两个月的装修已经完工了，门开着，家具都已经齐备了。张晴不由自主地顺着敞开的门往里面望了望。一看貌似没人，就好奇地往里面走，大门口是个鞋柜，再往里面走是起居室，张晴看到屋子的装修风格男性化比较浓郁，气氛给人感觉很刚毅，估计是个事业成功的男人买的。张晴正要往卧室走去，想要进去看看里面是什么样子，突然后面有人拍了拍她的肩膀，她一下转过身，惊呆了。

站在她前面的竟然是马经天。怎么是你?

咋了，为何不能是我？你想进我卧室，是不是想今晚陪我？马经天嘻嘻地笑着，看看，我的房间装修得怎么样，应该不比你的差吧，现在我们是邻居了吧，同事加邻居，关系又近了一层，什么时候你成为我女人，那就更好了。

张晴白了他一眼，你想得美，做梦呢。

哦，你买这个房子多少钱一平？张晴好奇地问。

这个不能告诉你，估计跟你差不多。那我们公司代理的那个“紫金贵冠”多少钱一平方米?

这个吗，肯定比“香邑”高一点，不会比“香邑”低的。这么说你是买不起那才买这里的吧。

马经天说，你看我像吗？还不是看你买了我才买的。

你花费那么多金钱不会是就为了跟我做隔壁邻居吧？你有什么目的，赶紧老实交代。

我？目的？哈哈，目的就是把你弄到手，你还想让我对你有啥目的呢，我的目标一向都是很明确的。

我对你没感觉，你那是浪费时间与精力，我看你是吃饱了撑的。张晴说完就朝外面走去，马经天说，一起出去吃饭吧，我请客。

张晴一把推开他，我懒得去。

你不是要还贷款吗，我请客你还不乐意呀。

我不需要你的施舍，张晴厌恶地看着马经天，你还是自己去吃吧。

马经天推了推那副眼镜，叹了一口气，强扭的瓜不甜哦，我们有的是时间，我跟你慢慢耗。

自从马经天搬进“香邑”后，“香邑”的房子一天一个价，日日翻新，这可乐坏了张豪他们，最后实在无法调价了。俞镜说，我们干脆来个一房一价吧，这样或许比批量调价更合理。

俞镜的这个建议得到了张豪的认可，这样可以规避“紫金贵冠”给他们带来的压力，因为马经天总是在“香邑”调价后的第二天，把“紫金贵冠”的价格在“香邑”定价的基础上再加100元，这样“香邑”的价格永远都比“紫金贵冠”来得低。

如果实行一房一价的话，既可以让每套房子都实现性价比最高，也能让对手无法琢磨透它的定价规律。这个办法绝对妙，张豪说。

“香邑”实行这个策略确实比较高明，马经天没能想出什么好的办法来复制。再加上近期房价飞速上涨，使得“紫金贵冠”的调价策略有些失效了。

不仅“紫金贵冠”和“香邑”处于上海内环市中心的楼盘一路高歌，就连外环那些“四季润园”和“格林紫郡”这样的大盘也在飞涨。

这下可高兴坏了开发商，胡鸣的“四季润园”最近也在搞价格调整，张豪那里更加忙了，光“格林紫郡”和“香邑”就够他们忙的了。

仿佛一夜之间，上海的房价涨了很多倍，张晴发现自己贷款买房竟然是多么明智的事情，虽然现在苦一点，累一点，节约一点，但是毕竟那是属于自己的房子。想到这里张晴不禁为自己的加班与熬夜找到了可以平衡的理由。

这天张晴下班后，经过楼下的超市，进去买东西，突然她看到一个熟悉的身影，那不是张纯吗？怎么她也在这里出现呢？

张晴叫了张纯一声，张纯转头一看，哟，怎么是你呀，你怎么在这里？张晴拉着张纯说，我就住在“香邑”。哇，你买房子了，这么厉害。

张晴苦笑着脸说，厉害啥，这不是没有办法吗，你是路过还是有什么事吗？

张晴好奇地问张纯。

我哥买的“紫金贵冠”的房子，我和我哥就住在这边。

哦，是吗，那以后我们可就是隔壁邻居了。是呀，有空过来，我给你煲汤。

哈哈，没问题，我最喜欢喝汤了。张纯高兴地一口答应。你那广告公司最近效益怎么样？张晴关心地问道。

一般吧，张纯说，都得靠我哥在那里撑着，如果没有我哥，恐怕我一个人根本搞不定这些事情。广告很烦琐，也很复杂。你没看见顾悦，一天到晚都在陪客户吃饭，赔笑脸。我还好，有我哥给挡着。

你什么时候结婚呀，听说方伟要接浦东那个星邑湾了，是不是真的？这个地块，施彦竟然以那么低的价格就拿到这块地，肯定有内部关系。听说代理也不会通过公开招标的方式，估计是你家方伟和施彦有私交。

张纯说，方伟的事情我不是很清楚，这些他从来都不会告诉我的。

你们俩还真是郎才女貌，绝配。

你还别说，我哥都不同意我嫁给他。为什么呀？

我哥说方伟这个人太花，不可靠，他说金世羽比他稳重。

哈哈，男人不都花心吗？

你就别挑了，不过金世羽确实比较沉稳，能成大事业。

我觉得方伟给我带来的是某种激情，你永远都不清楚他的下一步给你带来的惊喜是什么。而金世羽给我的感觉太稳，太无味了，我不知道自己该跟他怎么相处。

莫非这就是传说中的爱情呀。张晴的眼神里面满是期待，她何尝不渴望这样的爱情呢，可是她遇到的男人怎么都是如此不靠谱。

张晴心里想着，爱情本来就是一种梦境，每次看到马经天，都希望他能留下来，可是想留下却又不能留，这才是最寂寞的。那次在杭州西湖，两个人用力相拥的沉默，是她生命中最美好的回忆。

# 【49】用我三生烟火，换你一世迷离

张纯，这一期的《房产观澜》电视频道的栏目的主角是金世羽啊。张晴自从成为九重锦传媒的这个电视栏目首席主播后，经常会采访地产界的大腕，这是她第一次做金世羽的独家采访。金世羽一向低调，所以张晴想从张纯这里多了解一些金世羽的个人爱好。

怎么样，张纯，有没有时间？给我讲讲金世羽的性格呀，爱好呀。

怎么，你想嫁给他呀？张纯问。

张晴不好意思地说，就是想采访的时候发挥得自然一点儿。

哈哈，好的，要不我给你当顾问，我告诉你金世羽的隐私，是绝密的哦。

也行，张纯，这次专访是有嘉宾互动这个环节的，你能不能作为嘉宾和金世羽来个互动，这样也能活跃现场的气氛。

有点儿意思，这个想法不错。张纯一口答应了张晴的要求。

专访是在这个星期周末举行，金世羽先到化妆间做专访前的准备工作，张纯还没来。金世羽递给张晴一张纸条，张晴一看，是叫她在互动环节提问，但是问题跟先前写好的问题完全相反了。张晴想要上前问，金世羽打断她，就按照这个题目来问。

今天的张纯分外显得有女人味，金世羽坐在台上，眼睛总会看向张纯这里，前面是公司环节，是对世和中国的一个整体性质的问题。

金总是个很年轻的企业家，听说你当初是和皇基的方伟、蓝思的张豪还有晨远的胡鸣一起创业的，那么后来您又是怎么出来的呢，是什么原因你们几个很好的朋友最终分开了呢？

张晴的提问让金世羽想起了往事，金世羽仿佛又回到了七年前他们几个在九观云庭一起熬夜加班的事情，一切就如昨日一般。

其实当时我们四个确实是一起创业，后来因为各自的理念不一样，就分开了。我那时因为简云的世房销售正好需要人手，而我呢恰好认识简云的爱人——“万冠”的赵健，所以有次聊天的时候大家正好不谋而合。

哦，张晴继续说道，那么最近几年世和中国的扩张版图在哪些方面，有哪些业绩值得我们来看看?

说到这里，金世羽不禁一阵激动，是啊！世和中国成立也将近5年了，这么多年我们一直都在努力着，目前我们的“四点一线”策略已经覆盖了全国上百个城市，由世嘉研究的这套ERCI系统也得到了众多开发商和业内人士的认可。

那么，请金总预测一下未来几年世和中国的发展方向好吗?

金世羽说，未来我想的发展方向有几个方面，一块是一线城市的销售门店；一块是ERCI的研究；还有传媒及商业，最后一块是基金，这些是世和中国的发展方向。

张晴继续发问道，听说金总最近和上海的高端公关公司天域达成了战略合作，是不是意味着世和中国要向商业这块发力呢?

金世羽想了想说，和天域的合作是向奢侈品领域靠拢，为我们的高端楼盘找到更好的跨界资源。

当然，最重要的是世和会客户俱乐部的建设，这是一项长期任务，毕竟客户才是我们最终服务的上帝!

金总你打算用多长时间实现这些目标呢?

哈哈，金世羽笑着说，资本运作是国内的趋势，我想不出两年，世和中国就会上市。

我们一起期待世和中国辉煌的明天吧，张晴说着转换了话题，金总的事业这么成功，您背后是不是有一位贤内助呢?

金世羽想了想说，是一直很期待身边有这么一位“贤内助”，可惜目前还没有找到。

张晴说，那在这里我们给金总做一个征婚广告好了。金总所期待的爱人是什么类型的?或者您描述一下您心目中爱人的形象吧。

金世羽望了望张纯，对张晴说，我来朗诵一首诗歌吧，这是我想对那个我心中的爱人说的。

哦，那么我们欢迎金总的表演。看着金世羽的眼光，张纯感觉怪怪的。

金世羽站起来，接过张晴手中递过来的红色玫瑰花，开始深情地演讲：

我想给你幸福，却走不进你的世界……我想用我的全世界来换取一张通往你的世界的入场券，不过，那只不过是我的一厢情愿而已。我的世界，你不在乎，你的世界，我被驱逐……我真的喜欢你，闭上眼，以为我能忘记，但流下的眼泪，却没有骗到自己。亲爱的，我愿意用我的三生烟火，换你的一世迷离。

金世羽热泪盈眶，走到张纯面前，把手上的玫瑰花递给张纯，张纯一时间听傻了，不由自主地接过金世羽递过来的玫瑰花，傻傻地朝着他笑。

张晴适时地打断了金世羽的反常表现，没想到我们的金总还是个如此感性的人，好的，下面有请我们的顾问团队进行互动。大家有什么问题直接问金总，金总会对大家的提问一一回答的。

金世羽也分明感觉到自己的失态，好在张晴及时地调整了现场的气氛，让他很快脱离尴尬的场面。他瞟了一眼张纯，她的大眼睛还是那么闪亮着，仿佛没感觉到自己刚才的表白。

张纯对于金世羽只有好感，喜欢但不是爱情，这点金世羽的心里很清楚，但金世羽对于张纯的喜欢绝不是一点点，而是很深，金世羽自己也说不出为什么。借着这次的专访金世羽想要传达的双重信息，他都办到了。金世羽看着张纯有些尴尬的样子，在心底里会心地笑了。

## 【50】燎原计划，辉映中原

金世羽的这次电视独家专访给房地产界的所有人发出了一个信号，世和中国要开始发威了。张豪看到金世羽递给张纯玫瑰花的那个环节的时候，才发现，原来金世羽的心里面一直有张纯的影子。他不明白为何金世羽要在这个时刻向张纯表白，难道他就不担心方伟的感受吗？张豪觉得如果自己的妹妹同时爱上这样的两个男人，那么受到伤害的肯定是她自己。是不是应该赶紧做一个了断？

方伟其实并没有看到金世羽的这个专访，因为那段时间他正在香港开投资推介会，所以错过了金世羽的独家秀。方伟回来后，第一个告诉他金世羽在电视上对张纯的爱情表白的人，竟然是胡鸣。

方伟在快要下班的时候才回到自己的公司里面，九观云庭里的灯光现在早已经没有从前那么灿烂了，透过微弱的灯光，方伟发现自己未来的命运竟是如此迷茫与黑暗。李放不知道是在和谁煲电话，方伟进来的时候她也没有看到，方伟发现李放既不辞职也不向他要求加工资，他也不知道李放心里到底是怎么想的。

方伟进到办公室，又出来了，喊李放，李放匆忙之间放下手中的电话，竟然没有发现方伟是什么时候进来的。方总，你啥时候来的？嗯，你光听电话了，如果小偷进来，你也不会发现。是不是男朋友？方伟看着李放眼里放出来的光芒，就知道了，对方肯定是个男人。

方总，我先给你泡杯茶，李放拿起茶杯就朝茶水间走去。回来的时候听到方伟正在通电话，方伟的声音有些激动，什么，金世羽那个混蛋，靠，这么搞，趁我不在。好好好，你什么都别说了，我找他去。

李放递过茶杯，方伟抬头的表情很是恐怖，是不是金世羽在那次专访上面向张纯示爱了？李放啊了一声，说，我也是昨天才看到那个重播的节目，他就向张纯朗诵了一段诗歌，然后递了一束玫瑰花，其他也没做什么呀。

方伟激动地说，我的女人，要他献什么殷勤。

李放下班走了，留下方伟独自在办公室内煎熬。回想起刚才胡鸣在电话里面的火上浇油，方伟开始冷静下来，金世羽为何要在这个时机对张纯做出这样的表白举动，真的是他深爱着张纯吗？如果是这样，他就不该让张纯处于这样的舆论风口上。这不像是金世羽的做事风格，他一向沉稳，遇事会三思而后行的。那么这次他的目的到底是什么呢？方伟百思不得其解。

电话铃声再次把方伟的思绪拉进了现实，方伟拿起电话，对方是张豪。

这么晚了还在公司，是不是刚从香港回来？张豪关心地问，他不能肯定方伟是不是已经知道这件事情了，语气里面满是试探。

方伟客气地说，亏你老哥还想着我，最近上海地产界有啥大事没有？张豪说，我正要告诉你呢，金世羽上周的电视专访里面，说世和中国要实行“燎原计划”，我估计他们可能又要大规模扩张了。还有，金世羽说两年内世和中国会上市，老方，你觉得金世羽说的这些可能性大吗？

方伟说，你还不知道吧，金世羽的野心大着呢，不仅仅是这样，他现在倒好，连我的女人也抢，太不够哥们儿义气了。

张豪说，这个我也看到了，但是你知道，我妹妹喜欢的还是你，你要相信你自己，那个完全是电视作秀而已。

别，你可别低估了金世羽的智商，他这么做肯定有他的目的，不会无缘无故拿张纯做诱饵的。张纯这些天是不是都和他在一起？

哪有，我妹妹最近都一直在忙“九重锦”的业务，哪有时间和金世羽在一起。老方，你一定要相信我妹妹，她太单纯了。

我是相信她，但我不相信他。

张豪叹了一口气说，如果将来金世羽的业务版图布局全中国，你我的生存机会就有限了。

方伟想了想说，老张你说得是有道理，可是目前即使我们俩联合起来，再加上胡鸣的话，估计也不是金世羽的对手了。他凭着世房销售与“世嘉研究”两个公司的势力肯定会打败我们。

张豪在电话里面的语气有些激动，还没打仗就认输？太没骨气了吧，也不符合你老方那个“地产界鬼才”的称号。

方伟凄惨的笑声在九观云庭空荡的楼层里回荡着，我现在也是自身难保，星邑湾不知道啥时候能上市，最近正在炒股，看看这行怎么样，如果好的话，我就转行干投资了。

张豪说，你真的要转行，那我们几个可要寂寞了。

哈哈，我炒的不是股票，是寂寞。

我还听说你最近在搞期货呀，哥们儿，这行水很深，你可要悠着点儿。

不入虎穴，焉得虎子。说到这里，方伟的信心不禁又被激起来了。

令张豪和方伟没有料到的是，世和中国以迅雷不及掩耳之势，三个月内竟然把全国一百个城市的布局完成，这让张豪、胡鸣他们措手不及，等到他们两家公司想要扩张自己的版图的时候，所剩下的机遇已经不多了。

晨远只有在杭州等浙江地区的二线和三线城市扩展，而蓝思则只能在南京和河南郑州等地区设立自己的分支机构。

金世羽的战略布局不仅打乱了整个代理行业的割据局面，也迅速提升了代理行业不同城市的市场数据的联网水平。

张豪难以想象金世羽的下一步计划是什么，他或许永远也无法预料到未来对于自己是一个什么样子的局面，目前看似世和中国、卓美网、智慧资源、天域公关只有战略上面的合作，但是不排除将来他们有被世和中国吃掉的可能性。如果是这样，那么不管是蓝思也好，晨远也罢，或者是皇基，他们都将面临更恐怖的行业大变局。

金世羽的这次整合的“燎原计划”给方伟他们带来了太多的震撼，他们很想知道金世羽全盘计划的背后到底隐藏了什么秘密。

## 【51】真相之下绽放的玫瑰

方伟从张豪那里听说金世羽最近一直想要接触施彦，可是施彦一直不在上海，方伟突然发现自己所处的境地非常危险。

金世羽的胃口大着呢，上海50%以上的项目都已经落入金世羽的口袋，他盯着施彦也不是没有任何道理的。

施彦的星邑湾实行的是“十城十计划”，如果这个时候拿下星邑湾，对金世羽的世和中国将会是提升品牌很好的机会，怪不得金世羽会如此兴师动众，他可是醉翁之意不在酒。

想到这里，方伟不禁担心起来。

星邑湾是方伟唯一能把握得住的项目，因为施彦和自己的关系确实不错，施彦也口头答应这个项目无论如何也不会给别人，方伟总觉得自己已经十拿九稳了，偏偏这个金世羽老是和自己争，现在连女朋友他也要争，这确实惹到了方伟，生气那是肯定的。

这是个周末的午后，方伟在办公室里盘算着自己下周到底要不要去香港，听说祝涛在香港约了几个投资人，让他下周一定要及时赶到，这几个投资人不会坐在那里等他的，他们随时会走。方伟很想和张纯谈谈，也很想会一会金世羽，也只有见面聊，才能看透对方的心里到底在想什么。

电话再次打断了方伟的思绪，张纯，你在哪里？拿起电话听到是张纯的声音，方伟赶紧问道。

我在九重锦呀，你呢？晚上一起吃个饭吧，咱们很久没有见面了。

好的，没有问题，方伟确实很想见张纯，那我们在哪里见面？

随便，我去你公司好了，张纯开心地说道。

也好，你路上小心点。

张纯赶到九观云庭的时候，方伟还在专心研究他的股市，最近方伟花了大量的时间研究股市，这也是张纯很久没有见他的原因。

在干吗呢？张纯进来方伟都没察觉到。哦，方伟抬头说，我在研究今天的股市资讯，看看有什么值得挖掘的新闻线索。

张纯说，你最近怎么迷上炒股了呢，难道你现在的代理公司你不想继续做了吗？

这个又不影响，方伟辩解道。

张纯说，一家公司只有老板热衷这个行业，并起带头作用，这个公司才能发展壮大，你不会连这个道理都不懂吧？

方伟冷笑了一下说，这个道理还要你这个小丫头来教我呀。

张纯无奈地摇摇头，你真是没救了。

方伟转头道，下周我去香港，带你一起去吧。

张纯没好气地说道，我不去，我九重锦公司的业务量最近特别大，最近我特别忙，没有时间出去散心哦。

方伟说，我出去是见投资人，又不是去散心的，再说，你现在运作公司，就不想引进战略投资把公司做大吗?

张纯想了想说，你说得是有道理，可是目前九重锦还没有做大呢? 难道要发展新的城市广告公司? 我觉得那样也太累了。

方伟正在想着下一步如何防止金世羽接近施彦，如何让星邑湾只进自己的口袋，至于张纯，他的把握性还是很大的，但是如果现在就把她娶回家，自己也有所顾虑，毕竟现在张纯的条件比自己好很多，自己这样做会不会太自私了?

你在想什么呢? 张纯见方伟有些发呆，就拉了拉方伟的衣服说，一起去吃饭吧，我们好久没有一起吃饭了。

好啊，想吃点什么呢? 听说中山公园那里有几家不错的餐厅，要不去看看吧。

那走吧。方伟起身关掉电脑，拉着张纯出了九观云庭。好久没吃日本料理了，今晚要不我们去吃日本料理吧!

好呀，张纯开心地挽着方伟。你真的不跟我去香港? 方伟侧头看着娇小的张纯。

为啥一定要我去呢，我这里真的很忙呀。

莫非你有约会，这段时间? 方伟试探地问道。上次和金世羽的那个专访是怎么回事。方伟还是控制不住问了。

张纯的脸色一下子变得有些僵硬，语气开始有些犹豫不决，这个，那个，是张晴，说想要把这个专访做得更专业一点儿，需要在互动环节找一个金世羽的老朋友来，我就答应了，没有想到金世羽他竟然会那样。我当时就傻了，不知道该怎么办好，真的不能怪我，我事先确实不知道他要说那些话。

方伟听着张纯的辩解，觉得有些道理，那你以后可要小心点了。金世羽这个人表面上像个正人君子，背地里不知道会使什么坏招。

张纯看着方伟说，我知道了，我会小心的，再说还有你和我哥呢，我才不怕。

两个人坐下，方伟拿起电话，犹豫着到底要不要打这个电话，张纯一边点菜一边问方伟想吃点什么?

方伟心不在焉地说，随便吧。方伟还是拨了电话。

在电话里面催着施彦赶紧把合同递过来，可以先预售啦，施彦给方伟的回复竟然是先不急，星邑湾绝不先预售，一定要等全部准备工作就绪后再开盘。

方伟突然之间明白了施彦的用心良苦，全成品展示，这个在毛坯房盛行的年代绝对是一次轰动性的历史革命。

施彦绝对是房地产界一朵盛开的娇艳奇葩，房地产界的多少大佬对她敬佩与仰慕，这也是施彦在这个行业游刃有余的诀窍。

而方伟的坦诚与才华为施彦所欣赏，两个人互相欣赏着，两人的想法就更加契合了。这是许多现代男女所羡慕的一种境界，可以很好地合作，却又不产生友情以外的东西。

第六章

# 轻战略，赶集IPO

# 【52】大道至简

金合韵从世和中国出来后，在张豪的公司里面可谓是如鱼得水，凭借着自己的美貌与智慧，金合韵赢得了蓝思机构上上下下对她的尊敬和认可。

金合韵，你今天怎么那么晚还没到公司？俞镜在电话里面催着，金合韵正在赶公交车，这段时间老是加班，今天竟然睡过头了。

你有意见啊？金合韵没好气地说，正好自己这几天正郁闷呢，所有的事情都挤在这周了，提案，汇报，再提案，再汇报，都快把她折磨疯了。

你昨晚是不是又去外面疯了？那么晚睡，当然早上起不来了，俞镜不了解情况就对她大呼小叫的。

金合韵这下更加来火了，我哪有你想得那么有空，这几天整天加班，你眼睛看不到吗？惹火了金合韵，俞镜这下子要吃不了兜着走了。

那你快点，还有半个小时就要提案了，等下是你讲，你怎么还没到呢？俞镜着急地说。

要玩你自个儿玩去，我不去了，金合韵突然间挂断了电话。俞镜感到糟了，整个提案都是金合韵做的，俞镜都没怎么看，如果这个坏丫头不来，就惨了。想到这里，俞镜趁对方老大还没到，赶紧把整个PPT看了一遍。

这是“香邑”的第三期策略提案，俞镜自从上面两期过后，就很少参与这样的执行提案了。

还好他对“香邑”算是知根知底，不然这次肯定会出洋相了。俞镜不禁一阵感叹，女人千万得罪不得。

回到公司，俞镜到处找金合韵都找不到，张纯指了指张豪的办公室，她在里面。

俞镜知道她又去向张豪告状了，不禁有些感叹，这个世道真是好人难做啊。

俞镜摇了摇头，朝着自己的办公室走去，边走边想，这个是非之地，还是想着早点儿离开的好。张豪不知道是什么地方吃错药了，竟然如此喜欢金合韵，她说什么都相信。

第二天，“香邑”的项目方说昨天的提案人讲得很有水平，但是这个PPT做得很差，要求蓝思重新做这个提案。张豪找来金合韵和俞镜问，这件事情到底是怎么回事。

张豪问，为什么不让金合韵去做提案？俞镜的眼睛瞪得大大的，我不让她去，怎么可能？昨天我打电话打了半天了，她都没来，后来干脆把电话也给挂了。你说笑话了吧，我那是没有办法，我才上去讲的。

什么？明明是你没有通知到我，昨天那么晚了才跟我打电话，我怎么知道？你不会早点儿通知我吗？金合韵大声狡辩道。

你这样可不行，不能乱说话的，这个提案本来就是你负责的，你什么时候提案你自己都不知道呀。到底你是领导还我是领导呀。俞镜被她的强词夺理给惹恼了。

是呀，你是领导，你就知道欺负我，金合韵流下了两行眼泪。张豪说，好好，别哭了，现在的问题是要重新做提案，而且时间非常紧，你们看怎么办？

金合韵擦了擦眼泪说，我不会重新做的，谁让他没按照我的提案的内容讲呢？现在出了问题我可不管。

张纯听到里面有吵架的声音，推门进来问，发生什么事了？俞镜拉着张纯说，甲方要求重新提案，可金合韵不肯重新做，我没按她的内容讲，是因为我觉得这个PPT没有讲到“香邑”这个项目的核心主题上面，所以我按照自己的思路讲的。

张豪道，既然这样，那这个提案还是由你来吧。俞镜说，我哪里还有时间呀，你都给我排得那么满，我恨不得每天有四十八个小时。

金合韵委屈道，就你忙，我也有好几天没睡好觉了，每天睡眠不到三个小时。张纯向着哥哥说，还是再招些人吧，这样下去他们都会累坏的。

张豪沉默了半天道，现在招人恐怕不是时机，这样好了，我给你们俩加工资吧，你们看行不？张豪看了看俞镜又看了看金合韵，你们两个就辛苦点，等过了这段时间，我给你们多配点人手吧。

金合韵嘴巴翘了翘说，那好吧，我是看在张纯的面子上，不然我才不要跟他一起合作呢。金合韵起身往外走，白了一眼俞镜，俞镜低着头。

在办公室里面待到深夜，俞镜让自己的私心杂念全部放下，超脱了自我欲望的牢笼，真正忘记自己的意识，忘记自己的存在。

俞镜清楚这次开发商同意他在会上提出的主题“大道至简”，“香邑”要褪去所有烦琐的华丽外表，回到它原本纯粹的真我个性。

俞镜在提案里面加入了迪奥真我香水版本系列的影视原创剧本，结合“香邑”的高端客户俱乐部活动，整个SP活动的策略既有了鲜明的主题，也同时展现了“香邑”真我的、纯粹的原色。这样鲜明的主题特色使得“香邑”的策略在前面两期销售的基础上，更加有了女性化的特质，高贵、优雅、向往的真我个性一览无余。

随后的提案令甲方在场所有的人士震撼，金合韵被俞镜的才华深深折服，她后悔自己那天对俞镜的冒犯，突然之间感觉到自己确实很傻很傻，她不知道俞镜会不会原谅她。

在回公司的路上，金合韵坐在俞镜的旁边，看着俞镜专心致志地开着车，她不知道自己该说些什么。

俞镜从反光镜里面看见她欲言又止的表情，怎么了？有什么话要对我说？俞镜对着金合韵问道。

没，我就是觉得你今天的提案特别棒，把开发商都给震撼了，你没看到他们意犹未尽的样子，真过瘾！金合韵眉飞色舞地说着。

哦，你也觉得今天的提案不错呀，俞镜浅笑着。嗯，是震撼，不仅是眼睛的震撼，更是灵魂的震撼，金合韵手舞足蹈地不知道用什么语言来形容自己激动的心情。

你是说你被我震撼了？俞镜表情暧昧地看着金合韵，金合韵发现他直盯着自己的胸部，她慌张地把双手交合起来，转头向右边。是呀，我是真的觉得你的提案不错，我从来不讲假话，我这是真的在夸你呀。要不我请你吃饭吧？金合韵试探地问道。

俞镜想了想，我今天没空，改天吧。等我想好了吃什么，再告诉你。

## 【53】女人并非攀枝花

金合韵从俞镜侧脸的表情上面看出他并没有真的生气，她的心里松了一口气，金合韵一边偷偷地看着俞镜，一边想着自己该怎么办呢。电话的铃声打断了金合韵的思绪，金合韵从包里摸出自己的手机，一看竟然是张晴打来的。

我们聊聊，　小时后，我们在中山公园的“龙之梦”见。好，金合韵一口答应了张晴的要求，她知道张晴平时没有什么事情是不会主动约她的。

金合韵指了指中山公园的方向，我要去那里，你送我去吧。俞镜说，没问题啊。

在中山公园的门口，俞镜让金合韵先下了车。我走啦，金合韵招了招手说，拜拜。

里面有家“真锅咖啡馆”不错，张晴和金合韵她们经常在那里约会。金合韵在门口看了半天，张晴在里面的一个角落里面向她打招呼。

这里啦。张晴今天倒是穿得很随意，平时的她都是正装上班，除了性感的身材外，看不出女人的柔美的特质。

金合韵放下手中的包包说，找我来干吗，遇到麻烦事情了？张晴笑着说，先点吃的，你怎么还是改不了你的急性子。张晴朝着服务员招呼，来点点心吧，就那个提拉米苏吧，喝咖啡吗？金合韵说，好吧，咖啡吧。

张晴喝了一口果汁，润了润嗓子说，你知道不，那个以前和你经常吵架的马经天，你还记得不。记得，他化成灰我都认得。

我不是买了房子吗，张晴说。对呀，我知道呀，我知道你买了“香邑”呀，哦，你是不是没钱还贷了？

得了吧，你知道不，那个马经天也买了“香邑”，就住在我隔壁，门对门，张晴露出厌恶的表情。

什么，他不会是故意的吧，金合韵开怀大笑，他看上你了吧。

张晴放下手中的杯子，说，本来倒是没有什么，只是最近他每天晚上都敲我的门，跟我讨论工作上面的事情，不是约我吃饭，就说给我做饭，烦死他了。

所以你才来求我帮忙的？金合韵眨了眨她那美丽动人的大眼睛，说，让我去你家住吗？

张晴不好意思地说，是呀，我想让你到我家住几天，这样我好有个伴，现在听到敲门声我就怕了，就怕他来敲门呀。

哈哈，也有你怕的时候呀，你说你咋摊上这么个邻居呢！真够倒霉的，做同事也就算了，还要做邻居，不会以后做夫妻吧。

打死我也不干，马经天这人太花心、太好色、太强势了，我可吃不消。做普通朋友还可以，做恋人就算了。

你去了蓝思，现在怎么样，张豪对你好不好，还有里面的同事呢？

那还用说，当然对我好了，不过最近有件事情挺麻烦的，我上次不小心得罪了俞镜，他现在还在生我的气呢。上次我故意给他难堪，让他在甲方那里下不了台，结果没有想到，他做提案的时候不仅推翻了我的思路，还让甲方按照他的想法进行了重新架构，你没看到哦，今天去交提案的时候，甲方完全被震撼了，简直太完美了，我发现我越来越崇拜他了。

哈哈，张晴笑着说，你不会爱上他了吧。

哪能呢，不会的，我没有你那么好色的。要不我回去收拾下东西再去你那里吧。别收拾了，我那里衣服都有，你和我一起回去。

这么着急呀，看样子你深受其害。早知道如此，你还不如不买房，租房不是挺好的。

我哪里知道那个猪头会跟我买对门，要知道如此打死我都不会买那里的房子。

走吧，两个人消失在茫茫的人流中。

哇，你家的装修很有格调嘛，金合韵一进张晴的家里就开始嚷嚷道，张晴示意她小点声，别让隔壁听见了。

金合韵笑着说，你咋像老鼠见了猫一样。有这个必要怕他吗？

我跟你讲，你是没发现，他骚扰人的本领绝对是你想不到的，但是你又不好骂他，我实在是受不了了。

我先去洗澡了，张晴向浴室走去。金合韵正在客厅看着电视，就听到有人在敲门，金合韵想，一定是他，她偷偷地从厨房拿起一把菜刀，来到门口，透过那个针孔，一看果然是马经天，他的手里还拿着一束玫瑰花。金合韵拉开门，举起了菜刀，马经天一看不是张晴，吓了一跳。

怎么是你？马经天好奇地问道。眼神里面开始打量金合韵，他确实很久没有见到金合韵了，金合韵越发尽显成熟，他甚至有些开始怀念当初和她吵架的场景。

让我进去呗，马经天发现金合韵拿着一把菜刀拦在门口，想要推开她进到里面去，金合韵把菜刀贴着他的脸说，你试试。马经天往后退了退，把花递到金合韵的面前，那这……？

嗯，花我留下了，你可以滚蛋了。

马经天还是一副嬉皮笑脸的样子，还是让我进去吧，我想和张晴聊聊天。

金合韵一副不耐烦的样子，公事还是私事呀，公事办公室聊，私事就免谈了。别以为我不知道你在想什么，你没听过这样一句话吗？

什么话？马经天露出倾听的表情，透过眼镜想要看清楚金合韵那丰富的表情。金合韵把刀往前甩了甩说，你占有了一个女人，对她而言是一种侮辱；如果占有之后不继续占有，而去占有别的女人，对她是一种更大的侮辱。

马经天想笑可是又笑不出来，他发现金合韵确实是他生命中的克星，不管是工作上还是生活中，遇到她，他确实没辙了。

金合韵接过花，把门关上了。靠在门上有种取得胜利的感觉，闻了闻那束玫瑰花散发的香味，抬头看到张晴裹着睡裙出来。

你看，玫瑰花，你怎么拿他的花呀，等下他又要天天给我送，张晴担心地说。

那岂不是更好，我倒是期望他天天送，你不接我来接，看他能坚持到什么时候。

不过我跟你讲，这几天我要出差一段时间，你还敢来吗？张晴看着金合韵说，你要是敢来住的话，我把钥匙给你，不过你要当心点哦。

没有问题，金合韵说，我最近倒是特郁闷，拿他来发发牢骚而已，反正他也不会生气的，不过我看得出来，他是真心喜欢你。

张晴的表情有些奇怪，喜欢有什么用，这样的男人我可把握不住，粘上了一辈子会后悔的。

你要去哪里出差，得多久？

嗯，广州，和毛语一起去，要去开拓南方市场，最近忙死了，根本没有心情来考虑这些事情，他老这样我会分心的。

你放心交给我好了，我来搞定他，看他以后还敢不敢骚扰你。

我就怕你也吃亏，张晴担心道。

我吃亏？不会的。一向都是别人吃我的亏。

你刚才那句话是从哪里学来的。

那句呀？就是什么占有呀，侮辱呀。

不是有个名人说的吗，具体是哪个人我不记得了。

你还一套一套的，理论知识很丰富吗！女人还是嫁个好老公比较好，整天忙事业会老得快。

是呀，都说女人是攀枝花，哪根枝头高，就往哪里爬，可又有几个男人知道女人内心的苦呢。

张晴低头叹着气，幽幽地吐出四个字，何枝可栖？

## 【54】独步股海创神话

方伟呢？张纯来到九观云庭就只看到李放在那里无聊地看着报纸，张纯坐下问，方伟最近回来过没有？李放说，上周来过，不过来一会儿就走了，你找方总有事情呀？

张纯叹了口气，还不是为了结婚的事情，想找他拍结婚照，结果整天找不到他人，手机也关机，气死我了。

你们要结婚啦？李放惊讶地问。

怎么了，我们俩年纪都不小了，到了结婚的年龄了，方伟最近到底在做些什么？星邑湾的合同不是都没有签订吗？他怎么可能那么忙呢？

我听说他在炒股票和搞期货，不过我也只是听说而已。不知道是不是真的？好像还搞得挺大的。上次香港的几个投资者来公司考察过。

我只是听见他们在聊股市行情的时候，方伟这么讲的。哦，对了，方伟如果来的话，记得给我打电话说一声。

嗯，好的，我一定给你盯紧了。

李放下周上班的时候，路过公司边上的那家报刊亭，一眼就看到了放着方伟相片的杂志，上面醒目的大标题是，“上海地产行业大腕独步股海创神话”，看到新的一期的《地产买家》上面赫然是方伟的专题。

李放赶紧拿出手机拨通了张纯的电话，张纯还在家里穿衣服，正准备出门呢。李放，是不是方伟回来啦？

李放说，等下你下楼上班的路上，记得去报亭买一本最新的《地产买家》杂志，千万别忘记了。

买这个干吗？我整天弄那个《蓝筹地产》已经够累了，还让我看杂志。

不是的，上面有方伟的一个专题访问，你看了就知道了。

哦，真的吗？好的，多谢了。张纯匆匆忙忙穿上了外套，来到家门口的小区边上一家书报亭。

陈阿姨，给我来一份最新的《地产买家》，要最新的哦。

小张，今天你看上去很漂亮呀。说着递过一本《地产买家》，10块钱。

张纯接过杂志，封面上赫然是方伟的照片，方伟越来越胖了，不过这张相片拍得挺不错的，上面的标题写着“上海地产行业大腕独步股海创神话”，张纯翻开杂志，里面分三个部分写方伟的传奇经历，从他创立皇基公司开始，到合伙人分道扬镳，再到他在股市与期货行业独创的神话，从几百万到目前的上亿资金，张纯竟然第一次看到方伟的辉煌事业。

她的心里竟然有一些落寞，这么久方伟都没有和他联系，是不是在香港另有所爱了？再加上上个月他邀请自己一起去香港，而自己竟然没有答应，张纯开始后悔了。

你怎么这么早就来公司了？张豪正在茶水间倒水，看到张纯耷拉着脑袋进来，就关心地问道。

张纯把手上的杂志递给了张豪，张豪随手一翻，看到了方伟的这期专题，他的眼神开始亮了起来。

你家老方发了，终于发了呀。你看看，这相片多帅呀，发福了。

张纯的眼睛里面含着晶莹的泪花，我觉得发福了也不是什么好事，我现在根本就找不到他人，说好了上周末跟我去拍结婚照的，你看他，到现在，一个多星期了，杳无音信，急死我了。要不是这个杂志上面登着他的专题，我还以为他要失踪了呢。

张豪把杂志放在办公桌上面，你要体谅他，毕竟是男人，总要以事业为重。

等他回来，送你一个3克拉的钻戒。张豪哄着妹妹，想让她开心。

张纯噘着小嘴说道，我才不稀罕呢。哥，你电话响了，快接呀。

张豪拿起电话，一听竟然是方伟的，在呀，对呀，正在我办公室呢，哦，要不要派人去机场接你呀。几点的飞机，好好，我一定亲自接你，哈哈，放心好了。是呀，我正在哄她呢。

对呀，今早上的杂志，头版，整整8个版面，哥们儿，你终于出彩了呀。恭喜你，这可要好好庆贺一下。

张豪挂完电话，看，他不是来电话了吗？你着急什么，明早11点到浦东机场接他吧，我和你一起去。

我不去！张纯分明还在生气。我说你个丫头这么不懂事，自己男人的凯旋，你不去谁去呀。

他现在是亿万富翁了，哪个女的不看好，贴着上脸，你还这样，小心人家一脚踹了你，找个明星也说不定。

找就找，谁怕谁！张纯倔强的脾气上来，张豪拿她也没办法。你真不去？再好好想想，我开会去了，懒得理你，张豪说着走出自己的办公室。

张纯真的没有去。方伟出来的时候四处张望，他以为能看到张纯的身影，可是张纯确确实实没有来，这令方伟感到十分忧伤。

张豪安慰道，她就是一时生气，你哄哄她就没事了，女人不都这样。

方伟说，她现在在哪里？我现在就去找她。

还能在哪里，在公司，今天听说有人要做专访，张纯得亲自出马了。

我看你还是让她别干了，回家当全职太太比较好，或者跟着我，我去哪里，她就去哪里。

那也要看她是否愿意，她要是不愿意，我也没办法啊。

现在你真的是亿万富翁了？张豪侧头看了方伟半天，我怎么看不出来你有富翁的那种表情。

哎，方伟叹了一口气，什么富翁，还不是给基金公司打工的份，你以为真的像媒体上面宣传的那样。哪有那么神，那些都是媒体瞎写的。

那你这次回来是做什么？张豪好奇地问道。

这次回来是两件事情，一件事情是和你妹妹结婚，第二件事情就是签星邑湾的合同，施彦都催了我好几次了。

哦，星邑湾最近一直很神秘，里面根本不让参观，听说是要搞个全成品展示。

不知道是不是真的，张豪心里想着是否能从方伟这里打探到什么有价值的消息。

方伟其实也看得出来张豪想要知道答案，就说，这个老哥你放心好了，我这里虽然拿下合同，到时候也不一定我自己来做这个项目，这个我懂得。目前皇基已经没什么人了，都跑你和金世羽的公司去了，不过我不想让这个项目落入金世羽的囊中，这点你要明白。

张豪说，这我明白。你放心好了，我绝对保密。

方伟和张豪回到蓝思公司，张纯和张晴刚刚做完专题采访，正准备下楼去吃饭。张晴一眼看到方伟，推了推张纯的肩膀，看，你家白马王子回来了，还不过去。

张纯转身一看，真的是方伟，方伟朝她走来，张纯想要假装没看见，可是方伟真真切切地就在眼前，这么多天的思念与牵挂让她的泪水顺着脸颊一直往下淌，方伟一把搂住了她。张豪适时把玫瑰花递给了方伟，方伟轻轻地不舍地放开张纯，他单膝跪下，手捧玫瑰花，对着泪水直流的张纯说，嫁给我吧。

张纯或许真的是被感动了，她的心早已被方伟彻底征服了，她接过玫瑰花，微微地笑着，方伟拿出了钻戒，拉着张纯的手，轻轻地戴上了，套住了一辈子的纯真与幸福。蓝思公司里面响起了掌声，这么多人见证了两个人的爱情与承诺。

方伟与张纯发自内心的笑容，深深地感动了张豪，他对着全体员工说，为了表示庆贺，今晚我请客。

## 【55】资本大鳄淌下的威尼斯眼泪

方伟的凯旋深深刺激了金世羽，他听说了方伟向张纯求婚的事情，而张纯也答应了，看样子两个人的好事将近了。金世羽不得不佩服的是方伟能在香港的资本市场取得如此大的成就，这让金世羽对他不得不刮目相看了。

他想要从方伟这里得到的不是星邑湾的合同，而是资本的资源。金世羽给张纯打了电话，祝贺她和方伟，希望他们百年好合，张纯听着心里酸酸的。

一起出来吃个饭吧，好歹我也要向你们两个道个贺呀，金世羽在电话里面这样说道。张纯心里想自己已经做出了选择了，金世羽也不会怎么样，她明白金世羽的心里所想，也就答应了。

记得叫上方伟，我们好久没有见面了，真想和他聊一聊，希望他百忙之中抽出点时间来。

张纯说，没有问题，我一定会让他跟我一起来的。我们就约在外滩吧，好久没去那里了。

嗯，没问题，外滩3号，你想去那里了吧?

张纯原以为方伟不想见金世羽，自从上次采访过后，方伟对金世羽一直耿耿于怀，可是这次张纯跟方伟这么说，方伟竟然一口答应了，张纯捉摸不透方伟的内心到底是怎么想的。

两人驱车来到外滩的时候，外滩早已经华灯初上。外滩3号俨然已经成为时尚人士聚集地。

方伟和张纯找了个安静的地方坐下等金世羽，两个人低头私语，没有看到金世羽正从后面走过来。在聊什么呢，这么起劲儿。金世羽突然发问，吓了两个人一跳。

哟，金总，你最近咋这么瘦呀？方伟惊讶地问，印象中金世羽很胖的，方伟摸了摸自己的肚皮，你看，我都发福了。

金世羽确实感觉到方伟变了很多，是呀，我最近烦心事情太多，每天都只能睡五个小时，都没有时间吃饭，能不瘦吗？我这一个月内掉了近十斤的肉。见到我的人都说我瘦了。

张纯说，瘦点好，健康。

哦，对了，方总，你最近是不是经常在香港，有没有关于那些私募基金的资源？兄弟我的公司估计要上市了，金世羽的眼睛里面露出了期待的表情。

方伟说，有一些，私募基金我手上有很多资源，你要的话，我给你引荐几个。

不过我认为，你公司现在搞那么大，香港上市不太好，要去也要去美国纳斯达克。

你现在全国有多少家分公司？方伟问道。

全国分公司有五十来家，不过城市已经覆盖到一百个了，最近我一直在琢磨这件事情，酝酿很久了。

上市的话，先要把自己公司的资产、架构、业务板块整合包装好。不是那么容易的一件事情，你要请专业的公司来辅导你上市。

这样吧，金总，我下周去香港的时候帮你联络下那边的几个私募基金公司，看看有什么意向。然后你也来香港一趟，我们一起去谈一谈这件事，看看能否谈得拢，合适的话就跟对方合作。

金世羽高兴地说，这样安排最好不过了，还是要辛苦方总你多多费心了。

方伟笑着说，小事一桩，我目前的头等大事还没办呢。

金世羽说，你现在还有什么头等大事呀，你香港那篇报道，整个上海房地产行业的朋友都看到了，简直就是神话呀，这么短的时间，这么少的资金，你创造了股市的一个神话呀。

方伟谦虚地笑着说，哈哈，金总，这些报道你也信呀，媒体总是夸大其词，不可全信呀。头等大事就是娶这位大小姐，方伟拉起张纯的双手，无限幸福地说。

金世羽的脸部表情暗了暗，不过他迅速恢复了刚才的微笑。

金世羽回到世和中国给毛语和张晴他们打电话，告诉他们自己要到香港那里看看资本的资源如何。毛语问金世羽，你一个人去行不行，要不要派个人跟着你?

金世羽说，暂时不用，我先去探探，也不一定能成功。毛语还是不放心地说，要不我跟你一起去，反正这里有张晴盯着呢。金世羽说，先别急，等我电话，我这里要先等方伟联络好，再从上海出发。

方伟给金世羽打电话的时候，已经是一周后的某个深夜，金世羽已进入了梦乡。他以为方伟已经忘记了这件事情，没有想到，方伟还是给他来电话了。

金总呀，方伟的声音听起来很沉闷，感觉有些沧桑，我给你已经安排好了一周的香港行程，你明天赶过来，明晚就有一个基金公司需要当面面谈。

哦，金世羽宛若从梦里惊醒一样，好的，我明天一定及时赶到。哦，另外，你这次来顺便帮我把张纯也一起带过来吧。我要带她在香港买点东西，方伟说道。

没有问题，我来安排好了，金世羽一口答应方伟的要求。挂完电话，他给毛语发了一条短消息，让他乘明天一早的班机从广州赶往香港。

金世羽带着张纯乘一大早的班机赶到香港，正好在机场碰到了毛语，大家都非常高兴。毛语问方伟是不是都安排好了一切，金世羽说，这个你放心，方总会给我们安排好的。

方伟笑着说，上次一个朋友这么跟我说，他说上市不就是嫁闺女吗?

闺女（公司）从一丁点儿一口一口地喂大，好不容易长成了，到了可以出嫁（上市）的年龄（资格），请媒婆（投行、律师事务所、财务公司）找个有钱的如意郎君（证交所），梳妆打扮（上市预备）一番，选个良辰吉日，敲锣打鼓（敲开市钟），盖头一掀，从此就不再全是娘家人儿的了。

一半儿归了夫家（股东），不仅女孩子家的隐私全无（审计、定期财务报告），还得替人干活、受累、生儿子（挣钱），当然换来的是随手可以花的银子（融资便捷），饿死的机会减少（分散风险），嫁得富人家的名分（上市公司），以及子子孙孙香火的延续，即所谓“永续经营”。

金世羽说，其实想通了这层关系，很多问题就明白多了。

张纯听了半天，问道，那海外上市呢？意味着什么？

方伟接着说，海外上市就是嫁个外国人。这是近年来很时髦的事，而且出门就让人指指点点“牛交所的”或者“拿死当壳儿的”。有外国人专喜欢中国女孩儿小眼睛的，也有不招待见的，还有刚开始挺新鲜，后来腻了的。总之，老外不明就里，按金发碧眼的审美观来评判，雾里看花，模模糊糊，反映在股价上，好像总跑偏。

哦，那你给我们介绍的这几家公司是什么性质的？毛语问道。

香港本地的，这点你放心好了。你要在香港上市，介绍香港本地的肯定有自身的优势。再说香港的房地产投资市场发展也非常成熟。

接下来艰难的谈判却是几个人都没有意料到的，竟然没有一家LP（私募）看中，这也是令金世羽和毛语他们没有料到的。

看样子这些纯正的基金根本就看不起国内的GP呀，毛语叹了口气说，金总，我看我们不用在这里浪费时间了，还是赶紧回上海吧。

金世羽想了想说，还是再等等吧，等方伟这里的最后意思了。

方伟也没有料到，这些LP的要求竟如此高，条件相当苛刻，这是世和中国很难接受的条件。看样子香港上市计划可能要搁浅了，方伟觉得很抱歉，没有给金世羽找到正确的资本渠道。

在机场分手的时候，方伟不好意思地说，金总，真的很抱歉，没有帮到你什么忙。金世羽知道方伟已经尽力了。哈哈，方总你见外了，这本来就不容易，哪有一次就能成功的，放心好了，我不会放弃的。

谁又能料到，不久的将来，这些貌似大腕的LP会流下悔恨的眼泪呢？

# 【56】夜色之袭，龙腾四海

金世羽和毛语回到世和中国的时候，已经是一周后的事情了，马经天看到金世羽低着头走进办公室，毛语跟在他的后面，就知道这次的香港之行并不顺利，他也跟在后面想要安慰一下金世羽。艾青，老板回来了，赶紧泡茶。

艾青急忙跑到茶水间给金世羽和毛语泡茶，马经天推门进来的时候，金世羽正在叹气，世和中国发展这么有潜力，这些香港LP为何看不上呢？

毛语坐在金世羽对面的椅子上面，金总，你也别担心了，香港上不了市，咱们还可以去纳斯达克看看，我一回来就听说，张豪和胡鸣这段时间也在朝这个方面动作。

金世羽说，我的世和中国都不能上市，他们两家，我看难，比登天还难呀。他们两个加起来的规模也没有我的三分之一。

马经天推门进来说，这件事情我也听说了，不过金总，你为何不借助一下简云在美国的资本资源呢？她在美国这么久，而且一直活跃在华尔街，我估计她肯定能帮到我们。

金世羽说，你小子，我怎么没想到？这个时候艾青推门进来，手上端着两杯茶，金总，喝茶。金世羽看着艾青说，这段时间公司有什么事情吗？

艾青说，大事倒是没有什么，就是各地小事不断，很多文件要等着你回来签字。

金世羽接过艾青手上的茶，感觉到了这里的温暖，幸好在自己落寞与无助的时候，还有那么多的同事跟他一起奋斗。

金世羽暗暗发誓，世和中国一定要上市，要让那帮香港的LP看看，国内的房地产市场服务领域唯有世和中国才是领头羊。

还没等金世羽主动联系简云，简云就从美国赶了回来。这天金世羽正在开会，艾青推门进来，金总，外面有位姓简的女士找你，我让她去您的会客室了。金世羽刚开始还没有反应过来，边上的毛语说，肯定是简云，我估计她从美国回来了。金世羽想了想说，我没给她打电话呀，怎么可能呢？

金世羽匆忙停了正开到一半的会议，走进自己的办公室一看，一位漂亮女士的背影立在他的窗前。真的是你。简云回头，笑着说，听我家老赵说你在香港遭遇了LP们的冷遇，所以我得赶紧回来，想了解下有没有好的途径，让世和中国登陆美国的纳斯达克。简云信心满满的眼神，让金世羽看到了希望。

你对于世和中国是怎么看的？你觉得上市的希望有多大？

金世羽抑制住自己激动的情绪，他知道自己真正的机遇已经来到了，说什么都不能放弃。

简云说道，要想上市，就得先成立自己的GP，我认为你目前应该先把基金管理公司成立起来，后面美国的资本资源我来给你弄。

两个月后，世融基金在上海正式成立，简云担任世融基金的总经理，世和中国开始真正踏上了走向美国纳斯达克的道路。

半年后，世融基金的简云成功地引入了美国信贷集团的崇辉基金和YY8房地产基金牵头的四家国际著名的投资公司，正式签署协议，引进3,000万美金国际战略投资。

在简云的引荐与推动下，世和中国开始在美国等欧美市场开始上市路演，2006年8月8日，世和中国正式登陆纳斯达克市场。

在美国那短短一个多月的日日夜夜，是金世羽人生中一个难忘的里程碑。当世和中国这条房地产代理行业的巨龙在四海腾飞的时候，远在大洋彼岸的方伟和张纯发来了祝福的短信。

“祝愿世和中国驰骋华尔街，共襄盛举。”金世羽知道，8月8日，也是方伟和张纯结婚的日子，事业辉煌的同时，他也深刻体会到了自己灵魂的孤独。他之所以定在这一天，是因为不想看到自己所爱的女人和自己的哥们儿的幸福。

金世羽的内心是极度的兴奋，又是极度的失落，人生与事业宛如跷跷板一样，灿烂到极致与失落到冰点，两者在他的内心相互交织，他无法表达自己此刻的那种心情，灿烂到冷漠也许是最好的表现。

# 【57】喧嚣的地王时代

从美国回来的时候，张纯和方伟已经出国度蜜月去了，张豪特地来看望金世羽，恭喜他上市成功。金世羽说，我正在想着什么时候大家一起聚一下，开个庆祝宴呢，没想到人又凑不齐了。

张豪说，这个庆祝宴等方伟他们度蜜月回来再说吧。金世羽叹了一口气说，没有参加你妹妹的婚礼，她不会不高兴吧？

哈哈，那个小丫头还真的有些伤感呢。不过后来就好了，你那个上市直播的时候真是惊心动魄呀，不过真是很顺利，我看到后面收盘的时候涨了很多，看样子国外市场还是很看好世和中国的。

金世羽问，最近国内有何动向呀？张豪笑着说，这你还不知道呀？现在很多行业的资金都涌向了房地产，房价最近涨了很多。有些楼盘房价日日变，最近呀，我估计土地地王又要被刷新了。

这么说房地产市场进入上升通道了？金世羽的两眼放出了光芒，世和中国刚刚上市，再遇上中国房地产市场大涨，这就是所谓的时机。

是呀，张豪说，还是你厉害呀，有先见之明。我和胡鸣折腾了这么多年，目前还是这个样子，规模没法壮大。

金世羽笑着说，要不咱们合作一下，看看能否壮大？张豪疑惑地问，怎么个合作法？

业务合并呀，看看能否谋求更大的发展。

张豪笑了，你这个家伙，我还没到求人的地步呢，你就要吃掉我。哥们儿，这也太不够意思了吧。

两个人正在互相调侃，马经天急急忙忙进来说，新闻，号外，江湾那里拍出了2万的楼价。

啊，张豪和金世羽一同惊讶地看着马经天。马经天说，这是真的，人家金源地产刚拿下来的。看样子从今年开始上海的房地产市场要开始进入新一轮的疯狂了。

金世羽转脸问张豪，如果一直这么疯狂下去的话，我估计国家的调控政策就要出来了。

张豪说，有道理，可是我认为再怎么调控，一线城市的房价还是会涨，而且上海的上涨空间还很大。

那是肯定的，我们几个从1997年到现在，经历了那么多次起起落落了，也该能看明白点规律了。金世羽也笑了，他笑自己同时也在笑这个市场，每次他都能扭转乾坤，化险为夷。这也是一个人的命运问题，就如当时如果自己不从皇基出来，或许就没有今天的世和中国，如果当初自己没有加盟世房销售，或许也不会有今天的世和中国，这一切都是命呀。

你估计上海还会不会有地王出来？金世羽问张豪。张豪摇摇头说，这个市场不好说，说不定明天就有新地王出来了。

哦，对了，你现在资金已经相当充沛了，你有没有想过搞开发？张豪试探地问金世羽。

金世羽从张豪闪烁的眼神里面看出了些什么。这个以前有过，那个时候是为了拿项目，变相地参与开发，只要你一上保证金，特别是那种中小开发商，没有一个不动心呢。我告诉你，这招我可是试过很多次了，没有一次失手的。现在嘛，资金多了，而且公司的品牌已经有了影响力，最近项目也特别多，这招我没怎么用。我觉得公司还是要有长远的战略规划，不然一直这样下去很容易走上歪路。

张豪点点头表示同意。张豪走后，金世羽开始思考世和中国的下一步战略计划，现在，金世羽已经是两条腿走路了，一条股市，一条房市，两条腿都要迈得稳妥，不然很容易变成瘸子。

毛语走进来让金世羽签文件，金世羽问，张晴呢？你不是把她派到广州了吗？她还在那里吗？哦，那叫她回家吧。我建议，最近召开一次营销部门的高层会议，让大家了解下公司下一步的整体发展方向。

毛语说，那好，我赶紧给她打电话，她也好久没有回来了，估计也很想念这里了。哦，你听说了没有？今天下午又出了个地王。毛语兴奋的表情后面露出了自己专业的判断。

我前几天说了，最近土地市场很疯狂，没有想到上午江湾的地王出现了，今天下午西郊那里又出了个地王。

金世羽说，我刚才也在和张豪讨论这事情，没想到上海一天之内会出现两个大地王，照这样下去，我估计不出这个月底，中央的政策就要出台了，哦，对了，西郊哪里？哪个甲方？

毛语说，是“万冠”赵健，那个项目太奢侈了，听说是别墅用地。最近一段时间，我估计要限制别墅用地了，你看看全国到处都在建高尔夫球场别墅，这样下去能有多少土地够他们折腾？

是老赵他们拿的地，估计他们能卖到多少价位？毛语想了想，不好说，那个地方是别墅聚集地，都是富人居住，而且他拿的那个地容积率特别低，我估计别墅每幢不上亿也要上千万。

这么高端的别墅，这个项目赶紧派人盯着，不要错过了。

放心，这个已经有人去了。以后，老金，你要专心盯着公司的大事，这些小事，我和下面的人来就好了。

金世羽感激地看着毛语，这是他多年的合作伙伴了，当年挖他确实没有挖错。

## 【58】左调右控

方伟和张纯从国外度蜜月回来的时候，正好赶上金世羽的世和中国上市庆功宴，在上海的金茂君悦酒店里面，世和中国整整宴请了五十多桌的客人。这样规模的庆典还是第一次。金世羽正在台上发表上市庆典的贺词时，方伟挽着娇小的张纯进来了。张豪远远就看到妹妹了，张纯穿着一件洁白的礼服，跟她结婚时候的打扮有些类似，金世羽刚刚说完，眼神扫过全场的时候，就发现了张纯。

宴会上，世和中国其他几位高管发言后，金世羽和毛语他们来到酒店的VIP包房里面，张纯和方伟也进来了，还有胡鸣、顾悦也来了，整整的一大桌子，这几个当年一起闯荡的朋友，今天终于再次相聚了，大家举杯的时候眼睛还有些湿润。

顾悦看着张纯脸上那幸福的笑容，就知道方伟对她很好，她真的很羡慕她，女人有个这么好的归宿也是一辈子的荣耀。

金世羽看了看全场，举起手中的红酒杯说，各位朋友，今天这个时刻我和我的同事及朋友们盼望了很久，现在终于实现了，首先我要感谢在场的每个朋友，没有大家的支持，我们很难挺过那么多的难关，一步步走到今天。在这里什么都不说了，来，干一个吧。金世羽举杯一饮而尽，现场的嘉宾也都喝完杯中的酒，表示了对世和中国上市的热烈祝贺。

金世羽坐在首座，边上是毛语和马经天。马经天拿起酒杯与坐在他身边的张晴碰了一个，喝吧，美女，今天这么高兴。

张晴说，我不能喝酒，万一等下喝醉了咋办?

马经天在她耳边呓语道，我们住隔壁，怕啥? 等下送你到床上都没有问题。张晴的耳朵边上一阵痒痒，脸色开始绯红。她站起身来，朝包房外面走去，外面金合韵正在和俞镜瞎侃拼酒，张晴拉了拉金合韵，你没看他不能喝酒呀。确实，俞镜俗称“一杯倒”，刚才被金合韵灌了一杯酒，现在脸红红的，坐在那里装死呢。

金合韵一看没戏，就转身说，来来，我们喝一杯吧。张晴说别闹了，等下喝醉了我们怎么办? 金合韵说，喝醉了怕啥? 这里有那么多的朋友可以送我们回去。

里面包房大家聊得很开心，金世羽的对面坐着张纯和方伟，方伟说，大家都来说说吧，昨天刚出来的政策。张纯问什么政策，方伟说，就是《国务院办公厅转发建设部等部门关于调整住房供应结构稳定住房价格意见的通知》。

毛语说，最近这个市场我都看不懂了，太疯狂了，我买的那个浦东一个项目的楼盘，已经每平方米涨了快5,000元了，都翻多少倍了，不过我估计还要涨下去。

马经天说，最近地王频出，看样子房价还要往上升。

胡鸣看着大家七嘴八舌的，就说，我听说“国六条”就要出来了，你们知道不?

金世羽问，这是不是只针对一线城市，而且是针对少数大城市房价上涨过快，住房供应结构不合理、矛盾突出等问题而出台的调控措施?

胡鸣说，尽管是这样，但政策出来肯定会在短期内影响整个市场。马经天说，政策都是有期限的，我觉得合理调整策略，长期市场还是看好的。

金世羽还是偷偷地关注着张纯的一举一动，方伟并没有察觉，因为方伟去了VIP包房外面，和外面的人在敬酒呢。张豪在和他的妹妹聊着什么，金世羽缓缓走过去，因为刚才多喝了几杯酒，感觉脚步明显有点儿轻飘飘了。

张纯，那天你的大喜之日，我没能来参加，很遗憾，上个月正好在美国，给你带了件礼物回来。金世羽拿出一个很精致的礼盒，递给张纯。张纯接过想要打开，金世羽阻止了她，回家再看。张纯说好，把这个精致的礼盒放进了她的包包内。

张豪看到金世羽有些酒后失态，就赶紧打岔道，金总，你怎么看待最近国家出台的这些政策?

金世羽或许是酒喝多了，又或许是看到张纯有些失态，说，不管国家如何“左调右控”，房地产市场上涨的趋势不会变的。

张豪说，金总何以如此看好呢? 金世羽说，我敢和你打赌，上海房价未来将会上涨到10万一平米。

张纯在一旁吐了吐舌头，不太可能吧，那也太贵了，谁能买得起呀?

哥，你买的那个“紫金贵冠”最近开出来的已经是2万多了吧? 张豪说，是呀，我还是买得早的，我估计还是会涨。

张豪把金世羽拉到一旁，据说方伟和施彦最近把星邑湾的合同给签了，你听说了没有? 金世羽说，没有，什么时候的事情，星邑湾今年会开盘吗?

张豪说，估计是今年，现在方伟度完蜜月回来也不去香港了，估计是在密谋星邑湾开盘的事情。

金世羽说，这个事情我暂时搞不定，还是让方伟自己搞吧，我就不抢他的项目了。最近我项目太多，自己都忙不过来了。

# 【59】跨界营销

方伟这段时间确实春风得意，股海创造的财富，让他在一夜之间成为神话，美女老婆与财富地位同时拥有，这种幸福并不是所有男人都能够同时拥有的。

就连金世羽也在暗暗地妒忌他，现在星邑湾的合同已经毫无悬念地落入他的囊中了。可是这些并没有令方伟感到满足，他虚荣的内心还在膨胀着，想追求更大的财富和荣耀。

方伟并没有想把星邑湾的项目拿来自己来操作，而是私底下把星邑湾的独家代理权转给了张豪，让张豪组建项目的操盘团队，但必须打着皇基的名字。张豪当然也不傻，在利润分成方面他也有自己独特的优势，双方为了各自的利益合作，谁也不会说什么。

这个项目的主案策划都落到了俞镜和金合韵的头上了，俞镜其实也知道其中的利益关系，他不会讲什么，但是他不敢保证金合韵知道了会不会说。

俞镜和金合韵这段时间又要开始加班了，自从上次发生不愉快的事情后，金合韵现在对俞镜甚是崇拜，感觉什么都是听他的了。

俞镜感觉很是不好，他喜欢有主见的女孩子，配合这个项目的还有李放，俞镜带着两个女孩子，可算是花丛中的绿叶了。

俞镜对于星邑湾的营销模式其实内心是有底的，但是怕甲方不答应，毕竟这样成本可能会高很多，但星邑湾推出的是全成品项目，这样的项目在市场上面为数不多，高端、有自己的品位，也会有一大群的追随者。

晚上回家的路上金合韵问道，镜子，你觉得星邑湾应该运用什么样的营销策略会比较有优势呢？它的产品已经很不错了。

俞镜想到的是星邑湾与奢侈品品牌互动联合，这个应该属于“跨界”，在时尚界叫混搭，在营销界叫跨界。

哦，金合韵说，你继续说说看。俞镜一边开着车一边说，我觉得跨界营销作为一种营销方式，其核心在于“创新”，目的在于通过创新解决新的营销环境中存在的问题，实现合作双方共赢，避免步入“只缘身在此山中，不识庐山真面目”的误区，跳出“庐山”即“跳出品牌看品牌，跳出行业看行业”，颠覆传统思维，“无边际”运作，大胆借鉴、嫁接其他产品、行业的思想、模式、资源和方法，为我所用，超越过去，获得突破，并实现多赢！知道了吧，小丫头。

金合韵听得入神。俞镜说，既然你知道了，那回去好好想想，这个方案就由你来做了，记得，到时候和李放商量一下，毕竟她是方伟那边的人。

嗯，放心好了，镜子，金合韵没心没肺地说着。她发现自己能从俞镜的身上看到很多她不知道的东西，而且每次都很新鲜很有趣味，她觉得镜子对她来说就是传说中的存在。

金合韵确实是一个聪明的女孩子，俞镜这么一说，她就明白了，在星邑湾的实践策略上面，围绕跨界营销这个核心主题，从产品、渠道、营销传播、产品研发及文化地域方面入手，从高端奢侈品方面入手，星邑湾与凯迪拉克品牌概念的亲密接触，或者是与国际顶级私人物品展Top Marques、纯正贵族威士忌品牌Mccallan、负有盛名的豪华游艇等，这样的结合不仅提高了星邑湾品牌的档次，还为星邑湾的品牌提供了更为广阔的平台资源。

镜子，我的这个想法怎么样？金合韵期待着俞镜对她的肯定。俞镜想了一下，说，细化的东西不错，不过你的主线要理一理，不能太乱，主次要分明，注意整体结构的把握。

2006年8月8日，浦东的星邑湾一期楼盘开始预售，一天就卖了28个亿，所有房源全部售罄，不仅创造了全成品的奇迹，更加速了浦东整个片区的房价进入一个新高度。

方伟从香港回来的当天，施彦和星邑湾的操盘团队正在开庆功宴呢。施彦望着方伟说，方总呀，你这次的模式很成功呀，跨界Crossover现在已经成为房地产行业最潮流的字眼，而且从传统到现代，从东方到西方，跨界的风潮愈演愈烈，已代表一种新锐的生活态度和审美方式的融合。

方伟笑着说，从施总你这里，我们看到了房地产行业一种新的发展趋势呀。施总，星邑湾一定能成为行业标杆，你的“十城十记计划”什么时候开始实施？施彦笑着说，要是方总您能来我公司，那就好了。

方伟哈哈大笑，施总，你太高抬我了。此时的方伟似乎还没有预料到自己正在面临着人生最大的一次危机。

俞镜在一旁正在和李放聊天，金合韵走过来，说，镜子，等下出去放松下怎么样？我们去唱歌吧。俞镜看了看李放，说，要不等下一起去吧，这次确实很累啊，大家放松下吧。李放看着金合韵，说还是你们去吧，我就不去了。

金合韵说，别呀，别这么扫兴，一起去吧。她知道如果李放不去，镜子肯定是不会跟她出去玩的，因为她发现俞镜有时候在逃避着什么。

## 【60】你行走在我搁浅的琴上

李放没有扫大家的兴，也去了。去钱柜的路上，他们几个碰到了马经天，他一个人在路边走着。金合韵从背后拍了他一下，吓了他一跳。马经天转身一看是李放和金合韵两个美女，就来劲了。去哪啊？两眼放出了光芒。

去钱柜唱歌吧，金合韵热情地邀请马经天，马经天说好，几个人一起去了钱柜。四个人里面金合韵是麦霸，几瓶啤酒下肚，李放有些不胜酒力，金合韵感觉自己也喝多了，可能由于这段时间忙星邑湾的事情，压力过大，今天这么放松，两个女生有些喝过头了。

马经天在一旁和金合韵嘀咕着什么，李放唱的那首歌俞镜不知道是什么名字，就是听上去很好听，恍恍惚惚之间就有些迷醉了。

等下我送你回去，马经天低头看着金合韵。嗯，你以为我会怕你吗？傻瓜。马经天对于金合韵产生的感觉和艾青、张晴、李放完全不同，金合韵率真、直白、高傲，这是其他三个女人身上所没有的特质，而马经天却完全被这样的一种特质所征服了，他不敢轻易去靠近金合韵，但是在他内心里，却一直深深地希望能与金合韵携手。

11点了，夜深了，人都散了，大街上冷冷清清的，只有霓虹灯光迷离着人们的心绪。俞镜一看两个女生都喝得有些醉，不知道怎么送她们回去。

马经天说，我送金合韵回去吧，你送李放回去，金合韵住在张晴家，张晴家就在我的隔壁。金合韵对着俞镜挥一挥手说，镜子，再来一杯吧。俞镜看着她小脸绯红，心里不禁一动，再一看李放头歪在他的肩膀上，已经不省人事了。

俞镜心里还是有些不放心，担心马经天，可是自己离她们俩住的地方太远了，没有办法两者兼顾。

马经天把金合韵扶进屋子里，自从张晴出差去外地后，金合韵就没再来过，他还一直期待金合韵能出现在隔壁，可一直没有。现在张晴回来了，金合韵正好也过来了，这使得马经天感到十分欣慰。

金合韵穿着薄薄的奶白色毛衣，露出了一点儿洁白的肌肤，那张青春的脸在睡梦里好似还在微笑，马经天觉得就这样静静地看着也是一种享受。确实，他从其他女人那里无法得到这样的感觉，他贪恋这样视觉享受喜欢她玉瓷一样的骨感与忧伤。他抱起金合韵朝自己的卧室走去，轻轻地给她盖上了被子。

金合韵醒来时，已经是第二天清晨6点，朦朦胧胧中她发现自己不是睡在张晴的家里，这个房间一看就是男人的卧室。她推开了卧室的门，发现在客厅的沙发上，马经天还沉醉在睡梦中，她生怕打扰他，偷偷地拿起自己的包，回到了隔壁张晴家。

早上张晴醒来的时候，发现金合韵正在厨房做早饭。睡眼惺忪的张晴问，你昨晚是什么时候回来的？金合韵有些不自然，一只手摸了摸自己的右耳朵，你睡着了。你那么晚睡，就不怕自己变老？别以为自己年轻，很容易变老的。

金合韵说，这不是昨晚庆功宴高兴吗？你没看到星邑集团的施彦对我们这次开盘就售罄是多么满意，而且整个方案是我独立完成的，我满满的都是成就感呀。

张晴看着金合韵说，你把脸转过来我看看。张晴抬起金合韵的下巴，你看你，那么大的黑眼圈，就知道玩。

金合韵说，放心好了，我没事，我今天不去上班，调休一天，你还是赶紧洗脸吃你的早饭吧，话那么多。

金合韵吃完早饭，去超市买东西，在电梯口，她遇到了马经天。马经天靠近她，低声在她耳朵旁边问，什么时候走的？我怎么没发现？昨晚睡得怎么样？

金合韵转头白了他一眼，色狼。马经天说，你咋不大声点呢？我要是色狼，你昨晚还能离开吗？傻丫头！说着摸了摸金合韵的头。金合韵往一旁躲了躲，还是没有躲开马经天暧昧的眼神。你确定你以后一直住在张晴家吗？马经天好奇地问道，今晚我做饭给你吃，你敢来吗？金合韵说，有什么不敢的？

不过我很好奇，你是不是转性了？马经天被金合韵这么一说，反而有点儿不好意思了，我有你说的那么坏吗？

金合韵笑得花枝乱颤，你说呢？

啊，你个坏丫头，小心我下次真的吃了你。我问你，星邑湾明明是皇基公司代理的，怎么变成张豪公司在操作了，里面有什么内幕吗？

哼，有内幕你觉得我会告诉你吗？笑话。金合韵扁了扁嘴巴，一副不屑一顾的样子。马经天透过金合韵那娇俏的脸颊，在她的耳边吹了口气。你知不知道，你现在是在我搁浅的琴上行走，我期待有一天你能给我弹奏出美妙的音乐来。金合韵一愣，她不太明白马经天的意思。

马经天看着金合韵一副不解的神情，拍了拍她的肩膀说，早晚有一天你会明白的。我先去公司了，记得晚上去我家吃饭哦。

哼，我才不去呢，岂不是羊入虎口？金合韵嘀咕着。

## 【61】不靠谱的观望

在晨远的会议室里面，胡鸣正在召开“国六条”之后的会议。随着资金收紧，大量的投资者开始离场，楼市开始出现了冰冻期，而且价位也已经开始下降。胡鸣担心“四季润园”四期开出来，会受到量与价的双重威胁。

杨旭说，目前这样的观望状态只是暂时性的，是一种惯性思维，我认为不靠谱。

从严的调控政策首先干扰的是购房者的信心，随后传导至交易层面，从而引发成交量的剧减。但是，由于房地产所具备的不可复制、不可移动性，在不同的城市，不同的区域，所受的影响却是截然不同的。并且，购房者的目的，也将对自己的购买行为做出决定性的指导作用。从这个角度来看，普遍性的房价大跌几乎成为不可能发生的事情，而调控的主要目的还是过滤房价的虚高部分，从而使房价回归正常。

这么说，新的政策目前开始见效，主要是针对星邑湾那样的高端楼盘？胡鸣问道。

杨旭说，不见得确实不一定针对高端的，很有可能一刀切。

胡鸣大胆假设道，观望并不代表民众的购买力消失，很大一部分是受政策限制而无法实现自己的购买愿望，随着购买力的蓄积，则为下一次开闸巩固了力量。那你们觉得这“政策波”能震动多久呢?

杨旭说，我估计明年会更红火，因为大部分开发商的资金回笼比较及时，也储备了不少的资金，所以我认为房价震荡会在2007年初见端倪。

杨旭接着道，其实现在的定价很合理，我认为刚需是一直存在的。就像星邑湾，你看价格多高，但是目前我看仍然没有受到政策的影响。

胡鸣说，星邑湾那是蓄水蓄了很久的事情，我在想“四季润园”是不是一定要推迟到明年再开盘。

唉，胡鸣叹了口气说，我还是明天和我的其他几个朋友探讨一下吧。杨旭说，嗯，听听意见总是好的。

金世羽在电话中跟胡鸣说，其实政策波在每个时期都会存在，但是楼盘开盘的时机确实很重要。胡鸣问，那金总你觉得今年开盘合适吗？金世羽笑着说，这个我可不敢跟你保证。胡鸣说，老金呀，你就不能透露点机密给我，啊？金世羽笑了，其实我已经告诉你了，好歹你现在也是老大了，自个儿决定吧。胡鸣不高兴地挂断了电话。

问张豪也是，张豪说，我的两个盘估计是明年春开盘。胡鸣继续追问道，为何今年年底不开盘呢？张豪借机说道，那是因为政策呀，“国六条”的效应已经显现了，你这个时候开盘不是找死吗？

胡鸣说，但是我觉得这种观望是很不靠谱的，我认为这几个月还是会放量，刚需还是存在的。

张豪叹了口气说，那你还是靠自己的感觉来定吧。胡鸣知道和张豪已经没啥好讨论了，他不知道方伟回来了没有，很想找方伟聊聊，一直都找不到他人。

金合韵很晚才回到张晴家，发现隔壁的门开着，她就毫不犹豫地走了进去。马经天正在厨房做饭，金合韵偷偷走到他的背后，马经天没有转身问，怎么进来了也不作声？厨房这么油腻你进来干什么？金合韵说，你早就发现我了吗？

就你那身上的香味，老远都能闻到。金合韵嗅了嗅自己的衣服，还真是挺香的。哎，最近我咋发现到处都在讲买房的时机是不是到了？我看房价降了很多嘛。金合韵好奇地问马经天，你说现在买房是时机吗？马经天说，当然了，我估计明年还会大涨。金合韵说，不可能呀，这不是政策刚出来吗？我看最近房价都跌了，量也跌了呀。怎么可能明年会大涨呢？

马经天说，政策是政策，你要看政策的内容是什么，还有要落实到什么地方，光看政策是没有用的。

金合韵斜着眼睛看着马经天把菜盛进盘子里面，马经天接着道，其实房地产就像做菜。哈哈，金合韵笑了起来，这个和做菜有啥关系呀？

马经天说，要用心，用心做出来的菜才好吃呀，你尝一尝。马经天递给金合韵一双筷子。金合韵接过筷子尝了一尝，好吃。糖醋小排，这是金合韵最喜欢吃的，金合韵是典型的上海人，喜欢吃甜的。

她有些看不懂马经天了，这个人看上去很花心，很坏，可是有时候感觉他真的很贴心，很能懂女人。

马经天靠近金合韵说，光看没有用的，关键要尝，尝了就知道味道了，好吃吗？嗯，好吃。金合韵如实回答了。可我还是不太懂房地产和做菜有啥关系。马经天哈哈一笑，不着急，我会慢慢教你的。

# 第七章

# 非理性繁荣，竞合时代的危机感

# 【62】日光盘

一大早,《蓝筹地产》的新闻就吸引了大家的视线，在“国六条”调控以及上海细则逐步落实之际，上海楼市并未像4月“国六条”之后瞬间转冷，金源地产的“格林紫郡”项目于2006年10月30日盛大开盘，开盘后即售罄，销售场面火爆，此次金源的“格林紫郡”的售罄创造了上海楼市的营销奇迹!

胡鸣指着报纸说，看吧，张豪这个家伙太坏了，我问他是不是今年开盘，他说要看看，没想到他的“格林紫郡”就这么火了。早知道我早他一点儿时间开盘，说不定能抢他一部分客户呢。

杨旭说，现在说什么都晚了，还是赶紧向甲方提开盘报告吧，如果时间赶得及，我认为在年底之前应该可以的。

赶得及又能怎么样? 时机错过了，什么都晚了呀。胡鸣叹了一口气，怪只能怪自己当时太大意了。祝涛说，胡总，我认为还是在今年年底之前开一次盘比较合适，不然就完不成今年的销售业绩了；如果把量全部放到明年，那压力就太大了。

胡鸣想了想觉得也有道理，那赶紧先把报告做出来吧，我去问问俞镜，看看他对这件事情有什么看法。

俞镜说，你要先请我吃饭，我再告诉你，这可是机密哦。俞镜一副神秘的样子，胡鸣倒是越来越好奇了，那行，晚上咱们老地方吧。

饭桌上面，俞镜说，你真的以为“格林紫郡”开盘就售罄吗? 胡鸣说，难道不是吗? 我看报纸上面都这么刊登了呀，还能有假?

俞镜喝了一口杯中的啤酒，你连这个都信呀? 你没看过媒体经常揭露“日光盘”背后的真相吗? 你可以对比下上个月上海的总体成交量和数据，两相对比不难看出,“日光盘”很可能是开发商自导自演。

你的意思是说“捧场”呀？胡鸣突然之间明白了很多，不过我听说，“日光盘”的再现也不能完全理解为是假象，近日市场成交量的确是出现了质与量的变化，你看吧，首次置业、改善型买家、投资客都有入市。

俞镜说，从中央三番五次地强调“调控”可以看出，本论调控的决心相当大，我觉得，放在一个较长的周期里面，“日光盘”很可能是刚性需求的集中释放。

胡鸣说，不会是楼市的“回光返照”吧？

我估计复活的可能性比较大，俞镜说，看样子房价上涨是大势所趋。

胡鸣说道，最近项目很难接。

难接吗？我看世和中国最近项目都来不及做。自打金世羽的公司上市后，他就一直在压着我们，在上海我们都快没饭吃了。

俞镜又喝了一大口酒，他一出手保证金不是上千万就是上亿，这样谁玩得过他？看样子世道又要开始变了，我估计代理行业要大整合了。

胡鸣说，上市公司就是厉害，他上市那一年也够他折腾了，不过还是金世羽他运气好，香港没成功，竟然去了美国，而且一去就成功了。

俞镜说，那还不是因为他背后有人？你是说简云吗？胡鸣问。是呀，当初金世羽进世房销售的时候就是赵健与简云的功劳，如果不是简云在华尔街的关系网，世和中国上市可能会很难，至少没有现在这么顺利。

你不觉得那个金合韵和简云长得也很像吗？胡鸣问俞镜。俞镜吃惊地看着胡鸣，他没有想到胡鸣竟然也有这样的看法，那么为何张豪就看不出来呢？金世羽为何会把金合韵安排进蓝思呢？这里面肯定有什么内幕，绝对不是大家想象的那么简单。

这些我就管不了了，俞镜说，你那里什么时候缺人？我到你那里混口饭吃。胡鸣说，我的门不是一直向你敞开着吗？你从来没有来敲过门，现在怪我不给你开门，哥们儿，你太过分了吧。

俞镜说，那好，管饭管菜不？

胡鸣说，也管住，还管你娶媳妇生儿子。

俞镜说，要干净利落一点儿的，最好是那种好生养的。

我觉得你确实要结婚了，年纪不小了，胡鸣说，男人结婚立业都是这个年纪比较好的。

我觉得那个皇基的李放不错，很贤惠。俞镜说，我倒是很喜欢她。胡鸣问，她对你感觉怎样呢？俞镜摇摇头说，这个不清楚，看不出她心里怎么想的。

我上次好像听说她和马经天走得很近，不知道是不是真的哦，胡鸣说道。俞镜的脸色一下子变得很难看，可能是我一厢情愿吧。

还是把精力集中到事业上吧，俞镜这么说，心里清楚，只要不差钱，女人肯定会有，关键是自己还年轻，差的就是钱。

## 【63】不差钱

毛语这段时间一直关注着上海土地市场的发展状态与走向，他发现开发商根本不缺钱，可是每次接触开发商，他们都在哭穷，希望尽快回收资金。

毛语看到马经天进办公室，就问道，老马，看了今天的报道没有？

马经天问，什么报道？最近报道太多了，都不知道你说的是哪个。毛语说，就是今天最大的新闻呀。

马经天说，是不是那篇“地王围城”的报道？

毛语说，是的，我都看不懂了，这到底是怎么一回事？

你是说2月28号那天，上海市拍出了三个天价地王，并双双刷新了上海的地块总价与楼面地价的纪录？

哈哈，这只是序幕。金世羽说，你没看吗？刚刚的新闻呀，仅仅四十八小时之后，又一个“98亿元级”地王出现了。

我看那个98亿元的地王之王，不是被赵健拿走了吗？叫我看呀，开发商根本就是不差钱。

金世羽说，你没看那地块的位置吗？这个位置绝对是值这个价的，上海的黄浦江边，一线江景，毗邻外滩，这样的地块，哪个开发商不动心？

毛语问，28号那天，一共几家开发商去了？马经天说，一共有12家开发商，不过要数赵健的实力最大，花落他家也是毫无悬念的。

这么下去还能了得？上海的房价要翻多少倍？估计这个地块房价少说也要10万以上了。金世羽望着马经天说，那岂不是一桩好事？上海的市中心一向土地资源就紧张，而且土地越来越少，稀缺的情况下，拍出地王不稀奇。

毛语说，不仅仅是地王，我看这块地是上海的地王之王了，很有可能成为全国地王。金世羽笑着说，老毛啊，地王之王，永远都只会是下一个。

张晴从毛语身边走过，毛语问张晴，最近你一直待在上海吧？这里的总部需要你，你看金总最近忙得要死。毛语说，你还是先照顾好我们的老大吧。

金世羽笑着说，我没事，她跟着我，可比在外面辛苦多了。张晴笑得有些不好意思。毛语说，让她直接跟你回家得了，除了上厕所外，金总的一切事务都交给你了。

金世羽说，你别吓坏了小姑娘。毛语说，她已经是剩女了，还小姑娘。我说张纯都已经结婚了，你还等什么？也不考虑下自己？金世羽白了一眼毛语，你管得也太宽了吧。

对了，金合韵是不是最近一直住在你家？张晴说，是，金总，你是怎么知道的？金世羽说，你叫她这周回家去，她妈妈有事找她，打她电话也不回，真是女大不中留了。

金合韵在张晴家住着，那是因为马经天，都说要想留住男人的心，必须先留住他的胃，可是马经天和金合韵两个恰好相反，自从上次马经天给金合韵做了那顿饭后，金合韵每周总有那么几天要求马经天做饭给她吃。

马经天晚上回家，金合韵听到他开门声就从隔壁张晴家出来，今晚吃什么？金合韵穿着睡衣，站在马经天后面，马经天正在专心致志地找钥匙，听到后面的声音，吓了他一跳。

你怎么一点儿声音都没有？站在我后面，吓死我了。金合韵说，你又没干亏心事，还怕个什么？今晚吃什么呢？金合韵继续追问道。

你就知道吃，没吃的，我都快累死了，马经天没好气地说。哼，金合韵还真的生气了，你又不缺钱，这么小气。

马经天真生气了，我又不是开发商，还不差钱呢。

我有义务天天给你做饭吃吗？马经天发现金合韵开始无理取闹，他终于从包的夹层里面掏出了钥匙，打开门，正想着要关门，金合韵推了他一把，马经天一个踉跄差点儿摔倒。

金合韵一看惨了，赶紧往外面跑，一甩手把门带上了。马经天倚着墙，发现自己头有些晕，他自己也感觉到最近身体不是很好，总是感觉头晕，有时候睡得晚了，脑子还是很缺氧，不过这段时间工作实在是太忙了，也没有注意休息，估计是睡眠不足，他也就没怎么在意。

刚才他也感觉金合韵也只是轻轻地推了他一把，怎么自己就感觉眼睛前面这么黑呢？刚才自己确实生气了，是不是生气引起的？

马经天慢慢走到沙发边上，坐了下来，他躺在沙发上，什么都不想，一会儿就进入梦乡了，梦中他见到自己和金合韵的婚礼。金合韵穿着洁白的婚纱朝着他幸福地微笑着。

张晴看到金合韵慌慌张张地进门，问道，怎么了？你不是去隔壁蹭饭了吗？怎么，人家不搭理你了？

金合韵撇了撇嘴巴，哼，谁稀罕他做的饭，那么难吃，你给我做饭吧，金合韵说，我等下还要赶一份报告呢，现在不吃饭没力气。

张晴说，就你忙呀，我这几天也在赶一份报告，还要烦老金的事情，我比你还忙。老金？是不是金世羽？金合韵问道。

就是他，哦，对了，他今天叫我带句话给你，张晴从冰箱里面拿出了一棵花菜。

什么呀？金合韵问道，是不是叫我回家？我就知道，他找我准没好事情。谁让他当初赶我走的。我现在就不回家，气死他们。

张晴说，你又在耍小孩子脾气了，这点可不是很好，老金也是为了你好，我说你现在在张豪公司怎么样？

金合韵说，好，太好了，好得不得了。没个正形，张晴叹了一口气。

## 【64】又起波折

张晴早上到公司的时候，看到马经天正在和毛语讨论着什么，两个人在一旁窃窃私语着。张晴感到很好奇，就故意从他们身边走过。马经天拉住了张晴，我问你，上次杭州那个开发商后来提报了没有？张晴瞪着大眼睛说，哪个呀？马经天说，是文总，你跟我一起去的呀，你忘记啦。

哦，想起来了，我那不是后来去广州了，交给你们组的同事了，你难道不知道？张晴没好气地说。马经天紧张地说，你不知道呀，那个文总好像出事了。

啊，张晴惊讶得差点儿把手里的包给扔了，出了什么事情？马经天明显看出张晴的紧张情绪，继续试探道，被调到杭州市的那个石局被“双规”了，其中牵涉到了杭州的多家房地产企业，包括文总的公司，你不知道吗？这件事浙江官场及地产界都震动了。

是吗，张晴确实有点儿吃惊，到底出了什么事情？我真的是一点儿都不知道。马经天把张晴拉到那个角落里面，受贿呀，金额过亿，还有呢，就是钱多，房多，女人多，简称“石三多”。张晴问，那关文总什么事情？马经天说，就是文总行的贿。要不然我们上次去看的那块地，文总能以那么低的价位拿下来，要是里面没有什么，我是不信。

毛语走过来说，你们怎么还在聊这个话题？马经天说，我得告诉她，不要相信那些有钱的地产商，都是骗子，省得她上当。毛语对着张晴说，你知道私底下杭州那个石局是令多少中国男人羡慕，男人不外乎追求那些东西，诸如权力、金钱、美女等。

马经天说，毛总，从古到今，哪个男人不为此而孜孜以求？杭州的“石三多”不仅统统拥有，而且数量多多，羡煞他人。

张晴白了马经天一眼，你就知道这些，男人没有一个是好东西，你不觉得这个“石三多”缺少了点什么吗？正如一则名言所说，上帝给你关上一扇门，同时给你打开另一扇窗。凡事都是相对的。毛语凑上前问，那么“石三多”究竟缺少什么呢？让我听听美女的高见呗。

张晴说，毛总也想听高见，高见我可没有，我就觉得这人缺“德”，你们看，贪官污吏，大多是将“德”字从心底彻底抹去了，他们将备受道德的拷问。

哈哈，小姑娘说得挺有道理啊，金世羽走过来看着大家都在议论杭州的大事，听到刚才张晴的一番话，我想说，我们不可能将所有希望都寄托在一个人的道德和自觉上，人之所以为人，并不是不食人间烟火的神仙，也不是没有缺点的圣人。人性中的缺点和弱点，我们每个人都会有，只是看你所面对的诱惑，够不够强大而已。

金世羽走到张晴的身边，递给她一本书，你读一读《浮士德》，就知道在巨大诱惑下，我们随时可能将自己的灵魂出卖给魔鬼。

张晴接过金世羽递给她的书，紧紧地抱在自己的怀中。马经天继续说道，其实还有一样东西你们没有想到，毛语问是什么呀。马经天伸出自己的手，说他缺的还是一双有力遏住其贪婪欲望的手。

张晴问，那杭州那个项目还要继续跟进吗？马经天说，等等看吧，看文总那里最后是个什么样的结局。

好好的一个公司，你说尽干这种事情，张晴摇着头向自己的办公室走去，马经天跟在她的身后说，所以看人不能只看外表，还要看实在的本质。

张晴扑哧一笑，你是说你吗？你实在的里面是什么样的？我看是花花肠子吧。

马经天说，你怎么总是这么看我呢，我有那么差劲儿吗？张晴拍了拍手中的《浮士德》说，看看这个，你就知道了，老板让看的。

# 【65】起伏的物价

俞镜正在和同事闲聊天，金合韵走过来问，你们在讲什么？快点干活。俞镜说，现在都没钱买米了，哪还有劲干活。

金合韵上上下下打量着俞镜，我看你也没瘦呀，不像是被饿的，我看是被打的吧。俞镜说，坏丫头，你懂啥。

为什么国内物价高涨，人民币却在升值？通货膨胀不是该贬值吗？金合韵有些不懂，俞镜还真不想和她探讨这些弱智问题，走了干活去了，等下又没钱买米了，啥都涨，就是工资不涨。金合韵说，你早说呀，让张豪给你加薪不就得了，唠叨了半天就是为了加薪。

张纯进来正好听到金合韵的话，你们又在聊“国式通胀”啦？金合韵本来要去干活了，听到张纯这么说就来劲了，是呀，俞镜说没钱买米了，所以我想问问，什么时候加薪呀？张纯说，这个问题问张豪，别问我。

张纯说，这种增长型的通货膨胀是绕不过去的，没什么奇怪的。

镜子，你觉得张纯说得有道理吗？金合韵转头问俞镜，俞镜点头说，还是有点儿道理的，现在的房价已经引起了恐慌，大家都在掏老本买房买车，城市扩张，盖新房……而手上有房的少量人也的确因此挣钱了。

张纯说，目前的中国经济处于虚假繁荣状态，和外国的不景气比，可以说是欣欣向荣，主要是因为外国衰退，所以看上去好像中国发展得很好一样。

哦，俞镜说，其实广大老百姓的钱是亏到房子上了，实际购买力比2005年前后毫无提高，甚至有所下降。你看看现在的毕业生都找不到工作，那些无业、创业的也都是在初期，这又降低了购买力，所以你看现在“求包养”之类的广告那么多。

俞镜说，我现在“求包养”，你们俩谁出价高，我就跟谁回去。

镜子，你回去给我做饭洗衣服不？俞镜说，我只会吃饭。张纯说，那你还是一边凉快去吧。这个时候张豪正在一边打电话一边走进来，你们在讨论什么？张纯说，都没钱买米了，在我这里哭穷。

哪里，俞镜说，我们在听经济达人解释“国式通胀”，那是相当给力，我决定少吃饭多干活。

然后呢？金合韵问。然后呀，然后天天听美女讨论经济。张豪说。

哈哈，俞镜说，老张，你刚才的话说得不错，没有钱买米啦，痛苦的一天也要开始了。

说完举起双手，转身往里面走去，痛苦的一天又开始了。我只干活不吃饭。

张豪说，他是不是最近一直这副德行？金合韵说，谁呀？还有谁，你家的镜子呀！他呀，哈哈，差不多吧，感觉受了什么刺激似的。

## 【66】土地黑名单

晚上，上海深秋的灯光显得格外地温暖，金世羽打电话给赵健，问他“江D120地块”是不是已经启动了。我看到昨日披露的1428宗闲置土地黑名单里面，并未出现上海闲置土地的身影嘛。

赵健说，幸亏你前几天提醒了我，我做了点准备工作，目前没事，不过这块地目前没有启动的迹象呀。金世羽笑着说，那你可要小心了，最近国土资源部准备查闲置土地黑名单，你小心被再次点名。赵健说，这个我不怕。

金世羽说，你不怕土地被收回，或者交违约金呀？赵健抽了一口烟，吐出了丝丝的烟圈，在空中飞舞，这些土地黑名单在全国范围都存在，上海仅仅是一个缩影，而且这份黑名单中的闲置用地只是冰山一角。

你没看万润在松江的那块地都“沉睡”十年了，先是烂尾六年，后又是闲置四年。当时的楼面价为1,500元/平方米，现在的价格已经达到了18,000了，你算一算，仅仅是土地增值便要接近10多倍，万润尚未动工就获利十多个亿。

金世羽问，那你的“江D120地块”晒了多久太阳了？我觉得这次国土资源部不是吓吓人的，是来真的。赵健说，闲置也不一定是我的原因，很大一部分是政府原因，这个你懂的。我土地出让金都是准时交的，能有我什么事情。这点你放心好了，不然我们怎么活。

你没有看到那个通知上面也写着这样一条吗？哈哈，等于是自己打自己嘴巴。赵健笑着说，继续吐他的烟圈。

哪条？金世羽问道。土地闲置满一年以上的，要按照出让土地价款或者划拨土地取得价款的20%征收土地闲置费。但是，哦，听好了，但是因为不可抗力或者政府、政府有关部门的行为造成开发延迟的则不需要缴纳此笔费用。

后面转折处你听懂了吧？金世羽说，听懂了，还是赵总你厉害，深入研究过。

我说金总，你最近是不是闲得慌呀，要不你也来参与开发？我最近缺钱，你都上市了，有的是资金。

金世羽笑着说，哈哈，参与开发可以，看怎么分？赵健说这个好说，你我认识那么长时间了，可以商量的。

我看你根本不差钱，上次那块地，“SB780地块”，你花了多少钱？哪块？赵健问。金世羽说就是黄浦江边的那块。

赵健说，98亿。金世羽说，地王之王，你还跟我哭穷。

钱都交土地出让金了，确实最近手上缺钱，这个兄弟你一定要相信我。赵健急了。

金世羽问道，赵总打算什么时候把万冠上市？赵健无奈地叹了口气，我现在是三年内不能上市。

金世羽问为何。你不知道，上次外地一个项目着火了，属于重大事故，死了几十号人。规定我三年内不能上市，我现在也是非常着急呀。

这么的吧，你把建好的项目抵押给我，我给你融资，你看可以吗？三年后，等你上市了，就回购好了。

可惜了，金世羽说，你看万润，王岩现在是整个这个行业的老大了。赵健说，你现在不也是老大了，我认为你完全有可能超过万润成为行业老大。

赵健说，什么都不用说了，功亏一篑呀。最近最抢眼的就是那个星邑湾了，那个施彦可是风光十足。

金世羽说，她可是房地产界的巾帼英雄，我当时看她的“十城记”还有“全成品”，宛如一个传说一样，没有想到如今这么成功。

这个项目不是在方伟手上吗？我觉得你应该把这个项目抢过来，对世和中国有帮助。金世羽说，都是兄弟，明抢不太好吧。赵健说，那来暗的，我看方伟最近也不是很关注房地产代理这个行业了。金世羽说，其实这个项目真正的操盘团队是蓝思公司。啊，赵健说，是张豪，那为何施彦不把项目直接给张豪？中间还转一层，麻烦死了。金世羽说，那是他们私交好呀，估计是看方伟面子的。

我看是有内幕吧，赵健说，是不是方伟给施彦介绍了香港的投资商了，不然以施彦的个性她不会把星邑湾交给方伟来做。

金世羽说，你小看方伟了，他以前可是上海地产界的“地产鬼才”。赵健乐歪了，有这么夸张吗？我看好你，我觉得世和中国才是这个行业的老大。你下一步打算搞点什么，赵健问道，还是向多元化发展吗？

金世羽长舒了一口气，我最近是在考虑这些事情，不过公司现在业务摊得太开了，我想把这些资源整合一下，这样方便以后向某些方面深耕发展，不然公司就没有什么核心竞争力了。

赵健说道，是的，万冠的核心竞争力是商业地产，订单式持有。金世羽说，你上海那个98亿元的项目可记得给我留着点。

兄弟，哪次没给你留呀，这还用你说，这行的规矩你我都懂得。

哎哎，这么独特的声音张纯一听就知道是俞镜了，这段时间他天天来找她签字，她都快被金合韵和俞镜这两个人烦死了。本来这些签字都该是张豪的事情，可是张豪去了香港，这些烦琐的事情就都扔给了张纯，张纯感觉自己的精力快要透支了。

请签字，俞镜拿着这个月的财务预算表，让张纯签字。这些预算的核对老实说张纯也不是很清楚，但她相信俞镜是不会多算的。

金合韵也拿着两份报告匆匆地往张纯的办公室跑，两个人正好遇见了，张纯问，你们的东西我都签字了，但是我不清楚是否有问题，所以你们俩尽量要仔细核对，别出差错。

张豪呢？都一个月了，怎么还不见他，去香港也不用那么长时间，俞镜问道。

张纯明显心里已经有些不适了，被俞镜这么一说，感觉就更加紧张了。我给他和方伟打电话了，可是他们两个都不接我电话，我现在也是非常着急。

他和谁一起去的香港？金合韵问道。当然是她老公，俞镜说。我又没问你，金合韵最讨厌有人打断她的话了。

我确实不知道他们两个为什么去香港这么久，也不知道他们为什么不接我的电话，我也非常着急，可是我现在一点儿办法都没有。张纯的情绪也差点失控。

你以前去过香港，对于他们俩在香港的朋友多少也认识一点儿吧，问问看吧。张纯说，我怎么一急就想不到了呢。

张纯翻开了一本厚厚的名片夹，找到了香港的一位朋友，拿起电话就打，可得到的回复却是去了澳大利亚，不在香港，这下张纯真的是傻了。

金合韵说，你先不要着急，我问问金世羽他们，或许他们要去香港。金合韵打电话给金世羽，金世羽说明天会去香港，那里有个CEO俱乐部要搞大型的雪茄红酒会，他和马经天两个人一起去。

张纯急得快要哭了，我哥和方伟去香港快一个月了，到现在也没消息，打他们电话，他们也不接，我都快急死了。

别急，金世羽安慰道，我明天到了香港一定先找我那里的朋友问问，不要急，他们不会有事的。

第二天下午，金世羽在香港给焦急等待的张纯打电话了，说是通过他的香港朋友打听到方伟、张豪本来是在香港谈投资的事情的，一周前从香港直接去了澳门。我现在马上和马经天赶到澳门去，我估计，他们可能去了澳门赌城了。

啊，张纯惊讶地说，这是真的吗？这怎么可能呢？他们去的时候身上没带多少钱啊。金世羽说，你赶紧查一查公司的财务状况，我估计他们会通过财务转账的方式。

张纯挂完电话，立刻找来财务，问最近的公司资金流通情况。财务总管说，张总叫我最近分三次给他的白金账户打了一共1,000万，我也不敢问具体什么用途。

什么？ 1,000万？那现在公司账户上面还有多少流动资金呀？张纯这下子着急了。

财务总管说，不到100万了，估计刚够公司两个月的运营成本。张纯急得拍着桌子说，你出去吧。

俞镜进来问，是不是有张豪他们的消息了，金世羽有没有打电话来说？张纯急得快哭了，他们几个去香港了，然后又去了澳门，金世羽说他们可能去赌城了，我哥前几天从公司的账户上面划走了1,000万，现在公司只剩不到100万流动资金了，我都快急死了，你说他们怎么能这样呀。

俞镜听张纯这么一说，确实感觉到事情的严重性了，那金世羽还说什么了？张豪他们会不会输光了钱被扣押呀？

金世羽已经去澳门了，现在还不知道什么情况，急死我了。你说我怎么摊上这么个哥哥呀？张纯一个人坐在办公室里面，大大的落地窗外面，马路上车流如潮，两边的银杏树叶金黄灿烂，在灯光的映照下完美无缺。张纯的心却揪得紧紧的，无法挣脱温暖的夜色，听完金世羽的电话，张纯整个人都瘫在了椅子上面，不知道该怎么办才好。

金世羽先是说他们几个现在没事了，不过那是金世羽花了100万保证金把他们保出来的，他们几个不仅花完了带去的2,000多万，还欠着那个赌城500万呢，金世羽花了100万才把他们三个保了出来，明早再交400万后才能离开澳门。金世羽对张纯说，他们几个已经不是第一次去澳门赌城了，你难道一点儿都不知道？你哥这是第一次去，方伟都去过好多次了，他原来是跟着祝涛去的，后来熟了就一个人去的，听说之前方伟赢过很多次，但不知道为什么这次运气这么差，一下子输了这么多。

500万，她不知道用什么还金世羽，这么多的钱，她彻底对方伟失望了，如果真的像金世羽说得那样，那么方伟每次去香港都只是借口。天呀，她怎么能如此相信这个男人呀。

# 【67】若无悔，续凋零

金世羽回来以后，张纯去见了他，金世羽还是老样子，张纯却变得有些沧桑了。金世羽心疼地说，你怎么看上去没什么精神，跟结婚前完全不一样了呀？

张纯苦笑了下，最近太忙了，要忙公司的事还要忙家里的事，太累了。你呢，什么时候结婚？张纯好奇地问道。

金世羽说，还没谈女朋友呢。张纯说，不会是在等我吧，何苦呢？金世羽笑笑不作声。那个500万我会尽早还给你的，张纯接着说道。金世羽说，那件事情你不用管了，他们三个自己还。我听说祝涛想要去美国，他手上那家《地产买家》估计要出售，你有没有兴趣接手，我看你现在的九重锦传媒运营的两份媒体都做得不错。

张纯说，要接手我手上也没有那么多的资金呀。金世羽看了看张纯说道，资金没问题，我这里有，就看你愿意不愿意做了，这样的话，祝涛就能还清他欠的钱了。

张纯说，祝涛不会去美国的，他是和方伟一起去澳门的吧，把仅有的资金都拿去投入赌博，输光了吧，只能出售《地产买家》杂志。

金世羽知道张纯心存芥蒂，说，知道为什么收购这份杂志吗？张纯摇摇头，金世羽说，是因为未来的世和中国要成为房地产领域的全产业链服务商，垄断媒体也是一种资源整合，你留下来，和你哥哥一起，留在我的身边，一定能成大事。

张纯想了想又说，你说得有道理。金世羽说，不过要有前提条件的。张纯说，你开吧，我只能答应你了。张纯嘴里这么说，可是她的心里那份恨与痛，估计这辈子都难以平衡了。

在三方的努力下，祝涛退出了《地产买家》杂志的运营，把所有权全部转让给了张纯，张纯的九重锦传媒接受了金世羽的注资，转让了40%的股份，金世羽心里的如意算盘算是借着这次机会打赢了。

他的心里开始盘算着方伟手上那个星邑湾的项目，如果能把方伟手上的这个项目弄到手，那么他又算是赢了一步，下一步的战略是吃掉蓝思，独霸上海滩。

金世羽抬头看着窗外皎洁的月亮，感叹命运真的是一直在帮助着他。竟然如此简单就能接近张纯，他心里唯一的遗憾就是张纯结婚了。

张纯表面上获得了《地产买家》杂志，不知情的业内人士纷纷打来电话给她，恭喜她顺利收购了上海的高端地产杂志，张纯哭笑不得，命运竟然如此捉弄她，自己还欠着金世羽几百万，接下来该怎么走她自己都不知道。张纯这两天每天都在公司忙到很晚才回家，方伟这段时间也没有回家，听李放说他最近一直睡在九观云庭，张纯知道他不是不想回家，而是不敢回家，怕自己骂他，方伟是个要面子的人。

张纯这周把自己能想的办法都想到了，可是目前除了公司的股权可以出让外，她的身上已经没有任何钱了。张纯抬头看了眼角落里面的壁钟，已经10点多了，她犹豫不定地拿起了电话，拨通了金世羽的手机。

听到金世羽亲切的语气，张纯的声音有些哽咽，金总，我想来想去我现在唯一可以做的就是出让蓝思的股份了，不知道你有没有感兴趣的买家？如果有就帮我介绍几个吧。

金世羽叹了口气，幽幽地道，你干吗这么着急？我并没有让你马上还钱的意思，你要知道我对你的帮助是不求回报的。

张纯听到金世羽的这些话，心里就更加难受了，她轻轻地擦去眼角的眼泪说，我已经决定了，你帮我寻找买家吧，40%蓝思公司的股份。金世羽沉默了一阵，他明白张纯确实是认真的，想了想说那好吧，我买，明天你来我公司，我直接开支票给你。

张纯挂完电话，泪水顺着那苍白的脸颊一直往下流淌。同样是男人，方伟的自私与金世羽的博爱，两种性格完全不同的男人，她开始怀疑自己当初的选择。如果自己的哥哥和爱人还有下次的话，她该卖掉什么呢？

肖林的电话打断了张纯的思考，张豪躲到哪里去了呢？

肖林的声音比平时大了很多倍，张纯的耳朵都快震聋了。我哥，他不是回家了吗？我现在就在你家门口，敲了半天，没人给我开门，打他手机我就听到屋里响，明明在家不给我开门，你赶紧回家看看。

张纯还没听完，就拿起包冲出了办公室，朝着家一路狂奔。肖林在门口一边打电话一边焦急地等待着，看到张纯满脸是汗水，从包里面拿出了钥匙，开门的时候，门却自己开了。张豪一只手夹着烟，打开了门，肖林气急了，一把推开张豪往里面走去，张纯跟在肖林的后面，哥，肖林在外面敲了半天的门，打了你半天的电话，你怎么不开门呀？

## 【68】饮忘川芷水深刻的指纹

张纯赶到世和中国的时候，已经是第二天下午快要下班的时候，公司的职员们都在收拾东西准备回家。

轻轻推开金世羽的办公室，张纯看到金世羽的办公桌上放着一束淡红色的玫瑰花，散发着袭人的花香。张纯诧异为何金世羽的办公桌子上会有玫瑰花，金世羽看到张纯来了，赶紧起身给张纯倒了一杯热水，张纯今天的衣服穿得有点少，接过金世羽递过来的热水杯子感觉特别温暖。

我还以为你不会来了呢，金世羽的开场白让张纯觉得有些失望，金世羽转身打开桌子的抽屉，轻轻地拿起那张支票，递给张纯。张纯放下手中的杯子，颤抖地接过金世羽递过来的支票，上面赫然是500万。张纯的内心很复杂，她不知道哥哥张豪还有方伟如果知道她这么做会不会怪她。

金世羽拿出拟定好的合约，坐在张纯的边上，他知道这个时候自己说什么安慰的话都是多余的。金世羽默默地把手上的协议递给张纯，再看看吧。张纯说，不用了，接过金世羽手中的笔，毫不犹豫地签了名字。签完她就起身，把支票放进包里面，往门外走去。

走到门口的时候，她转身，回头对金世羽露出了微笑，谢谢你临危相助，我会牢记的，张纯最后瞟了一眼金世羽桌子上面那束娇艳的粉红玫瑰，走出了金世羽的办公室，关上门的一刹那，她的泪水哗哗地流了下来。

在门口，她看到张晴朝她走来，张纯擦去眼角的泪水，强颜欢笑，拉住了张晴的双手，你怎么还没下班呀？张纯镇定的表情弄得张晴不知道该怎么办才好。

我还有点儿事没做完，张纯长长地舒了一口气，那我先走了，拜拜。

张纯心里很清楚，蓝思公司那个时候肖林也出了钱，现在她这么做，不知道肖林会不会有意见，这个就要看肖林是不是足够爱张豪了，如果足够爱，她不会见死不救的。

张纯回到公司，把协议和支票丢给了张豪，张豪看完协议后镇定的表情令张纯很惊讶，方伟知道这件事情吗？

我没有跟他讲，张纯赌气地说道。自从你们从澳门回来后，他就没有回过家，张纯伤心地说，他根本就没有把我当回事。什么？张豪站起身，他不知道方伟一直不回家。

我去找他聊聊，你放心，我一定劝他回家。妹妹，你先回去，我现在就去找他。张豪说完就朝门外走去，拉开门转身指指桌子上面的协议说，这个放好了，千万别让肖林知道呀。张纯拿起桌子上面的协议和支票，放进了张豪的保险柜里面。

张纯并没有回方伟和她住的地方，而是去了哥哥的家里，她不想回那个如今只有回忆的家里，独自守着空空的房子，只有自己的影子和自己相伴。她不知道方伟在外面过得好不好，那么多次的期盼，守望，都变成了一种空等，方伟对自己的回避与冷漠，令张纯非常痛苦。

张豪垂着头回来，张纯就知道他没找到方伟，怎么了，哥，没找到吗？张纯关心地问道。张豪说是，他能去的地方我都去过了，可他就好像消失了一样，找不到。

李放那里呢？那个九观云庭你也去了吗？张豪说去了呀，李放说方伟已经有一周没有来过公司了。

张纯的心彻底失望了，所有的一切都该结束了，和这样的一个男人，没有了现在，更何况是未来。

## 【69】楼市下跌“拐点”初现

马经天在公司门口碰到了金世羽，金世羽问马经天现在公司的项目今年还有多少预售额没有完成，如果没有完成的话，赶在年底之前多出货。

马经天说，这个不急，现在这段时间房价涨得多快，再等等吧，捂一段时间，说不定未来还会涨。

金世羽拿出了手上的一本内参，告诉你吧，万润的总裁王岩从内部获悉，估计明年楼市会下跌，你们要做好准备。

下跌，马经天说不太可能，照这个势头涨个两年我估计都没啥问题。金世羽说，行业老大的话不要不信，你没看出来，最近经济疲软，形势不是很好。

哦，你是说王岩在《房产观澜》栏目的专访？他的那种说法会引起整个房地产行业的恐慌的。

金世羽说，人家骂归骂，但是你要看王岩最近的动作，所有万润旗下的项目都在全国统一降价销售，这个确实是事实。这种行业老大全国性的降价行为是有内幕的，你可要看清楚了。

马经天看着金世羽执着地分析，他也确实感觉到了最近很多项目在跟风降价，只是现在房价一直在涨，这个时候降价岂不是很亏。

毛语知道马经天是不愿意提这样的降价促销方案给甲方的，况且甲方也不见得同意降价，毕竟城市、项目所处的位置与环境都是不一样的。他来到马经天的办公室，马经天正在电话里面和对方商讨。

毛语示意他先挂电话。你觉得金世羽这次提议怎么样？马经天说，我不同意降价，统一降价不见得会是好的促销手段，反而会给市场带来恐慌，很多投资客会敏感地察觉到市场可能处于下行通道，他们可能会采取观望措施。

马经天急促地说，除非也只有这么一种办法，毛语示意马经天先别说。

毛语拿起马经天桌子上面的一支笔，在一张白纸上写了四个字“明升暗降”，两个人会心地一笑达成了共识。

毛语把马经天的这套“明升暗降”方案拿给金世羽看，金世羽倒也是无话可说，虽然表面上金世羽并没有多么赞扬的话语，但他心里还是赞赏马经天的想法的。

王岩的“楼市大逆转”抛出后，一石激起千层浪，首先反对的是业内的一些“砖家”，大家都争先恐后地在自己的博客上面发布所谓的“楼市即将面临大调整”的言论。

一时之间网络有关“楼市大逆转”的辩论大战，一下子把杨旭推到了风口浪尖上。杨旭的主张与王岩刚好相反，杨旭主张未来两年之内还会涨，两派开战，必有赌品，谁输就由谁来请客。这次楼市大逆转辩论持续了整整两个多月，结果一时间地产界风云突变，谁也看不清这个行业的未来趋势了。

俞镜说，杨旭你真的是主张涨的，你怎么敢和这个行业的老大比呢，万一输掉了，你怎么办?

杨旭说，我现在就一个新人，输掉就输掉了，又没有什么关系，正好可以和行业老大学习下，你担心什么，输了不就是请客吗，我倒还真想见见他呢。

俞镜说，你胆子可真够大的，这你都敢赌，我认为你会输，我觉得明年形势肯定不好。杨旭说，你个臭小子，你就不能盼望我点好。俞镜说，我说的是事实，你看这房价都涨成什么样子了，再不降温，会烧死很多人的。

杨旭说，总有人唱反派吧，不然他一个大佬自己跟自己玩多没劲呀。俞镜说，这么说你顶多只是一个陪客，最好不要成为冤大头，到时候你哭都没地方哭去。

杨旭说，冤大头，哈哈，能成为冤大头也是一种幸福呀，我才不管呢，先把名气炒响了再说。

那你还不如直接去金世羽那里，世和中国不是有个研究公司吗?我觉得你应该正儿八经地研究点实际的东西，你这样炒作，很容易把自己炒煳的。俞镜倒是在真心地劝导杨旭，希望他能真正从事房地产研究，从而成为一代大师。

杨旭笑着说，这年头，哪有真正的什么大师，大师都是很低调的，知道吗?

# 【70】暧昧的楼市

这段时间大家都不敢打扰张纯，她突然之间好像变了一个人似的，连张豪也不敢和他妹妹说话。张纯一直没有回家，都住在张豪的“紫金贵冠”，这样一来搞得张豪和肖林都很不开心。

张晴这段时间没有出差去外地，她就让金合韵住到她家，时间一长，金合韵都会自己主动上门，而不需要张晴来邀请了。

“香邑”楼下的那家便利店是金合韵最爱逛的小商店，张晴下班正好路过，进去买女人的东西，看到金合韵在里面挑东西。

你今天咋这么早下班？金合韵问道。工作不忙呀，张晴今天穿的是一套墨绿色的连衣裙，女人的妩媚从她露出的前胸隐隐地闪现。要不要等你？张晴问。你先回家吧，我要买很多东西呢。那好吧，我上去啦。晚上有好吃的菜吧？金合韵还是一副无忧无虑的样子。张晴看到金合韵就想到了金世羽，最近一直都没有机会看到金世羽，他太忙了，整天在天上飞来飞去，感觉就像是个空中飞人了。张晴买完东西后，正准备穿过那条马路的时候，一辆车在她的身边停了下来，吓了张晴一跳。

张晴差点把手上的袋子给扔掉了，车窗缓缓地拉了下来，是金世羽，今天他自己开车。金世羽向张晴招手说，上来吧。有事吗？张晴不知道金世羽在搞什么名堂。金世羽说，你先上来再说，快点。

张晴上车后发现金世羽今天穿得蛮正式的，可能有重大的约会，是“商务约会”吗？张晴把手里的袋子放到了后面的座位上。

哈哈，你觉得呢？金世羽低声说，你是不是很期待只有我们两个人的约会，嗯？是不是？看到张晴不作声，低着头，他又说，今天晚上的约会很重要，关系到公司在接项目上的能力，等下毛语和马经天也会来，你们几个注意自己的言语举止，不要丢公司的脸。张晴说，现在是下班时间，我能不能不去？

金世羽转脸看着张晴说，你刚才说的是人话吗？没有我们的努力，世和中国怎么可能发展到今天这么大的规模。再说了，不是你们每个人都给有股份吗？你们怎么还这么不知足。金世羽看上去很生气的样子，实际上，他的心里是想看看张晴的反应。

哦，对了，等今晚这件大事谈完后，你要去北京出趟差。为什么啊？张晴说，北京不是有分公司负责吗？你又想把我扔到外地去呀，我好不容易回上海休息几天，还要我出差，累死人了。

那有什么办法呀，作为公司骨干一定要搭好人脉，我觉得你去北京搭人脉那是最合适的了。我们必须要和卓美网达成战略合作，进行资源整合，这样才能有利于我们的全方位发展，你懂吗？

张晴听着金世羽滔滔不绝的理论，发现这个男人的思维竟然能一直如此清晰，难怪世和中国能如此迅速地崛起。

金世羽继续说道，卓美作为门户网站，肯定有其自身的影响力，将来的世和会以这个网络平台为主，这样我们就可以花很少的时间与精力重新建立平台，我们只要运用资本的力量来对它进行规划与运作。不过前期的联络以及沟通工作，我就交给你了，你可要保证完成任务，不要让我失望。

张晴说，我什么时候让你失望过？

两个人聊着就到了皇冠酒店，VIP 包房内，毛语和马经天都已经先到了。他们两个看到金世羽和张晴，赶紧出来打招呼，对了，老励说要晚点来，他说路上堵车了。哦，金世羽看了看表，说还早呢，还差半个小时，是我们来早了。毛语说，不会有什么意外吧，听说这次标的很多家代理公司都竞争，老励都快疯掉了，他的助理每天都能接到很多个电话。那个肖林呢，肖林不是在金源地产吗？马经天说。

你还想着她呀，她是张豪的女人，会帮我们？这个你想都别想，女人都是很现实的，毛语说道，看了看张晴。张晴说，你看我做啥？

毛语说，你还以为你很纯很暧昧吗？我看你已经不小了，赶紧嫁人得了，再不嫁人都成老姑娘了。

张晴笑嘻嘻地说，嫁给你吗？要不你给我介绍几个。毛语说，还用介绍吗？你边上就有一个现成的，钻石王老五，你都没看到吗？

张晴指了指金世羽说，你说是他？哈哈，他现在哪里会看得上我，人家身后排着队的小姑娘，都在等着他转身呢。

金世羽正在和马经天说话，听到张晴的话，转身说，我现在转身只有你，要不你嫁给我得了，反正你身后也没有人。张晴被金世羽直白的话弄得很不好意思。

励博从门口进来的声音倒是很大，惊醒了金世羽和张晴，仿佛触电般，两个人的眼神从各自的眼睛里面移开。

老励，来来来，金世羽大跨步往前走去，握住了励博的双手。首席，励博想要推辞，金世羽说，今晚你一定要坐这里，否则这桌菜上不了了。

老励为难地说，那就恭敬不如从命了。你打算在上海待多少天，金世羽说要带老励去几个地方，上海有几个地方还是值得去的。老励说，谈完事情我就要回深圳，你这里是最后一家了，前面都谈了十来家了，哈哈，真是什么人都有，很好玩。

金世羽叹了口气说，乙方就是命苦，整天被你们甲方折腾，做得好没得表扬，做得不好肯定要被骂。

励博倒是很豪爽，我手上的项目交给代理公司都是非常放心的，肖林，你把我们的标书要求拿过来，给金总过目下，咱们先小人后君子。

金世羽说，没问题，绝对没问题，一切按照流程办事情。肖林从她的包里把事先设计好的标书递给了励博。励博说，其实我们的要求并不高，这个项目我花了很长时间才拿到，项目案名什么的到现在还没有定，如果第一轮能出现的话，那么我一定把这个项目交给世和中国。

听老励这么说，金世羽的心里就有点儿底了，励博虽然拿到了这个项目，但并非他想象的那么容易，肯定经历了很多的波折，如果他能找到一家有实力的代理商合作，对于双方来说不仅是销售，而且在品牌、资源方面都是双赢的合作，他何乐而不为呢？在中国，能有几家能和世和中国相比呢，金世羽非常放心。

老励，你怎么看最近的市场？我发现最近的楼市相当暧昧，你看，王岩的

“拐点论”一抛，这个市场就朝两极化发展，一上一下很是爽。马经天见金世羽已经了解得差不多了，适时地打断了金世羽和励博之间的谈话。

## 【71】化骨绵掌之政策

哈哈，老励说，你手下的人个个都是精英。金世羽说，这位是世嘉研究的老总，你叫他老马好了。老励端起酒杯，来先干一杯，说着就和马经天碰了一下，一干而尽，金世羽发现老励绝对是个爽快之人，男人中的男人。

励博接着讲，你们看到前段时间调控那是相当严厉吧，但楼市还是一样火爆，这些你们要看中央层面决策层的态度，你们也看到自从王岩的“拐点”一出，中央对于那些调控的言论就做了澄清，纯属误读，这些都是给处在政策执行层面的地方政府、银行等具体操作部门一个猜想空间，信号是一方面需谨慎揣测政策的细微变化，另一方面要调整政策的执行力度。

毛语说，是不是可以这样理解，中央对房地产市场的调控已经定调了，但是地方政府各有各的算盘，我觉得这种举动就可以理解为“化解中央调控”。张晴说，那岂不是“化骨绵掌”吗?

老励说，对，就如你说的，只要没有明确禁止，地方政府可根据市场状况制定相应的调控政策，并存在较大的操作空间。你们没有看到前段时间央企拿地的速度明显开始加快吗? 这都是很多高层通过访谈等方式授意房地产央企下半年在各自专注的领域加速扩张。

金世羽说，你是不是也被上面授意了，一下子拿这么多的地呀。

励博说，是，上面的话我能不听吗? 不光是我，你看看万冠的赵健，万润的王岩，星邑湾的施彦等都在疯狂拿地。

这个我也看到了，马经天说，除了延缓土地出让金、付款时间无限制外，其余多数优惠政策的截止期限都要到2009年底。你们没有看见最近中央6次连续加息，这是史上少见的现象。这些都说明上面可不想看到这个支柱产业被压垮呀。你们这么一说我就觉得未来市场一片灿烂。

既然一片灿烂，那么大家为我们未来的合作顺利干一杯吧，张晴举起了手中的红酒。金世羽和励博双双举杯，美女敬的酒那一定要喝，一旁的肖林看着这种场面，心里确实很不是滋味儿，她观察到老励这次的宴会分明比那次和张豪在一起吃饭愉快多了。

她不知道为什么老励会这么青睐金世羽，莫非他们后面有什么不为人知的动作？肖林开始担心“虹S680地块”最终的归属会不会非金世羽莫属了。

双方吃完饭，金世羽说，老励咱们去KTV唱唱歌咋样？肖林打断金世羽的话，励总昨天刚从国外回来，今天就赶到上海，实在是太累了，金总我看还是先让励总休息一晚，明天吧。

肖林关心的话分明起了作用，本来正想打算跟金世羽去KTV的励博发现自己确实很累了。

那我先回皇冠酒店，你们随意。好好，金世羽把励博和肖林送到了电梯口，目送着他离开，才回到包厢内，现在这里都是自己人了。

金世羽显然是喝多了红酒，幸亏今天老励没有逼他喝酒，不然他今天可能真要喝醉了。你们对老励刚才的看法有什么意见？还有就是“虹S680地块”你们有没有听出老励的弦外之音吗？金世羽看着一桌子的菜也没怎么动，耸了耸肩膀说，这年头吃饭根本就不吃菜光喝酒了，怪不得那么容易醉。

毛语显然看出了刚才肖林的不满，我认为这里面肖林可能会有问题，她很可能成为这个项目的障碍，其实我认为老励对我们还是挺满意的。

肖林的最大障碍不就是张豪吗？如果搞定了张豪，还怕她？就如星邑湾，我们搞不定方伟，搞不定施彦其实都是没有关系的，能搞定张豪就行。马经天很有信心地说。

金世羽问，你怎么搞定张豪？马经天说，收购蓝思。金世羽想了半天还是摇摇头说，现在收购，价位太高，不合算，况且现在你即使想收购人家，他也不见得会卖给你。你们说呢？

张晴说，肖林当时是掏了钱的，才拥有蓝思的40%的股份，我听说前段时间张纯出售了她的股份给一个神秘的买家，而这些肖林一无所知，如果这个情况属实的话，我认为可以用“离间计”。

金世羽看着毛语，毛语看着马经天，他们你看看我，我看看你，再一起看向张晴，他们不敢相信刚才那句话竟然是从张晴口中说出来的。

最毒妇人心啊，马经天叹了口气。金世羽在心里暗自笑开了，张晴说的这句话绝对没有错，正中自己下怀。

不过回过头来一想，这样做是不是太缺德了？但是如果不这么做，肖林很有可能让老励把项目给张豪，这么大的一块肥肉落入张豪的口袋，张豪的公司很有可能再次活了过来。

## 【72】相框里的意兴阑珊

这天张纯下班后回家，她很久没有回家了，一直住在哥哥那里，她想回家拿点东西。打开门的时候，发现屋子还是如此冷清，她知道方伟这几天压根没有回来过，心里孤独的情绪一下子又蔓延了开来。

张纯望着很久都没有动过的被子，她轻轻地抚摸着，仿佛还能嗅到方伟身体的味道，往日温存的印迹似乎还在被子里面。张纯放了满满一浴缸的水，躺在里面泡了一个热水澡，躺在床上的时候，她仿佛感觉到了方伟在她耳边呓语，慢慢地进入了梦乡。

有个小孩在喊爸爸，张纯从梦里惊醒，发现天已经亮了。她侧身望见床头柜上面那个相框，伸手拿起，那是方伟和她在香港照的，那个时候还没有结婚，多么纯真的年代。看着相框里面意兴阑珊的风景，往事如风，张纯开始沉醉了，突然一阵急促的敲门声把张纯从对往事的回忆中拉回了现实。门外很嘈杂，很乱，感觉有很多人。张纯迷迷茫茫地打开了门，发现门外有七八个人，一对中年夫妇在前面首先冲了进来，张纯一下子就傻了，不知道怎么办才好，她也不认识这些人。

中年女人看上去有40多岁，开口就拉着张纯的衣服说，你老公把房子卖给我们了，收了钱我们就一直找不到他人，我们都在外面等了一个多星期了，再不来人我们都要砸门了，幸好你今天在，不然我们真的要砸门了。中年女人很凶，张纯一个劲儿地哆嗦，但是她还是听清楚了她说的话，房子被方伟给卖掉了，天哪，他为何要这么做。

中年女人还在那里叫唤着，一旁的那个男人倒是没有说几句话。终于中年女人不说话了，男人开口说，我们现在给你两天时间，你赶紧把东西给我们搬走，我们要住进来了。

张纯突然之间醒悟了什么，往卧室跑去，中年女人生怕她逃走，紧跟在她的身后。张纯在卧室里面翻箱倒柜了一番，除了结婚证没有拿走外，方伟把房屋的产权证全部拿走了。张纯瘫坐在地毯上面一动不动，泪水一直往下流，那帮人见状也就没说什么，终于，他们都走了，张纯才拿起了电话，拨了好几遍才拨通了张豪的手机号码。

哥，张豪听到张纯颤抖的声音就知道情况不对了，你在哪里？在家里，张纯的泪水终于夺眶而出。

张豪赶过来的时候发现张纯依然坐在地毯上，呆呆地坐在那里，苍白的脸上闪现了一丝不易察觉的微笑。张豪拉了拉张纯，没有拉起来。他轻轻地抱起张纯，把她放在了床上，张纯仿佛看到了救命稻草，一把抱住了她的哥哥，在哥哥的怀里面她大声地哭了起来。张豪拍着妹妹的肩膀，他突然发现自己当初让她嫁给方伟竟然是一个错误的决定。张豪看到了床头柜上面那个相框，里面张纯那可爱纯真的样子，再看看如今的张纯，憔悴，幽怨，神经质，完全没有了往日的神采。

张纯抬头问，哥，他还会回来吗？张豪心疼地擦去妹妹眼角的泪水，别管他回不回来，你先搬到哥哥家里去，我来找他。哥，你说他要那么多钱干什么呢？

我猜他一定是去澳门了，我想他的心里一定是想着能够很快地翻本，方伟的骨子里面有种赌性。事情已经发生了，你要镇定，不管以后会发生什么事情，哥哥始终都站在你这边，知道吗?

张纯点点头说，嗯。哥，我想回我们自己的家，张豪从床上扶着妹妹，发现她瘦了很多，可能最近九重锦传媒公司的事情太多了。

张纯转身把那个相框抓在了自己的手里，张豪看到这样的情景，心里一阵凄凉，也许妹妹这辈子的快乐记忆只能活在这个相框里面了。张纯盯着相框看了很久，久久不肯移动自己的视线。张豪轻声说，我们走吧，这里的东西我会叫人来搬的，你放心好了。张纯在张豪的搀扶下踉踉跄跄地走出了她与方伟的婚房。

走出大门，外面的阳光刺进了张纯的眼睛，张纯的心突然之间打开了一道门，那是迎接新生活的一种感觉，张纯把相框放进了包里面，拍了拍，转身对哥哥说，我们走吧。

外面依然是阳光明媚，张纯的心里却没有了方伟的影子，哀莫大于心死，曾经多美的家庭，就这样散了，张豪看着妹妹抬头望向远方，他心里清楚，她是在假装坚强。

第八章

# 善弈者谋势，中国式突围

# 【73】授人以鱼不如授人以渔

金世羽从香港回来着急地找到张豪，我在香港看到了方伟，看到他在那里和几个以前的朋友玩得很开心。方伟现在是怎么了，连家都不要了？张豪听到这里，气都不打一处来。

你真看到方伟了？张豪怀疑的眼光望着金世羽。金世羽睁大了眼睛说，我还没老呢，难道还会骗你呀？我们是在一个雪茄酒会上面碰到的，方伟和上次几个去澳门的赌友聊得很开心，我还问他什么时候回上海呢！

张豪关心地问道，那方伟怎么说的？

他能怎么说呀？自然是爱什么时候回去就什么时候回去。我看张纯根本没法管住他，方伟太浮躁，太没有责任感了。金世羽这么说，让张豪更是觉得自己当初把妹妹嫁给方伟是一种错误。

你还不知道吧，张豪叹了口气说，方伟偷偷把婚房给卖掉了，现在张纯都没有地方住了，他也不回家，我现在也不知道他心里到底在想些什么。他作为一个男人，怎么能这样，连自己的老婆都不管不顾了。

什么？金世羽一脸的惊讶与震惊，你说方伟把婚房卖掉了，卖给谁了，为什么啊？他向张纯提出离婚了吗？

那倒没有，张豪说，不过即使他不提，我也要让我妹妹提，这样的婚姻，这样的男人，一点儿都不可靠，不要也罢。

你要先问清楚你妹妹的想法，到时候她不同意怎么办？金世羽想了想，我觉得还是应该尊重他们自己的意见，越组代庖反而不是很好，到时候他们俩反而会怪你，张豪点点头说好。

我问你，金世羽往前探了探，低声说，星邑湾真的是方伟介绍给你的？代理权是不是还是皇基的？张豪说，是，方伟只是把这个业务包给我，但是合同权限还是他的。

金世羽说，你就不想把这份合同弄到自己手上吗？他这么对你妹妹，我觉得未来也说不定会收回你的这份合同。如果你拿到代理权，那么这个大项目就是你自己的了，更何况现在操盘的本来就是你，你完全可以把这个项目拿到自己手中。

张豪想了想说，金总，你说的话虽然有道理，但是施彦和方伟的关系不一般，弄不好我会丢掉这个合同。如果施彦和方伟说，我这里可能连粥都喝不上了，你也要为我考虑。

金世羽的笑声里面不知道藏着什么，总让人觉得有些不安，但他说的话仿佛很有哲理，方伟有这么厉害吗？我看不见得吧，如果他真有那么厉害，我看他的皇基公司早就能做大了，不要把他想得那么厉害。

两个人说着，张纯进来了。看到金世羽也在，张纯想要退出门外。金世羽说，进来呀，我又不是什么坏人，你干吗躲我呢？张纯尴尬地一笑，我哪有？你们不是在谈事情吗？我怕打扰到你们。

张豪说，不会的，进来吧，我们正好有事问你呢。

张纯进来坐在哥哥的身边，张豪看着妹妹憔悴的样子，很是心疼。自从那件事情发生后，张纯除了工作还是工作，连休息日也不放掉自己，张豪真担心妹妹这么下去会崩溃掉。

他看着金世羽，希望金世羽能给妹妹带来点欢乐，哪怕是些许的安慰也好。

金世羽说，晚上一起去吃饭吧，嗯？他看着张纯，确实比结婚之前沧桑了很多，看样子爱情确实能让人变得沧桑啊。经历过这些事情，张纯的眼神变得格外迷离，而且经常会失神，痛苦的爱情竟然会有这么大的魔力。

张豪推了推妹妹的胳膊说，金总问你呢，哦，张纯仿佛回过神来，什么？

今晚一起去吃饭吧，金世羽的眼神里面充满了期待，他仿佛能看到张纯回到自己身边的样子，那恢复了小女人天真的样子，纯美的笑容，闪亮的大眼睛，特别是她善良的心灵。

我不去，没空，我还有好多事情没有做完。

金世羽听到这么几句话，心里很失望。那好吧，金世羽不想勉强张纯，俗话说强扭的瓜不甜，他认为总有一天，张纯会心甘情愿地回到他的身边。

张纯起身开门离开，金世羽的灵魂也随着她一起走了。张纯比结婚之前的身材更加丰满，宛如少妇般纯美的样子，更加吸引金世羽的视线。

张豪说，金总，你接着说刚才的事情。

金世羽回过神来说，啊，刚才什么事呀？金总，你刚才不是说星邑湾的事情吗？怎么一下子就忘记了。

哦，如果你确实想得到这个项目的全案代理权，我会帮助你的，不过这个帮助是有前提条件的，这点你要先考虑清楚。

什么前提条件？张豪问道，这个条件要具体和施彦谈，而且要看看施彦是否有这个需求，如果有，那好谈；如果没有，那谈起来就稍微有些麻烦了，不过也不是什么大问题。

方伟这么做，他只能算是“授人以鱼”，这样根本就不算什么长久之计。

张豪说，再等一下，我先看看形势再说，说不定方伟也是迫不得已才这么做的。

你不要抱有任何幻想了，方伟是什么样子的人，你我心里应该都是很清楚的。他这么做完全就是没有顾及张纯的感受，你认为他有尊重张纯吗？至少张纯作为他的爱人，应该有知情权吧，你看看现在，家也不回，电话也不打，张纯心里肯定不好受，你作为哥哥，应该要帮助她，现在是她最需要亲人帮助的时候。

张豪点点头说好，我先问一下施彦吧，你等我的好消息。金世羽心里暗自高兴了一阵，看样子今天来蓝思，确实来对了，时机对了，就什么都对了。

## 【74】房价起伏

你看到今天《蓝筹地产》上面的那则广告了没有？一大早，杨旭就打电话问俞镜，俞镜正坐在星巴克的椅子上吃着早点喝着咖啡呢！听到杨旭的电话觉得很奇怪，怎么？又有什么大新闻了？俞镜问道。

我还以为你知道，你真不知道吗？真不知道，到底是什么事情呀？你没看报纸吗？今天的报纸上面上海有个楼盘的广告很抢眼，不能说抢眼，应该说是震撼。

“房价不会跳水，只是在做俯卧撑。”哈哈，俞镜喝的一口咖啡差点儿给喷出来，你是在《蓝筹地产》上面看到的吗？俞镜问道。

是的，我是在那个上面看到的，我还以为你知道，不是最近楼市比较低迷吗？没有2007年那么火爆了，你觉得开发商用这样的广告语，意味着什么呢？

俞镜说，这主要想借用最近的网络热语对楼市现状幽默一把，目前的楼价就像做俯卧撑一样，仅是短暂地俯下去，而不是一味地向下跌，以后还会有上升的空间，因此房价是在一个正常的范围内浮动。

杨旭说，我觉得现在楼市低迷，大多数人信心不足，开发商这么吆喝，也只是一厢情愿吧。

俞镜说，这只是借用网络热词的一种宣传方式而已，对于这样的楼盘宣传也并非第一次了，你还记得以前有个楼盘打出的“很……很……”的广告，这显然是借用了前阵子流行的“很黄很暴力”的网络词语。

杨旭叹了口气说，怎么现在楼盘什么招都想用呀，像“俯卧撑”这样涉及敏感话题的词，要是在受众中引起负面影响，那就吃力不讨好了。

俞镜说，我们做企划的一定要注意了，主题一定要适合楼盘的推广方式与调性，不然虽然抢了眼球，但效果不佳或者引向反面，那岂不是搬起石头砸自己的脚。

最近怎么样？杨旭问道，什么时候有空，出来聚一聚，我们聊聊，我发现最近胡鸣有点儿问题呀，照他现在这么做，晨远是做不大的。

俞镜说，你不会真的想要跳槽吧？最近房地产市场并不是很好，我看你还是先“卧槽”吧，等过了这段时间再跳，说不定能卖一个好价钱呢！

我又不是“猪坚强”，还让我卖什么价钱，你以前不是经常鼓励我跳槽的吗？怎么现在反而叫我不要跳了呢？杨旭很是不解。俞镜说，见面聊吧。

杨旭赶到星巴克的时候，俞镜还在喝他的咖啡，杨旭也去要了一杯咖啡，转身就看到俞镜身边多了一个女人，杨旭一看是金合韵，怎么？你们两个在这里约会，这么一大早，太阳还没出来，也太过分了吧。

俞镜说，你小子不要乱讲，我这是在讨论公事，哪有你想得那么肮脏，什么思想？整天就知道乱想，我这么纯洁的灵魂。

杨旭假装要吐了。金合韵问，镜子，今天我们要讨论什么？金合韵把手上轻巧的苹果电脑拿到了俞镜面前。啊呀呀，杨旭大叫起来，你刚才叫他什么来着？

金合韵说，镜子啊，我习惯叫他镜子，又不是一天两天的事情了，你嚷嚷个什么，这里是公共场合，要注意影响，知道吗？

那你叫我什么，杨旭一副嬉皮笑脸的模样，凑到金合韵面前。金合韵笑着说，要不叫你旭哥哥好了。杨旭一听顿时骨头都酥掉了，哎，赶忙答应着。

那旭哥哥，你帮我买杯咖啡吧。杨旭说好，一转身才发现，上当了，心里暗暗想，这个小丫头不好惹哦。

杨旭把咖啡递给金合韵，金合韵头也没抬，说了声谢谢。杨旭不禁一阵失落，你们俩在讨论什么，杨旭好奇地伸过头去，这是公司机密，你不能看，俞镜说，“江 G980 地块”的提案，你们公司没有准备吗？

杨旭问，那个万冠公司拿的江湾镇的那块地吗？对，俞镜说，这个地块升值潜力非常大，我估计如果未来规划好的话，溢价很高。

那个项目呀，胡鸣亲自上阵在弄，不过以金世羽和赵健的关系，我估计你们难度很大，你们难道不了解金世羽和赵健以及他爱人简云之间的关系吗？

当初如果没有简云，金世羽也不可能有今天，他们之间的关系非同一般，不是我们能搞清楚的，我看，你们的提案又要白做了。金合韵说，我听说这次是公开招标的，应该不会有暗箱操作吧。

杨旭说，这哪能说得准，说不定我们去，都只是“陪标”而已。不要把事情想得那么美好，社会黑暗得很，要擦亮自己的眼睛，看清楚对方的意图。

俞镜说，目前还不止一个项目要做提案呢。还有一个是“虹 S680 地块”，这个项目也是一个很大的纯别墅住区，应该可以成为上海最好的别墅区。

杨旭说，上海最好的别墅区不是在佘山吗？你这个地块在西郊，我看不见得吧。

俞镜说，虽然这里没有佘山那么优质的自然资源，但如果能从产品与规划上面突破，我觉得完全有可能成为上海顶级别墅区。

金合韵点点头说，我同意镜子的观点。杨旭说，你别一口一个镜子叫得那么亲热，等下被他卖了还替他数钱呢。

要听旭哥哥的话，过来，到我这里来！杨旭拉着金合韵。俞镜说，你这拉拉扯扯的成何体统，放手。

金合韵问俞镜，镜子，你对“江G980地块”有什么好的建议？俞镜看了看杨旭说，等回去我告诉你，免得被这坏小子听到了告密。杨旭说，哥们儿，你又冤枉我了，我啥时候告过你的密？俞镜想了想说，你跟我确实很哥们儿。

不过我建议你，还是去金世羽那里吧，那里适合你，你在胡鸣这里真的不是办法。好吧，你的建议我会考虑的，杨旭点头说。

## 【75】失语的地产界表情

5月12日，这一天的上海和风日丽，窗外的风景美丽动人，金世羽和毛语正在讨论世和中国对广州智慧资源的收购问题。

金总，智慧资源的董海原则上面已经同意了我们对他公司的全面收购，但是在收购的具体细节方面还需要探讨一下全面并购后智慧资源的未来发展，还有就是价位，其实从长时间的战略合作上面来看，两家确实应该要更进一步地合作了。

毛语这么说着，突然之间感觉公司的办公桌椅子晃动了几下，桌子上面的一只杯子晃动了。金世羽说，怎么回事，好好的，怎么动了呢？

是不是楼下在装修呀？金世羽说，装修，哪能动成这样，不太可能。两个人正在猜测着到底是怎么回事，张晴急急忙忙地推开了金世羽的办公室，快快快，赶紧下楼。金世羽说，为什么？地震了，张晴说，快点，他们都下楼了，走安全通道，不许乘电梯。

毛语还想拉着张晴问什么地方地震了，张晴飞一下地就消失不见了，毛语笑着跟金世羽说，这丫头，溜得比兔子还快，金总，我们赶紧下楼吧，现在谁也不知道什么地方地震，不要等下来不及下楼了。

金世羽和毛语匆匆忙忙地下楼，看到广场上面全部都是人，人山人海，隔壁的几幢办公楼前面也全部都是人，看样子这次地震确实不小。毛总，我们要不去隔壁的星巴克坐一会儿吧，站在这里也不是办法。两个人朝着星巴克走去，一路还在讲着收购智慧资源的事情呢。

汶川地震，举国哀痛，在如此罕见之大灾面前，国人的爱国情怀十分高涨。金世羽和毛语当天就在公司的办公室探讨这次对汶川的捐款问题。

毛语说，作为上市公司，我们要担负起自身该有的社会责任，关键是捐多少的问题，捐得多了我们怕企业负担太重了，捐少了的话会引起公众不满。

张晴说，一般上市公司都不会少于500万元的，很多大公司都是上亿的捐，我觉得不能比多少问题，关键是比哪个诚心的问题。

马经天说，“诚心”这个词关键是要看数字，数字越高诚心越大，你们说是吧。

金世羽说，听说这次捐款还引发了很多问题。张晴说，是的，听说昨天胡鸣他们也在募集善款，晨远募集的方式还是挺特别的，胡鸣不仅向企业内部募集，还向社会公开募集，我觉得这么做，也是给晨远这个企业牌子增加社会的公众曝光率。

马经天说，胡鸣的这个主意不错，只是赈灾慈善活动是个常态，企业的捐赠活动应该可持续，而不应该成为负担。

金世羽不同意马经天的观点，不能这么说，这么大的灾难面前，你要这么说，岂不是招人嫌呀？这本来就是大家力所能及的事情，你要是把这种言论公开了，我估计，本来不太平的地产界，借此事件引起的争议肯定少不了。

马经天说，是的，中国的房地产行业，将会再次被推到公众的聚光灯下了，我估计这次要惨了。

看样子世和中国捐得不能太多也不能太少，至少不能引起业界公愤，不然说什么都是过意不去的。

果然不出大家所料，一石激起千层浪，开发商们的表态很快为地产界的甲方们带来了更多铺天盖地的指责甚至谩骂，中国的房地产界再一次“集体失语”。

马经天在公司宣布，个人捐出1万元。张晴笑着说，毕竟是领导，有钱，我可没有钱。马经天说，你有钱就出钱，没钱就用真心来祝福他们，也是一样的。

毛语走过来说，你们知道不，万润开始起带头作用了。马经天说，晚了。张晴问，万润怎么带头示范了？毛语说，万润宣布以3亿元资金参与灾后重建，万润开始对外发布从12日开始为灾区重建做出的各种努力报道，以每天每小时为报道单位。

张晴笑着说，王岩挺能利用话题营销，如果是这样的话，这次带头示范确实可行，能堵住中国网民的嘴巴吗？你们看到万润的股票跌了多少？跌得太快了。15%吧，估计他要被资本市场抛弃了。

金世羽说，王岩其实是在“打补丁”来挽回企业的形象，其实地产界的行业思想领袖不止一人，大多数人指着万润，是因为王岩在这个时候利用了这么一个话题。其实是巨大的话语权优势宠坏了地产界的那些大腕们。

毛语说，这次地产界的集体失语，是希望告诫一些企业家等成功人士，不要过于相信话语权，漠视公众舆论，漠视社会责任底线。来，我个人捐助5万元，毛语此话一出，金世羽为之一震。

金世羽说，既然毛总都这么慷慨了，那我也不好这么小气，我的数额和毛总一样。哈哈，张晴说，各位老板都这么大方，太好了，看样子世和中国是一个让人感觉有归属感的企业，金总和毛总，你们两个的带头作用很重要。我估计等下世和中国的员工会以你们两个为榜样。金世羽和毛语互相看了看，觉得这次捐款事项应该也是一次很好的企业员工核心竞争力的宣传模式。金世羽说，那张晴，你把这次事件好好地策划下，做一下公关宣传，激励一下公司的员工精神面貌。

# 【76】咆哮的“金融海啸”

举国上下都沉浸在巨大的悲情伤痛中，那种发自内心的痛不是用言语能说出来的，网络、报纸、电视，所有的媒体上，全部都是汶川，所有的人都沉默在汶川的伤痛之中，久久不能自拔。

俞镜那天拿着一份报纸回公司，金合韵走过来说，让我看看。俞镜说现在有啥好看的，全部都是“黑白报道”。你捐了多少？金合韵问道。俞镜没好气地说，我捐多少我干吗要告诉你呀？金合韵说，镜子，你怎么了？今天不开心吗？

现在哪能开心得起来，一点儿都不开心，你看看这首诗，这是一个默哀者的诗。金合韵接过报纸一看，上面赫然写着：

**失语的天堂**

**——沉痛哀悼5·12汶川大地震遇难同胞**

这里有一股生命的气息，但它并不会中断，
那儿还有一张满是灰尘的脸庞，在慢慢地褪色，
在那之上还有座天堂，但它并没有名字，
而这满眼的污渍，曾经是那鲜红的血液所染，
所以，我们不能哭……

五月的树儿满山挺立，花朵次第开放，
但没有了欢喜和雀跃，沧桑的风景也褪去了外衣，
珍贵的生命，此生我们都只有一回，
它只会来一次，让它紧闭着，它就会永永远远地离开你，
所以，我们不能哭……

哭喊的眼泪淹没了我们，嘶哑的声音呼唤着亲人，
而今，连干枯的眼泪都不会再出现，
当我们站直，世界将会伸出爱的手心，
所以，我们不能哭……

那里有一块巨石，但它不会持久，
那里的道路被阻断，但生命之线将从天而降，
此刻在那之上有座天堂，但它并不等人，
而存在于那里的只有爱的无私援助，
所以，我们不能哭……

默哀者

谁也没有想到，中国在2008年遭遇的灾难是多重的，举国悲伤的时候，远在大洋彼岸的美国爆发了一次席卷全世界的金融海啸。

金世羽召开了世和中国高层紧急会议，张晴一边走进会议室，一边问身边的马经天，到底是什么事情，这么着急，把我从北京连夜叫过来。马经天说，肯定是非常着急的事情，你最近没看新闻吧？金世羽把你派往北京是让你关注高层，关注重大时事的，你竟然连新闻都不看，太过分了。

张晴被马经天说得很不好意思，不过最近她在北京确实很忙，整天不是和这个领导吃饭，就是和那个领导喝酒，没完没了，回到宾馆倒头就睡了，哪有那个精力再去关注时事新闻。

马经天递过今天的《蓝筹地产》说，自己看吧，好好琢磨，张晴一看，上面赫然是“雷曼兄弟宣布破产，华尔街引发全球金融风暴”。

华尔街五大巨头原为美林（Merrill Lynch）、摩根士丹利（Morgan Stanley）、高盛集团（Goldman Sachs）、雷曼兄弟（Leham Brothers）、贝尔斯登（Bear Stearns），但是历经2007年的次贷风暴；2008年3月全美第5大银行贝尔斯登被摩

根大通收购；7月，印地麦克银行（IndyMac）倒闭；9月“二房”危机；9月15日，雷曼兄弟宣告破产。造成华尔街五大巨头仅存摩根士丹利以及高盛集团，其余纷纷阵亡，美国层出不穷的金融风暴不断重创美国经济，并且烧至世界各国。

雷曼兄弟身为美国第四大投资银行，其债券交易量在美国的市占率高达13%，雷曼兄弟倒闭之后，可能导致美国信用交易市场以及相关产品的流动性下降，而且可能会造成美国房地产问题恶化，违约率上升，所以预料金融风暴尚未退出，许多金融机构仍然摇摇欲坠，令世界各国的投资人胆战心惊。

世和中国的所有高层领导都已经到了，金世羽说，我想大家都知道了，美国的雷曼兄弟破产已经一个月了，现在世界的银行体系如多米诺骨牌一样随时会一溃千里，股市很可能要崩盘。美国和欧洲的银行被部分国有化，独立投资银行在美国消失。全球的股市在这一年内损失了约27万亿美元，缩水40%。

毛语说，这场全球金融危机都可以与20世纪30年代的大萧条相提并论了。那场大萧条引发了第二次世界大战，改变了接下来八十年内的金融版图。我认为，现在这场危机之后，可能也会出现经济理论、哲学观的重大转变和机制结构的重大调整。

现在还是讨论下世和中国怎么面对全球金融危机吧，金世羽说道，这不亚于一次地震，我们是在美国上市的，弄不好也会出大问题的，特别是“股市和房市”，这“两市”如果不搞好，我们的腿很有可能变成瘸子了。

现在我希望大家绷紧了弦，做好应对金融危机的准备。听说美国已经开始救市了，但是最终结果会是怎么样，谁也没法预测。

如果危机蔓延到中国，我们不要期待政府会给予我们多大的帮助，市场机制下还是要做好自己应对危机的准备。我能预感到，大的危机下面一定会存在新的机遇。

金世羽的眼睛里面闪现出了灵感的浪花，毛语确实能从金世羽的每次谈话中领略到他对世和中国倾注的精力，这也是毛语一直跟着金世羽没有离开的真正原因。

# 【77】蔓延的房地产“甲流”现象

方伟从香港回来就找张纯，张纯正在做一档专访，《房产观澜》与张晴一起做这期的节目，嘉宾是万润地产的王岩。王岩希望通过《房产观澜》节目向大家做一个说明，为了前段时间的那个话题。张纯不想见方伟，她已经通过律师把离婚协议书递给了方伟，这么久了，两个人之间的矛盾竟然开始淡化了，不想见其实还是有其他原因的，只是张纯不想当面看到方伟，她不想看到方伟，见到他陌生的样子。

对于张纯的避而不见，方伟显然已经适应了。方伟赶到“香邑”的会所里，金世羽、张豪、胡鸣还有毛语，都来了，显然这是一次大腕们的云集论坛，方伟看到张晴也来了，他知道这次应该讨论的是大事。

“香邑”的会所里面有格调的沙发，富有女人情结的装饰，不仅吸引了“香邑”这个项目里面的居住客群，就连外面很多高管和老板也非常喜欢光临这里，一时之间，“香邑”的会所一下子开始高朋满座了，只是最近大家都是在讨论局势、金融、房价等国家大事，对于情爱的主题少了很多。

毛语说，各国央行都开始救市了。你们看了最近的报道没有，就在这两天，以美联储为首的全球央行和金融监管当局各显神通，为金融体系注入超过3，000亿美元的流动资金。美联储过去两天连续通过回购协议向市场注资1，200亿美元，这是“9·11”以来最大规模的注资行动。

张晴说，这是不是意味着全球各国政府都将会救市？毛语接着说，在美国之后，欧元区、英国、日本、澳大利亚以及瑞士等多个央行也连续采取注资措施。在亚洲，中国大陆和台湾都先后宣布下调存款准备金率或贷款利率，印尼则宣布下调隔夜回购利率。

方伟说，各国央行的救市行为都会“失灵”。大家都一齐看向方伟，发现多日未见，方伟又变胖了很多。毛语问道，为什么？

方伟顿了顿，拿起了手中的红酒杯，微微地放在鼻子边上闻了一下，张豪看他的动作觉得怪怪的。方伟放下酒杯，你们没有看到吗？各国前段时间的努力救市并没有马上收到成效，道指、标普500指数、纳指、欧洲股市、伦敦股市全线下跌，再看看中国，沪深A股金融股抛压沉重，沪指的十年成本线也岌岌可危。

马经天打断了方伟的话，目前在投资者的信心跌到“冰点”之后，任何救市措施都会在沉重的抛压之下，变成“昙花一现”的风景。

金世羽在一旁听了半天，看到大家都说完了，便说，我认为需要积极的财政政策来引导，我看最近的印花税单边征收就是较好的救市行为。

张豪觉得金世羽的话过于浮于表面，太官话了，房地产行业真正的冬天已经来临了，你们寄希望于政府救房市无异于痴人说梦。

金世羽还想继续自己刚才的话题，胡鸣说，我有内部的小道消息，你们要听不？大家说到底什么内幕？“大摩”要抛售部分最顶尖的豪宅！

真的还是假的？金世羽问道，不会是假消息吧？

胡鸣说，绝对内幕，我一个朋友就在“大摩”旗下的那家房地产基金公司，他说要抛售两栋上海豪宅，“大摩”原本有兴趣购买上海的最高楼，现在看来是没戏了。

方伟说，我认为“大摩”标售中国房产有可能是为潜在的流动性危机做准备，它可能也预示着部分外资开始准备撤出中国的房地产市场。

毛语叹息道，那这对中国的房地产市场不是雪上加霜吗？先是开发商面临偿付能力危机，其后是实力不济的房地产开发商倒闭，进而殃及国内银行。

这么说全球金融危机带来的经济下滑趋势，就要立刻显现了，那么未来的房产业将会出现很多不好的现象，例如成交量持续下滑、购房者信心减弱还有持币观望、空房率持续增加与毛利率下降……马经天欲言又止，看着大家紧锁眉头，未来的市场确实不容乐观。

张晴说，你们没看大机构的报告，我看到万润等大开发商都在竞相降价销售，看看他们追踪70个城市的房价指数首度较前月下滑，上海地区都下跌了0.2%，目前中国各地房价下跌现象越来越普遍，房地产投资也在进一步萎缩。

其实开发商现金流不足现象已经逐渐暴露出来了，金世羽说，我和赵健交流过，万冠仍然以较高的利率，从国内外的私人投资者身上吸引了资金。

面对金融危机我们需要做什么呢？张晴问金世羽。金世羽想了想，人们常说的一句话就是，上帝在为你关上一扇门的同时，也会为你打开一扇窗。而我要说的是，当我们面前的门被关上时，希望大家不要太过慌张。

## 【78】属性与血性

不紧张那是假的吧，方伟说，金总你股票涨了还是跌了？这次金融海啸灾情蔓延那是铁板钉钉的事情了。而且我敢肯定，这次金融大海啸是历史上罕见的系统性金融危机，一定是全国股市、债市、房市三种主要资产齐跌。方伟看着金世羽面不改色的样子，他知道金世羽其实非常着急，继续说道，你们看到了第一波的浪头是吞噬了美国第五大投资银行贝尔登斯。第二波的浪头是让负债高达五兆美元的美国前两大房贷公司（房地美、房利美）被接管。现在第三波浪头我想大家前不久也已经看到了，全美第四大投资银行雷曼兄弟被卷入。

金世羽打断了方伟的话，我们世和中国就在前不久刚刚由世融基金在美国增发了2亿美金，逆次贷而上，其实商业脉络远比事件来得更重要呀。

张豪说，我看到世和中国的发展策略总是步步为营，你们不仅仅局限于每个项目或者城市，而是放眼整个房地产市场。

金世羽赞同地点着头，审时度势让我辨清大势和企业的方向，而脚踏实地是在日常执行中围绕主业，做精细节，我认为两者结合的好坏，决定企业的成败。

方伟继续不紧不慢，有条理地说道，我觉得这波金融海啸的灾情已正在迅速蔓延，你们看看，两万五千名雷曼兄弟员工失业，美股大跌504点，创七年来最大跌幅，你们看了美国《华尔街日报》用整版来报道雷曼兄弟破产所引发的全球股灾吗？今天，日、港、A股等等亚洲股市也创下今年最大跌幅，亚洲汇市重贬；由雷曼兄弟发行超过1281亿美元的债券型商品，变成废纸一张，台湾投资人、金融机构也灾情严重，据估计持有高达800亿元连动式的债券性商品。

金世羽毫不掩饰自己最得意或者自视最重要的商业战略决策，其实上市无疑对于世和中国来说具有里程碑式的意义。

方伟说，世融基金增发后，随着全球金融危机的快速蔓延，美国资本市场一路下跌，哈哈，直到现在我们大家才看清楚金总果断增发是何等明智。

多有先知先觉。马经天说，去年我们看到那么多的开发商在狂热拿地，我一直以为今年设计的目标同样是大举扩张，高举高打。没有想到咱们的金总竟然有这样敏感的商业嗅觉。

金世羽说，我哪有你们说得那么灵光，我那个时候每天看新浪新闻美股时，五条经济新闻中平均一条好消息，四条坏消息。这些细节已经够了，我就知道该储备冬粮，以防风险，所以踩准了点，上市和增发，即使接下来一年在不好的市场环境中，还是可以加大投入的。

毛语拍着金世羽的肩膀说，还是金总聪明。

我可真的没有那么聪明，只是知道在大举投入的同时，时刻考虑一旦市场不好，我怎么活，金世羽谦虚地说道。

方伟感叹道，看样子金总对这次金融危机是做好了充分的准备，他听完金世羽刚才的话，从心里由衷地佩服金世羽的明智之举。

胡鸣说，你们有没有看到北京最近开盘的一个项目，写字楼均价是6万块钱一平方米，这是不是意味着未来的商业地产将会越来越红火呢。

其实我觉得商办物业未来几年应该是一个机会，金世羽这么说道，其实基金实际上是很好地把民间资本与房地产结合的方式，可以把本来是消费的钱变成投资的钱。

是呀，现在住宅的投资属性越来越强悍，使得房价越来越高，对于现在的年轻人来说，成家立业真是两头难，胡鸣叹了口气。

高房价让中国的年轻人丧失了血性，马经天说，98%的年轻人因为购房而步入了债务危机，出现程度不同的心理疾患，过上了亚健康的生活。

这些问题我们是无法解决的，要靠我们的政策，你们没有看到吗？许多人终其一生都在为改善居住质量、提高生活素质而努力。但是这在中国数以亿计的年轻人中间几乎很难办到。方伟说，这些都是空话，没有办法办到的事情咱们今天不说，好吧。我还是觉得接下来要看“上面”的态度了。

过了今年，明年估计会好很多。金世羽说，明年房地产会更加繁荣，现在我这里也没有办法，最近在考虑裁员的事情。

什么，你世和中国这么大的公司也要裁员，那我们这些小庙岂不是要倒闭了？张豪说，金总，你可不能这么做。

金世羽苦笑着说，裁员是必须的，市场毕竟不好，我这也是没有办法。

张豪哈哈一笑说，如果我这里不行了，你可要接手，可不能见死不救。

金世羽说，要不你现在就把蓝思卖给我，我一定出个好价位，你看，怎么样？

金世羽这么一说，张豪一下子不好回答了，不过他相信金世羽刚才说的并不是开玩笑的话，不然金世羽也不会入股蓝思的。

## 【79】股市动荡波及地产业

方伟最近很郁闷，股市从去年的6,400，到现在的1,700，整整跌落了70%，方伟幸亏抛得早，不然损失可就惨重了。

方伟一个人在酒吧喝酒，遇上了马经天，马经天最近也不是很好过，最近世和中国正在全国裁员，估计要裁掉不少人。

哟，方总，怎么一个人，没有美女作陪？方伟一看是马经天，怎么，你也是单身一个人？马经天说，是，一个人好，想干吗就干吗。你觉得股市还会继续往下跌吗？马经天问道，再这么下去，没戏了。

方伟说，估计国家将会有政策出台，采取针对性措施，不然损失太大了。

金世羽真的要全国裁员？方伟问道。是的，马经天说，现在人力成本非常高，非常时期，金世羽这也是没有办法的事情，裁员、缩减财务成本等，如果能安全过冬，明年可能会有更大的发展空间，寒冬的时候我们开始练内功，抱团取暖。

方伟笑着说，金世羽可真是会计算，那些失业的可就惨了。马经天说，那也是没有办法的事情，你觉得在这样的时期，光有同情心有用吗？能当饭吃吗？公司要发展、要壮大，不牺牲小我，永远成就不了大我。

第二天，方伟在星巴克喝着咖啡，股市还继续下跌，张晴也到星巴克喝咖啡，看到方伟在那里看新闻，就凑过去问，怎么了？

方伟说，没什么。

你们的老大又开始折腾员工了吧？方伟接着问起张晴。张晴说，折腾什么呀，你没看到现在全国有多少公司倒闭，能撑住就算不错了。裁员只是暂时的一个举措而已，未来说不定还会有更悲壮的举动呢！

我听说他不是要收购广州的智慧资源吗？如果金世羽没钱，他怎么可能会收购呢？金世羽现在不缺钱，缺的是商业脉络，资源性的东西。

张晴说，你这么了解我们的金老板，看样子很有研究。方伟说，我跟金老板那是多年的兄弟了，你少来。

对了，张纯最近怎么样？她还好吗？张晴说，你俩的事情怎么问我呢？她和金世羽最近一直在密谋着什么，我也不是很清楚。她倒是经常来公司，反正她一来金世羽就把办公室门关得紧紧的，谁都不许进去打扰，我也搞不清楚他俩在搞什么鬼。

你和张纯还没有办离婚协议吧？张晴问道。方伟说，是的，她现在不肯见我，我有些事情要向她解释，她不理我，我也没有办法。

我这周要去广州了，张晴说，就是去谈收购智慧资源的事情，不知道情况会不会变，董海毕竟也做了这么长时间了，会这么轻易放弃？

方伟说，这个不怕，金世羽让你去，肯定是想好了对策，更何况现在的形势，这次金融危机，国内的经济没有那么快起色。董海肯定会拱手相让的，只要你把握住他的底线在哪里就可以，你明白了吧。

张晴说，有道理，底线确实很重要。感谢方总的指教。方伟说，那今天咖啡你请客了。张晴说，没有问题。方伟说，我开玩笑，哪能让美女买单，从来没有这个习惯。

张晴到达广州的当天，竟然就受到了董海的盛情款待，张晴从上海临走的时候金世羽这么嘱咐她，如果董海一开始就盛情款待，说明他很想卖掉“智慧资源”，也就是说明他资金非常紧张。如果董海对你的态度一般，就说明他还想在价位上面再抬一抬，你知道我们的底线是什么，不要超过这点就可以了。其中的度你可以自己把握了。

张晴发现金世羽确实很厉害，能洞察董海的心里所想。董海非常热情地招待了张晴，最贵的宾馆，最好的饭店，带着张晴看了很多地方，说他创办这家公司的难度与艰苦，如今卖掉就如把自己的孩子送给别人一样，说着说着还一度哽咽，流下了眼泪。

张晴尽量让自己镇定，不要露出很想收购的态度，这样就可以把价位压得再低一点儿。董海发现张晴的考察态度很冷漠，以为张晴只是来看看，并不是真心想要收购。董海也谈了很多家了，只有世和中国所出的价格是最合适的，如果错过了，可能就没有机会了。

董海狠了狠心说，张总，我这里只能再让5个点了，不能再让了，你看行不？当初金总也是这么和我谈的，说价位上面不会压得太死，我这还有这么多的员工呢。

张晴看到此情此景，也有些触动了内心，好吧，她答应了董海的5个点的让位。

金世羽在电话里面听过张晴的汇报，想了想说，可以了，你先让董海把协议签了。张晴说，那我就按照这个意思先开始拟订协议了，然后明天传给你审核。金世羽在电话里面沉默了半晌，他还在考虑是否要再等等，一旁的毛语说，行了，金总，给人留点余地吧，何必赶尽杀绝呢？金世羽的脸色僵硬了，他知道毛语的意思，毕竟那是毛语的老东家，他还是有感情的。那好吧，看在老毛的面子上，我就不压价格了。最终，世和中国以1,000万的价格全面收购了智慧资源100%的股权。

# 【80】蓝思危机重重

肖林在“紫金贵冠”张豪的家里，正在收拾着最近的衣服。张纯回来了，看到肖林在家，就问，我哥呢？肖林说，我也在找他呢，最近他下班后老是不回家，不知道他干吗去了。

打他电话，张纯说，估计是出去谈项目，应酬去了。肖林说，现在经济形势那么不好，哪有什么项目可谈。

张纯走进肖林的卧室，老励那里最近有啥动作没有，前段时间不是拿了一块顶级别墅区的土地吗？怎么还没动，打算什么时候动呀？

肖林说，现在难，你没看到现在很多大的开发商都资金周转困难，老励那里最近也在搞房地产基金，看看能否从民间或者其他地方凑一点儿资金。

张纯说民间的资金利息点很高，这么高的点，能承受得住吗？肖林说，就是过桥资金，等土地证下来，再抵押给银行融资，或者信托公司也可以的。

现在最难过的就是代理公司了，张纯叹了口气说，你看，前段时间世和中国不是也大批量裁员了？看样子老金的日子也并不是很好过。

我们公司应该没有问题吧，我记得蓝思的现金流一直很充沛，肖林那么不经意地一问，令张纯心里一惊，她知道肖林并不知道蓝思和九重锦的股份已经出售给金世羽了。为了替哥哥和方伟还赌债，当时也是她求着金世羽不要公开这个秘密的。

张纯心里紧张了半晌，嘴上还是很轻松地说，当然没有问题，我们公司规模没有世和中国那么大，资金链是不会有问题的。其实张纯的心里清楚，蓝思已经到了快发不出工资的时候了，如果不是因为金世羽的资金援助，蓝思早就不行了。现在主要靠九重锦传媒这一块的广告收入维持着日常的开销。

要想和金世羽竞争天下，那机会已经微乎其微了，张纯的表情还是被肖林捕捉到了什么，肖林没有继续追问。张纯舒了一口气。但是，在肖林的内心深处，她分明感觉到了张纯似乎有什么事情隐瞒着自己，莫非是张豪，她在替他哥哥隐瞒着什么呢?

肖林的心里不清楚，不过她还是替自己留了一点儿心眼，也许是张豪在外面有女人了，因为最近总是看不到张豪晚上回家吃饭。这是女人独特的敏感，当然肖林并不是一个猜疑心很重的人，只是凭借着自己的感觉。在这个纷乱的都市里面，女人的嗅觉一定要灵敏，不然吃亏的始终是自己。

肖林并没有从张豪和张纯的身上得到她想要的答案，她很困惑。她觉得自己在这个家里简直就像一个外人，张豪有任何事情都和张纯商量，从来不会告诉肖林，这也让肖林感到十分苦恼。

在蓝思的办公室里，张纯追着自己的哥哥问，昨晚到底去哪里了，张豪关上门，偷偷地拉着张纯说，我去和金世羽一起吃饭了，你不知道呀，金世羽刚收购了广州董海的智慧资源，1,000万，收购了对方100%的股权。张纯说，这有啥稀奇的，金世羽现在有的是钱，他有钱当然要去投资了。

你还不知道呀?他昨天和我谈的，就是要收购蓝思。什么?张纯一惊，该来的事情总会来的，其实一开始她就知道金世羽帮助她的目的并不纯，现在他终于向他开口了。其实能度过这次金融危机，蓝思公司还是会有发展的，至少她手上的九重锦传媒已经营了这么多年了，在上海的房地产传媒界还是有很大的影响力的。如果要张纯放弃掉，她的心里会很痛。

张豪看着妹妹半天没有一句话，怎么了?你不想卖掉吗?张纯说，哥哥，谁会卖掉自己一手建立起来的公司，除非是不得已。你真的答应金世羽了吗?哥哥。

张豪说，哪能呢?金世羽想要我的公司也不是那么容易的事情。哥哥，金世羽想要的是我们手上那块房地产传媒资源，他盯着这块已经很久了，你难道没有发现吗?

张豪说，这个我也知道，可是谁叫我们走投无路呢?我以为他会放过我们一马，更何况他已经得到了40%的股份了，为何还要这么苦苦相逼呢?

张纯说，谁都想当老大，金世羽同样也不例外。我现在担心，如果他把我们卖掉股份的事情告诉肖林，你说她会怎么做?

张豪心里一惊，他确实没有考虑到肖林。如果肖林的股份再撤出，他们兄妹就真的没戏了。整个公司落入金世羽的囊中就指日可待了。

哥哥，你有什么好办法？张纯的思绪有些纷乱，她不知道金世羽下一步动作会是什么。你知道金世羽昨晚跟我怎么说得吗？

怎么说？张纯想了想，他是不是威胁你了。

他提出的条件是两家公司全部收购，但是价位很低，未来他承诺让房地产传媒这块一起上市，给我们一部分股份，作为独立董事，其实他开出的条件确实很诱人。

所以我和你一起商量，如果来硬的，我们现在已经不是他的对手了，你看，我们要不要顺势而为呢？

## 【81】我拿流年，乱了浮生

顺势而为？张纯从心底里笑出了声，哥哥，你真愿意就这么放弃了吗？金世羽现在虽然强大，但是还不能马上吃掉我们，你就不想借机一搏？张豪苦笑，傻妹妹，如果有搏的机会，我能不抓住吗？可是如今，我们真的已经无路可退了，如果是那样，我们为何不顺势而为呢？这样或许还能借鸡生蛋。

如果方伟这个时候还在搞代理这行，或许他能出点好主意，可惜，你们两个现在关系搞得那么僵，也不好去和他商量。张纯有种全世界都暗下来的感觉。

当初自己和方伟是那么相爱，如今岁月早已变迁，青春就像那挽不回的水，转眼消失在了指尖，用力地浪费再用力地后悔。她很想知道方伟那破碎的眼神为何依然如此地恍惚，那等待着的容颜多久才能遗忘，岁月如伤记忆如沧，等待却是残殇磕破所有希望。

张豪突然之间仿佛看开了似的，妹妹，那就再等等吧，我们一起再努力一下，或许会有奇迹发生呢！张纯看到哥哥这么说，心里感觉安慰了很多。

张纯晚上一个人回家，在大街上面溜达着，经过静安寺久光的时候，她低着头走路，一个人挡在了她的面前，她往左，他也是；她往右，他也是，张纯抬头一看，竟然是方伟。她浅笑，虽然心里宛如波涛汹涌，但是脸上的神情还是如此平静。方伟双手抓住了张纯的双肩，眼睛盯着张纯的双眸。你还好吗？纯，最近特别想你，你总是不愿见我，你知道我的内心其实也是很痛苦的。

张纯推开方伟，苦笑着，何必呢？你不觉得太晚了吗？我想我们今生都无法在一起了，你还是好自为之吧。

说完，张纯朝着人流大踏步地走去，方伟本想要追上去，可是他突然之间发现，张纯在他心里陌生了很多，仿佛是一个不相干的人而已。

这就是时间的魔力，能让一切都淡漠。当繁华归于平静，当名利逐渐褪去，平添的是智慧的理性，沧桑留下的伤痕，一样可以抚去流年的艳华，只留朴实。

而他们或许已经成为这个世界上最熟悉的陌生人了，明明互相记得，却又很想忘记。

张纯在那个百乐门的拐角处遇见了金世羽，不知道是偶然还是必然。金世羽一把拉住张纯，张纯差点儿摔跤。你要赶集呀？走那么快，金世羽往后看了看，没有人追你呀。张纯尴尬地笑了。

走吧，一起去吃饭，金世羽拉住张纯不放手，张纯其实今天不想吃饭，她很想回家想清楚一些事情，可是金世羽的邀请她又不好明着拒绝。

金世羽分明看出了张纯的为难，我等下送你回去好了，我有事要跟你谈谈，刚才打了你多次手机你都没接。张纯说，我没听到，说着从包里面拿出了手机一看，果然有多个未接电话。金世羽说，那我不管，你今晚没有其他约会吧？谁叫我正好在这里逮住你呢，你今晚要跟我去吃饭，不然我就跟着你了。

张纯无奈地说，好好，一起去，吃啥？静安寺这里有几家不错的饭店，走吧，就在前面，金世羽拉着张纯往回走。

在刚才和方伟分开的地方，金世羽顿了顿说，就这里吧，张纯看也没看，说，好吧。

你知道我今天找你什么事情吗？金世羽直逼着张纯的眼睛。张纯始终不敢看金世羽，她心里清楚，是谈公司收购的事情。但是她不想要主动说，她希望在这件事情上面，她永远处于被动的局面。

你还记得上次我们谈的条件，金世羽的嘴角露出了笑容。张纯抬起头，从金世羽的眼睛里面她看不出今天金世羽想要告诉她什么。

现在我很想收购蓝思和九重锦，上次我们也谈了条件了，你也答应了，为何你没有行动呢？金世羽步步紧逼，张纯发现自己既没有退路，也没有岔路，简直就是无路可走。如果金世羽和肖林联合起来对付他们兄妹两个，那么事情可能会更加糟糕，她知道金世羽在没有招的情况下很有可能会那么做。

如果金世羽对自己的公司志在必得，那么他很有可能和肖林联合，逼退他们兄妹两个。张纯的心里不停地盘算着最后金世羽应该出什么招。

在想什么？金世羽适时地打断了张纯的遐想。没什么，张纯害怕金世羽看出自己内心的想法，她佯装镇定，你给我点时间吧，让我再考虑下，张纯犹豫不决的表情，使得金世羽有点儿捉摸不透。

金世羽知道张豪的态度是明朗的，关键人物是张纯，如果张纯不答应，金世羽最后的招术就是肖林，其实这场戏金世羽赢的把握度是100%。他从来不打无准备之仗，如果肖林再不行，金世羽还握着蓝思的一张王牌。这张牌不到不得已的时候，金世羽是不会亮出来的。这事也只有金世羽与当事人知道，谁也不知道的事情，还是先把事情放在肚子里面好了。

吃完晚饭，金世羽开车把张纯送到了“紫金贵冠”。我上去了，谢谢你请的晚饭，很丰盛。张纯一笑，金世羽顿觉心情舒服了很多。

## 【82】波涛的镜中不再唯一

回到家，张纯反复琢磨着金世羽刚才的话，她发现金世羽一直在套她的话，说来说去，还是想立刻让她出售公司。张纯想了半天也不明白，金世羽为何这么急着收购自己的公司，难道有什么隐情吗？

张纯怎么也想不明白金世羽昨晚说的那些话，确实如他哥哥所说，主动与被动是两回事情。张纯也想找一些资金对蓝思进行暂时性的投资，可是蓝思的运营模式始终无法让人家满意，这也是张纯非常头疼的一件事情。

然而事情的发展却出乎了张纯的意料。第二天，当张纯来到公司的时候，还没有进大门，就听到公司里面乒乒乓乓的砸东西的声音，张纯赶紧跑进去，发现声音是从张豪的办公室里面传出来的。张纯拉开门，一支笔直朝她飞来，她一个闪身躲过了，竟然是肖林。平日里淑女装扮的肖林，那齐腰的长发非常迷人，看上去也特别温柔，可是如今，她判若两人，头发散乱，衣服都撕破了，更惨的是张豪，脸上、手上都是水，站在一旁不知道如何是好。

张纯上前，想要拉开肖林，肖林的手一把扇了过来，正好五个纤细手指印在了张纯的脸上，张纯的脸顿时一阵火辣辣的烫，红红的手印在张纯粉嫩的脸上留下了一个痕迹。

张豪看到妹妹被打了，赶紧上前顺手一推，肖林一个踉跄跌倒在了沙发上面，她备受委屈，抱着双脸开始痛哭。张豪和张纯站在一旁不知所措，他们没有料到平时看上去那么温柔优雅的肖林会如此凶悍，张纯显然也是被吓傻了，忘记了问什么事情。

张豪走到张纯边上，抬手转过妹妹的脸，心里很心疼，那掌印赫然在脸上。张纯一把甩开哥哥的手，正色道，到底什么事情？张豪说，还不是那个股份的事情，估计她是从金世羽那里知道的。张纯一听顿时傻了，心里一种莫名的恨从眼神里面冒出来了。金世羽跟她来当面一套，背后又是一套，她没有料到金世羽竟然这么能搞，阴险而且狠毒，明明知道现在是最困难的时候，这不是往她张纯的伤口上面撒盐吗！

张纯转身往外面走去，留下肖林和张豪自己来收拾这个残局。张纯想出了一条计谋，就是用九重锦的股份作为抵押来进行融资。这个消息竟然很快传到了金世羽那里，有人带话给张纯，叫张纯不要这么做。张纯不信，她其实要和金世羽赌一把，如果赢了，蓝思很有可能会存活下来；如果输了，那她可能就一无所有了。

张纯约了天域公关的顾悦，想通过顾悦引荐几位传媒界的大人物。商业脉络确实很重要，顾悦这么多年也积累了很多的商业资源，听到张纯这么说，觉得这笔生意还是不错的，就一口答应了张纯的要求。

在天域公关的会议室里面，张纯见到了一位30开外的男子，顾悦介绍说，这位就是季东敏，是世锦传媒的季总。张纯一愣，又是姓世的，不过她转而一想，不太可能，笑自己太过敏感了。

季东敏看上去很老实，话不多，但是说到关键问题的时候，还是很有自己的主见的，这一点张纯倒是很欣赏。不过季东敏提出的条件令张纯有些难以接受，他的意思是想全面融资，这一点张纯没有答应，所以谈判一度陷入僵局。

季东敏走后，顾悦在办公室里面问张纯，你到底是怎么想的？为何金世羽想要收购你不答应？你找一个你不熟悉的东家，万一人家骗你，你怎么办？

张纯说，我就是气不过，金世羽这个人当面一套，背后又是一套，我恨死他了，蓝思与九重锦绝对不能落入他的手中。

顾悦叹了口气说，你们三个，真是冤家，何必呢？其实金世羽一开始开出的条件真的很不错，我估计他也是看在多年老友的情分上面，才这么做的，你不能要求太高了。张纯说，你这是在帮我说话，还是帮他说话？顾悦一听知道自己没话说了。

张纯说，你那是没见那天肖林在我哥办公室那个嚣张而又泼妇的样子，我真的没话形容她，怎么在钱面前人都会变成那样子呢？张纯不解地问顾悦。顾悦叹了口气说，现在这个社会，生存哪有你想象得那么容易呀。你看我，这么多年下来，现在还是这样，公司不大不小，你说资源吧，也有，商业脉络嘛，也不缺，可是我总觉得缺了点什么。顾悦想了半天，看看自己的办公室，说不上来，缺了什么。张纯望向窗外说，你缺的是信仰。顾悦扑哧一笑，信仰值几个钱呀。

# 【83】我在云彩下面，你在云的外面

肖林与张豪分道扬镳了，张豪答应肖林退还她蓝思的股份，张纯想要为九重锦进行融资，可是顾悦给她介绍的几家客户要求都太苛刻了，只有季总的“世锦传媒”开出的条件还可以。

张纯回家跟哥哥商量。张豪说，要不我们干脆直接卖给金世羽得了，何必这么麻烦呢？张纯说，不行，说什么也不让金世羽得到这块资源，张豪看着妹妹憔悴的样子非常心疼。

何必呢，你还在自欺欺人呀？一年前这个公司就有金世羽的影子了，今天，我们何必还在骗自己呢？张纯听着哥哥的话，心里很痛，可她就是不肯认输，不肯向金世羽认输。外表柔弱的张纯，骨子里面依然藏着女人的柔韧与刚毅。

张纯恨金世羽骗了她，她不想把公司就这么拱手让给金世羽。三天后，张纯让顾悦约那个季总在蓝思签订融资协议。双方签订了协议，九重锦剩下的股份全部卖给了季总，张纯把剩下欠肖林的钱，全部还清了。肖林望着张纯，她的心里不知是想笑还是想哭。当初金世羽告诉她的时候，她顿时觉得世界快要末日了，这个世界上最亲的两个人都合起伙来骗她，她发怒是因为自己把张豪和张纯当成是自己的亲人，而她恨的是对方根本没有拿她当亲人，甚至连朋友也没有，这就是肖林在张豪办公室发脾气的真正原因。

而现在这个时候，当张纯把那厚厚的一沓钱交到她手上的时候，她反而不知所措了，这也意味着她和张豪今生永远不会再在一起了。肖林的心乱了，她竟然有些恨金世羽为什么要告诉她这些，太清醒的女人反而不容易幸福。

张纯把剩下的钱交给了张豪，张豪说你这么做合适吗？张纯笑着说，有啥不合适的，最起码我们还有蓝思呀，手上还有项目可以做。

妹妹呀，你知道哥哥的强项是什么吗，就是传媒这块，你现在把这块给卖了，你让我怎么活呀？张纯想想也是，可是，哥哥，人家只看中了这块，没有说要收购蓝思，再说如果我们现在把金世羽在蓝思的股份给回购过来，不就完整了吗？

张豪笑着说，人家不一定会卖给你。金世羽并不傻。你有没有弄清楚那个姓季的买家呀，什么背景，什么来历？张纯笑着说，那是顾悦给介绍的，我觉得她不会出卖我的。妹妹呀，你怎么还是那么天真。

人心险恶，妹妹，你以后就会明白的。张豪的心里其实已经明白了，所谓的收购与融资，他已经猜到那是金世羽一手安排的，只是自己的这个傻妹妹还不知道，以为自己能战胜金世羽，走出目前的困境，可是谁又能料到，这样的做法反而让金世羽占了大便宜，而张纯竟然还蒙在鼓里。

哥，我们现在谁也不欠了，你说对吧？张豪说，是的，不欠了，我们谁也不欠了，你，就是要强，你和方伟的事情到底怎么样了？

哥，前天我打电话给他，和他去办了离婚手续了。什么，你连手续都办好了，我怎么不知道呀？张纯从包里面拿出了一个小本子。张豪叹了口气说，何苦呢，妹妹，你这是……

你不会明白的，方伟和以前不一样了，而我也变了，我们无法生活在一起了，还是早点分开好。

那哥哥，你真的能忘记肖林吗？你们两个曾经是多么般配的恋人呀，现在呢，你能忘记她吗？张豪说，我听说她现在和一个甲方的老总好了，那个老总比她大整整一轮，张纯问，这是真的吗？

当然是真的。张纯说，真没看出来，肖林竟然是这样的人，哥哥，我现在不可怜你了，算了，谁叫我们两个同病相怜。张豪搂过妹妹的肩膀，其实他还是幸福的，至少困难的时候还有这个亲妹妹来安慰他。

至少张纯是和他永远在同一片云的下面，这一点生来就不会改变，张豪的眼神中永远透露出一种自信过后独有的温柔。

# 【84】最美的心不在远处

张纯这段时间闲了很多，她开始一个人在上海街头到处溜达。上海其实是一个值得书写的城市，总有那么一个早晨值得怀念，就如张爱玲的上海，就像上海宝贝似的周旋。每个人心中都有一个上海梦，或高贵奢靡，或平淡温馨，或深或浅，可深长可短促，故事会发生在百年的外滩，也会发生在冗长的石库门里。

在外滩，张纯一个人来到了“ASTOR1846”。这是一个有着上海梦的怀旧餐厅，张纯依稀记得自己曾经来过这里。她坐下点了一杯咖啡慢慢品尝，突然之间，她的心仿佛沉到了海底，远处的一个角落，分明是一个熟悉的人，而另外一个分明是那个季总，金世羽和季东敏，他们两个怎么可能认识呢?

张纯的心陷入巨大的痛苦里面不能自拔，听到他们的谈话，张纯仿佛明白了前段时间所发生的一切。季东敏起身说，金总，这个你放心好了，他们不会起疑心的，一切都已经搞定了。对，对，还是金总你高明。说完，季东敏朝门外走去。金世羽没有离开，仿佛在等待着谁，一会儿，张纯看到肖林从门外进来，张纯侧过脸，肖林没有发现她。

金总，久等了。金世羽热情地问肖林想喝点什么，肖林露出了平时招牌式的微笑，随便吧，要不就果汁吧，最近老上火，喝点果汁就好了。

金世羽招呼服务员，来杯纯果汁。金世羽问，事情到底怎么样了? 老励那里怎么说? 肖林沉思了半晌说，老励那里还是希望用现在的蓝思，因为老励觉得张豪下面的团队还是不错的。如果张豪下面的团队技术水平不好的话，老励就有可能换掉这家代理，另外找新的。金世羽问道，老励真的是这么说的吗?

肖林露出不易察觉的笑容，这点我哪能骗金总您呢? 你可是这行的老前辈了，如果没有您的提醒，我现在还被张豪他们兄妹两个蒙在鼓里。

金世羽说，你怎么感谢我? 你的股份的投资拿到了没有? 肖林说，拿到了，我听说是张纯把九重锦给卖掉筹到的钱，不知道是不是?

金世羽说，是的，就是卖给我的。张纯心里那块吊了很久的石头，终于落到了她的心里，她的心开始阵痛。

肖林说，怎么可能呢？我听说是一个姓季的搞传媒的接的这块。金世羽笑着说，姓季的就是我的手下，我派去的，现在已经没有九重锦这个公司了，改名叫世锦传媒了，你觉得怎么样？

肖林突然觉得金世羽这个人好可怕，心机如此深，如果将来他把她一脚踢开，那么肖林就一无所有了。肖林有些庆幸自己并没有说出老励的真正意思，给自己留了点回旋的余地。

肖林谈完也离开了，而金世羽还是一个人坐在那里，不知道在等谁。张纯突然之间回过神来，她拿起桌子上面的一大杯子水，大步向金世羽走去。金世羽正在拿着手机发短消息，突然闻到一阵香味从他桌子边上飘来。

抬头一看，是张纯，还没等他反应过来，水已经淋透了他的上半身衣服。张纯的脸上满是晶莹的泪珠，嘴角不停地抽动着，欲哭无泪的样子。金世羽知道，她或许已经听到了他们刚才的全部谈话，金世羽的心里其实也很痛，只是，他不得不这么做，毕竟商场如战场。

金世羽也无语了。张纯盯着他半天。金世羽望着张纯的眼神里面透露出的恨意，他知道这辈子她肯定是不会和他像以前一样好了，怎么才能挽回呢？金世羽有些迷茫了。

第九章

# 只手遮天，翻云覆雨

## 【85】魔岛理论

励博关好车门往电梯口走去，看到肖林的车停在了他的边上。肖林摇下车门说，励总好，你回来啦。

励博说，快点，10点的会议就要开始了。哦，肖林赶紧关好车门，她那一头齐腰的秀发还是那么迷人。

你和张豪啥时候结婚呀？记得通知我一下。励博玩笑地问。肖林说，别开玩笑了，励总，你还不知道呀，我和张豪早就分手了。

什么，是不是真的？励博一脸惊讶地看着肖林。是真的，他欺骗了我，我恨他。

励博摇了摇头，现代人的感情真是复杂。

本来我还考虑到你和张豪的关系，准备把“虹S680地块”的代理权给老张呢，如果是这样的关系的话，即使给他了，你们之间的沟通还是有问题的。

肖林笑得很勉强，励总，这工作归工作，感情归感情，即使这样，你也可以派别人接洽这个项目的，你说是不？

励博想了想说，你说的话虽然有道理，但是人毕竟是有感情的，不能保证，特别是爱恨交织的时候，什么事情都做得出来，毕竟我们都不是圣人，我听说金世羽、张纯和方伟之间，最近也搞得很复杂。还有，毕竟上海现在以你为主，我临时找人来做这么高端的项目，我也不放心。励博看着肖林若有所思的表情，说，你明白吗？

肖林点点头说，励总说的话有道理，我明白的。我会好好把关的，至于决策的事情还是励总你来得好。

嗯，也好，励博说，等下开会的时候，你来定个标准，看看这次哪几家的创意最有效。

肖林在会议结束后就通知了世和中国、蓝思、晨远、皇基等公司在一周后参加“虹S680地块”的全案提报。

肖林的通知下达后，这四家公司就开始忙了，特别是蓝思，张豪很想拿下这个提案，便把俞镜、金合韵等都调到了这个组，针对这个提案进行了细致严密的前期准备工作。

张纯的心里很清楚，这个项目如果拿不下来，蓝思公司的发展可能真的会有很大的问题了。失去了九重锦，张豪和张纯明显感觉到了宛如失去了一条手臂，虽然说九重锦已经没有了，但是毕竟蓝思还在；虽说蓝思机构已经不再完整，但毕竟手上还有项目，这仅存的一点点希望，让张豪还想参与这个项目的竞争。

提案的日子非常快地就到来了。这次的主讲还是俞镜，辅讲由金合韵来担任。俞镜对这个案例倾注了自己的全部心血，老励和肖林都来听这个提案。

俞镜首先讲的是这个项目的调性，这块地的容积率超级低，18栋纯别墅，西郊，绿化率达到40%，这里是投资者的天堂，是富人聚集的地方，离虹桥机场近，周边商务、商业、酒店、教育文化、健身休闲设施齐全，完全可以打造世界级别墅，按照各国的风格来建造。

在案名方面，俞镜提出了自己独特的见解。上海别墅的案名从发展至今早已经百花齐放了，所以我们的案名一定要有自己独特的表现形式，而且要结合项目的特质，所以我提议用“檀溪”这个名字，既有檀木的尊贵和典雅，蕴含深厚的财富，又取水之宏大，刚柔相济，在调性方面我觉得这个项目外表应该是阳刚的，而内心又要像水一样达到人生最高境界。水，单纯、回归、有形、自然、淡泊、包容、从容、无形、透明、清澈。

俞镜一边说，一边望着老励和肖林的面部表情，他看到老励的眼神里面有种许可的意思，边上的肖林却皱着眉头，俞镜心里清楚，肖林并不想把这个项目给张豪，毕竟现在两个人遇见挺尴尬的。但是他从老励的眼神里面，分明看到了希望。

果然不出俞镜所料，所有公司的提案完成的三天后，老励答应把这个项目给张豪了。大家都想知道原因，其实原因很简单，一个项目的成功与否，在于代理派出的团队是否合适，是否拿这个项目当成自己的孩子一样来养，俞镜做到了，所以老励选择了他而没有选择世和中国。

张纯问俞镜当初是怎么想到这个案名与策略的，金合韵说，那还不是因为镜子有他的一套“魔岛理论”。张纯听着更是好奇了，到底什么是“魔岛理论”呀？俞镜笑着说，所谓的“魔岛理论”是詹姆斯提出的，灯泡一亮，灵感一来，创意于是诞生。传说，古代的水手认为有一种魔岛存在，他们说，根据航海图的指示，这一带明明应该是一片汪洋大海，却会突然冒出一道环状的海岛。更神奇的说法是，水手在入睡前，海上还是一片汪洋，第二天早上醒来，却发现周围出现了一座小岛，大家称之为“魔岛”。后世的科学家知道，这些魔岛实际上是无数的珊瑚经年累月地成长，最后一刻才升出海面。创意的产生，有时候也像魔岛一样，在人的脑海中悄然浮现，神秘而不可捉摸。

金世羽对这个出乎意料的结果很不满意，世和中国目前来说在上海已经到了“只手遮天”的境地了，丢失“檀溪”这个项目对世和中国来说不仅是经济的损失，更是公司影响力的一种损失，金世羽不甘心。金世羽在自己的办公室里面思考了半天，想要动用他手上的最后一招。

## 【86】“猎人”世和中国

金世羽确定自己要彻底抽掉蓝思这张牌，希望在上海的代理界不再看到它，但是目前凭着40%的股份，很难扳倒张豪，毕竟张豪的手上还有多个项目在做，财务方面也不会出现危机。金世羽想要彻底打垮张豪，就要用更狠的招数，只有这两招可以用，第一招是借刀杀人，第二招是釜底抽薪。

肖林无法掌控“檀溪”这个项目的主动权了，看样子目前这两招是最好的办法。金世羽找到胡鸣，胡鸣听了半天，你这是让我把俞镜搞到我公司来，有啥好处呢？金世羽说，项目给你，“香邑”的这个项目，我让俞镜一起带给你，你觉得如何？

胡鸣想，这个对自己对俞镜都不是什么坏事情，想了想说，好，这个条件我可以答应你。金世羽的心底想了半天，看样子还是你胡总能看清楚目前这个形势。

胡鸣说，金总，你这是赶尽杀绝，张豪已经是只求生存了，你这又是何苦呢？大家毕竟都曾经是朋友，你这招太狠了。

金世羽鄙视地看了眼胡鸣，你就别说我了，想当年你不也是这么狠，这么对方伟吗？咱俩半斤八两，又何必互相诋毁？

听金世羽这么说起当年的事情，胡鸣叹了口气，当年的事情我那也是没有办法，方伟最近怎么样了？金世羽说，他和张纯离婚了，现在不知道在干啥。

金世羽起身说，那这件事情就交给你了，我等你的好消息。胡鸣说没有问题。胡鸣告诉俞镜，自己这里确实需要他的帮忙。俞镜是个仗义的人，胡鸣答应他的条件确实是相当诱人的，看到蓝思在日益衰退，俞镜确实也感到了自己的危机就快要到来了。

俞镜的离职，让张豪和张纯有些措手不及，作为蓝思机构的技术主力，俞镜的离开让蓝思机构一度进入休眠状态。

蓝思机构的项目进入了间歇性冬眠，这给了金世羽宝贵的调整时机，他不仅让俞镜离开了，还让在蓝思机构内部员工在金合韵的带动下，进行集体性辞职，直到这个时候，张豪才知道，原来金合韵竟然是金世羽的亲戚，是金世羽安排进蓝思的卧底。金世羽的这招釜底抽薪确实厉害呀，张纯听到这里，差点儿昏过去。

妹妹，我们还是和金世羽好好谈谈吧，如今这个样子，我们已经无能为力了。我认为还是和金世羽好好谈一谈，说不定能缓解目前这种局势。

张纯在第二天夜色降临的时候，踩着暮色去找金世羽。白色的晚礼服宛若一个天使般纯净，她清澈的大眼睛里面失却了往日甜美的感觉。金世羽正在办公室里面批阅文件，张纯推开门的时候，金世羽一愣，他发现张纯的神情有些不太正常，赶忙走上前去，扶着她让她坐在了沙发上面。

张纯坐下来的第一句话是，你到底要逼我到什么时候？金世羽一把抓住张纯的肩膀，我没有逼你，我很想你回到我的身边，嫁给我。张纯笑了，那么凄惨，你当我白痴呀，你这么费尽心机地收购我的公司，还整了那么多出闹剧，到底为了什么？我不懂。

金世羽看着张纯的泪水从脸颊淌了下来，心里分外地疼，仿佛针一般扎在他的心上。我希望你明白，我真的是想要你回到我的身边，我需要你，不管是工作还是生活上，我确实需要你，可能我的这些做法是不好，但是我的内心是真诚的。

张纯一把推开金世羽，这就是你说的真诚？你逼着我出卖公司的股份，逼着肖林和我哥反目成仇，你一招借刀杀人，让俞镜离开了蓝思，你又让金合韵带动员工进行集体性辞职退出蓝思，这些难道不是你事先安排好的？张纯越说越激动。

她站了起来，双手环抱住自己的肩膀，你说吧，你到底要我怎么样你才会放手？金世羽也跟着站起来，我真的是为了你好，你想想目前上海的代理市场的格局，再加上目前的金融危机，只有联合起来才有可能不被吃掉。你看有多少代理公司倒闭了？我确实是从公司大局出发的，毕竟商场如战场，如果我不这么做，我可能会被别人吃掉，我这么做，难道做错了吗？

金世羽据理力争，张纯说，那你到底想要我怎么样？你最好给我说清楚。

金世羽拉过张纯，我希望蓝思机构和世和中国在上海地区的业务合并，我希望你和你哥能到我这里来，当然，现在的世锦传媒还归你和你哥，股份什么的，咱们都好商量。我当初说的那些条件，也算数，你和你哥有什么条件，我都可以答应，你说怎么样？

张纯瞟了眼金世羽，你真的就不能让我和我哥哥自由吗？一定要这么做吗？张纯的心里焦灼着，从她的嘴里面缓缓吐出三个字，我恨你！说完，张纯也不管外面正在下着大雨，飞快地朝外面走去。

在世和中国的公司楼下，金世羽追上了站在大雨中的张纯。她颤抖着身体，望着远处，双手抱住了头，那无助的样子令金世羽再也控制不住自己的感情了，他一把搂住张纯，亲吻她那雨水夹着泪水的脸。张纯狠狠地咬了他一口，血水顺着雨水一个劲儿地往下流，金世羽始终不放手，慢慢地张纯被溶化了，她不再反抗。

就在闪电照亮天空的一瞬间，张纯做出了她人生中最重要的一个决定，她要进入世和中国，待在金世羽的身边，一定要为自己与张豪的公司报仇，金世羽给了她机会，就不能怪自己狠心。

## 【87】烟水分开，却更迷离

从1998年蓝思的创立，到2008年，蓝思机构的业务与世和中国全面合并，金世羽望着世和中国的战略版图，露出了笑容。他用了近十年的时间，与上海代理界不断斗争，这也是一个企业不断壮大所必须经历的过程。金世羽知道，未来可能还会有更加残酷的行业争斗。

在全体高层的例会上面，金世羽宣布，要北上联合网络传媒大亨，这也是张晴在北京做了长久之战后，取得的成果，卓美网初步答应了与世和中国建立全面合作关系，这点令金世羽感到非常满意。

金世羽突然之间发现公司的管理高层越来越多了，人心聚集的时候，什么事情都好办。今天金世羽的心情非常好，拿着的杯子差点儿摔到地上，因为这是张纯和张豪他们兄妹俩第一次参加世和中国的董事会议。

下面我宣布几件公司的重大决策，金世羽的眼睛望向张纯，由于世和中国目前已经和蓝思全面合并了，所以世锦传媒的总经理由张豪，咱们的张总担任，另外，世锦传媒旗下的《地产买家》杂志，从下期开始正式更名为《中国楼市》，结合世嘉研究的ERCI系统，我想为这本地产行业的杂志进行整体改版，所以未来这本杂志的总编由咱们的张纯、张总编来担任。金世羽欣慰地看着张纯，和张纯用眼神交换间，他看到了里面折射出来的仇恨。

金世羽继续说道，《房产观澜》这个频道目前还是由张晴来负责，由张豪和张纯担任总制片。目前蓝思的项目除了“香邑”外，其他项目都归到世房销售这个公司，大家注意点工作的轻重缓急，我希望各位都做好手上工作的协调，不要为了个人的某些问题，而影响整个公司的形象。

还有一个问题，就是星邑湾的代理权问题，本来星邑湾是和皇基公司签订的代理合同，目前因为蓝思机构的全面合并，所以星邑湾要重新签订代理合同。这个要看方伟了，如果方伟不把这个代理权推荐给我们，我们很有可能会丢掉这个项目，而这个项目对公司未来的品牌提升有着举足轻重的地位，我希望在座的各位，如果有好的建议或者人脉关系，可以尽快拿出来，争取获得星邑湾的代理权。

金世羽环顾全桌子的人，发现大家都不作声，看样子这个项目要想拿下来，估计还得自己和方伟亲自商量。

如果自己不尽早出面，这个项目极有可能落入到胡鸣手里。胡鸣有了俞镜的加盟，如虎添翼，未来的晨远将不可小视，真是后生可畏呀。

金合韵在会后就跟在金世羽的屁股后面，一个劲儿地嘀咕着，金世羽推开办公室的门，金合韵也跟着进来了。金世羽说，我现在很忙，麻烦你过几天再过来，好吗？金合韵失望地说，你以为我愿意来呀，但是你总得给我安排个位置吧，不然你让我整天待在这里干吗！

金世羽实在被金合韵缠得没有办法了，就随口说，先找马经天，到他那里先去报到。金合韵指着金世羽的鼻子说，这可是你说的，那我真的去了，金世羽连头也没抬，就说，去吧，去吧。

马经天正在易房那里谈接手蓝思的项目，金合韵进门，一看到她，马经天的灵感突然来了，过来，过来，马经天指着金合韵叫她过来。

先前你接触的“檀溪”这个项目，策略提案是谁来做的？马经天看着金合韵问，金合韵说，这个都是镜子做的。

镜子是谁？马经天显然有些不高兴，不过他没有露出不耐烦的表情，继续问道，你有没有参与“檀溪”这个项目的具体创作。

金合韵说，金世羽叫我向你报到，你现在是在给我安排工作吗？金合韵很认真的问话搞得马经天有些不知所措。

哦，可以，你现在就接手“檀溪”这个项目，看看俞镜的创作思路是什么，我们下周要向甲方做汇报，懂了吗？

我不懂，金合韵没好气地说，你到底让我做什么？我确实不知道应该怎么弄？你别给我安排这个职位，整点别的吧。

马经天一听有些不乐意了，你这是在威胁我？既然金世羽把你交给我，我就有权利分配你的工作任务。

金合韵嘴角一扬，好吧，你安排吧，马总，现在就给我安排。哼，谁怕谁。面对金合韵不可理喻的表情，马经天感叹自己确实没有什么办法对付这个小女人。

金合韵下班的时候正好在路角的拐弯处遇到了俞镜，镜子，你去哪里？金合韵看到俞镜的车缓缓从自己的身边驶过，大声叫着，俞镜停下车，让金合韵上来。

去吃饭吗？俞镜问道，好长一段时间没有见到金合韵了，他真的有些想念这个淘气的女孩子，虽然有时候整天在一起不觉得什么，可是分开了，竟然感觉有些许的寂寞与孤独，就如烟水分开，却更让人迷离一样。

俞镜问道，最近怎么样？忙不忙呢？金合韵很诚恳地说，我真的有问题要请教你，你能帮我吗？望着金合韵真诚的目光，俞镜知道自己真的无法拒绝这个纯真的女孩子。

镜子，你知道吗？马经天让我来做“檀溪”的这个提案，可是当初这个提案是由你来完成的，现在我接手了，却不知道从何做起，你说我是不是很失败？

## 【88】楼市版“比萨斜塔”

怎么会呢？俞镜一边开车一边转脸望着金合韵，金合韵突然发现镜子的眼神里面多了某种东西，那种感觉已经不像从前了，但是她说不上来那种不一样的感觉。她避开俞镜的眼睛，慌乱地整理自己的情绪。金合韵随手打开了车里面的音响，正好是上海的新闻音频。俞镜说，最近上海的新闻很奇怪，什么怪事都有。金合韵说，我怎么没发现？俞镜说，你还没发现，真是两耳不闻窗外事的丫头。

现在播出一则发生在上海闵行区的一个工地上的新闻。闵行区虹许路附近一处已经建好的工地上面的一幢28层高楼今日下午发现倾斜。据悉，这处工地是万润地产在上海开发的一个项目——“四季润园”的第四期，由于此幢楼位于河边，所以初步估计此次倾斜是由于工地抽取地下水引起的。具体事故原因相关部门正在进行调查。

俞镜的车瞬间停了下来，金合韵差点儿撞到车前面的挡风玻璃，她知道出大事了。俞镜拿起电话赶紧给胡鸣打电话，可是电话却一直打不通，真是急死人了。

俞镜调转车头就朝着公司的方向开去，金合韵一手抓住了车门上面的扶手，车速太快了，金合韵有些害怕地闭上了自己的眼睛。

然而事态发展远没有大家想象的那么乐观，媒体的夸张报道，客户的现场大闹，使得这次“比萨斜塔”事件迅速成为地产江湖上的笑料，一下子传播到了全国各地，万润地产因为此次事件股票大跌。

胡鸣一下子陷入了项目的危机公关事件中，即将开盘的第四期也为之搁浅了，王岩为此特地从国外赶回来了。

第一时间赶到万润地产上海公司的胡鸣，在大会议室里面见到了王岩。俞镜跟着胡鸣也去了，王岩说，事情我已经清楚了，现在最要紧的是危机公关，要在最短的时间内进行补缺，这样能挽救项目的形象损失。

胡鸣提出的方案是，先对媒体与客户进行公开道歉，然后公布预售客户的补救方案，最后再是倒塌楼盘的具体原因的专家论证，以及倾斜楼盘是否重建。王岩想了想说，这个可行，我希望一周内解决这个事情。胡鸣说，没有问题，我们会连夜赶出来方案和新闻稿，明天召开“四季润园”的记者招待会。

王岩点头同意，胡鸣悬着的心终于放了下来。这个事件造成的损失绝对不止“四季润园”一个项目，胡鸣知道，这次事件是给万润地产整体的品牌与利益蒙上了巨大的损失。虽然这次事故和胡鸣一点儿关系也没有，但是作为代理，胡鸣把这个项目当成是自己的孩子一样来养着，而且这个项目是胡鸣的处女作，胡鸣没有忘记当初王岩赞同他的方案时的那种认可的眼神。

王岩沉思了半天说，胡总，事情既然发生了，也就不要再着急了，关键是以后的公关一定要准确，不然会出现更为严重的后果。

胡鸣点点头说，王总，这点你放心好了，晨远做事一向都是严谨的，我们会快速公关，不能说的事情我们绝对不会说的。这些请王总你放心。

王岩站起身来说，那这件事情的具体执行交给你了，我会叫公关部的人和你配合的，胡鸣看到王岩起身，立马站了起来，那王总你忙，我们就先走了。

王岩点点头说，好的，我还有会要开，就不送你们了。王总，你留步，胡鸣和俞镜走出了万润上海的总部，他突然之间察觉到了这件事情的利害关系。

镜子，赶紧通知天域公关的顾总，叫她赶紧联络上海的各界媒体，我们要立马召开新闻发布会，公布此次事件的研讨结果，还有，赶紧邀请技术专家来进行事故鉴定。

俞镜点头说，没有问题，这些事情我来做好了。那四期开盘是不是要推后了？胡鸣说是，这是突发性事件，我也无能为力。

金世羽却是这次“比萨斜塔”事件的得益者，因为“四季润园”和“格林紫郡”是差不多时间开盘的，这么一来原本购买“四季润园”的客群相继出现了大批量的退房事件，这群客户原本是闵行的区域性购买潜力，他们还是会购买这个区域的楼盘，相同时间开盘的“格林紫郡”成为他们的首选目标。

金世羽对此次“比萨斜塔”事件的发生感到很是庆幸，如果不是这次事件，“格林紫郡”的蓄水量远远达不到开盘量的三分之一。

这是大家都感到特别欣慰的事情。张纯说，顾悦正在给胡鸣公司的这次事件做危机公关。金世羽说，事情已经发生了，肯定是有影响的，这是没有办法避免的。我看我们大家要小心，不要发生这种不利于公司成长的事情。

## 【89】“世房事件”引发行业危机

金世羽的这几句话始终回荡在张纯的耳边，然而令世和中国所有员工没有料到的是，世和中国旗下的子公司，世房销售公司突然爆发财务危机，世房销售公司的总经理季东敏涉嫌卷款逃跑。根据上海警方接到的有关“世房诈骗”的报案，涉案金额在上千万以上。

一位不愿透露姓名的世房员工向媒体透露，实际可能远远高于此数，公司内部调查的数目接近亿元。

金世羽赶到世房销售的时候，公司里面一片混乱，警方正在向公司的职工了解事情始末，金世羽没有料到，他一手培养起来的，一直很信任的季东敏竟然是这样的一个人!

毛语说，金总，事情既然已经发生了，我们还是把这次事件平息了为好，不然会引起更大的动荡。

金世羽说，老马，你先到世房销售公司来，先把这里的事情整顿完毕。我现在对外，对媒介与客户进行公关，马经天点点头说，没有问题。

然而事态的发展竟然是所有人没有料到的，原本以为只是公司内部的矛盾，只要安抚好客户就没有问题了，谁知道，这次事件不仅仅是公司内部的事情，进而是整个行业的导火线。

10月10日，“世房老总季东敏携款潜逃”的新闻发布后，客户对中介的信任度更是大大降低，他们大多都不愿意交定金，这给成交带来了很大的困难。

11月15日，上海全市新房成交50套，连续多月飙升的高房价开始有价无市，已经被楼风逼得走投无路的潜在买家进入观望状态。

金世羽担心的事情终于发生了。由于投资者对上海房地产走势信心动摇，11月20日，上海权重地产股全线下跌，盘中一度跌停。11月25日，大盘股指上升，上海最有名的各大房地产股却表现惨淡，万润A股大跌，金源集团差点儿跌停，世和中国股票一度跌破发行价。

马经天和毛语紧急赶到大会议室，召开了事件大会，讨论目前金融危机下面此次事件后的具体应对措施。

马经天说，这次事件除了给低迷的楼市很大的打击外，我最担心的就是这样的连锁反应，那些依靠客户资金开铺、投资的公司一旦资金链断裂，就可能会有更多的中介出现类似问题呀。

马经天接着说，经过我这几天的详细调查，上海至少还有四家以上有名的中介公司遇到资金链吃紧的问题，目前正在寻求收购兼并，以求渡过难关。

毛语语重心长地说，这次“世房事件”还引发了一场来自社会的信任危机，我估计上海100多家注册上市公司的1,000多家铺面，会迎来一次洗牌，会有一次大的行业调整与整合。

金世羽听着他们几位的言论，正了一下身体，你们说的问题，我也考虑过了。这段时间我正在接触银行人士，正在准备具体的解决方案，目前的初步结论是在银行开设专用代交代付的资金监管账户，让二手房交易引入第三方资金监管账户，这样，房产经纪公司原有的交易流程将面临全面的变革。

马经天的眼神明显亮了，他觉得金世羽说得很有道理。那么老金，你觉得我们的门店是不是可以借此次事件再进一步扩人?

金世羽紧绷的脸开始露出笑容，老马说得有道理，这次事件虽然是行业整体矛盾，但是我们不妨借此次事件来做点文章，正好可以弥补一下我们遭受的损失，我觉得这不失为一种好的策略。

你说呢，毛总?毛语说，老马说得有道理，不过还是要谨慎从事，不要引起不良后果，马经天说，这个我懂的，保证完成任务。

金世羽笑着说，老马都立下军令状了，我看行。毛语看着马经天说，老金都说行了，那就行，这么多年了，老金什么时候失算过，听他的话准没错。

老金，听说那个季东敏有三个老婆，是不是真的?金世羽不好意思地说，这个人我还真的是很信任他，虽然他学历不高，但是很实干，不怕苦，没有想到他会这么做，真是知人知面不知心。

老金，算了，别去计较这些了，现在这个行业就是这样，我们没办法去改变这些，要学会适应。但要当心自己周边的人，不要让他们钻了空子。

金世羽深深地舒了口气，也对，这么多年了，时代都变了，人都是会改变的。

# 【90】乱局出英雄

如果说万润地产的“比萨斜塔事件”代表着甲方的行业质量危机，那么“世房事件”就是典型的乙方行业信任危机。房地产行业真是危机四伏，水深呀。俞镜对杨旭说，要想解决这次危机，就必须扭转整个行业的诚信危机，现在很多客户对开发商的诚信提出了道德质问，我们该怎么让这样的不良形象得到扭转？

杨旭说，开发商现在就是暴利的代名词了，你说怎么才能扭转呢？这个貌似不太可能吧。

俞镜说，尽管整体改变很难，但是我们可以从细部入手，杜绝类似事件的发生。

杨旭说，怎么做？你别光说不练。说说容易，做起来，难度很大。

我当然有法子啦，不然我跟你啰唆个屁！俞镜白了杨旭一眼，我发现你最近也是光说不练，你进世嘉研究这么久，没出什么实际成果吗？

杨旭感叹道，老金都把精力投到“ERCI系统”这个部门了，世嘉研究没人理。只要老金关注哪个部门，哪个部门就能快速地发展壮大，这你也都看到了，马经天和毛语他们几个要风得风，要雨得雨，多风光呀。

杨旭皱了皱眉头，俞镜发现杨旭不再如从前那么活跃了，他的思维已经开始老化了。俞镜拍着杨旭的肩膀说，我说哥们，你年纪轻轻，怎么显得如此沧桑？

谁说的？我还是那个天真的“老男孩”，只是我说的确实是事实，老金确实把精力都投入“ERCI系统”这块了，要不然前几天“世房事件”也不会那么轻易地发生，我们是上市公司，财务都是公开透明化的，哪能那么容易暴露这么恐怖的事件？完全是因为老金忽视了那块的发展前景。

我说老金不会那么傻吧，俞镜说，他有那么容易信任一个人吗？为何你就不能取得他的信任呢？杨旭苦笑了，以前拍马屁还能有点儿用，现在老金精明着呢。

这么说，你现在在世嘉的这个研究院没啥前途啦，俞镜怀疑地看着杨旭。那也不见得，杨旭说，我是有话语权的，知道不？如果能成为研究院的头儿，就有分量了。你有啥好建议不？

俞镜想了想，那还不容易？增加媒体曝光率，只要你杨旭出了名，成了专家，就有可能成为这个行业的专家。要不要我给你包装一下，出几个专题？

杨旭说，最近倒是有很多地产行业的开发商在做各种各样的论坛，你说我要不要参加呢？

当然要去，如果你的话语权得到了众多人的认可，你就成功了。我不信老金只会关注其他板块，世和中国是一盘大棋，不管哪个棋子老金都不会轻易放弃，在这种危急时刻，如果有自己的员工挺身而出，捍卫公司的利益与名誉，我认为金世羽绝对能看到，你明白不？

嗯，杨旭点点头，有道理，还是你镜子看问题能看到实质。那你打算怎么处理“比萨斜塔事件”？

行了，别跟我提这几个字，听到这几个字我就头疼，俞镜不耐烦地说。

好，我不说了，说说你的计划。杨旭很是好奇，俞镜会用什么法子平息这次事件。

那你听好了，首先要把这次事故鉴定出来，当然了，不是房子本身质量问题，而是因为抽取了地下水导致的地基下沉问题。

俞镜说，那可不是我说的，是技术鉴定处的专家们的鉴定结果。

你不信？我们可有鉴定报告的，绝对可信；还有呀，要尽快安置这些客群的购房需求，当然了，要用内部价满足他们提出的各种条件；第三呢，这幢楼不会倒塌，你看到世界上的斜塔有倒掉的吗？意大利的比萨斜塔这么有名，它倒了吗？没有吧？

杨旭听了半晌，觉得俞镜说的话确实有道理，那你觉得对于这次的“世房事件”，金世羽他会怎么做呢？

俞镜白了一眼，我又不是金世羽，怎么会知道他怎么做呢？不过我相信金世羽不会就此罢休的，你没看前几天他的股票跌破发行价了？我估计他会借此机会整合上海的中介门店。我看《蓝筹地产》上面说，上海几家大的中介也面临着资金链的短缺，我看他们会考虑金世羽的建议。

杨旭说，金世羽会借此扩张？不太可能吧，股票跌得一塌糊涂，他哪还有资金借此扩张？俞镜说，怎么不会？金世羽缺的又不是钱，他有的是钱，他缺的是商业脉络，他目前整合的也是这些商业脉络，如果要重新构建这样的商业脉络，需要的是时间与金钱双重筹码。如今这么好的行业整合机会，你觉得金世羽会错过这场好戏吗?

但愿如你所料，杨旭说。

你看好了，不出一个星期，金世羽一定会把上海三分之一的中介收归已有。

杨旭说，猜中了，我请你吃饭。

那这顿饭我可吃定了，我要吃鲍鱼的。

杨旭说，你抢钱，我就那么点工资，你叫我请鲍鱼。

俞镜说，那就“三温暖”好了，怎么样？我也好久没去了，最近累得慌，顺便一起温暖一下。

## 【91】花间一壶酒

我才不去呢，杨旭说，那里没劲，还不如自己家的浴缸泡起来舒服。俞镜说，你真是不懂享受，跟你没话说。

杨旭被说得有些不好意思了，那好吧，去呀，谁怕谁。俞镜的车子直接往“三温暖”驶去。

两个人在浴室的池子里面待了很久。俞镜问，你当初为什么要离开胡鸣，他那里不是挺好的吗?

杨旭说，本来我也以为很好，我想象当中肯定是很好的，进去后才发现，我的价值观和文化认同与胡鸣不一致。当初加入这个公司的时候我没有考虑清楚，后来发现自己不认同胡鸣的价值观和文化观，所以当机立断做出决定，要么追随，要么另谋高就。不认同又不放弃一定会被公司边缘化，会被远远地排斥在决策层之外，这样到头来吃亏的可是我自己了。

你觉得你现在的价值观和金世羽一致吗？俞镜问道。杨旭说，目前是一致的，但是长久是不是一致，我就不知道了，这要看公司的发展与个人的发展未来的步调是不是朝着一个方向。人嘛，毕竟是会变化的，每个阶段所看到的东西都是不一样的，就如同悬崖上的苍鹰和瀑布，一个向上，一个却飞流直下。

一周后，在《房产观澜》栏目上面，杨旭看到世和中国旗下子公司世房销售，以超低的价格抄底上海的二手中介市场，上海一百多家门店全面换脸，杨旭不得不佩服俞镜的洞察力。看到马经天从自己门口经过，杨旭靠在门口说，马总呀，恭贺你成功抄底。我还跟人打赌呢，你该早点告知点内幕，害得我输了一顿鲍鱼呀。马经天说，是吗？你早说呀，早知道我就有鲍鱼吃了。

去，你还没吃够鲍鱼？我看你是喜欢吃人吧，最近又在哪里吃香粉了？杨旭打趣说。马经天偷偷地凑过来说，一个绝密的地方，我只告诉你一个人。什么啊，搞得那么神秘？杨旭露出了期待的表情。“花间一壶酒”，绝对上劲。

是夜，杨旭等俞镜下班。俞镜忙完了手头的活，开车经过世和中国的大门，杨旭从楼上匆匆忙忙地走下来，后面跟着金合韵。杨旭一边走一边说，我今晚去的地方你不能去。

金合韵依旧不依不饶地跟着，她很想知道杨旭会去哪里。楼下，俞镜一边抽着烟，一边开着车窗看着世和中国里面的员工一个个地从大门口出来，半天也不见杨旭。

怎么也摆脱不了金合韵，杨旭有些火了，那你跟我一起去吧，等下你自己看着办吧。杨旭一把拉过金合韵，朝俞镜的车子走去。

俞镜一看金合韵跟在杨旭的身后，心里不禁一笑。杨旭来到车前，拉开了车门，对着俞镜使了个眼色。俞镜说，都上来吧。

金合韵一上车就打听，去哪里玩呀？杨旭哼哼，本来今天要去个好地方的，都因为你去不了了。到底去哪里？金合韵不耐烦地问。杨旭说，“花间一壶酒”。

啊，上海有这个店吗？是饭店还是酒吧？俞镜说，你知道“花间一壶酒”是什么意思呀？金合韵说，这不是诗仙李白的千古名句吗？

啊，杨旭说，我还以为是那个什么什么的地方呢。金合韵说，“花间一壶酒”，后面一句就是“独酌无相亲”，很多文人墨客很喜欢这样的意境，但这种感觉又有很多不如意不称心。当独酌独饮的时候，谁的心里会舒坦？孤零零的只有酒味，没人味，即使是思想漫游，与月儿对话，与影子对话，那也是自己说给自己听的。

俞镜说，其实后面那两句也不错，“举杯邀明月，对影成三人”，这种意象孤独中有了乐趣，寂寞中有了相伴，没有忘记的大概就是“唯我独尊”吧。

杨旭说，看样子今晚真要对影成三人了。

行了，你懂什么是爱情吗？金合韵说道，当你把一个人的名字烙在心里时，他的名字已不是一个代号，而是一个人的化身，一个人的全部，会感觉到温暖，会感觉到他无时不在，那样亲近。

那“花间一壶酒”到底是什么地方？

俞镜说，你们去了就知道了。

车子在一条栽满银杏树的上海小弄堂里面停了下来，正值深秋，那棵百年的银杏树高高耸立，满地金黄色的银杏叶子，满地飘舞的思绪。俞镜的眼中充满了期盼，那种无语的相思是行云流水的，那种感觉是焦躁不安的，也许孤寂成就的就是这样的一份无奈。

那份情思进到金合韵心底的时候，金合韵的眉头舒展，她从飘飞的状态中回来，影子便多了很多重影，在眼前晃动，在脑子里旋转，在心底里千呼万唤，默默地又是一片狂躁的世界里，尖尖而又脆脆的呐喊，就像声音在流动，在传递。

“花间一壶酒”这个店名确实不错，很有格调，三个人进去，看到里面有这么几行字：

构思：你和我的世界；

抒情：心与心的碰撞；

写意：手牵手的浪漫；

定格：陪你一起慢慢变老。

金合韵一看就喜欢上了这里，原来“花间一壶酒”是这样的一种餐厅，有意思，真美。

杨旭看了半天，感叹道，我喜欢“花间一壶酒”，可惜……俞镜说，你可惜什么？杨旭说，我已经不是“独酌无相亲”，因为今天有你有我还有她。

# 【92】和者筑善

三个人要了一壶酒，是一种家酿酒，很纯很有劲，喝到喉咙口暖暖的，直流下心底。俞镜说这里虽然没有鲍鱼，但是有比鲍鱼还要美味的野味，一般在别的饭店是吃不到的。杨旭拿起菜单看了看，确实如此，很多菜系他看都没看到过。这家店在上海没有名气，但是知情者一定会推荐你来，因为他们吃的不仅仅是菜，而且能品味到生活的真正滋味。

杨旭把菜单扔给俞镜，还是你来点吧，我不知道哪些是招牌菜。俞镜拿过菜单叫来服务员嘀咕着。金合韵一边看着周边的风景，一边和杨旭说着公司的那些事情。

杨旭，我听说要启动今年的世和中国品牌升位活动，你知道这件事情吗？啊，杨旭瞪大眼睛说，这你也知道，这个事情只是高层在谈，具体还没定呢。俞镜说你惊讶什么，她不就是高层？

她是高层？杨旭哈哈直笑。俞镜说，你傻呀？你要知道她姓金，当初金世羽用的那招“釜底抽薪”，抽的就是她。这下杨旭嘴巴就张得更大了。我怎么不知道？这到底是怎么回事？

你呀，不要光干活，要用心去感受周边的关系，不然被人卖了还替人家数钱呢。

镜子，你这话说得咋那么难听？我可是一心想要拜你为师的，可是你却老是不理我，我很伤心。俞镜说，你们家老金最近是不是又在折腾公司的战略布局了？金合韵说，我咋感觉你像半仙一样，掐指一算，什么事情都是八九不离十呀？

俞镜冷笑，那是因为我看问题，总是既全面又深刻，你说是吧？杨旭点点头连声附和，对，你家镜子说得很有道理，什么事情都逃不过他的法眼，上次那个打赌的事情我输了。

还敢和我打赌不？俞镜说，赌这次金世羽搞的世和中国品牌升位的主题和策略，你们两个敢不敢和我赌？杨旭后怕，连连摇头，大仙，饶了我吧。

这个菜不错，俞镜尝了一口，对着金合韵说，你尝一尝，味道很鲜美。这是什么菜系呀？这是上海的一种农家菜，羊脸，这里用的是崇明白山羊，吃起来一点儿都不油腻，也没有膻味。金合韵尝了一块，惊讶地说，真的好吃。

你们两个都不敢跟我赌。什么赌注？金合韵问。嗯，俞镜想了想说，来点刺激的。杨旭说，你们两个对赌，我做证。金合韵白了他一眼，胆小鬼，一边凉快去。俞镜说，赌注来点有劲的，输的那个人必须听从赢的那个人的一件事情，这件事情只要不违法，都是可以的，至于什么事情，要等答案公布后才说，怎么样？我的这个赌注有新意吧？俞镜得意地看着他们。

好，我就跟你赌，金合韵兴奋地说。俞镜不相信地看着金合韵，你确定？到时候不许哭，也不许后悔哦。

绝不后悔。俞镜感觉金合韵非常有把握，心里嘀咕了一下。但事已至此，他没法后退了。

先说吧，你觉得老金安排的世和中国品牌升位活动的主题和策略是什么？赶紧了，快说。金合韵不耐烦地催促着。

慢，慢，你们两个不能就这么说出来，要把主题和策略写在纸条上面，等到金世羽的方案具体出来后，我再来给你们两个公布答案，好吧，这样够公平公正了吧？

嗯，有道理，金合韵点头，看着俞镜，镜子，你说呢？

好，俞镜说，拿纸和笔来。两个人分别写下了主题和策略，一起交给了杨旭。杨旭看了看，暗暗朝着金合韵笑了一下。

这个细节被俞镜给捕捉到了，他心里有些犯嘀咕，这个赌局可是自己一手策划的，如果自己输了，会很没有面子的。

俞镜说，杨旭你可不准偏向任何一方，不然我可要揍你。杨旭举起双手说，保证站在中间，绝不做“不倒翁”。

一周后，金世羽的整个年度品牌升位活动开展了，主打“和”字牌，提出了“和者筑善”的品牌理念，从更深广的企业社会责任、企业使命、企业文化和价值观层面延展，加入了“善”的体系，使品牌价值得以完善。将传播渠道更清晰地划分成针对产品、服务、客户、社会公益和企业关系五类，经过梳理和探讨，更能展现世和中国的核心价值。

这次俞镜输了。杨旭给俞镜打电话的时候，俞镜倒是很平静地说，我已经知道了，不过你别和金合韵提，省得她得意忘形。

## 【93】门的怪圈

虽然杨旭没有提，可是金合韵的电话却是紧随其后就来了，镜子，看到答案了吗?

俞镜一看到金合韵的电话，心里就有些发毛，他不知道金合韵会提出什么样的要求，这可是自己一手导演的赌局。明明上次听到金世羽的意思是强势扩张的整体策略，怎么现在改成了“和者筑善”的柔性策略了？真是见鬼了。

愿赌服输，俞镜知道自己确实输了，这次输给这个小丫头，真是百年一遇，看样子这个小丫头得到自己的真传了，会糊弄人了。

你说吧，要我为你做什么事情？俞镜在电话里问道，不过这件事情不能违法哦。

金合韵笑着说，当然，违法的哪能让你去做？我只有一个要求，就是你能和我开着车出去旅游三天，路上要听我的安排。

俞镜一听这么简单的要求，心情一下子放松了，这没问题，你想去哪里?

金合韵想了想说，我要去大隐。大隐是什么地方？俞镜想了半天，中国地图上面没有这个地方，你不会跟我开玩笑吧，有这个地方吗?

有，当然有，就在浙江省，宁波大隐，那里很美，有个地方叫“天下玉苑”，我想去那里玩几天，可以吗?

好，俞镜说，那个地方好玩吧？嗯，金合韵想了想说，肯定不能和上海比，但那里的风景很美，是一个可以放松心情的地方。

那我们什么时候出发？金合韵问道。俞镜想了想说，元旦吧，正好有三天时间，我这几天非常忙，周末都在加班。

好吧，说好了，不准反悔，金合韵说道。我什么时候说话不算话了？俞镜反驳道。

元旦的时候虽然天晴，但是上海的天气已经很冷了，夜晚都在零度的样子，出去玩，还要在外面过夜，看样子要多带点东西备用。

两个人都是大懒虫，很晚才起床。俞镜开着他那辆路虎来到了金合韵的住处，打金合韵的电话，竟然是张晴接的。她人呢？俞镜问道，还在被窝里面呢，你等着哦。

金合韵拿起电话一听，啊，竟然忘记今天要去外地旅游了。我马上下来，你等我一会儿哦。嗯。俞镜挂掉电话就打开了车里面的音响，一边听着一边吃他的早餐。

俞镜吃完早餐才看到金合韵慢慢腾腾地从楼上下来。今天金合韵穿得很休闲，白衬衣白裤子白鞋子，俞镜拉开车门说，你这身打扮要是晚上在那荒郊野外的树林中，肯定能吓死人。金合韵白了他一眼，吓死你哦。

在沪宁高速上面找了很久，两个人才看到“大隐”的标志牌，拐弯，再拐弯，终于下了高速，下来就是一个收费口。过了关卡，不远处，感觉像个公园，门口硕大的牌子上面写着四个字，凑近一看是“天下玉苑”。俞镜指着牌匾问，是不是这里？金合韵说，就是这里，跟我梦境中一样美。俞镜关上车门，美个屁。金合韵说，你眺望远处的山脉，像一条龙。俞镜说，你没看，这条龙脉上面有一个缺口。

我说你今天怎么老是和我唱反调？金合韵明显不高兴了。俞镜可不想扫兴，附和道，今天一切听从你金大小姐的安排。

“天下玉苑”，听名字就很美，很有气势，俞镜说道，你知道这里面的典故吗？

金合韵说，这个地方是我一个朋友的父亲搞的，当初他拿了这里的一块地，花了好几个亿搞了这个风景游览地，你看门外面的那一片白墙古式建筑，都是因为这里的这个类似公园一样的建筑群，你不觉得这里很美吗？

美是美，不过人气不行，完全靠人工雕琢的风景区，很难成气候，这里有典故吗?

金合韵说，这里典故是有，不过不够有内涵。你看那庙，建得也很粗糙，没有经过精雕细琢，很难吸引人。我们去吃饭吧，听说这里的素菜很好吃，来的人都说这里的茄子能吃出肉味。

食堂也很简陋，不过外面那迂回曲折的公园水桥，还有蔓延无际的竹林确实很美。偌大的公园仿佛只有两个人，蔓延的夜色侵袭着灵魂深处躁动的心绪。

两个人在公园的竹林里面溜达，俞镜原本平和的心态有些倾斜了，美女，幽静的小道，一切宛如刻意的安排。金合韵踩着石头的山路，借着灯光看了看俞镜，他不出声，不知道在想些什么。金合韵转身，原本贴得很近的身体，更加靠近了。俞镜伸手正好抓住了金合韵的腰，纤细，唯美，骨感，还有种忧伤，那闪烁的大眼睛在夜色中显得格外清澈。镜子，金合韵含含糊糊地吐出两个字。俞镜拉近她的身体，右手托住了金合韵的头，轻轻地吻了她的小嘴，从开始到深入，金合韵的双手勾住了俞镜的脖子，短暂的十秒，由此美丽的不仅仅是这一夜的风景，还有两个人之间一世的爱情。

电话声仿佛像钟声一样不合时宜，金合韵接起电话，竟然是马经天，他怎么知道的呢？一定是张晴那只大喇叭。

俞镜说，我们明天回去，会不会被谣传？金合韵好奇地问，谣传什么？这年头，能有什么可以谣传？肯定是艳遇啦。现在所谓的“门事件”太多了，一不小心就红了。现在不止三个人知道了，我估计保密难度很高。

俞镜说，以后办事千万不能两个以上的人知道。为什么？金合韵问道。

一个人办事那是铁皮门，铜墙铁壁，人不容易推开；两个人办事那是木头门，人踹一下，就能开；三个人办事那就如竹木门，轻轻一推就开。所以要我说呀，千万不能让别人绕到你的后门，毁了你的根基。

## 【94】传说中的“楼市崩盘时间表”

镜子，我们回上海吧。金合韵微笑地看着俞镜，她想要的答案已经有结果了。俞镜看着眼前的金合韵，发现她跟来的时候表情都不一样了，两个人之间更多的是一种默契，还有那若有若无的暧昧。

对了，镜子，我最近看到网上流传的一份“楼市崩盘时间表”，你觉得中国的楼市会崩盘吗？我看倒是和日本的那个时间顺序很像。

这个问题，你要问问杨旭，他整天研究那个宏观政策和市场趋势，问问他，看他说什么时候崩盘。

哈哈，好呀，杨旭他元旦去哪里了？我都没看到他，我估计，他回老家了。

我给他打个电话，看看他在不在上海，今晚回去咱们三个一起吃饭。俞镜说，好，老金最近的策略怎么变得那么和善了？世和中国的战略一向是嚣张的，怎么转性了？俞镜好奇地看着金合韵，他想知道金世羽是不是遇到什么事情了，或许会有更加好的资源整合，让金世羽敏锐地嗅到了市场信息。

金合韵深吸了一下高速公路上的空气，要是每个周末都能出去玩，那该多好。这个问题嘛，老金说过，“和”是世和中国的企业文化价值，这是不会变的。我听说是有大的战略调整，说不定接下来要吃掉晨远呢。金合韵对着俞镜想要张口咬下去，你的这个样子好吓人。老金接下来有什么动作？哈哈，想要吃掉胡鸣的公司？我觉得不太可能，胡鸣可不是那么好惹的，他不像张豪，也和方伟不同。

喂，杨旭，我是金合韵，你现在在上海吧？晚上一起吃饭不？你们两个去哪里了？杨旭在电话里面问道。金合韵好奇他怎么知道自己和镜子在一起。

吃饭，吃什么饭？我们两个有问题要问你，金合韵说道。杨旭说今天马经天来找他了。什么事情？金合韵有些紧张。你们两个惨了，估计要陷入某某门的怪圈了。

俞镜在一旁高声说，那个马经天啥玩意儿，整天盯着金合韵干吗？我说我们两个出去旅游，还要他管？

晚上吃饭，听到了没有？俞镜不耐烦地说道。听到了，哥们儿，晚上见。杨旭听到吃饭总是很来劲。

我说现在的人怎能这么八卦？俞镜不耐烦地说，连最起码的隐私都没有了，真是有病。

就是！金合韵附和道。

去哪里吃饭？还去那个“花间一壶酒”吗？金合韵问道。还去那里，那里的环境和菜都不错，我也挺喜欢的。

两个人开车到“花间一壶酒”的时候，杨旭已经在里面等半天了。这么晚。路上堵车。杨旭说，我都快饿死了，你们两个却在外面逍遥快活。

是不是你这个大嘴巴乱讲的？我们就是偶尔兴趣相投出去看看风景而已，不要思想那么肮脏，我看你，俞镜看着杨旭直摇头。

得了吧，我还不知道你？赶紧吃饭，我都快饿扁了。杨旭开始点菜。金合韵和俞镜对视，仿佛有一种默契。

别光顾着点吃的，谈谈那张崩盘时间表吧，专家，我说“砖家”，快点。杨旭一边看菜单一边说，作为专家，我认为，中国的房地产市场与日本的有很大的差距，因为两个国家的银行体系、人口结构、城市化程度都是不同的，“崩盘”可能只是瞎传而已。

专家，你觉得不可能崩盘？杨旭摇摇头说，可能性几乎为零。羊脸有没有？杨旭对着转身离开的服务员叫道。有，服务员说，要吗？

要，来一盆吧，这个不错，杨旭抬头看着俞镜说，怎么样？

## 【95】百年一遇，拨云见日

随便点好了，今天的“花间一壶酒”感觉和前段时间来的时候又有些不同了，那个时候是快过圣诞节了，节日气氛十足，而今天给人的感觉十分宁静，望向远处是一座假山，透过假山的那个洞，能看见蓝蓝的天，白白的云在移动着变幻多姿的形态。

金合韵叫起来了，你们快看，那片云像不像“神马”？杨旭大笑，我说金大小姐，神马那都只是浮云，还是吃吧，吃饱了才有力气减肥。

她又不胖，减什么肥？俞镜看着金合韵的腰。你怎么知道她不胖的？杨旭眨了眨眼睛。我昨天刚摸过了，俞镜脱口而出。金合韵皱着眉头说，咋说话的呢，镜子？

哈哈，我就那么随口一说，别当真。俞镜知道自己说漏嘴了。杨旭补充道，我们两个当不当真不要紧，关键其他人不当真就好。

我说，你们有没有发现这个市场又开始回暖了？看样子金融海啸就要过去了，金合韵说，是不是跟国家的刺激经济政策有关，市场见效了？

杨旭夹了一块羊脸，其实，这个所谓的金融海啸发生之初，对我们这些身临其境的人来说，都会立刻产生“蔽日效应”。这个时候，啊，就如金合韵一样，大多数人都会感到迷惑和彷徨，而且，光线被挡还会带来真假难辨的客观效果。

所以呀，你们没有看到我最近的努力成果吗？镜子，他说什么？我怎么听不懂？

俞镜说，专家发言我们只要听着就好。你们两个别打岔，我刚才说到哪里了？杨旭不高兴了。

成果，你刚说的是什么成果，金合韵装出一副好奇的表情。

对，目前这个社会迫切需要拨云见日的理论研究作品，你们没看到我最近在世嘉研究院论坛上的几期发言，那叫一个轰动。

你的成果、作品，哪里有的卖？我去买一打。行了，我签名送给你们，下周就出版了，书名叫《百年一遇，拨云见日——改变未来的金融危机》，这里的“云”是指国际金融危机的来龙去脉，“日”呢，是指国际货币金融乃至整个世界经济的未来。

你小子不仅成为专家，还成大师了，嗯，不错，有前途，记得给我们两个签名留念。杨旭的表情确实有些得意，这也是他在从胡鸣那里转会到金世羽的世嘉研究院后，取得的最好成果。

如果不是世嘉研究院里面有大量的第一手资料，他也不可能在这个基础上依据严谨的逻辑思维对整个问题进行全方位的深度剖析，一个好的平台，可以让一个人飞跃。

那最近金世羽又在搞什么动作？俞镜很好奇，他原本能猜到金世羽的动作，可是最近发现自己很难估摸到金世羽的具体动作与策略了。

如果不是因为蓝思机构如此迅速地并入世和中国，俞镜和胡鸣也不会觉得金世羽那狼性的扩张策略会如此凶狠与迅猛。

张纯最近还好吗？俞镜问道，我看她最近一直非常忙。金世羽把媒体这块交给他们兄妹两个了，我觉得金世羽对她真的很好，杨旭说道。你看那个方伟，还老公呢，我觉得比陌生人好不到哪里去。我还是认为方伟对她好，最起码方伟不会这么逼她。

方伟，这个人难讲，捉摸不透，不知道他心里在想些什么，但是金世羽这个人什么都讲利益，我不知道他是否真的能爱张纯一辈子。

这个世界上哪有什么爱情？所谓的爱情，都是一厢情愿罢了。如此痴情的金世羽，我感觉像是稀有动物。

俞镜说，男人和女人的爱情观不一样，女人找男人找的是未来，男人找女人找的是现在。女人比男人心理上更依赖，所以通常女人看男人，看内涵和背景，长相是次要的，内涵决定未来发展潜力，背景决定未来生活状态。而男人看女人，先看外表和个性，喜欢上了可以不计后果。男人喜欢上女人，什么身份都敢娶；女人喜欢上男人，没有未来通常不嫁。

金合韵听呆了，没有想到，镜子竟然有这么多大道理。可惜，这样的男人百年难遇，杨旭打趣道，今天被你遇到了。

# 【96】第二条生命线

不过我跟你们讲哦，金世羽最近确实又有大动作了。什么？俞镜问道，是不是又看中了哪家代理公司，想要吃掉人家？

金合韵笑着说，金世羽对代理公司现在没兴趣，世和中国要大举开发房地产产业链上面的第二条生命线，你们猜猜是什么？

俞镜想了半天，我想不出来，到底是什么？保密。这是公司机密，等到具体执行的时候，大家都能看出来的。

金世羽难道还没吃饱，还要出来折腾？俞镜问道。杨旭说，这哪能吃得饱？吃了这顿下次还是会饿的，人呀，永远都不会吃饱的，只要有欲望与思想存在，人就不会满足。

我倒要看看你葫芦里面卖的是什么东西，俞镜愤愤地说，连我都不能说吗？金合韵向俞镜眨了眨眼睛说，你说呢？那神情分明是在挑衅。俞镜有些累了，开了一天的车了，不想和她吵而已。

金合韵累了一天了，三个人离开了“花间一壶酒”，俞镜把金合韵送到了“香邑”。金合韵上楼按了半天的门铃都没人来开门，她知道张晴可能还没有回来。金合韵掏出钥匙正准备开门，旁边马经天家的门开了，金合韵一看，马经天只裹了一条浴巾，头发刚刚吹完。马经天一把把金合韵拉进了他家，金合韵想要推开马经天，可是反抗没有用的，马经天那性感的身材抵着金合韵的身体，金合韵有些害怕了。

她不知道马经天今天到底是怎么了，平时对她都很尊重，为何今天这么对她？马经天在金合韵的耳边问道，你告诉我，你和俞镜到底去哪里玩了？你们两个都做了什么事情？那低沉的嗓音宛如是一种催魂曲。金合韵看到马经天那小眼睛里闪动的愤怒，她知道他是吃醋了。金合韵露出微笑的表情。马经天看到她眼睛里面折射出来的骄傲，终于被她激怒了，他低头吻住了金合韵的双唇，双手从背后搂紧了，那种渴望从他的身体里面被激发了。

金合韵傻了，这吻和镜子给她的完全是不一样的感觉，富有侵略性。金合韵感觉自己的身体开始曲折地迎合，那彼此扭动的摩擦产生的温度，开始燃烧了。这是马经天第一次吻她，发现她并没有拒绝，反而很好奇。马经天放开金合韵，看到她的小脸通红，闭着眼睛趴在他的肩膀上面，马经天微微一笑，发现自己赢了。

你知道不，金世羽派我们两个去北京出差。啊，金合韵回到现实中，什么时候？

后天吧。

去那里干吗？北京不是没啥业务吗？而且从前不是张晴去的吗？干吗要我去北京？现在北方那么冷，想冻死我啊？

金世羽要去北京开拓第二条生命线了，北京房间里面都有暖气，冻不死，况且还有我呀，晚上我给你暖被窝，怎么样？马经天一边说，一边去卫生间换衣服。

那到底要我们去做什么呀？金合韵挺讨厌马经天这么卖关子。马经天换好衣服出来，看见金合韵自己在倒水喝，他发现金合韵其实很适合做这个家的女主人。

金世羽派我们去，是因为卓美网要和我们签约了，卓美网将要和我们进行战略性合作，我们将在这个门户网站上面开辟房地产板块，整合后，也许明年就能上市了。

啊，金合韵说，这是真的吗？我怎么没有听金世羽说过这件事情呢？金世羽说，告诉你他不放心，你这个大嘴巴整天在外面乱讲。

就我们两个人去，显得太单薄了点吧？我们两个是去打头阵，大部队后面就到了。

金合韵和马经天两个人赶到北京的时候，北京的冬天已经来临了，刚刚下过雪的地面上厚厚的一层白，那白和往年的白还不一样。

纯粹的白，白到你的眼睛里面揉不得一点儿尘埃。金合韵被这北国风光给感染了，感叹道，这里可真美。

马经天的小眼睛里面也闪现出光亮，他感觉到和金合韵在一起的那种期待是和别的女孩子在一起时完全不一样的，她纯粹的个性，纯真的外表，没有心计，完全能把人融在心里面，而且不需要思考。

卓美网的团队竟然亲自来机场接他们，这让马经天很感动，看样子这次北京之行收获可能要比他们想象的还要多。马经天的心里镇定了很多，只要有美女陪同，自己的事业总能事半功倍。上次广州之行也是，带着艾青，竟然也顺利完成了任务，估计这次也能顺利完成，一切都是天意。

金世羽、毛语还有张晴第三天赶到北京，世和中国和卓美网正在准备签署战略合作协议，双方都很满意这次的合作。

## 【97】“联合体”奏响双赢曲

这次战略之行，意味着世和中国在网络地产传媒这一块有了全新的发展空间，也为未来世嘉研究与卓美网这块的相互结合，打下了坚实基础。在回来的路上，金世羽对着毛语说，以后你要做好成为一个“鸟人”的准备，未来会非常忙。毛语说，这点金总您放心好了，我一定会把首要工作放在这里，这么多年的伙伴，难道您还不了解我?

金世羽对着坐在隔壁的马经天说道，马经天，以后金合韵就交给你带了，你最好先把她培养起来，以后她还要承担更加重要的工作。

金合韵看了看马经天，又看看金世羽，说道，你们要我承担什么工作？我可受不起。

金世羽接着道，目前我们所说的第二条生命线，外界认为是和网络传媒一起搞的，其实我们的这个是系统性的，卓美网与世嘉研究两者结合，明年准备上市。还有一点就是线上与线下的互动，除了客户会之外，我们还要成立高端的俱乐部性质的会所，世和会的主要目标是汇聚国内外的高端客户，这部分客户是为我们以后代理楼盘做基本的铺垫工作。

所以我准备下一步要和天域公关的顾悦好好谈一谈，希望她能全面入驻世和中国，这样的话，以后公关活动这块，我们就能得到最优势的资源。

张晴问，顾悦的天域公关在全国有很多的分支机构，你让她全面入驻世和中国，那不是等于把她也给并购了吗?

我觉得可能性不大，金世羽说，这个我来想办法，我有办法让她答应。张晴听着心里有些不舒服。

毛语说，我听说上海浦东有个超级大项目的土地正在搞拍卖，不知道明年的形势怎么样。

被誉为“中国第一拍”的上海浦东迪士尼地块经过36次举牌，最终由万冠、金源、万润、星邑集团组成的联合体以260亿元的天价夺得，创全国地王新纪录。

马经天给大家念着媒体发过来的新闻。

金世羽的脸上露出了稳赢的笑容，他知道这个项目世和中国一定要得到，而且非他莫属。

## 【98】金色降落伞

我听说金源最近会有项目搞专题论坛，要不让杨旭策划一期看看效果，怎么样?金合韵问金世羽，如果效果好的话，我们可以用“邀约”的方式为开发商来定期做专题推广，我觉得这样比做单纯的媒体广告更有说服力。

金合韵的想法不错。老毛，这个你的世嘉研究院要支持杨旭。

毛语点点头说，没有问题，我回去后安排一下，让杨旭能尽快从专业的研究领域脱颖而出，尽快捧到他出名。

杨旭还是有很大的潜力可以挖掘的，我觉得世嘉研究院这个平台足够他发展了，前段时间他出的那本书市场效果怎么样?

那本书，效果还可以，主要是没怎么造势，不然肯定会有更轰动的效果。毛语说道，杨旭会有发展的，只要我们给予他合理的发展空间与方向。

嗯，金世羽想了想说，那么我们就将这样的机会给予杨旭，也许他自己也是这么希望的。金合韵，这次的活动策划你和杨旭要配合好，最好先去听听甲方的意见。

金合韵，你什么时候回来的？杨旭看到金合韵今天在公司，今晚有时间吗？俞镜说，等你回来去“花间一壶酒”。金合韵看了杨旭一眼，别急，我今天有事情要跟你商量，等下会议室见。

杨旭说，那好吧，我在会议室里面等你。金合韵和杨旭讨论了这次论坛的主题，金源的“格林紫郡”主办的“精英置业大讲堂”，这是金源的“格林紫郡”的收官之作。

今天把这次活动的策划方案赶出来，明天我们两个一起去甲方，我已经跟他们的项目经理联系好了。

杨旭说，这么急，太赶了吧。

不赶怎么行？做事就是要快，不快怎么赶得上时代变化？

你个小丫头，嘴巴越来越厉害了。那你今晚去不去吃饭了？杨旭问道。今晚不吃了，改天吧。等把这次活动搞好了，我给你庆功。

得了吧，每次你都骗我，杨旭委屈地说。金合韵嘿嘿一笑，这次本小姐保证绝对不会骗你，一定兑现诺言，要不我给你立个字据。

那行，赶紧的，先讨论这次专题的主题，我觉得还是以“精英置业大讲堂”这个主题为主，如果“格林紫郡”这次的专题活动搞得火的话，我们能为下一个项目的代理权争取时间和形象价值。

金合韵和杨旭给金源策划的这次主题活动得到了老励的认可。在年末金源的会所内，专业级别的影音室隆重装饰一新，一排排贵宾椅早已摆放到位，杨旭看着工作人员穿梭忙碌着，这一切皆因杨旭策划的“精英置业大讲堂”将在这里如期举行。

离活动开始还有30分钟的时间，现场已座无虚席，每位莅临现场的客户在签到时都领到了一份金源“格林紫郡”精心准备的包括楼盘资料在内的实用小礼物，令他们感到十分温暖。

10点整，“精英置业大讲堂”正式开讲。杨旭邀请了行业内专家祝涛等压阵，由祝涛为现场的客户分析“房地产最新形势如何演变”，毛语讲的则是“通吃盛世与危机时代的置业策略存在吗？”。

杨旭看到会场的气氛越来越热烈，他知道活动的高潮就要来了。杨旭抛出的话题很特别，带来的本次专题是“上海最后一把区域金色降落伞在哪里？”。

杨旭讲的内容颇具时代前瞻性，分析得比较深刻，见解也独到，一下子引起在场嘉宾的浓厚兴趣，气氛节节攀升。

杨旭看到很多嘉宾都想发问，大家提出了各种楼市热点以及各自对于楼市的观点。直到此时，在一旁观摩的金合韵终于放下心来。经过与业内专家的咨询沟通后，现场客户内心的疑惑得到了详细解答，欢快的笑声在整个会场洋溢。金合韵一看表，已经2个小时了，活动要结束了，金合韵上台。

感谢大家光临今天的活动，请所有在场的朋友，前往我们的会所餐厅享用午宴，同时也感谢各位朋友对金源“格林紫郡”的关注，金源“格林紫郡”收官之作即将开盘，我们的客户升级已经进入倒计时阶段，有意者请把握仅剩的机会。

所有的客户都朝着会所的餐厅走去。杨旭看着台下的金合韵，他知道这次活动成功了，不仅仅是活动本身的成功，还意味着杨旭终于能和祝涛这样大师级别的专家一起主持论坛了。

杨旭的心里除了感动还有一股激情，他知道自己离成功的目标已经非常近了。他看出了金合韵眼神里面的鼓励与羡慕。

# 【99】谁没有投放自己的影

金合韵在回公司的路上问杨旭，俞镜不是说要一起吃饭吗？怎么没声音了？

要不就今晚吧，今天好不容易取得这么大的成果，我想和哥们儿好好分享一下，你没有问题吧？杨旭转头问金合韵。当然没有问题，那么还是老地方“花间一壶酒”，下班后叫俞镜来接我们俩。

好呀，我也好久没去那个地方了，我听说那个地方随着季节的不同，店里面的装饰也会不同，不过唯一不变的是“花”这个主题，永远都会有。杨旭说，这是一个女人喜欢来，男人也喜欢去的地方，所以店里面的生意一直都不错，再加上店里面的“菜系”非常丰富，所以光顾的很多都是老客户。我最近听说“花间一壶酒”又要开分店了。

哦，是吗？不知道开在哪里，如果在我们公司附近那就是太好了。

镜子，金合韵一边打电话，一边拿起手中的瓶子，喝了一口水。

怎么，今天有空理我啦？上次叫你出来吃饭都不乐意。俞镜在电话里面埋怨道。

没有问题，今晚下班后你来接我们俩，还去老地方，怎么样？

好，俞镜说，我要去开会了，晚上见吧。

三个人驱车来到那条栽满银杏树的路上，那棵上百年的银杏树，叶子早已经凋谢了，满树的树杈和着这个城市光鲜亮丽的外表，投放出自己的光影。平日热闹的门口，今天居然关门大吉，门上面的牌子上写着“停业装修”。杨旭下车向旁边的小店打听，店主递给杨旭一张名片，上面赫然写着“花间一壶酒”新店地址，欢迎新老客户前来，杨旭把名片递给俞镜，搬家了，还去吗？

在哪里？金合韵抢过名片一看，这个地址似曾相识，这不是皇基的办公地点吗？

啊，你是说九观云庭吗？是啊，金合韵仔细看了名片的地址，确实是虹桥路，俞镜说，那我们还是去看看吧。

三个人的好奇心想要得到满足，就驱车前往虹桥路，路上有些堵。这个城市的下班高峰，这是没有办法的，不要说公交车了，连地铁也经常挤不上去，私家车就更不用说了，来上海的人都说上海人太多了，只有到了过年的那段时间，上海才会清静很多。

九观云庭的门面早已经没有了，上面写着“花间一壶酒”，往日宁静的这里，今天却是高朋满座。望着昔日无比辉煌的九观云庭，俞镜有些悲伤。

难道方伟的皇基真的倒闭了吗？俞镜的心里一阵疑惑，那么他目前在做什么呢？

我们先进去吧，三人一同推开了大门，服务员把他们请进了二楼的一间雅座，对面就是一扇大的落地窗，十分奢华，也十分幽静。满院子的花香扑鼻而来，俞镜正在打电话，金合韵不知道他在打给谁。

这里曾经是方伟的办公室，如今改换了门脸，金合韵叹息道，真是世事变迁。

开始点菜吧，杨旭说，我饿了，还是老规矩吧，不用俞镜重复了。

上菜吗？服务员敲门前来问话，俞镜说，再等一等，有一位朋友还没有到。

好吧，服务员悄然关上了门。还有谁？金合韵好奇地问道。还能有谁？俞镜说，我刚打电话给李放了，我想问问她，这里到底出了什么事情，为啥连公司都关门了？

杨旭说，还能有什么事情呀，金融危机的结果，今年有多少公司倒闭，根本数不过来，更何况这种长期没有业务的小公司。

说着，李放推门进来，你们都在呀！看到这些人，李放很激动。来，坐我这里，俞镜打着招呼，一边移开右边的座位。

到底怎么回事？李放刚坐稳，俞镜就开始发问了。

什么怎么了？李放笑着说。我说这里，俞镜指了指这里，出什么事情了？

李放喝了口水，老方带我去了甲方，这里关门了。

甲方，哪家？

星邑集团呀，我还以为你们都知道呢。最近不是世和中国和晨远两家公司都在抢夺星邑湾这个项目吗？

啊，真的假的？你和老方进了星邑集团，我们真的一点儿都不知道。

是真的，不知道哪家公司能夺标，李放说，目前形势很乱。

镜子，听说晨远也着手了房地产基金这块，看样子资金方面不会输给世和中国。这样子的话，要看老方的意思了，如果金世羽和老方的关系过硬，老方很有可能把这个项目给世和中国。

他们之间的关系，怎么可能硬呢？方伟和张纯离婚了，金世羽全盘接收了张豪和张纯，你说，怎么可能会和好呢？

如果是这样子的话，那么胡鸣的胜算把握比较大一点儿。难说，方伟也不是傻子，会为了张纯一个女人，放弃自己的江山。还是要看现实的，方伟是个非常现实的男人，金世羽是个非常理性的男人。

那你在里面做什么？金合韵问道。

我？李放说，我现在在里面做企划。不过方伟让我先注册广告公司，峰尚广告，我可能会自己开广告公司，以后星邑湾的所有项目都会通过这个广告公司来代理。

还是你比较有前途，看看我们几个都还在打工呢。

李放说，我也是等了这么多年，才获得一点点小小的成绩。

也对，你都跟着方伟这么多年了，在他最困难最艰苦的时候，你都没有离开过。李放，我感觉你比他老婆张纯还忠诚。

李放笑了笑说，我是一个没有理想的人，太过安于现状吧。

一切都不好说，我们还是静静地等待结果吧。

# 第十章

# 波澜起伏，天下之后是天涯

# 【100】房产价格的起伏难控

我听说“格林紫郡”已经在做最后一期的收官之作了，是不是真的？李放问道。

是的，我和杨旭刚办完一个精英置业论坛，没有想到卖得那么火爆，最后一批我们提了很高的价格，还是有人来抢购。

杨旭叹了口气说道，我卖的不是房子，而是传奇。

你们想想金融危机的余音还未走远，上海这里房价就一个劲儿地往上冒，我估计今年是个好年景。李放，你和方伟是怎么进的星邑集团？

李放心里在想，是不是应该说点什么？或者有些事情她不能说呢？方伟呀，其实方伟和施彦私交很好的。施彦前阵子困难时期，方伟帮过她，再加上施彦很欣赏方伟的才干，很久以前就叫他去了，是方伟一直在琢磨，所以一直拖着，现在好了，退路已经没有了，所以方伟就去了星邑集团。

你确定方伟不是因为其他原因才进去的吗？俞镜冷静地分析。

其他什么原因？李放反问。

这个就是我们想知道的，你们看星邑湾卖得这么好，方伟现在这个时候去甲方，意味着什么，更何况金世羽正在争取这个项目。

以目前方伟和金世羽的关系，他们两个之间的私人恩怨可能会影响决策。

这个怎么会？李放笑了。

方伟一向是一个公私分明的人，绝对不会因为私人恩怨而拿公司的决策来做赌注。

说不定不久的将来金世羽和方伟还能再度联手呢，李放肯定地说。

再度联手，跟自己过去的竞争者，还有现在他老婆不是还在世和中国吗？金合韵问道。

是前妻好吧，李放说，他们已经离婚了。

离婚了也曾经是一家人，我觉得张纯和方伟还是有感情的。

有感情也是过去的事情了，不要混为一谈。

李放环顾了一下周围的环境，这里已经彻底改变了，只有外面的树影还是那么生动，满园的花香侵袭着这里每个人的神经。这里已物是人非，十年前那个夜晚，大家开香槟庆贺的场景还在俞镜的脑海里面浮现，那远去的记忆慢慢地模糊了，渐渐清晰的是已经满桌子上齐了的菜。

吃菜吧，俞镜叹了口气说，过去的就让它过去吧，什么事情都要向前看。

杨旭说，也许未来会更加美好，我听说胡鸣最近也在筹备更多的资金，未来的扩张又将是新一轮厮杀。

那个金源的“檀溪”上次谁家中标的？还有万冠的“金玺”？李放问道。

本来就是蓝思机构，因为有镜子的存在，这两个项目提案后都中标了。不过现在还没有定，镜子离开了，蓝思也被并购了，金合韵说道。

俞镜冷笑着，其实这一切都是金世羽事先安排好的，他和胡鸣交换的条件就是“香邑”这个项目，胡鸣一看没啥吃亏的，就答应了，我就被卖给了胡鸣。

哈哈，俞镜自嘲道，我和金合韵也是金世羽一手安排的，最后的撤离，导致蓝思弹尽人灭，走向最终的不归路，还有那招“离间计”，哈哈，金世羽也运用得不错哦。肖林和张豪最后没有走到一起，这也是金世羽的阴谋，为了世和中国的利益，金世羽牺牲了朋友之间的友谊。

金合韵听了俞镜的解释，感觉金世羽很恐怖，那你觉得金世羽的下一步计划是什么?

上次打赌你不是输给我了吗？这次还敢不敢跟我打赌？金合韵调皮地看着俞镜。俞镜斜着眼睛瞄了瞄金合韵，有啥不敢的，他的下一步计划是把世嘉研究与卓美地产媒体结合上市吧。

你说的是上次北京的那个卓美吗？金合韵问道。

是呀，俞镜说，金世羽上次不是去北京和卓美网签订了合作协议吗？我看他的下一步计划就是在这里。

杨旭说，镜子，你怎么这么神，什么都知道啊？

俞镜说，我八卦呗。

最近我接触的都是豪宅市场，金合韵说道，发现里面有很多问题。豪宅的营销策略，豪宅客户的关注点，他们的生活圈层我都比较模糊，不知道从何处着手。

哦，对了，金世羽上次不是让你搞那个什么会吗？

“世和会”是针对高端客户的一个平台，最近很迷茫，不知道怎么弄。金合韵反复强调这句话，她知道这里只有镜子能给她指一条明路。

俞镜说，你这个高端的平台应该是资源性质的，没有地域的局限，有的只是人脉的关系网络。

金合韵说，为什么呢？地域上面也可以弄呀，不然怎么落地呢？

你可以和那些炒房团、海外团购、银行的VIP客群，还有上海那些高端会所和财商俱乐部等建立联盟，这样的话，“世和会”很有可能建立在高端的平台上面。

## 【101】难为知己，难为敌

这是金世羽与方伟之间的一场真正较量，大家都认为这场较量谁输谁赢都不好说。方伟从乙方到甲方，他的心态能否转变过来？面对昔日的哥们儿、朋友及竞争者，他能摆正自己的位置吗？

或许真的很难，但毕竟商场无任何规则可言，所有的决策得依靠领导者的智慧判断力，金世羽不例外，方伟肯定也不例外。

一场没有硝烟的正面之战将会来临，这一次相聚迟早要来，这一次较量是智慧的决战，如果没有张纯，如果没有曾经的背叛，也许所有都是愉快的，正是因为有太多不堪回首的往事，两个人才更加加重了彼此的心理负担。

没有硝烟也是战争，方伟心里清楚，即使他不找金世羽，也许就会是胡鸣，两个人比起来，他还是更愿意与金世羽合作。毕竟上海这个市场80%已经沦为世和中国的地盘了。

如果连世和中国都没有合作的可能性，那么基本上就没有其他代理公司可以做了。方伟这么想，但是他自己能否不计前嫌，忘我地为公司工作呢？

施彦的心里其实更清楚，方伟真的会在星邑做出自己的成绩。带着自己创立的星邑湾品牌，施彦和方伟深刻交流过，通过多次的彼此交心，施彦知道了方伟真实的想法。

施彦放心地把上海的星邑湾交给了方伟，自己去了外地。"十城记"的计划不是一下子就能实现的，需要的不仅仅是时间，还有激情与毅力。

此时的金世羽也犹豫着，真的能放弃前嫌，亲密无间地合作？这也是金世羽所担忧的，没有张纯，没有当初的那次别离，或许今天他和方伟会是最好的哥们儿。

又是"花间一壶酒"，昨日的九观云庭呈现在方伟的记忆深处，那么模糊又格外地清晰，宛若1997年。方伟特别喜欢这个地方，虹桥路的风情，百年老上海，这里的每一棵树都那么富有风情。

而今这里除了那棵参天银杏树外，院子里满是鲜花，洋溢着女人的芳香，这也是方伟当初把这个地方租给"花间一壶酒"老板的真正原因。

方伟穿过小桥流水的大门，服务员仿佛都认识他，非常热情地把他引到了楼上的雅座。这个房间方伟也是非常熟悉的，而今只是换了装修，硕大的落地窗外，树影婆娑，风儿游荡，光影交错的夜色里面，谁又能体会到方伟此时此刻的心情呢？

金世羽的心情何尝舒服呢？这里曾经是他们事业起步的地方，要说没有感情那是假的，正因为这里有太多的回忆，所以金世羽与方伟都不愿意去碰触它。

方总呀，让您久等了，金世羽走了进来，一边高兴地握住了方伟的双手。方伟从过去的记忆中苏醒了过来，哦，金总，你好，很久没见了。他们两个确实很久没有见到了，这次的见面，如此的场合，让两个人觉得既激动又陌生。

方总，我要恭喜你。方伟苦笑着，有啥好恭喜的，我这不是给人打工！金世羽道，打工自有打工的悠闲，你看我，表面风光，上市公司老总，背地里的苦也只有我自己心里清楚。这么多年我是怎么熬过来的，公司这么大，需要我操多少心呀？你是不知道，一步走错，就是步步错。

方伟说，金总，今天咱们不说这些泄气话，人只有往前看，有些东西留到我们老的时候再慢慢回忆吧。

嗯，既然方总你都这么说了，那么我今天就开门见山，不绕弯子了。你看你进星邑湾也有一段时间了，星邑湾的营销代理施彦是否还有合适的公司？如果目前没有，你看我们是否可以合作一把？

如今的上海，我们还是领导者地位，如果星邑湾不和我们合作，我们双方不仅仅是经济上面的损失，更是品牌方面的损失，我觉得只有强强联合，才能彰显实力。

方伟倒是没有想要隐瞒什么，施彦其实把这个项目所有事项的决策权都交给我了，所以一切都看我的主意。金世羽一听，忙说，方总，能否不计前嫌？方伟笑了，如果我还计较过去，我们今晚就不可能在这里相会了。

金世羽一听豁然开朗，心底暗暗佩服方伟，识时务者为俊杰，方伟是鬼才，一点儿都没错，机灵着呢。

金总，来，咱们为未来的合作干一杯，金世羽举起了手中的酒杯，幽幽地说，难为知己，难为敌。

方伟的嘴角一勾道，金总，“曲高和寡”，如今我只能看你独自“笑傲江湖”了。

令所有朋友都大跌眼镜的事情是，方伟和金世羽居然联手合作了，在星邑湾与世和中国轰动一时的签约仪式上，金世羽与方伟宛若亲密无间的合作伙伴，互相紧紧握住双手，久久不肯放开。在场的所有人都认为，他们已经确实和好了，也看不到任何不开心的事情。事实也确实如此，一旁的张纯看得有些吃惊。

双方落座后，金世羽首先站了起来，环顾了一下全场，今天一共有8桌子朋友，世和中国的几个高层领导也都来了，金世羽举杯对着方伟说，来，方总，为我们今天的顺利合作以及未来将要取得的成绩干杯。

方伟今天穿着一身亮色系的西装，看上去比以前更加年轻了，金世羽却显得有些沧桑。张纯在一旁看着这两个男人，从曾经相互合作的创业伙伴，到后来的你死我活的竞争对手，再到如今的朋友知己，这期间经历的风风雨雨，或许只有方伟与金世羽两个人的心里真正清楚。

方总，对于星邑湾的营销策略你有什么好的建议没有？金世羽知道方伟心里有自己的想法，所以必须尊重对方的意见，如果一开始没有沟通好，一意孤行，甲方很有可能换枪炮，乙方也只有被踢掉的命运了。

所以金世羽在对待这样的事情上面，前期总是做彻底的沟通，这样的沟通有助于后面的长期合作，这也是一种人脉关系的积累与维护。

方伟想了想说，金总，那我就卖几个关子，你可别见笑。

金世羽环顾一下四周，这里每一位都是你和我曾经的伙伴，哪能见笑呢？

其实我觉得，作为豪宅，就拿我们星邑湾来讲，营销必须创造一流的客户体验，顾客对于某种品牌的糟糕体验会影响他们未来的购买决定，也会影响到其他人的购买决定。如果市场上有足够选择的话，他们就会抛弃那些给他们带来不良体验的品牌，所以我认为，忽视客户体验管理的企业将会在市场上受到惩罚。

我们的星邑湾不仅是全成品，更是体验营销的典范，一定要以此树立行业标杆。

金世羽点点头，我同意方总的意见，我们这次合作一定要建立在双方意见一致的基础上，争取品牌效益与经济效益双赢。

方伟看到金世羽点头，就知道金世羽已经落入了他事先设置的圈套内。经过这么长时间的战略部署，方伟在心里暗暗地发誓，一定要让金世羽尝一尝什么是真正的危机。

方伟拿起酒杯，起身向张纯的身边走去。张纯有些不知所措。方伟来到张纯的身后，张豪起身离开，他想知道妹妹心里是不是还有他。

张豪的离开，给了方伟一次机会，方伟顺势坐在了张豪的位置上面，来，干一杯，方伟对着张纯说道。张纯表情慌乱，杯中的酒洒了一桌子，那红色的液体流淌着，一如生命的历程一样久远。

方伟从张纯的眼神里面发现，那爱并没有消失，只是将思念藏进了两个人未知的重逢里面，如今双眸对视，竟然发现这爱比呼吸更加靠近。

金世羽适时地打乱了两个人之间的情绪，来来，方总，咱们再干一杯，方伟转身与金世羽一起碰杯，一干而尽，接着是马经天与毛语，方伟似乎也想醉一回，来者不拒。

红酒一瓶接着一瓶地上，似乎醉意有些浓郁，满桌子的芳香散发着女人独有的体味，方伟醉了，马经天也醉了，唯有金世羽独自清醒着，今天的宴席是旧友重拾的友谊，也是爱情芬芳的驻地，男人与女人情感的宣泄。

这个城市就是这样，暧昧、激荡、缠绵、疏离、聚合，仿佛人与人之间从来都是陌生的，又从来都是熟悉的。

貌合神离，若即若离的各种关系，让人无法忘记任何一个人，而以为曾经牢记在心的，如今却是那么陌生，这就是包容与熟悉，宛如隔世。

方伟借着酒意，想要更深层次地表达自己内心的想法，今年呀，可能会面临更严峻的市场考验。金总，我可是把我的身家性命与前程都交到你手里了，你可得替我牢牢握住了。方伟握住了金世羽的双手，不肯放手，千万不能放手呀。

金世羽被他握得有些疼，一个劲儿地点头，哥们儿我也豁出去了，我一定让星邑湾在上海重放光彩。

哥们儿，我看好你，咱们一起努力。方伟举起酒杯还想喝，被一旁的张纯抢过了杯子，张纯拿起酒杯和金世羽碰了一下，金总我干了，你随意。

金世羽反而不知道如何是好了，这样的举动，让金世羽看出来，张纯对于方伟还是有感觉的，金世羽叹息了一声，仰起脖子，一杯红酒就这样子下肚子了。

金世羽的心里想着，自己的幸福，不过是一棵树偶然的光影罢了，他的心里顿时凉凉的，很后悔，要是不让张纯来，那该多好。

# 【102】恐怖的平衡，隐性的竞争

镜子，金源的那个顶级别墅“檀溪”的代理权是不是被晨远拿下来了？金合韵一大早就打电话给俞镜。因为她想要联系金源老大的时候，发现励博竟然去了国外。里面的内线告诉她，肖林建议把“檀溪”的代理权给晨远，不要给世和中国，这使得金合韵比较郁闷。

俞镜笑而不答，反问道，你是怎么知道的？俞镜的心里很矛盾，作为朋友，金合韵其实在他心里是有地位的，但是作为同行，公司之间的竞争又是无法避免的，他必须站好自己的位置，倾向哪一边都不会有好的结果。

俞镜不说，金合韵也已经知道答案了。前期那么多工作都白做了，这还不算，上海这么大一个别墅项目竟然给别人抢走了，世和老大的地位不保，太没有面子了。金合韵不敢把这个消息告诉金世羽。

可是天下哪有不透风的墙，金世羽第二天就知道内幕了。他找到金合韵的时候，金合韵正在聊天，这下金世羽就更加火了。马经天，马总呢？马经天赶紧出来，看到金世羽来了，以为有重要的事情要宣布。金世羽指着金合韵说道，你就是这么管教你的部下的吗？你看，她上班没事就聊天，还有，这么严重的情况却不及时向我汇报，是不是不想在这里待了？你怎么搞的呀？

马经天有些不知所措。其实马经天也没有办法管金合韵，基于金合韵的特殊身份和她的性格，这里谁都没法管她。但是金合韵的才华和待人没有心机的性格又是大家喜欢她的原因，这也是令马经天对她又爱又恨的主要原因。

到底什么事情呀？马经天问道，她事情做完了，我就懒得管她了。

你难道不知道，上海顶级别墅“檀溪”的代理权落入了胡鸣的口袋，这么重要的消息你们竟然不知道，你们每天都在干什么？

马经天见金世羽真的发威了，还是要给老大面子的，马经天问从哪里传来的消息，金世羽说，媒体上都公布了，你们没长眼睛吗？

最近眼睛极度疲劳呀，马经天不知道是开玩笑还是真的。金世羽说，我先不管你用什么办法，你一定要把这个项目给我抢过来。你们难道不知道，我这里最近快忙死了，以后不要给我添乱了，知道不?

什么事，那么忙? 马经天还是不知死活地问。

金世羽说，世嘉研究要和卓美地产合并后上市，就在今年，你说我能不忙吗?

马经天点头，那确实，这是大事，行，这事交给我吧，我随时向你汇报最新进度。

我可不希望看到负面新闻，你好自为之，金世羽说着看到金合韵从外面进来。

去哪了? 金世羽看着金合韵的手上拎着一大包吃的，很不高兴，知道她一定是趁着上班时间溜出去玩了。

但自己那么忙，也懒得再管她了。你自己的事情要做好，不懂的问马总，知道了吗? 别整天跟我打哈哈。马经天在一旁附和着，放心吧，金总。

金合韵等金世羽的身影远去后，在一旁嘀咕着，上海的项目80%都在你手里了，还整天跟我叫，丢掉一个两个项目怕什么? 这句话被马经天听到了，马经天走到金合韵的身边，不客气地说，你知道金总为何要抢这个项目? 不仅仅是因为这个项目代表着上海的豪宅风向标，更因为它是一种影响力。你不要看目前上海的市场很平静，其实这里面危机重重，隐形的竞争，不是用双眼去看的，是要用智慧去发现。

金合韵被马经天这么一损，心里很不是滋味儿。

马经天抬头，正好碰到金合韵那水灵的眼睛里透出忧郁的神情，他知道自己的话有点儿重了，可能伤害了她的自尊心。

他拉过金合韵的手说，今晚我们去看电影吧，说不定看完我们就有办法了。

金合韵问，是什么影片? 我倒是很久没有看电影了。马经天说，你去了不就知道了吗?

那好吧，金合韵没心没肺地回答，晚上下班的时候我来叫你。

## 【103】你的心跳在左边

下班的时候马经天来了，金合韵还是在聊天，金世羽的话仿佛一点儿作用都没起。走吧，你还在等什么？

哦，金合韵闪亮的眼睛瞄了一眼马经天。马经天说，快点，看完再去吃夜宵。金合韵问，都是你请客吧？

马经天没理她，把她的电脑给按掉了。金合韵见自己的文件都没关掉，说，你讨厌死了，我文件都没关掉，你就把电给我按掉了，讨厌死了。

快点，马经天再次催促，你这么慢，我先走了。

好了，我来了，金合韵起身拿起包，跟在马经天的后面。两个人乘电梯到了地下室，地下室里面有很多的车停着，看样子还有很多同事在公司加班呢。

上车吧，我的大小姐。金合韵露出的微笑总能吸引马经天，她的笑很特别，有韵味，当初妈妈给她取这名字，就是因为发现她特别有韵味。

我们这是去哪里？金合韵坐好了，拿起车上的一瓶水，打开喝了一口。马经天说，中山公园吧，那里比较热闹。

好吧，那里我比较熟，龙之梦影城吗？

好，就龙之梦影城吧。那走啦，马经天发动车子朝着中山公园的方向驶去。

看《十月围城》吧，怎么样？马经天问一旁正在认真看电影海报的金合韵。

好呀，就它了。金合韵没有反对。其实今年流行的片子不少，听说那部贺岁片《非诚勿扰》挺好看。

两个人买好票就进去了。你想吃爆米花吗？马经天知道很多女孩子都喜欢看电影吃爆米花，他不知道金合韵是不是也喜欢。

嗯，好的。见金合韵没有反对，马经天买了一袋爆米花，两瓶水。

电影并没有想象的那么好看，唯一让人印象深刻的是，里面有个人物名字也有个“韵”字，而且长得竟然跟她很像，这让金合韵有些吃惊。

电影不吸引人并不要紧，马经天望着一旁看得入神的金合韵，左手轻轻地伸到她的身后，搂住了她的腰。金合韵并没有反抗，显然影院的环境让她放松了。

马经天在她的耳边咬着，金合韵痒痒的难以忍受，我们回去吧。今晚你能住我家里吗？马经天性感的声音非常吸引人。嗯，金合韵的声音好像是答应了。

金合韵听到了马经天急促的心跳声，她刹那间发现自己竟然全身都陷入了马经天的怀里面，马经天宽厚的怀抱紧紧地包裹住了她娇小的身躯。

金合韵的双颊发烫，全身的神经已经高度紧张，从身体里面发出的信号，其实已经说明了一切。真的要跟他回家吗？妈妈说过太轻率的女人男人会看不起的，金合韵犹豫着。

金合韵不想背叛马经天带给她的真实感觉，可是她不清楚马经天是不是能带给她一生的幸福，马经天真的爱她吗？她没法确定，也许要经历时间的考验才能知道。

电影结束了，唯一让两个人印象深刻的就是影片里面那个名字带“韵”字的女子那富有韵味的笑容，清澈、妩媚，宛若一个脱俗的仙子。

马经天说那就是现实中的金合韵，他喜欢的也是她。金合韵惊呆了，不知道如何回应，这就是爱吗？爱情，金合韵确实听到了马经天的心跳声。

你从今天的电影里面看到了什么？回家的路上，马经天一边开车一边问坐在身边的金合韵。金合韵还沉浸在刚才的亲吻中，没料到马经天会问这个问题。

她噘了下嘴巴，表示无可奉告。

马经天的眼睛在黑夜中显得特别有神，金合韵从心底悄悄地喜欢上了。

## 【104】楼市欲演“十月围城”

推开门，马经天转身拉着金合韵，进去吧。金合韵挣脱了，按下了隔壁的门铃。马经天知道今晚的好戏又没有了，他无奈地叹了口气。隔壁的门开了，张晴穿着睡衣出现在门口，金合韵一个闪身就进了门，仿佛做了什么见不得人的事情。

张晴问她去哪了，这么晚才回来，金合韵避开张晴那善于捕捉信息的眼睛，一边脱去外套一边说，我们就是去看了场电影。

什么电影？不会是《十月围城》吧？是呀，金合韵说道，就是因为马经天说看电影会有灵感，我才跟他去的。

那你现在有啥灵感了吗？

《十月围城》没啥好看的，不过里面那个跟我名字很像的女子，长得倒是挺漂亮的，金合韵说着今晚唯一的兴奋点。

张晴说，《十月围城》作为大片来说还是可以的，你不信，看好了，我估计楼市也要上演“十月围城”了。

啥意思，金合韵问道，楼市上演“十月围城”是啥意思？

张晴白了她一眼，你看现在不是已经快十月了吗？未来这段时间是开发商推货密集的阶段，我估计价格战将非常激烈。

你说上海呀，上海不是一直都是这样的吗？不仅是上海，全国楼市都将这样，张晴解释道，最近万冠、万润、金源还有星邑都在搞全国项目联动销售，我估计最近项目的推盘量又会上升，你现在负责哪个项目？

金合韵把衣服脱得差不多了，想要去卫生间洗澡，一听张晴这么问，就说，就是那个“檀溪”，不过听说被俞镜他们抢走了。

我很郁闷，金世羽一直问我，看样子这次很难逃过不被责骂的结果了。

张晴靠在浴室的门上，听着里面哗哗的水声，心里想着金世羽和金合韵之间的关系，虽然公司并没有几个人知道，他们之间也并没有承认，但是张晴知道金世羽与金合韵之间一定是有某种关系的，这从他们言行举止之间流露出的感觉就能发现。

你还是放一百个心，我看金世羽是不会说你什么的，平时都对你那么好，怎么可能会说你呢？

是啊，你可能还不知道吧，我妈妈在美国的时候就一直告诉我，金世羽怎么怎么厉害，我回来就是想看看我妈妈说的话是不是真的。

金世羽和你到底什么关系？张晴很好奇，她奇怪为何金世羽对她总是特别照顾。金合韵在里面回答说，他呀，我表叔呀。

张晴突然发现自己真的很傻，金世羽身边那么多的亲戚朋友，她都不熟悉。她突然想到自己应该好好利用这些，这样或许可以接近金世羽。

哎，张晴抬头看着天花板，“十月围城”，毕竟女人这一生还是要走进去的，她突然特别想要有个家，有个人能在自己的心里面，保存这点点滴滴的快乐与忧伤。

金合韵洗完澡出来，看到张晴还靠在门上，不知道在想些什么。你有没有听说李放的峰尚广告最近接了上海好几个楼盘的推广，看样子这个女孩子也要飞跃了。

哦，李放，她不是跟着方伟去了星邑湾吗？都是甲方了，还折腾啥广告公司呢？多累，女人嘛，还是在家待着比较好。李放都蛰伏了那么长时间了，该她出山了，方伟也不傻，星邑湾又不是他自己的公司，高级打工仔而已，没啥值得骄傲的。我说张纯跟他离婚也是一种解脱吧，像方伟这样的男人，没有一个女人能征服他。

是呀，金合韵吹着头发大声说道，反正最近事就是特别多，房地产这个行业麻烦事就是多，凡事不能得罪任何人，我有预感又要出大事了。

## 【105】“代建制”瞩目的亮点

事遂人愿往往让大家觉得是一件天大的喜事。金世羽终于发现了拥有资源的好处，自己可以掌控一切局面，不管是南下并购，还是北上扩张，对于金世羽来说，这一切都仅仅是事业扩张中的一个小小的节点，酝酿已久，时机成熟，就会顺利发展，当然首先要眼光看得长远。

上周王岩电话里那些感激的话，让金世羽分明感觉到了时机的来临。王总，什么时候有空谈谈浦东“DSN2010 地块”？王岩的回答倒是很爽快，没有问题，这周我回上海，我正好约了胡鸣，还有几家代理公司的老总，金总有空的话一起来。

金世羽想，好，机会有总比没有好。王岩不想把代理权给一家公司，这样他好有回旋的余地，他想得也不是没有道理，退路总是要给自己留好的，不然将来遇到问题会很麻烦。

金世羽和马经天赶到万润地产的时候，已经10点多了，看样子大家都习惯了晚到，王岩还没有来，赶到会议室的时候，看到胡鸣和祝涛，还有几个人不认识。

金世羽一看，看样子今天的阵势真的是不小了，王岩肯定是有重要的项目要做了，不然他也不会这么严肃，约来这么多老总。

10点15分，王岩很准时地推开了会议室的大门，后面跟着一位女子，他们都不认识。好，各位，让大家久等了，好久没来上海了，这里变化很大呀。

金世羽说是，因为要开世博会了，所以上海全城面貌大换脸。

上次的事情还要感谢金总，你费心了，王岩客气地说道。

金世羽笑了笑，此时此景，他也不好多说什么，王总，你客气了。

王岩也没有强调什么，感觉一切尽在不言中。今天的主题是关于“浦东DSN2010地块”的招标问题，我想各位代理公司的老总也清楚，这块地是联合拍到的，所以，代理方面也是采用联合代理，这次我没有约见另外几家开发商，主要是想听听你们几位老总的意见。

胡鸣说，王总，联合代理的优劣我就不用说了，不过这个项目确实是挺大的，我认为联合代理不失为一种很好的合作模式。

金总，你的意见呢？王岩转脸问。金世羽想了想说，这确实是目前最好的合作方式，我希望在合作的细节与分工方面能进行更加详细的分配。

王岩夸道，金总说得很有道理，好吧，既然大家都没有意见，我希望能尽快进入商务标阶段，今天就这样吧。金世羽留了下来，他想问问王岩上次的那个问题。

金世羽说，我们希望能与王总精诚合作，所以对万润一向关注有加。

哦，王岩说，我听说“檀溪”这个项目被胡鸣拿下来了？是，金世羽低着头说，没有面子呀。

你好歹也让其他人喝点汤，不能让你老是吃独食，不然人家会反抗的。

金世羽笑着说，王总说得有道理，不过这个项目失去了，确实很可惜。

你别着急，上次我不是在黄浦江边也拍了块地吗？你放心好了，这块地交给你了，你给我打造成上海顶级豪宅，一定要超过“檀溪”。

哦，是吗？金世羽说，什么时候开始动工？我这里着急着呢。

不出问题的话，下月就要开始动工了，你不是知道吗？那块地王之王，98亿元标来的。

哦，我知道了，原来是那块地呀，我们市场研究部的人跟了很久，还是赶紧定下来吧。

行，就冲你现在的身份，我不找你合作，能找谁呢？

王岩的这句话倒是真心的，在上海的代理界，已经没有人能取代金世羽老大的位置了。

## 【106】环评“上书门”

杨旭呢？金世羽问毛语，怎么最近好久没有看到他了？毛语说，杨旭最近被烦死了，他那个部门有人建言上书上面，不要再出调控政策了，结果你猜怎么着？

怎么着？

被媒体咬住了尾巴！

什么？那个事情是杨旭建言的？不是姓祝的那个家伙吗？

不可能是杨旭，再说了，杨旭的工作不都是在你手下完成的吗？你怎么允许在这个节骨眼上出这样的事情呢？

毛语摇摇头说，我现在也没有办法，他们很多事情我都管不了了，我都快累死了。

金世羽明显着急了，那现在怎么弄？不要捅出个大娄子来！

那没有，我让那个叫祝涛的家伙在网上给公众道歉，解释一下这个事件的真正含义，不要被媒体曲解了。

他肯吗？有啥不肯的，我们这个协会还是我们主导的，工作中出现的问题还是要有人来承担责任的，不然就要乱套了。

最近政策频繁出现，看样子今年与明年会起起伏伏。毛语说，金总，你都起起落落很多次了，还怕这些。

金源的“檀溪”什么时候会推出，是不是今年？金世羽问道。最近很多事情让我烦心呀。是吗？我想也是的，项目多，人手不够。甲方最近一直在向我投诉，看样子要完善一下我们的内部机制了，不然我们会被市场淘汰的。

你说的是那个黄浦江边的那块“地王之王”吗？毛语问道。

对，上次王岩答应给我了，而且是独家代理，你说怎么样？

这个项目如果跟“檀溪”硬碰市场底线的话，会伤得很重。我看不见得吧，金世羽说道，毕竟房地产的核心还是地段，“檀溪”虽然产品好，但是它是在虹桥那里，资源不够深厚。

我建议这个项目要向顶级豪宅靠拢，不能只做高端。你看看我们的地段，多好，一线江景，外滩资源深厚，文化博大精深，一定能超过“檀溪”的。还有这个案名，也要好好琢磨一下，不能输给“檀溪”。

好的，这个我等一下安排马经天他们提前做好准备，金总你放心好了。让金合韵也来参加这个提案小组。

哦，金合韵吗？好，这个小姑娘还是挺有头脑的，没有问题，我会好好培养她的。

杨旭，你过来一下，毛语从金世羽的房间里面出来，看到杨旭正在和张晴讨论着什么问题，毛语刚好想起刚才金世羽说的事情，就叫杨旭进来。

杨旭听到毛语的话，感觉有啥事情要发生一样。

毛语关上了办公室的门，小心翼翼地说，刚才金总发了一通火，是为了那个“上书门”事件，你那个部门怎么回事呀？

毛总，这个事情是这样的，祝涛确实是我们邀请的，但是他后来发表的建言不是我们之前稿子上面写的。你也知道，那个时候媒体很多，很多媒体都是发散性思维，一不小心就把话说大了，我也知道这件事情闹得很大。

所以让祝老师在网络上面上传了解释信，希望能挽回这件事情的负面影响。

你以后做事要小心点，不要老是马马虎虎的，事情过去也就算了，跟祝老师打声招呼吧！

嗯，杨旭回应着毛语的话，我这就去说。金总到底说什么了？

你放心，我跟他解释过了，是说别人弄的，没有说你。你就别管了。

那多谢毛总了，杨旭很是感激，毕竟自己到世嘉研究的时间还不是很长，能有今天的成就是自己一直努力的成果。如果不是金世羽他们力捧自己，那么关注自己，自己或许没有今天那么大的成就，有时候他也自嘲。

特别是跟俞镜在一起的时候，两个人就是哥们儿兄弟相称，看得周围的人有些吃醋，要是边上有女孩子的时候，两个人都特别地来劲，尤其是李放和金合韵在身旁的时候，杨旭倒是老拿她们和镜子开玩笑，搞得俞镜很不好意思。

杨旭也知道“上书门”事件反映了世和中国快速扩张中的人员储备跟不上的问题，也反映了公司工作流程在审核上面缺乏很多的监管制度，这些问题杨旭知道金世羽肯定是考虑过的。只是扩张的同时可能有时候必须牺牲掉一些小利益，这是无法避免的。

## 【107】逆市而行

大家都来看看这个被称为“史上最严厉的房地产政策”，杨旭在开部门会议，会议的议程就是最近的“国N条”。

马经天问，这一系列政策相继出笼有一周的时间了吧？

是的，毛语说，这些天政策几乎是一天一个。

我最近也在研究市场，还是有作用的，在这个房产新政的威慑下，我们几个项目上的炒房团纷纷撤离了，很多投资客也在考虑选择新的投资目标。张晴一边拿着市场报告，一边解释道，从我监控的区域我们发现上海的房价一夜之间跌了差不多30%。

金世羽认真听着大家的汇报，其实大家只要做好准备，我认为反弹的时机会很短，要不了多长时间上海的房价还是会上来的。据可靠的内部消息，中央不会压制房价上涨，只是会防止它上涨过快、过热而已。

那我们新接的这个“地王之王”项目还要不要在近期推出？马经天问道。

这个项目的提案都做好了没有？金世羽问道。王岩上周也问过我，是不是暂缓推出，我的回答是不要人云亦云，你们先去打听一下“檀溪”的上市时间，然后再看看。

嗯，好的，马经天应声道。我建议不管未来上面怎么调控，也不要管同行的那些所谓招数，首先是我们自己要做好充分的准备，这样才能应对变幻莫测的市场。

好的，马经天说，那么我先和万润商量下，要不先提报，然后根据市场来具体确定出场的时机，这样可以防止盲目入市导致的不良后果。

王岩其实也在担心这次的所谓“史上最严厉”到底会导致什么后果，虽然这个项目是豪宅，豪宅所受到的调控毕竟有限，但是还是担心经济变得惨淡的话，会导致很多财富流失。

接受了马经天他们先提报的想法，王岩也是想先听听乙方的观点。马经天这次是提报的演讲者，今天他特意把头发整理了一下，显得更加成熟，眼镜后面的小眼睛时不时地散发着智慧的光芒。

马经天从纪录片《外滩逸事》开始，讲了外滩、上海的历史、黄浦江的沧桑变迁、98亿元的地王之王。

当马经天说出这个项目的提案名称的时候，王岩的眼睛里面闪现出来的激动神情，被一旁的金合韵给捕捉到了。

“御香海”这个案名大气中透露着上海的格调，王岩露出微笑，点着头说，就这个案名了。金合韵和马经天的眼神互相交流着，仿佛看透了彼此内心曾经为此思考的痕迹。

这个案名是金合韵与马经天两个人的杰作，交织着两个人的思想。在阐释的过程中，马经天始终镇定，他内心的澎湃也许别人看不到，但是金合韵却能深深体会得到。

马经天坚持不要遵循目前的市场状况，要逆市推出。王岩说，那好，你制定一套危机机制，一旦逆市推出遇到危机，你会怎么处理?

马经天强调说，这个机制他们在一开始的策略中就会有极致的体现。然而事情往往富有戏剧性变化，就在大家忙着“御香海”上市前的准备工作，忙着预测或争论之际，市场上已经开始暗流涌动。

上海的房地产市场交易量在最初的下跌之后又重新强劲反弹，房价也快速上涨。根据ERCI统计，全国各类房屋价格均呈现不同幅度的上涨，高档住宅更是疯狂上涨16.8%，部分二线城市的涨幅竟然超过了一线城市。

## 【108】三剑客宣战

马经天和胡鸣这几天乐坏了，“御香海”和“檀溪”差不多同时间推向市场，正好迎来了又一轮上涨通道。马经天充分肯定了自己当初的判断，王岩非常感动，他因为世和中国对市场的专业判断而感动，同时也因为自己这个项目竟然能和上海豪宅之巅的项目“檀溪”平起平座而感动。

这段日子很愉快，内心又是疯狂的，做代理已经到了炉火纯青的地步了，马经天与俞镜之间的智慧之战，也到了巅峰对决时刻。

杨旭担心地说，我们最担心的是继续出一堆东西，那一堆东西中有一些准备使用的核武器。

祝涛说，你要是从了，他就不把核武器拿出来了。

那我要是不从呢？杨旭问道。

不从，上面已经列好了开发商名单，并已经发给了商业银行，要对开发商进行名单式管理。

我看呀，这段时间上海等地的楼市成交量“暴涨”，房地产市场又进入“上升拐点”了。

老祝呀，看样子上次你提出的那个什么门有作用。

毛语笑着说，看样子我们地产界“三剑客”名头不小。

杨旭笑着说，你们两个是老前辈，我哪称得上。

哈哈，你就别谦虚了，你现在可是后生可畏啊。

就在房市进入上升拐点的时候，国家发改委、财政部、国家税务总局、国土部等再次重拳出击，推出被业界誉为“二次调控”的新“国五条”。

三剑客嬉笑怒骂的言论再次被证实了，杨旭笑着说，“调一调”更健康。

从长远来看，调控是经常性行为了，所以我说各位兄弟要关注，不要跳。

是的，毛语说道，其实做好相应的灵活销售策略，不管是强势调控也好，还是严厉打击也罢，这个行业不会衰退。

老杨，世和中国下面的那个什么系统是不是也准备上市？杨旭问，你怎么知道呢？上次金总跟我说过的，我就问问，什么时间点上市，这个也很关键。

杨旭说，可能就在最近，老金最近一直很忙，我都找不着时间跟他好好聊。还有呀，祝涛继续问道，你们那个世和会到底是用来干吗的？什么样子的人可以入会呀？

世和会，杨旭说，这是高端财富俱乐部性质，目前会在专门活动的时候启动，进行专题讨论，其实就是顶级客户的一对一营销方式。

没有什么比直接的面对面的交流来得更快捷了，也许这就是那些富豪们愿意参加各种各样的聚会的原因，看样子金世羽下一步会整合天域公关了。顾悦的牺牲或许是必然的，但这也许也会成全天域，使其成为上海公关界的强者。

艾青，毛总在办公室吗？杨旭从外面回来，看到艾青正朝马经天的办公室走去，就随口问道。

毛总和金总都去了国外，不是要上市了吗？这段时间都在国外路演。什么？上市了？被我预测对了。

那马总呢？他出去了，去甲方谈项目去了，要不你打电话给他吧。哦，我知道了，杨旭发现人都不在，很多想法都没处表达。

镜子，最近有时间不？杨旭在电话中问道。

啊，俞镜一开始还没听出是杨旭的声音，我最近忙着那个“檀溪”的案子，累呀，你也知道胡鸣这里一直关注细节，要求精益求精。

要不今晚放松一下，去老地方吧。

“花间一壶酒”吗？俞镜问道。找个美女一起来吧。

哈哈，金合韵吧，怎么样？好啊，好久没见她了。俞镜确实好久没见金合韵了。那次在大隐的一吻一直留在俞镜的心里面，久久不能忘却，那种味道宛若纯美的桃子一样甜蜜。

## 【109】阳光的味道，被凝固

三个人晚上7点钟同时到达了“花间一壶酒”，院子还是那个院子，只是院子里面的花换了，这次满院子的竟然是金黄色的向日葵。金合韵很喜欢向日葵那充满阳光的味道。

看到满院子的向日葵，金合韵兴奋地把手中的手机递给了杨旭。

给我拍张照片吧。俞镜从杨旭的手里一把抢过手机，说，他哪懂这些，还是让我来吧。杨旭被俞镜说得很尴尬。金合韵问，你们没有叫李放吗？

没有，杨旭说着看看俞镜，我以为你会打电话给她。俞镜说，算了吧，下次，我听说她在弄那个峰尚广告，最近非常忙。

她总算是熬出头了，有了自己的公司了。你说谁？俞镜问道。

李放呀，难道不是吗？哪像我，总是给别人打工，郁闷到死。

你开公司早晚也倒闭，还是算了吧。金合韵一肚子的不高兴，你这乌鸦嘴，我就偏不信这个邪了。

那你为什么不开公司呢？金合韵穿过门口滴水的小桥，几只乌龟在里面爬行，一群金鱼在自由自在地活动着。

我呀？我想清闲一下，所以就给别人打工了，你不知道了吧，打工也是一种境界，不然怎么会有“打工皇帝”一说呢。

你是说我成不了大事，是吧？金合韵听出了俞镜的话外音。她自顾自地朝着里面的二楼走去。

难得出来吃顿饭，你就别惹她生气了，杨旭在一旁做好人，好言相劝。都说不是冤家不聚头，你们不会是哪个传说中出来的吧？

俞镜笑了笑说，哪里，我就是逗她玩，她生气的时候特别好看。

不带这么玩人的。杨旭替金合韵辩解道，她还小，毕竟还是个女孩了，还有，最近为了你那个项目，没少挨金世羽的骂。

为了我的项目，什么？俞镜好奇地问道。

就是你那个“檀溪”，老金始终认为这个项目应该归他，可是偏偏得不到，不管是爱情还是事业，得不到的永远是最好的。

于是他把那个“御香海”看得比什么都重要，发誓一定要超越“檀溪”，你看，上次我们推出的那些东西不赖吧？

俞镜点点头说，“御香海”这个项目确实做得不错，不过老实说，你们老是咬着我的“檀溪”不放也不是办法啊，毕竟我们是纯别墅项目，你们是高层豪宅，产品不一样，地段不一样，虽然客户很有可能一样，但毕竟还是有很大差别的。

你说得当然有道理啦，可是金世羽不管这些。他认为代理的项目如果不是上海最好的，那么上海老大的地位有啥意思呢？

晕，这年头当老大就那么有意思吗？

有呀，老大不仅有说话权，更有分量，懂了吗？是分量。

两个人还没进包间，就听到金合韵在里面大叫，快点，你们快点进来看。

俞镜和杨旭赶紧推门，以为发生什么意外了。

一看，是金合韵在里面看电视转播，俞镜一望，那不是金世羽吗？

英文台的，今日下午3点钟，上海的世和中国旗下子公司，世嘉研究与卓美地产正式合并，合并后的公司叫中世信集团正式登陆美国的纳斯达克市场。

杨旭问道，金合韵你怎么没跟金世羽去美国呢？听说那里的机会更多，如果中世信集团在美国成立分公司，我一定第一个申请去。

俞镜说，你英文水平怎么样？说两句给我听听。金合韵笑着说，行的，我到时候第一个推荐你去美国。金合韵的脸上露出的微笑有些特别，她终于看到自己的表叔成功了，对于金世羽来说，两家公司事隔两年，都能登陆纳斯达克，这绝对是一种神话。

电视上面金世羽带着迷人的笑容，微微地向大家鞠躬。金合韵看到此景非常感动，觉得金世羽宛如那院子里面的向日葵。

他是一颗向日葵，浑身充满了阳光的味道，不抬头也知道，你在照耀。有人说，我垂首，是因为背负的爱太沉重，其实，那是我低头时的微笑。

俞镜看到金合韵的眼神有些迷乱，她知道，她对金世羽的爱，那是无限的，因为他们是一家人，而这一刻，窗外向日葵的颜色在灯光的照耀下宛如凝固的阳光。

## 【110】调控红黄牌，逼出降价潮

金世羽和毛语从美国回来了。他们出现在世和中国大楼的时候，所有的员工都热烈欢迎，大家都非常兴奋，为自己所在的公司能取得如此骄人的成绩感到骄傲。

金世羽下了轿车，缓缓走上通往公司大门的红毯，张晴与金合韵两个跟在他的身后，再后面是毛语和马经天，宛如一场地产界的“星尚”典礼。

上海地产界的很多老总都来了，金世羽与他们一一握手，表示感谢。金世羽知道，他们为此举办了一场欢迎典礼，就在世和中国的六楼大会议室里面。

门口大大的落地背景牌上面，赫然写着“恭贺中世信集团美国纳斯达克上市成功”，十年辉煌，今朝诞生。

金世羽的眼睛有些湿润，他的内心真的是感动了，这一切来得不容易，是自己和同事们努力拼搏的最好结果。

在这场典礼中，金世羽越来越感觉到来自公司、社会及同事们的压力，房地产经历了将近十年的发展历程，已经相当成熟了，而今如此疯狂的竞争局面，让自己突然觉得很迷茫。

成功的背后，或许我们都失去了什么。

毛语看到金世羽有些失态，赶紧上前说道，好了，各位来自地产界的朋友们，今天是我们世和中国的又一次喜事呀，请大家尽情欢畅吧。

金世羽坐下来。时隔两年，自己的公司再度登陆纳斯达克，这是值得骄傲的事情。金总，张晴走了过来，万润的王总、万冠的赵总、金源的励总，还有星邑集团的施总和方伟都来了，我安排他们去了贵宾室，你要不要去跟他们打声招呼呀？

金世羽刚才还在沉思与遐想，可是转眼间就被拉回现实的空间，这是一个人无法控制的。金世羽跟随张晴走出大会议室，朝着公司另一个角落的贵宾室走去。

啊呀，金总呀，你老终于出现了，恭喜呀！首先上来的是赵健，他还是那么有神，只有王岩看上去比较沉默，励博也是。赵健上来就握住了金世羽的双手，施彦在一旁打趣说，看样子你们几位“苍孙”（北京话，指上了岁数的爷们儿）都能相聚了。

金世羽感叹道，苍孙无限好，只是已近黄昏了。

励博说，这就是命呀，物质极其丰富，精神却极度空虚，表面风光，内心恐慌。

怎么励总最近感叹这么多，你不是一向不服老的吗？励博说，不想干的事情一大堆，想干的事情干不了。

为什么？一边的施彦笑着说，谁能逼你励总干不愿意干的事情呢？

这你就不知道了，男人呀，往往是身在江湖，身不由己，这就是责任，这就是我们这代人和别人不同之处。

金世羽说，别的都是假的，我们几个常聚是真的。

得了，我还在这里呢！金世羽看看施彦说，你就是这个乱世中的巾帼英雄，没人能和你竞争了，你开创了中国房地产市场崭新的营销模式。

施彦还是女人味很浓的，哈哈一笑的同时，她反击道，哪有你金总厉害，两年中两家公司登陆纳斯达克，我们都是由衷羡慕。

施彦的风情万种，确实令许多房地产业界的男人折服。这个时候，毛语走过来说，今天是地产界大腕聚会，不错。

哦，老毛，你啥时候能再放言？哈哈，毛语说，老毛已老了，还是让那些小辈折腾去吧。

那么快就服老了，那多没劲，最近老毛有何大言？

要降价了，而且是潮流性质降价！你们几个信不？

赵健和施彦摇头道，我不信。

金世羽点点头说，可能的。有这个趋势，看看经济指标，还有各方面的社会趋势。

## 【111】楼市没有章鱼帝，不要迷恋最低点

潮流性质的降价，方伟一边嘀咕着，一边想这到底是一种什么现象呢？

如果星邑湾遭遇这次“潮流性质的降价”该怎么办？

胡鸣一边拿起一杯香槟，一边拍了拍方伟的肩膀说，方总你多虑了，市场再怎么潮流也不会到你项目上的。方伟一愣，何以见得？

星邑湾只能说是高端住宅，算不上顶级，这样的潮流肯定会影响到星邑湾的。

嗯，两个人正讨论得非常激烈，张纯穿着一身雪白的连衣裙，走了进来。她环顾四周，望见了金世羽，朝着金世羽那边走了过去。

方伟在边上，他拉住了张纯，张纯一看，方伟今天穿得还是比较正式的。她知道方伟去了甲方，微微一笑说，方总，恭喜你进入甲方。

方伟苦笑着说，你就别挖苦我了，我知道是我对不起你，你最近还好吗？张

纯冷笑着，托你的福，我好得很。

说着张纯就朝着金世羽他们走去。一看到张纯来了，金世羽的心里别提有多紧张了，经过这么多的事情，金世羽对于张纯那份纯真的感情却依然没有变，这是多么难得的事情呀。

大家都在讨论潮流性质的降价，张纯说，金总，我有事跟你说。张纯拉着金世羽来到一个角落，低声道，你有没有关注胡鸣手下的那个祝涛？

怎么了？金世羽反问道。

祝涛这个人很有魄力，给胡鸣搞定了好几个商业大项目！你不是要建立商业公司吗？我认为他是个很好的人选。金世羽说，哦，那要不你去试一试，看看能不能挖到他。

好啊，张纯一口答应。你今晚有没有时间？金世羽问道。什么事情呀？张纯的眼睛里面露出了疑问。

到我家里面，我有礼物要送给你，好吗？金世羽的神情分明是哀求，作为一个地产代理公司的老板，行业的老大，他在一个小女子面前竟然会有如此的神态。

张纯有些惊讶，她不好拒绝，便答应了，好吧。我去。金世羽舒了一口气。

方伟看到金世羽和张纯聊得火热，赶紧走过来，这个时候张豪也来了。张豪今天很帅，一身白色的西装，高挑的个儿看上去更加玉树临风了。

你们几个在聊什么？张豪开口就问。方伟笑得有些尴尬，你们几个有空吗？晚上去“花间一壶酒”喝一杯吧。

啊，“花间一壶酒”是不是喝花酒的地方？张豪笑了。金世羽也很好奇，在什么地方呢？

九观云庭。方伟的这四个字说出来的时候，几个人都震惊了。

什么？金世羽说，这不是你公司地址吗？怎么改成饭店了？

方伟说，是啊，什么时候哥们儿几位去那里聚一聚吧。

好呀，听名字就很不错，很久没有聚了，等我忙完这阵子，我们一定去拜会。

记得提前通知我们。金世羽说，没有问题。我说张总，你那个《中国楼市》

杂志是不是改版了？方伟问道。

对，最近一期的专题是《楼市没有章鱼帝，不要迷恋最低点》。

方伟说，咋整得跟拍电视剧一样。

张豪摇摇头说，没有办法，吸引眼球，现在是信息泛滥的年代，没有醒目和惊人的标题，谁会看？

你打算请谁来搞这期专题？方伟接着问道，要不我给你推荐几个吧。

张豪说，你那星邑湾要不来赞助一期吧，我给你邀请行业内的顶级专家，绝对炒作。

方伟说，好啊，星邑湾参加，还有其他的开发商也参加吗？

有呀，张豪说，还是你方总说一不二呀，甲方就是比乙方好说话。

方伟笑着说，你又取笑我了，我是你们口中的那种高级打工仔而已。

张豪叹了口气说，行了哥们儿，活着都累，别说泄气话了。张纯在一旁补充道，“紫金贵冠”“香邑”“金玺”都会参加这次论坛活动。

方伟看着张纯，说，那就好，我们也参加。

张纯避开了，但是她分明看到了方伟眼中的关切，那或许是最真实的，可是世间是没有后悔药的。

# 第十一章

# 大潮退去

# 【112】09地王众生相

赵总，金世羽看到张纯和方伟之间那种说不清楚的感觉，心里也是非常不痛快，正好赵健走来，金世羽拉着他，赵健似乎有话跟他讲。

我们去那个角落坐一下吧。好，金总请。赵健很客气。

赵总，最近有何烦恼事？今天这么热闹的场合，这么多的美女陪伴，感觉你不是很开心啊。

赵健犹豫了下说，你是不知道，我那块沉睡了将近十年的土地又出问题了。

哪块？金世羽很好奇地问道。就是那块，“江D120地块”呀，人家都叫它沉睡的东方雄狮。想想多年前，我是醉里挑灯数钱，梦回拍卖大厅，那是经过了八百轮谈笑竞价，五十排听落槌声，万冠始方兴，拿地储备飞快，依稀07年景，了却地产两手事，赢得生前身后名。可怜如今这个政策，三天隔着两头打压，我快撑不住了。赵健苦恼地说道。

金世羽皱了皱眉头，你赵总今天咋像是唱山歌。

赵健举起手里的红酒杯子，一饮而尽，金总，我要是胡说，天打五雷轰。

金世羽明白了，赵健是真的遇到困难了。赵总，你什么都别说，咱们哥们儿多少年了，你说吧，到底什么困难？

赵健说，这块地本来打算建一个万冠的综合体广场，可是土地拿下来这么久了，出让金一直没有付清。你看，我等着升值呢，现在转手我觉得亏了。我想自己开发，可惜资金又不够。

万冠手上倒是持有很多商业地产资源，可是目前银行贷款很难，金总，你看看有没有什么外资渠道或者民间资本，能够短时间拆借，我好渡过这段时间的难关。

这也是沉睡了多年的东方雄狮，可惜了，现在上海市中心的土地已经快出让得差不多了，你这块地，未来还是有很大的升值潜力的。我也不赞同你转让，我给你想想办法吧，或许能有更好的办法呢。

赵健很感激，大量的商业地产资产质押，使得万冠的资金流曾经一度出现了断裂，加上不断变化的政策，赵健也看不懂中国的楼市了。

金董，我应该叫你金董了吧？金世羽笑了笑，其意是随便了。

赵健接着说道，其实我那订单式的模式，确实是国内首创的，但是要想运营这么大的一个盘子，如果没有一个系统的循环体系，是很难坚持下来的。

金世羽说，这个我懂，只是我认为，未来商业地产将是一个很好把握的趋势，我也看好这块，大家要坚持一下，胜利必将属于我们。

最近我也正在物色商业地产这块的资源，准备成立商业地产的运营管理公司，到时候咱们切磋一下吧。

方伟走过来说，金董，最近很是风光啊，恭喜呀，两家上市公司，值得庆贺。金世羽感觉方伟是故意过来偷听的，就打趣道，难得你方总夸我，最近又在搞什么大的动作？让我们好好学习一下。

方伟说，我动作再大，也大不过你。金世羽听方伟的话里面却是有话外音。他心里清楚方伟对他还是有戒心的。

方总呀，最近怎么不搞点活动呢？造一造势，太沉寂了。方伟说，我正在等你们这里的活动提案呀，刚才张纯说有个活动叫什么“章鱼帝”，我看有意思的。

金世羽说，嗯，我还是觉得来一场豪宅论坛比较合适。方伟说，豪宅的品鉴活动，这样的活动还少吗？

有新意的不多，要有新意我们才参加啊。没有新意花了钱不说，还被人家乱说一通，说我们没有品位，整个一暴发户呢。

赵健在一旁笑着说，三代才能出一个贵族，眼下中国有钱的还不都是暴发户，没啥可笑的。

施彦走过来说，谁在说我们的客户没品位？赵健举起双手说，施总，你见笑了，我哪里敢乱说，你可是我们业界的女英雄。我佩服！

施彦说，咱们彼此彼此，何必谦虚？赵总，你那个叫“金玺”的项目也是皇族味道很浓嘛？

被施彦这么一说，赵健的耳朵有点儿烫，哈哈，施总，你可真是快人快语呀，这么关注我们的项目呀，哪天邀请你来参观品鉴一下。

施彦说，好呀，我求之不得。同业这么热情地邀请，我一定要去的哦。

记得到时候提前通知我一下，本人一定为您引荐陪同，赵健殷勤地说。金世羽听着心里很不舒服。

## 【113】浮城里的花样年华

金世羽转身竟然看到方伟拉着张纯，张纯的神情很不自在，想要推却，但是碍于周边那么多的名流都在场。金世羽走上前去，方总，可否容许我和张总说上几句话呢？

方伟心里清楚在这样的场合自己是不合适说些什么的，于是他放开张纯，走开了。张纯发现自己竟然有些失望，但是自己绝对不可能再回到方伟的身边。

一旁的李放看到方伟和张纯在一起，她上前来拉过方伟的手，方总，那边有个领导，我为你引荐一下，说着拉住方伟的手就走开了。张纯的心里非常难受，她不知道自己该怎么办了。金世羽走到了她的面前，温存地对张纯说，我们回去吧，今晚去我那里好吗？张纯没有说话，金世羽就当她是答应了。

金世羽拿起外套给张纯披上，张纯感觉自己像个公主一样，那么幸福，这种感觉是方伟从来没有给过自己的。

周边很多女子羡慕地看着张纯，她们多想自己也能得到这样一个男人的关爱。金世羽打开车门，张纯跨入车内，那辆车张纯不知道是什么牌子，但是确实很不错，坐着非常舒服。车子启动的时候，张纯望向门口，方伟的目光在夜色里面竟然像一团火焰，仿佛要吞没自己的整个心灵。她知道，她今天所有的举动带给方伟的是毁灭性的心理打击，就如方伟当初给予她的一样，今晚，她要报复方伟，彻底粉碎方伟在她心中的影子。

方伟望着车子消失在大上海的璀璨夜色中，觉得自己已经不会再有希望了。人有时候就是犯贱，失去的时候，才会觉得分外美好，拥有的时候却一点儿都不觉得是自己的。方伟抬头望着里面，男男女女都在玩着同一种游戏，暧昧如糖，甜到忧伤。

那属于青春的花样年华，在这样的一座城市里面，时时刻刻都在燃烧，在跌宕起伏。

方伟被张豪一把拉回了现实，走，哥们儿，今晚继续喝，不醉不归吧。

方伟没有说话，也没有拒绝，张豪拉着他朝着路边的一个小酒吧走去，夜色中，两个内心极其孤独的影子，影子竟然是三个人。

车子在一座别墅前面停了下来。金世羽下车为张纯拉开了车门，眼神中还是透露出温柔，那种温柔像要吞噬张纯一般，张纯感觉金世羽的目光仿佛扒光了自己的全部外套，她在他的面前是裸露的，是没有灵魂的躯壳。

她知道，金世羽想要得到的不是自己，而是自己爱他的那种感觉，所以从金世羽的眼神里面，张纯读出了那种欲语还休，也从刚才方伟的眼神里面读出了他还是那么的期待自己。

张纯已经没有时间犹豫了，金世羽的别墅门已经开了，张纯的心沉了沉，她的眼皮狠狠地跳了跳，转身朝着金世羽的别墅走去。

金世羽为她放好了水，张纯跨入浴室。一切的过去都已经不复存在，方伟带给自己的过去，是那么不堪一击，张纯闭上眼睛，眼角的泪水滴落进那一池的白色里面。

今晚就要改变自己的命运了，张纯的心里一阵纠结，自己是不是错了？是自己错了，还是这个社会本来就是这样子的？

金世羽敲了敲浴室的门，张纯感觉自己就要进入梦境了，梦里相会的却是另外一个人，她一惊，起身跨出了浴室的大门，擦干了自己。金世羽推门而入，惊呆了，随即的反应是本能的，他一把抱起张纯，把她放进了那张纯白的“花床”，张纯在纯白色的床单上面，缓缓闭上了自己的双眼。

金世羽开始抚摸她，张纯感觉到那种温柔背后的力量，自己已经把内心与躯体封存了很久，今晚她有些害怕了。金世羽的爱抚与触摸相当熟练，吸引着张纯好奇的心理。

特别是在那藏着不知道什么暧昧的角落里面，蔓延的都是爱过后的情伤，没有人愿意去揭开它，都只用酒精来麻醉来销魂，在成功的背后，也有一颗多么容易受伤的灵魂。

在这样的一个夜晚，如此平常，那么浮光掠影，金世羽等待了那么长日子，今天他实现了自己多年前许下的一个愿望。

爱情是每个男女都渴望拥有的，那背后潜藏的寂寞，是他们都想突破的，一旦破解而出，冲出黑暗后，暴露在阳光下的却是不堪入眼。

## 【114】“迪士尼概念”捂盘待涨，惜售卷土重来

这一夜仿佛那么漫长，宛如一个世纪的等待，金世羽从晨光中醒来的时候，张纯已经不在屋子里面了，他回味着昨晚，久久不能平静。

张纯给自己的感觉，那么棒，那么完美，在别的女人那里，自己从来没有这种感觉，金世羽仿佛着迷了一样。

金世羽回到公司的时候，已经是中午了，艾青跟在后面问要不要为他订饭，金世羽说不用了，等下要出去。艾青汇报了今天一天的行程，金世羽发现自己忘记了今天公司有大会要开，他们都等了他一上午了。金世羽说，今天的会取消吧，我今天有别的事情要做。

艾青哦了一声。她发现金世羽的眼睛今天特别明亮，富有激情，艾青不知道

是不是又要有什么好消息了。

金世羽刚坐到椅子上面，电话就响起来了，是赵健，万冠的老大。赵总，昨晚多有怠慢了，还望你别见怪。

金世羽一个劲儿地说着好话。赵健说，昨晚后来就没看到你人，跑哪里去了？我那事情怎么样了？

金世羽想起昨晚赵健跟自己提的事情，他说，其实迪士尼那里的板块，还要涨，我觉得你现在不开发也是一件好事情，但是动工的迹象一定要有，不然有人会找你麻烦的。

金总，我听说最近迪士尼板块很多已经开发完毕的盘子，都不上市销售，看样子这个板块将是世博会后的又一个亮点呀。

我想，只要资金能够撑过这段时间，我就能跑赢这场马拉松。金世羽说，赵总，要不我来入股，怎么样？

赵健说，金总对这块地有兴趣？金世羽说，有，我未来也要做商业地产这块，正好借鉴一下你们的经验。

赵健说，好，那金总，我就拟订合同了，你决定的事情不会变化吧？

金世羽哈哈一笑，嘴角露出的笑容显得他又年轻了几岁，看样子爱情与欲望对于一个男人来讲同样不可缺少。

绝对不会变，听着电话中肯定的语气，赵健一颗吊着的心终于平静了下来，自己这块的资金缺口不是几千万的事情，而是上亿，如果金世羽能入驻，那么通过他上市公司的力量，或许能缓解自己的压力。

金世羽望着艾青倒的那杯茶，徐徐飘起的那缕茶雾游荡在办公室的每个角落，昨夜的场景又开始在他的脑海里面浮现，那洁白的床、完美的胴体，这是他今生第一次看张纯完整地展现在他的面前。

电话声再次响起，金世羽从昨夜的梦境里面再次苏醒。张晴推门进来疑惑地问道，金总，你怎么不接电话？是天域公关的顾悦，说找你有急事。

金世羽接起电话，耳边便传来顾悦银铃般的笑声，我说金总，现在忙得连电话都没时间接啦，我找你可真是好辛苦哦。

金世羽傻笑着，什么事情，顾大小姐？金世羽知道顾悦肯定是有事情才会找他的，平时都懒得给他打电话。顾悦说自己遇到点麻烦，想请金总和谐一下。

金世羽笑着说，什么叫“和谐一下”，莫非你想入我怀里？顾悦说，想呀，可惜你金总心里装不下我，我只能想想而已。

金世羽笑得有些尴尬，没有问题，你顾大小姐能入我怀，我还求之不得呢！什么事情说吧，能帮上忙，一定尽力帮忙。顾悦说道，最近和甲方的合作越来越不顺利了，你手下的人不配合不说，还在中间给我拆台，你说我做人多难，这还要我做事吗？

哦，金世羽问，哪个项目上的？

就是那个“御香海”，马经天管的那个，我跟他沟通很多次了，他就是不闻不问，就让他手下跟我捣糨糊，我实在是拿他没辙了。

金世羽说，行，这个问题好办，不过，你啥时候跟我吃个饭？顾悦说，没有问题，金总您是请还请不来呢！你说是吧。

金世羽在电话那头点点头，他突然发现，自己拿着的是电话，顾悦是看不到的。他不禁冲着自己一笑，这几天他发现自己陷入爱情的旋涡内，有些走神，这对于一个大集团的老总是很不好的，老总大多时间需要精神高度集中，事业是马虎不得的。

## 【115】睡进你的新颜里

方伟这几天一直在沉沦中，每天很晚才回家，很晚才来公司，完全迷失了自己。想要翻过那一页的过去，可是内心深处的记忆却始终停留在那里。有些事情明明感觉忘记了，却又记得那么清晰，夜深人静的时候，就会自己悄悄打开，悄然深刻，又潜藏回眸。

自从失去了张纯，方伟便一直在伪装自己，因为这种伪装，所以他的内心变得寂寞。他一直以为，只要自己掩饰得足够好，便可以轻易地抹去那些令自己心酸的回忆。可是那些被自己刻意冰封在心底的思念，却无时无刻不在吞噬着自己的灵魂。

方伟知道自己想要摆脱目前的困境，必须要有“新颜”，可是茫茫人海，“新颜”在何处呢?

李放走进方伟的办公室问道，方总，峰尚广告全部注册完毕了，办公室也已经装修好了，人员配备下周开始，你看还有什么事情要安排的?

方伟想了想说，你自己看着办吧，关于业务方面的人我会给你先介绍几个，这样，在星邑湾开始做宣传之前，你也好有自己的项目来练练。

李放说，那敢情好，很久没有项目了。上海的项目都给世和中国抢去了，很多代理公司吃不饱，都向外地市场发展了。

我们难道也要拓展外地市场? 李放问道。外地市场需要更多的管理型人才，不然很难控制。方伟说，先管好上海市场，你没看顾悦最近和甲方闹得很不开心吗?“御香海”公关的事情，说不定有戏呢!

哦，“御香海”这个项目，可是黄浦江边的顶级豪宅，王岩怎么可能把这个项目交给我们刚成立的广告公司呢?

方伟说，这有什么不可能的? 现在我们靠得不仅仅是广告技术，更多的是资本与资源，技术往往是其次的，你没发现吗? 上海的房地产广告公司哪家是靠技术取胜的? 没有吧。

嗯，那倒也是，那这个项目还要看项目管理者是什么态度。这个项目是马经天管理的，你要和他搞好关系，这点很重要，你懂了吗?

李放点点头，似懂非懂的样子，令方伟很生气，这个女子还是需要社会磨炼，在自己的手下那么多年了，还是那么娇弱。

相反，张纯就改变了很多，现实了很多。在金世羽这里，九重锦没有了，但是世锦传媒这块还是张豪和张纯说了算，金世羽根本顾不了他们两个。

张纯这次确确实实地感觉到自己睡进了新颜里，那晚的双人世界，金世羽给了她一个女人特有的享受，这是她从前没有感受过的。

可是张纯总感觉缺少了点什么，而且对于自己再次与金世羽的见面，她竟然一点儿都不渴望，所以这几天虽然金世羽再次邀请她去他家，张纯总以自己的工作太忙推却掉了。这一次次的拒绝深深地伤了金世羽的心，他觉得那晚简直成了自己人生的绝唱。

李放打电话给马经天，马经天一愣，突然发现自己已经在记忆深处把她给淡忘了。或许是这段时间有金合韵的陪伴吧，可是金合韵对自己老是不冷不热，让自己觉得很不靠谱。

听到李放的电话，马经天的神经又开始旋动了。李放的意思再明白不过了，想让他把“御香海”的广告代理权给峰尚广告。他正好和天域公关闹得很不愉快，于是马经天说，可以呀，不过要看你峰尚的实力如何。

李放说，那就来考察一下吧。马经天在电话里面悄声说道，我想“考察”你一下，你看行不?

李放的耳根有些红，马经天本来就是自己喜欢的对象，自己是不是在利用这一点呢?李放不知不觉地陷入这暧昧的陷阱，无力自拔。

李放想起了三毛有一句关于爱情的话：不爱的爱情，永远不会变坏，所以，我们调情，我们暧昧，却永远不要相爱。

想到这里，李放释然了，还是随意点比较好。嗯，她回答了马经天，你来我这里考察吧，我公司地址等下发到你手机上面吧。

马经天没有料到李放这么轻易地答应了，不禁有些失望，其实马经天心里清楚，李放是喜欢上了自己，只是自己不能说，爱情就如佛家的禅，不可说不可说，一说就错。

况且说出来就更没有意思了，浅浅的爱，淡淡的喜欢，默默地等待，成了一种最好的方式。

# 【116】再向前一厘米，就是你

马经天在下班的人流中开着车，路上很堵，心里有些不快，早知道再晚点或者再早点了，偏偏这个时候堵车。

在静安寺附近，李放的峰尚广告淹没在这座高楼林立的东方魔都了。马经天趁着红灯看着一天的行程，这段时间忙着“御香海”的广告投放事情，加上金世羽对自己施加的压力，他竟然有些力不从心，每天除了加班，还是加班，总有做不完的事情等着自己，非常累，自己仿佛几天几夜没有睡觉了。

喇叭一阵响，马经天惊醒了，前方的灯已经是绿色了，怪不得后面一阵骚动。马经天通过反光镜往后面看了看，长长的队伍都在骚动。

18楼还亮着灯，马经天知道李放在等他。他已经很久没有见到李放了，马经天手上的玫瑰花，那是临出门的时候在花摊上买的，还很艳丽。

马总请，听到门铃声，李放笑脸相迎，接过马经天递过来的玫瑰花，李放的心里别提有多开心了。

参观一下吧。马经天发现，李放的峰尚还不小，一层楼面都是，估计有不下50人，作为一家广告公司来说，已经非常大了，马经天很好奇李放是如何发家的。

怎么样？马总，李放的眼神里面满是期待，哦，不错呀，比我想象得好多了，马经天没有完全表露自己的欣赏，这是谁投资的？

方伟呀，我只是执行者。我们谈谈“御香海”广告代理的事情。马总，你觉得我们公司能成为合作伙伴吗？

马经天眼神里面透露出暧昧的表情，肯定地回答，我认为完全可以。

哦，李放原本以为马经天会推却，或者直接拒绝，没想到他这么爽快就答应了。

不过我是有条件的，马经天接着不紧不慢地说。

什么条件？李放知道马经天肯定是有自己的底牌的，她就是想看看这张底牌到底是什么，自己能否给得起。

马经天喝了一口李放递过来的咖啡，我有两个条件，一个是这个项目的绝对利润一定要提高5%，还有一个就要看你自己了。

李放说，你是说这个项目的价格？可我只是做广告代理这块，营销代理不是你们世和中国自己在做吗？价格策略方面应该由你们来定，价格我无法做主。

嗯，这个我会配合你们的广告投放来做具体调整的，我是问你有没有信心做到绝对利润增加5%。李放想了想说，既然你肯提出，那么我觉得可以，目前房地产市场提价未尝不可。

还有一个条件是什么？李放问道。我刚才不是说了吗？马经天笑着看着李放，李放银灰色的单衣衬托着她洁白的肌肤，格外的性感。马经天放下手中的咖啡杯，走上前，身体略微向下，李放整个人就在他的包围圈中，无从逃走了。

我现在再向前一厘米，就是你了。

你会逃吗？那眼神仿佛要吞没了李放的整个灵魂一样。李放苍白无力的神情，马经天竟然看不透其中的深意。

是同意还是反抗？马经天很想知道。却没有靠前，身体往后靠了靠，以一个舒服的姿态等待对方的回答。

李放一手撑着桌子，看着马经天，她何尝不明白这种暧昧的场面意味着什么。她是个冰雪聪明的女子，知道马经天想要说的是什么事情，这样的事情，能糊涂一点儿就糊涂一点儿，不然事情是办不成功的。

你说呢？李放反问道，你是真心的吗？被李放这么一问，马经天倒是一时不知道怎么回答才好。其实他一直对金合韵怀有很深的依恋，当初和李放在一起的那段时光，虽然一直藏在自己的内心深处，但是李放不是那么容易得手的。

“御香海”原来不是顾悦的天域公关一直在做吗？什么事情导致你们的合作不愉快？李放总是能适时地岔开话题。

马经天的回答倒是合情合理，顾悦和甲方闹得不愉快，跟我没有关系，甲方要求换广告公司，我这里也只是照章办事而已，你觉得呢？

嗯，道理是不错，可是顾悦也不是那么好惹的哦！李放接着说。

她是很难缠，可是谁让她得罪甲方呢？她那是活该。

李放皱了皱眉头，有些不明白，这里的潜规则到底是什么？就今天吗？李放突然问。

李放的问话，令马经天不知所措。两个人都觉得相互之间缺了点什么，是默契，还是深深的吸引？或者两个人之间只有利用了。

改天吧，马经天终于开口了，这么容易就到手了，马经天突然觉得索然无味了。

那我期待我们签订合同那一天。嗯，我也很期待，马经天的眼神里再次有了光彩。

## 【117】世和会内部高层论坛

世和会自从成立后，一直从事着对外接洽项目的活动，金合韵给金世羽的建议是让世和会也作为公司内部高层的论坛，这样有利于公司内部的信息流通，以及外部信息的迅速传递，金世羽觉得金合韵提出的这个建议蛮有建设性的，打算来一期这样的论坛试一试。

金合韵说，那就从上次的央企退市谈起吧。

哦，这个论题不错，金世羽赞扬道。那什么时候开始，由哪些人来参加，这些由你来通知吧。金合韵点头说没有问题。

当然，这次的主流论坛，参加的都是世和中国的高层和高管，马经天来了，张晴来了，张豪来了，张纯来了，杨旭也来了，该来的都来了。

张晴一进会议室，感觉氛围很好，就问道，这里的布置都是你安排的吗？

嗯，对呀，你觉得有哪里不妥吗？金合韵生怕自己安排得不够妥当，赶紧问道。

没，一切OK了，就等金世羽出场了。

大大的背景板上面写着这么几个字："78家央企'难'退市"。金世羽一进来就问，这就是今天会议的主题呀？

金合韵说，老大有啥问题吗？哦，等一下我能向你发问吗？金世羽笑而不答。

整个内部论坛是由金合韵来主持的，但回答问题的却是杨旭，金合韵避而不答，令金世羽拿她一点儿办法都没有。死丫头，越来越狡猾了，金世羽在心里狠狠地骂她。

央企难退市，马经天第一个问道，很多央企都已经撤离了房地产市场，怎么能说难退市呢？

杨旭解释道，央企退市，我们都只看到了表面现象，它们或者是转嫁了，或者说是隐性退出，还有就是把公司转让给了外资，让外资机构来接盘。当然，目前我们ERCI统计结果显示，央企退市，只是一种阶段性质的缓解土地市场压力的方式，当然我们也从中看出了中国房地产市场长期上涨的这种趋势是不会变的。

而这种渗透性质的央企，很多人无法看出端倪。张豪说，银行方面如果对这78家央企停贷，将会引发资金链的紧张，从而率先危及这78家央企中的资金薄弱者。

那这会导致什么后果呢？金世羽继续问道，会有哪些影响呢？

杨旭接着道，第一，资金薄弱者将加速转让地产资产套现；第二，房企现金回笼压力越来越大，部分在建项目很可能暂停；第三，引发部分非地产主央企的“退房潮”；第四，加速房地产业并购重组潮的到来。

如果没人接盘呢？

现在商业银行通过停贷的方式，“倒逼”央企清理房地产业务，或将从根本上扭转无人接盘的局面。

张纯就坐在金世羽边上，张豪坐在妹妹的后面。金世羽一边问问题，一边看了一眼张纯，她今天穿了一件黑色上衣，显得更加消瘦。

金世羽突然问道，张纯，你怎么看待这个问题呢？张纯压根就没有想到金世羽会问自己这个问题，一下子傻了。

金世羽看着她有些尴尬，便说，对于此次事件的相应对策，大家再好好议议，出个报告给我！

金世羽拉着张纯出去了。金合韵问，那下一个议题呢？金世羽说，下一个议题由毛语来主持，径直拉着张纯走了出去。

金合韵望着毛语，毛语来到台上讲下一个主题——“世和会的具体架构与业务方向问题”。

这也是金世羽一直关注的公司的核心价值部分——“商业脉络”加“资本资源”。

到底什么情况？张纯看着金世羽一副神秘的样子，有些害怕，怕他提起上次晚上的事情，在金世羽的办公室里面，果然，张纯的预感是完全正确的，金世羽用充满期待的目光看着她。

为什么自从那晚之后，你就故意避开我，连我电话都不接了。金世羽的眼神中露出了痛苦。

许多人，因为寂寞而错爱了一人，但更多的人，因为错爱一人，而寂寞一生。

我，哪有？最近很忙！不是你交代了我很多专题任务吗？星邑湾这段时间有很多的专题活动片要拍，还有《蓝筹地产》很多的公司采访专题要我弄，我实在很忙。

忙得连我电话都不接吗？金世羽反问道。

我们每天都在公司见面，有什么不能当面说呢？张纯一边说，一边接电话，想要推门出去。金世羽一把拉住了她，把刚开了一道缝隙的门再次合上。张纯的电话掉地上了。

金世羽捡起来一看，竟然摔坏了。我再给你买个新的吧。张纯咽下一口水，说不用了。

她凄楚地笑道，没了更好。

我其实是想问你，你上次提出的那个祝涛的事情，金世羽知道不好再问，所以开始转移话题。

他呀，我这两天就去办，问问他的意思。张纯这么说着，拿着碎了的手机，走出了金世羽的办公室，留下金世羽一个人在里面。

# 【118】"花间一壶酒"里的密谈

这是张纯第一次邀请祝涛，祝涛虽然和张豪没有什么交情，但是因为广告的事情，和张纯反而熟了起来。

我们到"花间一壶酒"吧，听说那里的菜很不错，不知道祝总有没有兴趣啦。张纯甜甜的声音通过话筒传递给了祝涛。

哦，"花间一壶酒"，听这个名字很有意思的样子，估计菜系更有一品哦。祝涛还真没有听过上海有这么一家饭店。张纯这么一说，勾起了他的好奇心，在哪条路上?

虹桥路，就是以前皇基公司的九观云庭。张纯不禁回忆起过去的很多往事。

哦，是吗? 那是个值得纪念的地方，祝涛说，一定要去看看。

晚上7点半，祝涛来到了位于虹桥路的"花间一壶酒"，往日那令人骄傲的九观云庭的记忆早已不复存在了。祝涛站在门口，满园的蓝色妖姬分外妖娆，游荡的夜色里面露出女人独有的妩媚，除了那棵百年的银杏树还屹立在那里，其他的一切装饰都改变了。张纯看着祝涛的背影，悄悄地绕到他的前面，微笑着说，请进吧，祝总。

这里有什么菜值得一尝? 祝涛问道。

嗯，白切羊脸味道不错，这里的酒只此一壶，绝对令人回味。

哦，那就尝一尝，祝涛吩咐服务员上特色菜。今天张总找我到底有什么事?

张纯说，祝总，我今天就开门见山了。世和中国要成立商业管理公司，缺一个执行董事，你有兴趣吗?

世澜商业，下个月就成立，张纯的眼神里面满是信心，她心里清楚，祝涛一定会答应的。

哦，是吗? 果然祝涛的眼神与言语里面露出了感兴趣的信号。就下个月吗?

张纯说，是的，你有什么条件可以说。

张纯的邀请绝对有诱惑力，目前祝涛在胡鸣的晨远做得也并不开心，商业这块不是晨远的强项，整天守着也不是办法，业务没法扩大，平台不够大，事业也展不开。

张纯的邀请百分之百吸引了祝涛。来，祝总，我们干杯。张纯端起那一杯米酒，碰了一下，一饮而尽。

祝涛问道，张总，你为何推荐我呢?

张纯叹了口气说，这个世界上人很多，但是我们都知道一个道理，有些人是可以在一起做事情的，有些人不可以。

祝涛说，谢谢张总这么看得起我。

祝涛喝完了杯中的酒，问，这什么酒，后劲这么大。

张纯说，是崇明岛的米酒，这里怎么样?

听着名字就觉得不错，“花间一壶酒”，这名字谁取的，这么有创意。刚开始我还以为是喝“花酒”的地方，进来一看，还真不是那么回事。

嗯，这里的环境特别好，他们几个经常来，我也是听他们说的，第一次来。

你是说俞镜他们经常来，是吗? 祝涛问。

这里有属于他们的记忆，而我也有很多的回忆在这里，不敢来是因为不想回忆过去。祝总，这件事情，你可得赶紧决定了，我还要给金世羽回话呢。

哦，好的，给我一周时间，我得把手头的事情处理好了，怎样?

祝总就是爽快，以后可是一家人了。张纯笑得那么开心。

世澜商业目前的业务及发展方向有没有明晰? 祝涛还没上任就关心起具体的事情来了，张纯知道自己找对人了。

世澜商业主要是从原来的世和中国商业部门发展出来的，世和中国正在细化各自的板块，例如杨旭现在管理的世嘉研究院，马经天现在管理的世房销售，我哥张豪管理的世锦传媒，简云管理的世融基金，金合韵管理的世和会，还有就是毛语管理的中世信集团。

中世信集团是指哪个板块? 祝涛好奇地发问。

这就是前段时间ERCI系统和卓美地产合并上市后改名的中世信集团。

哦，原来是这样呀。祝涛恍然大悟，心里暗暗佩服金世羽的思路如此清晰。

那你现在是哪个部门的？祝涛发现张纯没有提到自己。

我，我在做《蓝筹地产》和《房产观澜》频道，这两个板块都是我在管理，不过都是幕后，不想冲在前面了。

这里面复杂得很，一句两句说不清楚呀。祝涛说，那就慢慢说。张纯说，还是不说了吧，说起来让人伤心。

哦，那今天我们只提开心的事情，我们不说不愉快的，好吧。

好，再干一杯，张纯的小脸红了起来。借着酒劲，她闭上眼睛，陷入了自己漫长的回忆。

## 【119】因为想你才寂寞

金董，我昨天跟祝涛谈过了，他基本上同意来世澜商业公司，不过还想问清楚公司的发展方向等问题。你如果有时间的话，我约他和你面谈一下。张纯在那天中午阳光斜照的时候走进了金世羽的办公室。

金世羽发现张纯的办事效率真的很高。坐。张纯在金世羽的办公桌前面坐下来，问道，还有别的什么事情吗？

金世羽从抽屉里面拿出一个盒子，递给张纯，这个送给你。张纯定睛一看，是个苹果手机，自己原来的手机摔坏了，金世羽给她买了一个新的。

这个我不能要，张纯推托着。金世羽的脸一下子拉了下来，你不要，那我现在就从这里扔下去，说着拿起手机就往窗边走去。张纯一惊，本能地上前阻止，一不小心撞到了金世羽。金世羽顺势把张纯抱紧了，张纯抬头要推开，碰上了金世羽火热的嘴唇，两个人在那一夜过后，在这个办公室里面，再次拥吻了。

张纯整个人都软了，金世羽在她的耳边呢喃道，我最近非常寂寞。

张纯笑着道，是因为想我才寂寞的吗？

是，因为想你才寂寞，金世羽的眼神里面满是温柔的泪光。我希望那一晚不是我生命中的唯一，你说好吗?

不好，张纯的回答很干脆，令金世羽很失望。他再一次吻上了张纯，这次是狠狠的，他决定不再放弃这样的机会。

张纯说，谢谢你的礼物，我等一下还有个专题要做，我先回去了。金世羽依依不舍地说，今晚去我家好吗? 那眼神令张纯难以拒绝，但是张纯狠了狠心，我晚上有约会了，改天吧。

那明天呢? 金世羽依然不死心。

明天也有约会了，张纯依然面无表情，跟刚才亲吻时的反应完全不一样。

金世羽迷茫了，那你什么时候有时间?

我也不是很清楚，张纯说着拉开了金世羽的办公室门，门外，人是没有，但金世羽却不好再说些什么了。

张纯把电话拿了出来，确实是很漂亮的一部手机，自己也非常喜欢。刚刚装好卡，电话就响起来了，是金世羽的。

张纯犹豫了一下，还是接了。金世羽在电话里面说道，你什么时候约祝涛? 世澜商业公司下个月就要举行开业典礼了。

张纯说，看你的时间是否方便了，还有祝涛说他需要一个星期的时间处理他手上的工作。

好的，那就后天吧，你约好了，跟我说一下，发条短消息给我。

嗯，我知道了。还有，方伟最近有没有找过你?

没有，张纯不清楚金世羽是什么意思。也不知道自己该如何回答。自从那次宴会后，自己当着方伟的面上了金世羽的车以后，方伟就没给她打过电话。即使有事情也是通过别人来转达的，她知道他在回避。

不是说星邑湾要搞活动吗? 那天宴会上他跟我说的，怎么，他没有找你谈这个事情吗? 金世羽不甘心地问道。

哦，这件事，是艾青跟我说的。张纯刻意避开关于方伟的话题，反而提起了金世羽敏感的神经，他发现，他们之间还存在着纠葛，这是金世羽不想看到的。

还有，那个“御香海”广告代理的事情，你知道吗? 金世羽继续在电话中唠叨着。

张纯发现不见面聊，讲话反而更自在一些。那不是马经天管的项目吗？听说他把代理权给了李放的峰尚广告。我觉得换个广告代理也不是什么坏事，那个天域公关项目太多了，给我们配备的人员都是新人，没有任何经验，做这么顶级的项目阅历不够呀。

金世羽想了想说，你也同意换家广告代理公司吗？张纯说，试一试吧，也顺便压一压顾悦的嚣张气焰。

你是不知道，我打算把天域公关收购过来，作为我们世和会的对外公关机构，你觉得怎么样？

张纯说，天域公关确实有资源，你的想法也不错，如果趁着这次“御香海”广告代理权的事件，把天域公关收购过来，我觉得很不错。

张纯听着，半天金世羽都没有挂电话，她知道，他在等她说些什么。可是自己该说些什么呢？该说的都已经说了，张纯等了半天，只好说了一声，拜拜。

电话那头的金世羽叹了口气，心里满是忧伤，佳人近在眼前，却宛如远隔天涯。

## 【120】楼市潜藏的非理性因素“恐慌需求”

老马，那个星邑湾的宣传性专题怎么不上了，到底怎么回事呀？毛语这样的问话令马经天很尴尬。

其实这不是星邑湾的事情，也不是方伟故意的，而是整个楼市呈现出来的一种潜藏的非理性因素。

这种因素很隐秘，我们暂时叫它“恐慌性需求”，越调控房价越涨。土地越来越少，地王不断出现，房价难以控制，有钱的人越来越多。

只要有房子出来，就会被一抢而空。方伟最近推出的一批房源，早已被内定掉了，还需要做什么宣传广告呢？活动也省了。

毛语叹了口气，那代理的日子就难过多了，开发商自己卖房子，哪还有我们什么事情呀？

“金玺”和“御香海”呢？这两个项目怎么样？

马经天说，“金玺”在江湾那里，升值潜力还是很大的，至于“御香海”，由于地理位置的优越性，价格自然不会差到哪里。

那晨远机构代理的那个顶级别墅呢？毛语问道。

你是说“檀溪”？这个我们可不能和它比。人家天生娇贵，纯别墅，听说上次有位中东富豪在那里订了一套，将近1个亿。

胡鸣这个家伙，看样子要发财了，马经天说道。

还是人家有本事，要么不拿，一拿就拿顶级项目。我们要卖多少套房子才顶人家一套别墅。

毛语笑着说，你就知足吧。谁叫世和中国摊子大，摊子大了就要承受得起，他胡鸣能承受得了这么大的摊子吗？

你们在聊什么？张晴经过的时候看两人聊得很开心。

我们在说项目上的事情，你俩知道不，最近金董正在谈天域公关的事情，还有就是，你们别看胡鸣这么得意，马上他就要哭了。

什么大事？为啥他要哭？他现在得意还来不及呢，胡鸣会哭？我们不信。马经天和毛语同时摇着头。

张晴神秘地说，不信呀，那走着瞧吧。

那个，老马，“御香海”的广告代理合同订了没有？张晴催着道。

订了会告诉你，你那么着急干吗？哦，对了，金合韵今晚去你家吗？我怎么好几天都没见她了。

你自己问她呀，她不是在办公室吗？张晴的眼睛瞟了瞟坐在那里认真做事的金合韵，她知道马经天心里特别喜欢金合韵。

李放也好，张晴也罢，还有艾青，马经天和她们之间的交往都是功利性的，那不是我们通常所谓的爱情。现代人渴望生活中的纯爱，这样的爱没有一个人会相信，也没有一个人找到过。所谓的婚姻都是为了过日子，凑合着，所以，那些纯爱电影受到热烈追捧，其实是因为现代都市人内心的渴求依然存在。

你现在很忙吗？马经天站在金合韵的身后，金合韵被马经天吓了一跳，她正在认真研究“御香海”这个项目的创意策略问题。

这么久了，还是没有找到灵感，她心里有些烦躁。马经天这么一说，她内心的烦躁更加突出了。我很忙，请你不要打扰我。冷冰冰的语气，听得马经天透心凉，今天你回“香邑”住吗？我们好好聊聊，怎么样？

有啥好聊的，金合韵没好气地说，我今晚有事情，没空。马经天碰了一鼻子灰，心里也不是很爽。

回到自己的办公室，一大堆的政策报告要看，艾青的电话进来了。艾青妩媚的声音中带点忧伤，今晚能去我家吗？那声音像是在哀求着什么。马经天心软了，好吧，你下班后先回去，在家等我吧。

艾青的声音立即甜美了很多，那我给你做饭吧？马经天说，不用做饭，我要晚点过去，你在家等我就是了。

艾青挂掉电话，突然之间她发现自己的精神世界里面所谓的幸与不幸，不过是一棵树偶然的光影。

张豪走了进来，老马，最近的政策类报告有吗？给我几份参考一下，我要做个专题汇总。

马经天指了指桌上一大堆的报告，噢，这里都是，你拿去慢慢研究好了。

马经天问，老张，你最近忙什么呢？

张豪苦笑了下，还能忙什么，世锦传媒一大堆的屁事，还有，最近金世羽跟我说要成立什么旅游地产服务机构，你说我哪有时间，可是又不好推托。

金世羽就是一天一个主意，变化太快了，我们可是赶不上了，老了。人家叫你是老马，可你并不老，我看你还挺年轻的。

马经天指了指自己的脸，你没看到我最近脸色很不好吗？整夜睡不着，失眠，我“鸭梨”大呀。

张豪说，确实是，老马，身体可是革命的本钱，要注意了。这些报告我拿走了，看完还给你。

拿走吧，我这里有电子版本的，不用还了。

# 【121】期许是隐秘的手指

看完这段时间的报告，已经是晚上8点多了，马经天拿起手机一看，竟然有十多个未接电话，都是艾青打来的，他突然想起上午答应她去她家的事情。

马经天关好灯，朝门外走去，办公室里面还亮着灯，金合韵已经走了，但是还有同事在加班，事情太多了，马经天感叹道。

自己一个人在一家店里面吃了碗馄饨，马经天开着车去了艾青的家，那是位于徐家汇附近的一个小区，环境很好，艾青租住的单间确实不错。

艾青开门的时候，马经天递给她一束玫瑰花，就如上次给李放的那样。艾青原本生气的表情，暂时缓和了许多。

进来吧，艾青没有拒绝马经天的进门，她是个识时务的女孩子，知道什么时候该发脾气，什么时候该温存。

等久了吧？马经天说，刚才在公司看了很多报告，一下子就忘记了时间，别怪我呀。

不会的，我就是着急，还以为你忙不来了呢。艾青尽量避免自己不愉快的心情外露，免得影响两个人之间的感情，我去给你放水洗澡。

哦，好，你要不要跟我一起洗？

我洗过了，艾青还是有些害羞，我给你削个水果吧，你想吃什么？马经天突然想起了什么，我下去一下。你等我。

你要去哪里呀！艾青看到马经天下楼，心里有些着急，以为自己什么话说错了。

不一会儿，马经天抱着一个小箱子进来了。嗯，这个给你。

什么哦？艾青睁大眼睛问道。

打开呀，打开就知道了。我先去洗澡了，你把这里面的东西洗一下。

艾青好奇里面到底是什么东西，拿起剪刀打开了箱子。

打开一看，是一箱子的水果。这是什么水果？靠着浴室的门，艾青问马经天。

这个呀，是新疆的车厘子，味道特别甜，我托一个朋友从新疆带过来给你的，你洗几个尝一尝。

艾青开心地拿起水果盆洗了起来，尝了一个，真的很甜。

艾青问道，你是不是要升职了？马经天一惊，你听谁说的？我今天看到他们行政部门在打报告。

上面有你的名字，你马上要升任中世信集团董事，我看到上面有金世羽的签字呢。

真的还是假的？马经天发现自己竟然一点儿都不知道，觉得很奇怪。

是真的，艾青说，我是亲眼所见。本想今天晚上给你庆贺一下，谁知道你说你有事情哦。

马经天围着浴巾走进卧室，艾青穿的是粉绿色的内衣。马经天冲动地抱住了她，从领口处看去，里面有东西在隐秘处闪现。

这是什么呢？马经天拉开了艾青的内衣，艾青说，那是她雕刻的一朵花。什么？拉开的一刹那，马经天惊呆了，那是一朵血色玫瑰。大红的，红得自己眼睛都发亮了。

这更加勾起了马经天身体的欲望，想要征服，想要发泄，想要得到这个只属于自己的胴体，血色玫瑰唯美地呈现在艾青的锁骨上面，令艾青的肤色更加洁白。

什么时候刻上去的？马经天问道，上次还没有呢！

就最近，艾青的声音有些飘摇，马经天知道这朵血色玫瑰是为他所刻，那刻下的不仅仅是依恋，还有深爱。马经天的心里很疼，他知道自己伤害了这个女子，我会对你好的，在艾青的耳边，马经天第一次这么说。

这或许是一个男人在这样的场景下由衷的表白。

艾青说，我记得有这么一句话，很感动我。

马经天说，你听过一首诗吗？什么诗呀，你还会吟诗呀？

《春之书》，很美的一首诗，和我们现在的情景很像。

马经天搂住艾青，开始读这首诗。

谁来惊动我。/关于你/风在细碎地诉说/日光微凉，我们成为/浅水里的音符。

而我/仍在歌唱/留恋雪的叹息。/烛火摇曳，照亮南方的一月/我们相拥，在一次意外里/学会依恋。哦/我爱着这动人的结局/我爱着，你下落的手指/奏起的痛楚。

不必记得我。/我是你启程的烟雨/是被忽略的情节/是睡在叶片里的短暂爱情/途经你，被你小心安放/我会在静默的沦陷里/赐予你，夏日的喜悦/凋谢的辉煌。

哦，二月。/我已完成，彻骨的/遗忘，修葺好/你要抵达的山坡。/我秀发和风，衣衫芬芳/于素月的窗前，醉饮清泉/之声。哦，亲爱的，这光滑的/夜晚，留不住任何词语。/我只想，远远地

靠近晨光，想你。/在万物复苏前/得到你温暖的决定。

## 【122】永无止境的怀抱

谁的诗，这么含情而有深意，艾青听得呆住了，仿佛自己的整个身心就在这样的境界里面，刚刚完成彻骨的颤动。

忘记是谁写的，感觉很有意境，所以记住了。马经天望着怀中的艾青，这是属于他和艾青彼此欣赏的时光。

我要回去了，马经天想要起身，艾青赖在他的怀里不肯起来。

我想就这样，一直躺在你的怀里面，可以吗?

马经天说，别闹了，我等一下还要去赴一个宴会，马经天推开了艾青，把她的身体放进了被窝。

艾青失望地卷起了被子，把头也埋了进去。马经天穿好衣服轻轻拉开了被子，在艾青的额头上面亲了一下，我先走了，好好休息。艾青沉默着，没有说一句话。

门嘭的一声关上了，艾青的眼泪夺眶而出，又是一个寂寞孤独的夜晚。每次马经天走后，艾青总会在梦里面遇见他，会在梦里与他再次相逢。

艾青总是在梦里这么告诉马经天。

总有那么一天，我会像你忘了我一样忘记你，当一次次把你从记忆深处抹去，又一次次忍不住从思念中把你想起，我知道，我总是活在回忆里，我知道，我一直怀念过去，我知道，忘记你就必须先忘记我自己。

我都知道，但我却做不到。

梦里出现的人，醒来的时候就该去见他，其实生活就是那么简单。

马经天开车回到“香邑”，经过大门口，他看见金合韵从俞镜的车子上面下来，满脸幸福的笑容，马经天的心里别提有多难受了。

今晚自己再次失算了。停好车，马经天上了电梯，在门口正好与金合韵迎面相逢，金合韵一愣，她没有想到这么晚了还会碰到马经天。

金合韵心里有些发虚，我刚从外面吃饭回来，她低着头说，不敢看马经天的眼睛。马经天掏出钥匙开门，对着金合韵说，进来坐坐吗?

哦，不了，太晚了，我想回去睡了，金合韵始终不敢直视马经天的眼睛，生怕他看出端倪。

马经天并没有再次邀请金合韵，他也累了，最近事情太多，而且刚刚艾青说的话始终回荡在自己的脑海里面，要升职了，中世信集团董事，自己真的要上位了。

这么多年的拼搏与奋斗，终于看到一个男人该有的成功了，只是满眼望去，自己的家中，却始终少了那么一个可以和自己共同分享快乐的人。

马经天的理想就是等待，等待一只白皙的双手，交出日暮。

这么晚了，谁的电话？金世羽的？什么事呢?

金董，这么晚了还没睡？什么事不能明天讲呀？马经天坐到沙发上，窗外依然是灯火辉煌，无法让人安睡的城市呀，如果不拉上厚重的窗帘，这座城市永远是白天。

哦，当然是急事了，我已经正式把你升任为中世信集团董事，升职书我已经签了，没有来得及提前跟你商量，主要是最近太忙了，你也忙，我也忙，我到现在还在酒桌上呢。

马经天听到金世羽身边嘈杂的声音，他知道金世羽最近确实特别忙。怎么不说话了？金世羽在电话里面嘀咕着。

哦，金董，听到这个消息我都不知道该说什么好。马经天灵机一动，哈哈，感谢金董呀。

金世羽说，你感谢我什么，这都是我们共同努力的成果。如果不是你，世房这段时间的销售业绩也不会那么好。

世房销售这里的业务你要给我多盯着了，金世羽继续道，我们这段时间都没有空碰一碰呀，不然有些事情还能做得更细一些。

是的，马经天肯定地说，估计最近又要出相关政策了，我听说什么“国十一条”正在酝酿呢。

哦，对了，马经天本想挂掉电话，可是金世羽又开始说了，那个“金玺”“御香海”和晨远机构代理的“檀溪”，你要密切关注。

马经天说道，这三个项目差不多时间上市，我和金合韵他们正在讨论具体的策略与创意，基本上不会出什么问题，金董你放心好了。世和中国有如此强大的网络与商业脉络资源，胡鸣是搞不过我们的。

金世羽听到这句话心里一阵爽，这句话最近听了很多遍了，不仅听到不同的开发商在讲，很多代理同行也夸他，夸得他心里美美的。

马经天挂完电话，已经是深夜12点了，夜虽然深了，但是马经天脑子还在不停地转动，身体已经进入睡眠状态，但是脑子还在思索，这已经是他近期的一种常态了。

## 【123】国十一条，定基与定调

这一夜马经天竟然睡得很沉，沉到第二天闹钟响了他都没有听到。他从来没有不洗澡就睡觉的习惯，可是这一夜他竟然就在客厅的沙发上面睡着了。

醒来已经是中午了，他突然发现睡懒觉是一件多么幸福的事情，可惜，今天不是周末，约了人总不能不去吧。

马经天仿佛没有睡醒，走进卫生间放好热水，拉开冰箱发现里面什么吃的都没有，只能去洗澡。

洗完澡，就听到外面门铃直响，拉开门一看，是金合韵，她大汗淋漓，感觉很着急的样子。

你看几点了，今天不是开会吗？打你手机你不接，金董生气了。你看，叫我回来找你呢。

我睡过头了，马经天拿起手机一看，没电了，递给金合韵，金合韵帮他充上了电。

换好衣服，马经天看上去精神了很多，完全没有昨晚疲惫的神态了。下楼，我买早餐给你吃。金合韵笑着说，好。我咋感觉你就像我老婆一样呀，马经天嬉皮笑脸地说着，金合韵捶了他一下，你就知道吃人家豆腐。

今天什么会议，那么重要？不会是“国十一条”吧？马经天的判断没有错。

是呀，继去年12月底中央密集出台一系列房地产调控政策以来，这两天“国十一条”又来了，金合韵说道，金世羽在会上讲了，喊你半天，叫你解析一下楼市政策呢。结果你没来，他能不生气吗？有什么不同吗，这些政策？

金合韵说，“国十一条”与此前中央所有调控楼市的政策方向一脉相承，但更加系统全面，从“调结构、抑投机、控风向、明责任”四个方面，确定了2010年中国的房地产政策基调和架构，我估计中国的房地产市场变化将难以脱离政策的背景了。

哦，马经天认真听着金合韵的解说。这么说，“国十一条”就给中国的楼市开始定基定调了？

哈哈，我觉得有点儿像，长期看涨，但是中间肯定是有变化的。金合韵肯定地说着自己的判断。

哦对了，马经天拉开车门，让金合韵先上车，你那个“金玺”和“御香海”两个项目的策略方案做好了没？马经天显然没有忘记昨晚金世羽电话中的问题。金合韵说，好了，等下你去审核一下。不过你今天要请我吃饭。

马经天一愣，说道，为什么要请你吃饭呀?

刚才在大会上面，金世羽宣布你升任中世信集团董事了，工资、奖金、级别都调整了，你说你要不要请我吃饭呢?

这个嘛，好说。马经天终于舒了一口气，自己这么多年的奋斗没有白费，终于有起色了。

我听说“檀溪”现在还是由俞镜来操盘的，胡鸣目前在动晨远的各地分支机构，看样子胡鸣还是想要谋求上市。

是，胡鸣如果没有“檀溪”这个项目，我估计他在上海都够呛，别说是上市了，你有没有听说，金世羽让张纯去挖胡鸣的人?

谁?我倒是听说胡鸣公司里面的人想跳槽，想出来自己干。

这你都没听说?消息太闭塞了。金合韵白了一眼马经天，绝对超级内幕。

金世羽不是说要成立商业管理公司吗?

所以，金世羽让张纯把晨远机构胡鸣手下的一员大将给忽悠过来了。金合韵得意地说着所谓的内幕。

谁呀?到底是谁来了?马经天故意这么问。

祝涛，商业地产的能人。

哦，他原来不是搞地产传媒杂志的吗?就是那个《地产买家》!原来是他，来金世羽这里，金世羽给他安排什么职位呢?马经天很好奇。

世澜商业管理公司的总经理，这你都不知道。下个月就要举行开张典礼了。

还是咱们老大厉害。马经天心里想着，金世羽可真会找人，最近世和中国来了很多大公司的高层领导。看样子自己当初选择在这里长久发展是没有错的。

两个人进公司门的时候，金世羽正好从里面出来，后面跟着毛语、杨旭、张晴还有张豪，马经天赶紧上前打招呼。金世羽说，我今天宣布了半天，你这个主角不到场。

马经天尴尬地笑着，今天睡过头了，要不是她来叫我，我都快睡过去了。你们这一大帮人，要去哪里?马经天问道。

哦，星邑湾这周搞活动，我们几个应方伟之约，去给他捧捧场。

啊，我怎么没有听说，星邑湾这周开盘吗？不是开盘，是搞个品牌活动。内部人士，你是说只是内部活动吗？

我们先走了，金世羽领着他们上了车。马经天知道金世羽今天不高兴了，可能由于今天开会没有到吧。

马经天叹了口气，做事业难，做人更难。

## 【124】孤独在水里，真相在路上

为什么我的稿子上不了呢？俞镜对着电话里面的张纯一阵嚷嚷。张纯还是平静地说版面满了，俞镜说，我这是提前一个月订的版面，你满了怎么不早点告诉我呢？

张纯在电话里面沉默了，过了一会儿，她解释道，你要不问问我哥张豪吧。

俞镜说，是不是金世羽让你这么做的？张纯说，我也没有办法，这个事情就是这样。

好，算他狠！俞镜挂完电话，心里极其不平衡。金世羽仗着拥有上海地产传媒的话语权，如此打压同行，这种霸权主义竞争，一定会付出代价的。

俞镜想想“檀溪”这个项目广告也不能在《蓝筹地产》上面打了，还是找更加高端的航空类杂志或者财经类电视吧。

想想就郁闷，顾总，我们的SP活动什么时候开始执行？俞镜在电话里面催着顾悦。

这段时间我忙死了，正在做“金玺”的SP活动呢，顾悦解释道。

这么说，顾总，我的活动你是打算不弄了，俞镜不客气地说道。

哪里，俞总监，你多虑了，你说什么时间就什么时间，我绝不含糊，顾悦还是能分得清楚什么是急的，“檀溪”这个项目的活动是顶级的。虽然她也碍于金世羽的面子，但是毕竟自己目前还不受金世羽控制，自己还是有话语权的。

碰到这么好的机会，不把握那岂不是傻瓜？顾悦自己对自己说着。

“御香海”和“金玺”是同时在《蓝筹地产》上面打广告的，张晴问马经天，这两个项目的来电量怎么差那么多？

马经天问，哪个多，哪个少？

张晴说，广告监测部门统计到，“御香海”周五时候的来电量是1,200通，而“金玺”的来电量只有100通，我仔细检查了版面和位置，没有多大的差别。

马经天，既然是这样，那就不是产品本身的问题。

金合韵说，这怎么可能呢？我认为是广告设计和文案的问题。

你们看下，“御香海”这个硬广告是谁做的，和“金玺”是不是同一个人设计的呢？

马经天说，当然不是同一个了，“御香海”我是交给广告公司设计的，“金玺”是我们世房内部人员设计的。

金合韵说，那就怪不得了，我一看“御香海”的广告，就觉得这肯定是出自大师手笔。

张晴拿起两份硬广告，看了半天，转头问马经天，你能看出什么端倪来吗？

马经天凑上前去，仔细一看，还真是，区别很大，不管是文案，版面的排版，色彩的设计，都有很大区别。

“金玺”这个项目本来皇室味道很浓厚，但是设计师表现出来的不是皇室的高贵典雅，而是给人暴发户一样的感觉。

相反“御香海”的硬广告看上去就大气，富有精神世界的共鸣。马经天说，这是李放公司的设计师做的。要问也要去问她，我都没见过她公司的设计师是哪里请来的。

金合韵说，这就是李放那个峰尚广告设计出来的，行啊，里面还真有卧虎藏龙之辈。

那个“檀溪”的广告出来没？我怎么一直没有看到呢？

哦，“檀溪”，这里，你看，张晴拿过航空杂志递给了马经天，怎么俞镜他们不上我们的报纸，去做航空杂志的广告呢？难道“檀溪”真有那么顶级吗？

金合韵笑着说，这谁知道？俞镜的想法总是出人意料的。

此时的俞镜也独自在办公室里面思考着，这次为何独独那个“御香海”的广告如此地出挑，俞镜想要知道这个项目的设计师到底是谁。

胡鸣进来说，你是不是想要知道“御香海”这个项目是哪家广告公司做的？

俞镜一愣，看样子胡鸣也很关心这个项目，你知道？

胡鸣深深地叹了一口气，冤家，积怨太深，我现在终于明白这句话的含义了。

俞镜被胡鸣这么一说，反而更加好奇了，到底是怎么回事？

胡鸣说，出来混，早晚都要还的，这是多年前我的冤家，现在他终于来了，来上海了，这是针对我的，我清楚。

那这个人到底是谁？俞镜说，他有你说得那么厉害吗？我不信。

哈哈，胡鸣一笑，内心仿佛释怀了某种东西，你还别不信，“御香海”即使是个很烂的项目，在他手里也能翻身，更何况这个项目本来就很好。

那他现在在哪里？

就在峰尚广告。

李放的广告公司？我怎么没有听说过？

那是因为他刚来，还是偷偷潜伏进来的，目的就是要报多年前的仇，“人在做，天在看呀”，胡鸣满脸惆怅。

那怎么办？俞镜看着胡鸣的样子，心也开始慌了，毕竟不了解对手，做起事情来没有个参照。

## 【125】零成交

俞镜是第一次来李放的峰尚广告，静安寺这里已经跟以前不一样了，当初久光还没有建好，那条路还很窄，如今这里变了很多，在静安寺附近的一幢写字楼里面，俞镜见到了李放，她和从前也不一样了。

好气派的广告公司，峰尚广告，光听名字感觉就像时尚界或者是娱乐界的，但是名字中透露出更多的中国式味道。

李放仿佛脱胎换骨了一样，从以前那个看上去文静内秀的黄毛丫头，变成了一个成熟而且富有魅力的女子。俞镜有些呆了，是内心呆住了，到底是谁改变了她？

镜子，这里。唯一没有改变的是李放对自己的称呼，“镜子”两个字，只有金合韵和李放会这么叫他，其他人不会，就连他最好的哥们儿杨旭也不会这么叫他。

问他们两个为什么老是这么叫他，她们两个的回答是——“昵称”，而俞镜听着感觉很暧昧。

没有想到我会来？俞镜说。李放端上来一杯亲手煮的咖啡，要放奶精并加两块糖吧？哦，你还记得我的这个习惯，俞镜笑着说。

怎么能忘记呢？这么多年了。李放坐下来说，你今天来一定是有什么事情。

哈哈，为了你那个“御香海”广告而来，俞镜开门见山地说明了自己的来意。

看样子这幅广告确实很有影响力，李放高兴地说着。

我想知道这个策划设计的是哪位高人？上海的房地产广告公司多如牛毛，而且这么久了，也没有哪家显得比较出挑，为何独独这次能引起业界这么大反响呢？

你还记得胡鸣的晨远的前身是哪家吗？李放问道。

俞镜陷入了一片沉思之中，我记得是南方一家广告公司收购过来的，是不是风海广告？我记得那个老板好像姓董。

是他吗？俞镜想起了多年前的往事，那个时候自己和胡鸣还是那么年轻，天不怕地不怕，做事是丝毫不考虑后果的。

对，就是风海广告的老总，董海，他来上海了。李放镇定地说。

那你这个项目现在成交量大吗？俞镜问道。哈哈，什么？我正在为这个事情郁闷。来电量这么大，竟然是“零成交”，你说，说出来不可笑吗？

我还查了，不仅我的项目“零成交”，那个“金玺”和星邑湾最近一段时间也是零成交呀。

镜子，你说这是为什么呀？

还有什么为什么呀，“两会”就要召开了，这个也很正常呀，大家都在普遍观望，关注两会中房地产的一些大事件，这个时候客户是不会那么冲动买房的。

你说得有道理哦，李放回应道。我听说你的那个“檀溪”项目金世羽他们盯了很久了，但是搞不到手，是不是你从中做了什么手脚呀？

俞镜看了眼李放，他终于发现女人变起来真的是太容易了，现在的李放是那么世俗与势利，完全褪去了刚入社会时候的纯净可爱。

现实竟然让一个女人改变得如此深刻。你这峰尚广告的法人是谁呀？

方伟呀，这你不知道呀，我只是执行而已。方总太忙了，大小事情现在都是我在弄，我最近都忙死了，你看，好几个夜晚都没睡好了。

看你公司这么大，确实够你忙的了，听说上海房地产界要搞一个地产盛典评奖活动，你报名了吗？

哦，你是说金世羽他们联合地产传媒搞的那个活动呀，我报名了，这些都是虚的，我觉得无所谓，能做好手上的项目，我就很满足了。

你做得很好，俞镜这句话确实发自内心哦。星邑湾呢？这个广告也是你们代理的吗？

你还别提，如果是我们代理的就好了。我这里就是转手而已，真正做的是世和中国，这个你懂的，不用我多说了吧。

是，再来一杯咖啡吧。李放说。

不了，等下晚上更睡不着了。俞镜起身想要离开。

你要走了？我们一起吃个饭。

等下次吧，我们还去“花间一壶酒”。是的，很久没有去那里了。那里是个值得怀念的地方。

是呀，我认为那里还是个“疗伤”的地方。

有机会的话，我很希望自己能周游世界。俞镜这么说。

嗯，人一辈子就这么几十年，不到世界各地走走看看，就这么过去了，有什么意思？

# 【126】爱比呼吸更加靠近

由世锦传媒举办的上海年度地产广告评选活动拉开了帷幕，来自不同广告公司的佳作都开始来参展。

这是一次地产界的盛会，上海的很多楼盘广告都参加了这次的盛典。

俞镜设计的“檀溪”项目广告以及金合韵策划的“金玺”两个项目的广告分别荣获大赛组委会颁发的二等奖与三等奖。

俞镜和金合韵双双得奖，两个人都非常兴奋，但是最令人期待的一等奖，竟然是峰尚广告的董海获得的，这让大家吃了一惊。

“御香海”的广告主题如此出挑，竟让那段时间上海的房地产、广告界争相模仿，仿佛一夜之间董海成了房地产广告界的领袖。

张纯再一次见到了方伟，方伟作为颁奖嘉宾也来到了现场，当他把大奖颁给董海的时候，张纯仿佛觉得方伟变了很多。

俞镜望着他眼里的金合韵，金合韵今天一袭黑色礼服，深沉而又典雅，最佳的广告公司奖得主是峰尚，张纯把奖杯送到了李放的手里，李放不自然地看了她一眼，看得张纯不知道说些什么好，仿佛一下子看透了一个女人的一生。

在整个典礼的过程中，方伟的脸上始终是微笑的，他算是胜利者吗？那么自鸣得意，确实他是胜利者，也高举着胜利的旗帜。张纯失落了，自己又算什么？金世羽与方伟，自己曾经都拥有过，可是如今，两个男人都不属于自己了。

爱有时候比呼吸更加靠近，我们之间明明可以互相依靠，可是现实又让我们离得很遥远，近在咫尺，远在天涯。

马经天坐在下面望着台上领奖的李放，第一次发现她是那么美丽高贵，浑身透露出来的是女人独特的魅力。今天的礼服是低胸的，这是她第一次穿这么暴露的礼服。李放发现很多人都盯着自己，脸色有些不太自然。迎上马经天的眼神，李放的心里荡漾起涟漪，有时候爱是一种眼神，赶走所有苦闷……

马经天咽下了口水，李放转身走下台，那翘起的臀部，让马经天浑身激荡起一种力量，他真的好想马上就拥抱她，把她融入自己的身体里面。

李放走下台，坐到了马经天身边，大家都在看着台上嘉宾的演讲，谁都没有注意到马经天一下子抓住了李放的臀部，李放一惊，差点儿叫出声来。

马经天朝她暧昧地一笑，那一笑，眼神中流转的爱意，倾斜了一季的温柔，而李放已经分不清，那是友情，还是错过的爱情。

你今晚去我家好吗？马经天在李放的耳边小声说道。

李放转脸说，去你家干吗呢？

你说呢？你答应我的事情，什么时候能做到？让我等了那么久。

哦，你很着急吗？

是呀，每天想你，想到晚上做梦都梦到你。马经天露出洁白的牙齿。

既然那么想我，那我们接下来就更要好好合作了。

这个吗？要看你表现怎么样了？你也知道，天下没有免费的午餐。

你什么意思？李放不高兴了。

你纯粹只是为了玩女人吧，李放的脸上充满了鄙视。

你错了，男人通常都是先有性才有爱的，你懂吗？

李放将信将疑地看着他，真的吗？

真的，骗你是小狗，两个人就在偌大的会场里面你一言我一语地调着情。

金合韵领完奖朝着马经天走来，马经天立刻正襟危坐。金合韵今天是粉色的礼服，眼神明亮，特别美丽，今天的宴会，宛如娱乐界走红毯秀一样豪华，这是房地产界的一次盛会，所有在场的人衣着都是那么隆重闪亮，特别是女人，美女就更加吸引人眼球了。

老马哦，你咋坐这里呀？金合韵一屁股坐在马经天的边上，晚上我们去庆贺一下吧，金合韵要求着。李放一听马上附和道，这个一定要庆贺的，要不今晚我做东，请客，一起去吧。

金合韵说，那不用了，我就想和老马一起去。

哈哈，两人世界，不错，我正好也有其他的事情。

马经天死死地盯了一眼李放，李放的眼神里面露出得意的笑容。

马经天那聚光的小眼睛仿佛告诉她，早晚有一天，我会占有你，你等着瞧。台上金世羽在讲世和中国的发展历程及辉煌的成绩，可是大家都沉浸在自己的想法里面。

趁着金合韵转身对旁边的俞镜说话的时候，马经天狠狠地抓了一下李放的手，在她耳边说了一句话，爱比呼吸更加靠近。

## 【127】“迪拜危机”，黄金也会褪色

马经天并没有和李放单独吃饭的机会，一旁的金合韵老是缠着马经天，马经天非常痛惜，错过了今天如此美妙的时机。

张纯坐在金世羽的后面几排，顾悦上台领奖的时候，是金世羽给她颁的奖项——最佳公关奖。顾悦成熟妩媚的表情，令金世羽有些眩晕，这夜美女与成功人士的欢欣，突然之间变得不再单纯与可爱。

金世羽在台上说道，下面我们来请天域公关的顾总来讲讲获奖感言吧。金世羽知道整个颁奖典礼是没有这样一道程序的，他那是故意的。

顾悦没有买金世羽的账，一上来就说，金总今晚让我来讲讲感言，我就讲啦，讲错了，大家看好了，金董是绝不会生气的。

金世羽被她这么一将，知道自己失算了，心里嘀咕着，你个坏丫头，赶明儿把你吃了，看你还这么嚣张得意。

金世羽表面上笑着，没有说什么，心里其实恨得要死。顾悦笑着说，今天在这里，我要宣布一个金董的秘密。大家一听有绝密消息，都竖起了耳朵，金世羽突然之间脸色变了，他和顾悦之间的秘密那是太多了，只是很多东西是不能说出来的。一听顾悦要说他们之间的秘密，金世羽急了，赶紧上前接过顾悦手上的话筒说道，顾总，今天玩笑开大了，我们之间哪有什么秘密呀？

哈哈，金董，你误会了，我宣布的这个秘密，一定会震惊上海的三界。

三界？何谓三界？台下一阵拍手叫好声，原本沉默的会场，一下子变得开朗起来了。大家都很好奇我所说的三界吧。

金世羽听她这么一说，心里也是非常好奇，三界，就是房地产界、广告界、投资界，简称三界，那么到底是什么秘密呢？

金世羽紧张地说，你不要乱讲。你要是一乱讲话，我明天股票跌了，你可要赔的。

哈哈，顾悦笑着说，不会跌，只会涨。台下一片嘘声，快讲，别卖关子了。到底是什么秘密？

这个秘密就是我打算把我"卖"给金董，不知道金董赏不赏脸？金世羽一愣，没有反应过来，天域公关公司是他梦寐以求想要收购的，苦于没有机会，今晚，顾悦这么主动地说出了他的梦想，他非常惊讶，里面是不是有什么内幕或者圈套呢。

哦，为什么呢？金世羽反问道。

我就知道金董会这么问。顾悦满怀信心地说，因为我打算退出房地产界与广告界。

为什么？

我累了啊，我想回家当家庭主妇，不行吗？顾悦看着金世羽说道。

谁？金世羽顺口这么一问。顾悦看着台下的祝涛说道，上来吧，亲爱的。

祝涛手上拿着鲜花，来到顾悦的面前，单膝跪地，大家愣然了。

金世羽也是被惊呆了，转而一想，原来如此，哈哈，今天是咱们顾总退出江湖的日子，"金盆洗手"了。

来，大家鼓掌，感谢我们的顾总这么多年为上海的房地产市场做出的贡献。

顾悦说，那你到底收不收我的公司啦？金世羽笑着说，你都这么说了，我能不收吗？

来来，先答应了新郎的要求，我这里好说，你看人家跪着也挺累的。

顾悦接过祝涛递过来的鲜花，心里充满了小女人独有的幸福感，女人在外面再风光，内心深处还是需要依靠。

一场如此盛大的颁奖典礼，最后的完美结局是成就了一对新人，这让张纯久久不能平静。

金世羽看着张纯独自朝宴会的场外走去，追了上去。怎么了？等下还有晚餐，你怎么要走了，不舒服吗？

张纯笑了笑说，我发现我不太适合这样的场合，想到外面透一透气，太闷了。

哦，要不要我陪你呀？金世羽体贴地问道。

不用了，你那么忙，里面还有那么多人需要你来招呼，我想一个人单独走走。

那晚上能来我家吗？金世羽央求道。

今晚我想回家好好休息，这几天我觉得好累。

是吗，那我等下去你家吧？金世羽的眼神里面满是期待，他抓住了张纯冰冷的小手，招呼边上的司机说道，你送张总回家吧。

金世羽回到宴会厅，晚餐已经开始了，而这次大家都在讨论的主题是刚刚发生的迪拜债务危机。

张豪说，这次危机会不会导致全球性质的金融危机？毛语说，危机肯定有，但是不会像华尔街的那样厉害，会缓和一点儿。

你没有看到全球的股市都在下跌，马经天说，我看会有很多公司要破产了。

黄金也要褪色了。俞镜插嘴道。财富一夜之间缩水了。恭喜呀，俞镜对着李放说，恭喜你获得大奖。

李放笑而不语，她心里清楚俞镜的想法，只是这样的场合她不便明讲。

大潮退去，才知道谁在裸泳，这是最近在世和中国内部流行的一句话，是不是裸泳，我们一看就知道了。

第十二章

# 盗梦地产慈善盛宴

## 【128】别在离开的时候说爱我

祝涛和顾悦被金世羽叫到一边，顾悦笑着说，金董，你不会是对刚才的决定反悔了吧?

我可是在这么多人面前都宣布“金盆洗手”了，你要是不接手的话，我岂不是失信于大家?

金世羽笑着说，哪能啊？我巴不得能和天域公关整体合作。

那就好，顾悦的心放了下来。我是问祝总，什么时候加盟我们世和中国?

祝涛握住了金世羽的双手，感谢金董的信任，我想如果不出什么意外的话，我下月初就能到岗，具体的事情我和张纯都聊得差不多了。

哦，那太好了，正好下个月是世澜商业管理公司成立大典，你亮相那是再好不过了。

哈哈，祝涛笑着说，金董，多谢了。承蒙金董看得起我。

金世羽朝着顾悦说，你们俩什么时候勾搭上的?

顾悦说，怎么能叫勾搭呢？我们那是相爱，懂吗?

哈哈，我还真是不懂，金世羽违心地一笑，心里想这个社会还真有爱情?

金董，世澜商业是专门的商业运营公司吧，目前业务量有多大?

本来是世和中国的一个商业地产的运营部门。随着业务量的增加，我们觉得需要成立正规的商业管理运营公司才能够更好地运作商业地产，而且我估计，未来三年，商业地产也要火上一把。

我也有同感，祝涛非常赞同金世羽的想法。两个人意见一致，合作起来就会顺利多了，这也是金世羽看上祝涛的真正原因。

那希望我们早日合作哦。我就不打扰两位恩爱了。金世羽说完上了自己的车，扬长而去。

我们回去吧，顾悦对着祝涛说。祝涛说，要不你先回去，我还有点儿事情没有处理完。宝贝，我爱你。

别在离开的时候说爱我，我会很依恋的，顾悦一脸不高兴。

那晚上等我，多晚都要等我。

有时候苦苦地爱着的、始终放不了手的那个人，就在你的身边，而你全然看不到他。直到有一天，终于死心了，幽幽地转身过去，才发现背后一直也有另一片山河。

于是，所有的痴心都终结了，我们从来就不像自己以为的那么深情。

俞镜望着金世羽和祝涛他们高兴地离开，对着胡鸣说，你没看到吗?

祝涛刚才那副嘴脸，简直就是个马屁精，这种人，人世间少有!

有什么办法?这年头，小人得志，这样的人社会上面不要太多，他不是傍到了女富婆吗?当然可以扬眉吐气了。

你是说顾悦，顾悦怎么可能把天域公关卖给金世羽?我真是越来越看不懂了。

俞镜说，胡总，这你还看不懂，天域公关在上海就是靠着金世羽的案子才能存活到今天，如今，顾悦把这个全部卖给金世羽，里面肯定是有条件的。

我劝你呀，胡总，你要小心点祝涛这个家伙，不要把我们手上的项目给弄走了。

这人太阴险了，胡鸣说，从他进来的时候我就防着他了，他并没有掌握公司的实际客户，你放心好了。

他去金世羽的世和中国，你说金世羽会给他安排什么职位呢?胡鸣问道。

哈哈，你没听说吗?金世羽要成立商业地产的运营管理公司，祝涛就是这方面的人才。所以说呀，金世羽这个人，就喜欢挖墙脚，什么墙脚他都敢挖，也不怕被墙压死。

你们在说什么?金合韵走过来说，大家都走了吧，我们不走吗?

杨旭说，要不要在外面坐一坐，最近感觉好累，压力好大。

哈哈，莫非你又升职了，俞镜笑着说道。

哪里，现在手上的事情都忙不完，再升职，我岂不是要累死呀。最近在做政策方面的研究，多数是配合开发商的，一个接着一个论坛，我的嗓子快哑了。

你现在也算是名人了，人家都尊称你为“杨老师”了吧?

哈哈，杨旭笑着说，很多人都叫我“专家”。是不是“砖家”？专门拍砖的那种？俞镜笑着说道。

是什么都无所谓，杨旭说，混口饭吃就好。

你们怎么看顾悦和祝涛的？今天就他们两个风头最足。

都不是好东西，金合韵说道，鄙夷地看了一眼门口，门口已经没有人了，我们也走吧，我好累哦。

我送你回家吧，俞镜说道。好的，那麻烦你了哦。

俞镜把金合韵送到“香邑”的门口，马经天的车也刚停下，马经天再次看到俞镜搂着金合韵，在她耳边说着什么。

他的心里一阵难受，刚吃的东西像要马上吐出来一样。马经天赶紧熄灯，静静地坐在车里面，看着金合韵上去，俞镜开车离开了，他才从车子里面出来，就像自己犯了什么错误一样不可告人。他自顾自地摇了摇头，最近自己是怎么了，老是头晕晕的，记忆力也衰退了很多，很多事情都记不住，老是要艾青来提醒他。而整个上海的楼市仿佛也如自己的身体一样，不断地出现状况，马经天真的扛不住了，他觉得他的世界里面除了金钱就是女人，没有其他任何东西了，曾经是个多么有追求的人，如今，为了生存与事业，他放弃了很多。

## 【129】十城限购令，一半恐慌一半热情

肖林接到上面的政策性文件，拿给励博看。励博问道，是不是上面又出什么调控政策了？肖林说是的。

“十城限购令”，过几天就出新政策，老励，你说这样的政策有用吗?

当然有用，能够在短时间内限制房地产市场过快上涨，励博说道。

肖林撇了撇嘴巴。

励博说，你赶紧找张豪还有俞镜他们商量一下，开一个碰头会，看看怎么对待这些新出来的政策。

好的，赵总，我等一下就去，对了，那这期的广告还要继续上吗?

当然要上，励博说道，广告继续上，注意周期的长短，不能间隔太长。

哪几个城市限购了？励博接过肖林手上的文件一看。

还是这样的一线城市呀，看样子一线城市目前是上面主要控制的地方，励总，我们是不是也要像万润那样去二线或者三线城市发展呢?

励博说，那也不见得，我们以后的发展方向是房地产金融投资这块。

张豪打电话给肖林了，肖总，看到今天新出的政策了吗?

看到了，“十城限购令”，你觉得对我们的项目有影响吗？张豪说，“格林紫郡”项目有影响，而且影响蛮大。但是对于你们的顶级别墅项目“檀溪”那是绝对没有影响的。

哦，张总，有何高见啊？肖林继续打探道。

要不要我们当面探讨一下，张豪适时地说着自己内心的想法，肖林犹疑了一下，不知道是不是要见他。

怎么了？害怕了，我又不会拿你怎么样的，你怕什么。张豪在电话里面开心地笑着。

哦，哪有，肖林语中带着疑惑，自己会不会像从前一样，再次落入他预设的圈套？他们很久没有见面了，那样单独的，没有其他人在场的那种空间里面。

还是等约好了俞镜，咱们一起见面吧，张豪虽然不愿意俞镜也一起来，但是既然肖林这么说了，自己也不好推却。

还是那里吗？俞镜问道。

“花间一壶酒”，我想去那里，肖林说道。

好，你是怎么知道那个地方的？俞镜好奇地问道。

是张纯她们告诉我的，听说特别有艺术感，我想去体验一下。

好，那就晚上见。

嗯，肖林说，晚上见，记得给我带那个新出的广告稿子。

哦，好的，没有问题，大图的吧？我彩打好了。

肖林在一片花海中停了下来，这里就是从前的九观云庭。如今除了那棵百年银杏树还在那里，其他房子早就改头换面了。

只有那满园的花还在夜色下摇曳，诉说着这里每个人的往事。

你来了，怎么不进去？张豪站在肖林的背后，肖林转身，一眼望去，张豪仿佛瘦了很多，是不是没有人好好照顾他？

嗯，俞镜可能已经来了，我们上去吧。

两个人默然上楼，还是那间包房，可以看到阳台和外面路景的包房，这里曾经是方伟的办公室，如今早已经物是人非了。

张豪感叹道，十年前的我们是多么富有活力呀。俞镜笑着说，张总现在也是活力无限呀，外面的人都尊称你为“地产传媒界的教父”。

张豪哈哈一笑，我哪能算得上什么教父，我是一个典型的失败者，想当初如果不那么做，或许我们今天就会进入另外一种场景了。

你俩感叹过去有用吗？肖林在一边不高兴了，过去的永远都过去了，何必深深怀念，要向前面看。

我的稿子呢？肖林望着俞镜，俞镜赶紧从包里面拿出了“檀溪”下期的硬广告。肖林点头说，不错。

张豪问俞镜，怎么你们“檀溪”的广告没上过《蓝筹地产》呀？俞镜被他这么一问，就来气了，我哪里敢上你的报纸呀？

张豪说，你误会了吧，《蓝筹地产》又不是只有世和中国接的盘子才能上广告，所有开发商的广告都能上。

是吗？俞镜反问道，你确定金世羽不会从中阻挠？上次我问张纯，她告诉我没有版面了，把我提前预订的版面也给撤掉了，你说这不是金世羽的主意，还会是谁搞的鬼呢?

有这事？张豪沉思。肖林说，哪能没有，金世羽这个人是什么事情都能做得出来，有啥稀奇的。

你们说现在出的“十城限购令”对我们的项目影响有多大？肖林还是想听听他们的答案，所以试探性地问道。

张豪说，一半恐慌，一半热情。

为什么这么说？俞镜也想知道问题的所在，“檀溪”是个顶级项目，这样的政策会不会影响很大?

我说的是针对中高端市场，这样的房子有投资价值，所以大家都会去买。房子就这么多了，随之而来的就是恐慌。限购对于很多已经拥有房子的客户来说，限制他们的购买，不就给他们的投资上了锁吗?

市场不会走极端的，总是会上上下下来反应，这就跟我们人一样。

## 【130】海只在海的那边

我们讲得差不多了，吃得也差不多了吧？肖林说道。俞总，“檀溪”这个项目励总还有些自己的想法，哪天你抽空和他聊一聊。

俞镜说，没有问题，有什么事情尽管叫我。

我说张总，你现在到底是管哪一块的，以后广告的事情找你没有问题吧?

张豪说，能有什么问题，你一个电话，我全部给你搞定。

那我送肖总回去吧，张豪对着俞镜说，示意他早点回去。俞镜知道他们从前的关系，并没说什么，径直朝自己的车子走去。

张豪望着肖林那披肩的长发，在夜的风中不停地飘摇，她还是像原来一样美丽，那飘舞的秀发有多少个夜晚曾轻轻激荡自己的灵魂。

你还恨我，是不是？张豪盯着夜色里面肖林的双眼。

肖林说，你说呢？恨与不恨也就在一念之间。

人最悲哀的，并不是昨天失去得太多，而是沉浸于昨天的悲哀之中。

张豪说，人最愚蠢的，不是没有发现眼前的陷阱，而是第二次又掉了进去。

我不想再多说什么，虽然我现在没有你想象得那么幸福与快乐，我虽然孤独，也很寂寞。

人最寂寞的，并不是想等的人还没有来，而是这个人已从心里走了出去。

为什么我不能留存在你的心里面？莫非你从来没有爱过我？张豪不甘心。

不是，是因为海只在海的那边，而你永远在我的外面，我们不属于同一片云彩。

你还是恨我？张豪不甘心地继续追问。肖林脸色苍白，大笑道，何谓恨，何谓爱？没有爱，哪来恨？你我已经不在一起，何必如此折磨人呢？

你已经折磨我这么久了，我们和好吧，张豪一把抓住了肖林的胳膊，把她搂进了自己的怀里。肖林柔软的身体挣扎着，可是她越是挣扎，张豪就越不想放开她，最后肖林累了，她任由张豪亲吻她的每一寸肌肤。

不知道过了多久，张豪紧紧地抱住了她，她偷偷地流泪了。他知道今晚必须要拥有她。

跟我回家，好吗？张豪哀求道。肖林没有说什么，张豪知道她这是默许了。

张豪拉开车门，把肖林扶上了车。一路上肖林一直蜷缩在那里，一动不动，她的内心也在纠结，是不是要跟他回家。

你在金源还好不？肖林没有回答。刚才是不是弄疼你了，还是没有反应？

怎么了？海只在海的那边，你却还是要永远属于我的。在我的心里面，知道吗？

肖林还是躲在车的角落里面不回答，到家了，我们回家好吗？

肖林在张豪的搀扶下，走进了张豪的家中，这里很久没有来了，一切都没有改变，唯一改变的是时间。张豪的胡子长了，肖林摸了摸，有些扎手，不过张豪看起来更有男人味了。

这也是刚才肖林并没有拒绝他的原因，她发现自己还是被他深深吸引着。

如果没有当初的爱，就不会有现在的恨，肖林发现自己过了那么长时间，竟然还是那么不堪一击。

为什么你现在还要这么对我？肖林在张豪的床上面，衣服被张豪一件件褪去。张豪拿手指轻轻划过她的双唇，别说话，把眼睛闭上。

肖林感觉自己的心被彻底地看透了一般，她想要一把推开张豪，可是自己浑身无力，而内心的渴望又在驱动着自己的神经。

她开始回应张豪的动作，两个人交织在了一起。浑身大汗的张豪抱着肖林，轻轻抹去肖林眼角的泪水。肖林问，你知道顾悦为什么要把天域公关给卖掉吗？又为什么在这个时刻嫁给祝涛呢？张豪说，他们累了吧，想要结婚生孩子了，我们也结婚吧，好不好，你给我生个孩子吧。

肖林叹了口气说，你还是不明白吗？你觉得你现在算是成功吗？你怎么就不明白女人需要的是什么？

是什么？你明说，别让我猜了。

是安全感，懂吗？我需要的也是安全感，一个男人给予自己足够的安全感。

我以后一定能让你幸福，你要相信我，这么多年，我都没有交过女朋友，你难道还看不出来我对你的感情吗？

与你无缘的人，你与他说话再多也是废话。与你有缘的人，你的存在就能惊醒他所有的感觉。

有些人即使在认识数年之后都是陌生的，彼此之间总像有一种隔膜存在，仿佛盛开在彼岸的花朵，遥遥相对，不可触及。

而有些人在出场的一瞬间就是靠近的，仿佛失散之后再次辨认。那种近，有着温暖真实的质感。

# 【131】思考在2万米的上空

张纯，祝涛是不是说这周来世和中国报道？金世羽来到张纯的办公室问道。

是的，张纯站起来说道。金董想喝点什么？金世羽说，不用了，上次叫你去我家，你怎么后来没有来？打你电话，你也不接。张纯在饮水机边上，拿了一只杯子倒热水，听金世羽这么一说，思绪有些走神了。

啊，好烫。张纯叫了出来，水从杯子里面溢出来了，烫到了手，手开始红了一大片。

金世羽走上前去，拉着她的小手心疼地说，怎么样，疼不疼？我带你去医院处理一下。

张纯抽开了手，不用，过一会儿就没事了。你是问祝涛？他明天就来报到。

哦，是吗？那太好了，这件事情竟然如此顺利，看样子下面的典礼也会一帆风顺的。

我是说，这周要召开世澜商业管理运营公司的成立典礼，在这个庆典上，我们会和万冠地产签订江湾的那块地的代理合约。

是吗？那我先恭喜你了！张纯说着恭维的话，可是她的心里是一点儿都不快乐。

你这句话，我听着不是真心的。怎么了，最近遇到什么不愉快的事情了吗？金世羽关切地问道。

没有，我很好，我在这里能有什么事情？张纯掩饰自己内心的不满情绪。这时，金世羽的电话响了。

我先出去下，有事情要办。金世羽接到的电话是赵健的。赵健也是打听成立大典的事情，金世羽说，一切OK，没有问题，请柬已经发出去了。

“思考在2万米的上空。”

在容纳1，000多人的大宴会厅里面，这样一块主题背景相当吸引人。

金世羽一进门，就看到背景牌上面的几个大字。下面写着“世和中国旗下商业地产运营管理公司，世澜商业成立庆典并与万冠地产签订战略合作协议”。

赵健看到金世羽进来，立刻上前打招呼，整个会场一片喧哗，大家都在讨论着房地产，没有人闲着。

张晴首先邀请金世羽上台宣布世澜商业的成立。

金世羽今天分外高兴，他首先讲了世和中国成立的过程，然后讲了商业地产的发展趋势，接着他宣布世澜商业的公司总经理由祝涛来担任，请祝涛来上台讲几句。祝涛正在和张纯聊天，听到金世羽这么一说，赶紧上台。

商业地产将是未来几年中国的热点，所以我今天很高兴能加盟世和中国，希望在接下来的日子里面能得到各位的协助，共同管理好世澜商业。

张豪发现，祝涛这个人确实很虚伪，先是把经营不善的《地产买家》卖给他，在胡鸣那里得不到发展，转脸就投奔金世羽了。再加上最近刚傍上女大款，更加得意了。

好的，张晴继续宣布，世澜商业的剪彩活动，由金世羽、毛语、马经天、杨旭、赵健、张豪、张纯一起上台。

金世羽和赵健站在当中，剪彩开始了，张豪分明感觉到，在这样一场又一场的演戏当中，自己只不过是一个傀儡角色，就如那天肖林讲的，你算是个成功人士吗?

自己真的不算什么？张豪自嘲地笑着，只有金世羽是成功的，自己只不过是在他手下混口饭吃而已。

毛总，你不是去外地了吗？怎么能赶得及回来参加这次典礼呢？金世羽问一旁的毛语。

我刚下飞机，就赶来了，艾青说一定要我来参加，你看，我还真是赶来了，没有迟到啊。

确实没有迟到，金世羽说，赶得正好。最近一段时间你辛苦了，金世羽问，习不习惯这种“鸟人”生活?

差不多习惯了，我已经习惯了在2万米的上空思考了。毛语笑着望着背景板上面的那几个字，笑着对金世羽说。你的这个主题非常好，符合我目前的状态。

是的，今天是我们世和中国开启商业地产运营管理的一个里程碑，我们确实应该好好地思考一下。

金董，还是你眼光独到，关键时刻你总是有惊人的决策。毛语这句话是出自内心的赞赏，绝对不是虚情假意的，这点金世羽能看出来。

金世羽和赵健对未来几年的商业地产存在着不同程度的热情，这是张豪能看出来的。对于张豪这块的地产传媒——世锦传媒从更名到现在已经有一段日子了，金世羽虽然说会大力发展这块，但是事实上金世羽关注的重点还是在ERCI这块领域。

这也是张豪一直得不到重用的真正原因。肖林说得其实是对的，只要是金世羽关注的领域，就能在世和中国这盘棋上面得到出色的发挥。

是不是自己的时机还不够成熟？张豪叹了一口气，心里摸不到底。

## 【132】双料冠军

李总，今天有没有空？马经天在电话里面约李放。那电话另一边的笑声如此得意，仿佛整个世界都是她的一样。

怎么今天这么开心？马经天问道。

你想知道吗？我想呀，马经天被李放吊起了胃口。等一下我要和你讨论下“御香海”这段时间的策略问题。

“御香海”不是获得了上海市的年度“双料冠军”吗？你还找我讨论什么？这你难道还不满意吗？

李放不高兴地说道，你的这些小事就不用找我了，直接找董总就可以了。

哪里啊，这个问题只能问你，你到底见还是不见？

见与不见，我都在这里，有什么不一样吗？

好了，我都快忙死了，你还有空跟我浪费时间。马经天不高兴了，你到底还想不想继续这个项目了？听马经天这么一说，李放知道不能再开玩笑了。

那晚上哪里见呀？李放问道。千万别来我公司，李放在心里想道。

那就我到你公司吧，马经天在电话里肯定地说。

听到马经天这么肯定地说，李放不好回绝，但是她心里有些害怕，虽然自己喜欢他，但是不能肯定他是否爱她，自己不想玩感情，那样太累了。

她知道马经天是不会这么轻易放过她的，马经天之所以把整个项目的广告代理交给她，并不是因为峰尚广告实力雄厚，也并不是因为自己多么迷人。

她知道他需要的不是这些，是金钱，马经天不仅好色，还好财，如果两者让他选择的话，他只会选财。

7点多，马经天来了。李放叫了晚饭，她知道马经天没有吃晚饭，她也不想去外面的饭店吃，所以让秘书下班的时候叫了酒店的套餐，还煮好了咖啡。

怎么你的办公室那么香？马经天递上一束红色的玫瑰花，这是他第三次给李放买花了，当然这次和前面几次送的花是不一样的。

嗯，给你煮好了咖啡，想来一杯吗？

当然，马经天放下包，感觉很累，就坐到沙发上。连饭都为我准备好了，你可真体贴。马经天由衷地说，如果娶你当老婆一定很幸福。

李放笑着说，我现在哪有时间做饭，饭店叫的，咖啡要放奶吗？

你现在有“奶”吗？马经天露出惊讶的目光。

李放说，有，一时间没有反应过来。

讨厌，你怎么说话还是这么不着边，李放气愤地说道。

“御香海”上个月是上海房地产市场的“双料冠军”，你到底还有什么不满意的？李放递过咖啡，坐在了马经天边上。

我能有什么不满意，我这不是想见你吗？没有理由你是不见我的，我就找个借口了。

讨厌，你想见我也不用找这个理由吧？我问你，“御香海”这个项目真的这么火爆吗？

是的，你没看到上次的评奖吗？“御香海”可是出尽了风头，你我今天是不是也要庆贺一下呢？

这个嘛，李放犹豫着，你想怎么个庆贺法呢？

马经天问道，你说呢？你这么聪明难道还不知道吗？

窗子和镜子都是玻璃做的，区别只在于镜子多了一层薄薄的铝膜，但就是因为这一点铝膜，便叫你只看到自己而看不到世界。

李放起身从抽屉里面拿出了一个信封，里面鼓鼓的，李放递给马经天，这个够吗?

马经天接过信封，看也没看，现在是够了，可是我想要你。

李放不高兴地说，马总你今天过分了，咱们一是一,二是二，不能乱弹琴。

马经天笑着说，那就依你，不过我真的是喜欢你。

那你娶我吗? 李放直接地问话，让马经天没有话可以回答了。

你现在手上除了“御香海”这个项目外，还有其他项目的广告在做吗?

怎么，你想介绍项目给我做? 李放问道。

是的，我手上项目很多，就看你自己的态度了，知道吗，态度决定一切。

少来了，李放说，我想，你要是介绍给我，我会给你好处的。

什么好处? 我很想知道，最近世澜商业正在开拓商业地产，这里面也有很多的广告要做，你有没有兴趣?

哦，这个倒是一种挑战呀，我听说顾悦把天域公关卖给你们了，是真的吗?

当然是真的，过两天就要签约了。世和中国就要成为房地产的江湖大腕了。

## 【133】青出于蓝，而胜于蓝

祝总，“御香海”这个项目的商业招商工作进展得怎么样? 马经天发现祝涛来世澜商业管理公司也有段时间了，但是这个项目的招商工作还是没有展开。

我想要了解一下我这里的广告投放工作是不是要和你配合好，还有关于工作节点方面的问题。马经天提出的要求并不过分，这点祝涛心里也清楚的。

“御香海”是他到世澜商业管理公司后第一个接触的项目，虽然世澜商业刚成立不久，但是很多事情需要他来亲自梳理。

马总，这个事情我清楚，“御香海”的商业招商问题，我一直在接触一些高端的品牌与国际性买家。

他们对于“御香海”这个商业定位上面还是有些看法的，例如分割、出售，以及我们的业态定位。所以我想抽点时间和你以及开发商好好研究一下这个方面的问题。

马经天反驳道，我认为“御香海”的定位没有什么问题，问题在于你所接触的商家与客户是否符合我们这个项目的整体定位。

祝涛说，你考虑问题不能这么想，你要从客户的角度考虑问题，客户不是你想象的那么简单，他们每个人都有自己看问题的方法，你要预先想到客户的所想，这样才能够搞好招商工作，并为以后的经营管理带来方便。

马经天想了想说，我还是不能同意你的说法，我们的前期定位也是经过严密的市场调研得出的结果，当然你说的市场处于变化中，这点我是同意的。但是大的变化不会有，所以我认为一定要找到符合我们项目气质的客群，而不是针对客群的意志随时随地改变我们的项目定位。

祝涛说，你误会我的想法了。其实我是想要找到符合这个项目气质的客户，并不是你所说的改变项目的定位。

当然，可能我的思维逻辑和你的不一样吧，马经天笑着说，没有关系，我们可以好好聊一聊。

马总这么说，我是求之不得，还有很多问题需要向你请教。祝涛嘴上这么说，心里可是很不服气，他知道马经天来世和中国很久了，可以说是开始创业的时候就跟着金世羽了，他知道马经天在世和中国的地位。

自己初来乍到，肯定是要被很多人戴着有色眼镜来看一遍的。虽然，很多时候自己并没有做错什么，做事业难，做人更难。

马经天的心里也在嘀咕，这个祝涛到底是什么方面的厉害角色，连金世羽都要三番五次地请他过来，马经天想要和他较量一番。

金合韵，你过来，马经天问，你知道“御香海”商业部分的广告他们定了没有？

金合韵惊讶地看着马经天说，这个不是世澜商业管的事情吗？跟我有啥关系？

怎么叫跟你有啥关系，这个项目的总负责人不还是我吗，你说有没有关系？马经天没好气地说，金合韵感到一阵烦躁。

虽然世澜商业是祝涛在管，但是项目之间有很多衔接方面的问题，需要很多分公司的配合，这也是马经天的聪明之处，不搞好关系，很多事情是很难展开的。

你赶紧和祝涛联系一下，马经天在通过金合韵来试探祝涛，他觉得自己在幕后会更加有利于工作的展开！

金合韵撇了撇嘴巴，一副不高兴的样子，反正只要公司有难以处理的事情，所有人都会找到她，正因为自己和金世羽的那层抹不掉的关系，使得自己的地位越来越特殊。

金合韵说，知道了，我等一下就去问祝总，可以了吧。

马经天笑着说，乖啦，我最近太忙，没有时间来陪你，你怎么一下子变得这么乖巧？

少来惹我，我烦着呢！

你不会是来2号了吧，每个月总有那么几天，你会这个样子，马经天打趣地说道。

懒得理你，狗嘴里面吐不出象牙。

好，我看你也喜欢我，是不是，等下送你件礼物，你要不？

不要，你的礼物我不稀罕。金合韵直接拒绝道。没有留给马经天任何回旋余地。

金合韵和祝涛讨论“御香海”这个项目的商业问题的时候，马经天正好出去开会了。

等金合韵回到自己办公室的时候，发现桌子上面多了一束玫瑰花，在那个青花瓷的瓶子里面显得格外的炫耀。

里面有张小卡片，金合韵拿出来一看，就知道是马经天送的，心里一阵欢喜，她给马经天打了电话。

我把事情给你解决了，祝涛把他的招商计划都给我了，你回来要不要看一下呀?

马经天惊讶于金合韵的办事能力，非常欣赏地说，你这个小丫头，真是“青出于蓝而胜于蓝”。看到我给你的花了吗？喜欢吗?

金合韵笑而不答。

怎么，不喜欢吗？马经天在电话里面说，不喜欢我明天再换一束，好吧?

要不送你一套内衣吧，怎么样?

你个老流氓！金合韵骂道。

这就是真爱，你个丫头不懂！马经天在电话那头一声叹息。

真爱，是一种从内心发出的关心和照顾，是为了让对方生活得幸福而默默地奉献。真爱没有华丽的言语，没有哗众取宠的行动，是只有在生活的点点滴滴和一言一行中你才能体会到温暖。真正的爱情并不一定是他人眼中的完美匹配。

金合韵也一声叹息，挂掉了电话，自己的真爱，是为自己的心找到一个恰好安放它的地方。

## 【134】思念里微笑的镜子

张纯下班回家，经过静安寺的时候，正好遇到方伟从久光百货里面出来，两个人照了一个正面，世界如此之小，竟然还能遇到。

怎么？你也常来这里购物？方伟首先打破两个人之间的沉默。嗯，张纯不知道说什么好，轻轻的回答令方伟更加怜惜她。

一起吃个晚饭吧，怎么样？好久没有见了。方伟的邀请是符合情理的，张纯不好意思拒绝。

两个人走进久光上面的一家高级饭店，感觉像是西餐厅，环境很美，比较适合两个人的心情。

坐吧，方伟拉开了椅子，张纯坐下，环顾了一下四周，安安静静的，没有几个人。

最近好不好？方伟盯着张纯的脸，你的脸色好像不是很好，有些苍白，是不是最近比较累？张纯躲闪的眼神仿佛要掩饰什么秘密。

金世羽真的会让世锦传媒这块上市吗？你哥张豪到底在他那里混得好不好？方伟一连串的问话，张纯不知道说什么好了。

我觉得金世羽现在的心思不在你和你哥这里，你看他刚成立了商业地产公司，我觉得传媒这块只是他资源整合的一部分，但不是主要的部分，你认为呢？

或许吧，张纯淡淡地应道。

是不是最近太累了，还是公司事情太多了？我最近项目上面有一期专题可能会上你的报纸和电视，不知道到时候会不会是你来给我做这期专题？

张纯的脸色有些难堪，她不知道自己到底是怎么了，最近头老是晕乎乎的，想要睡觉，而且老是想要吐，是不是自己真的生病了？

如果太累的话，你还是到我这里来吧，我现在在甲方还是有话语权的，再加上给李放弄的峰尚广告，你想来的话，我随时欢迎。现在峰尚广告在李放的打理下确实经营得很不错，接了很多项目，业务范围也在扩大呢。

如果你能来的话，峰尚广告董事长的位置我就交给你了，你看行吗？

张纯听到这里，想起了自己的九重锦传媒，这也是自己一手培育起来的广告公司，宛如自己的孩子一样，可最后却夭折了。

现在方伟告诉她，他和李放培育的峰尚广告想要她回来，张纯的心里隐隐作痛，话在喉咙口，却始终说不出来，她痛苦的表情让方伟看着也不忍心。

李放不是做得很好吗？如果我去，那又能做什么呢？很多事情都已经改变了，你不觉得吗？哎，张纯叹了口气。

金世羽有没有最新的举动？我可是把手上最优质的项目代理权都给他了，方伟这是在试探张纯，他不知道张纯和金世羽的关系到底已经发展到什么程度了，还是希望自己能在张纯的心里留有一定的空间。

你和金世羽在一起了吗？他对你好不好，你们什么时候结婚呢？方伟的话随口而出，他不知道张纯的心里到底是怎么想的。前妻和自己的哥们儿在一起了，他心里也不是滋味儿，这种感觉一般男人是无法忍受的，可是方伟他不是一般人。

方伟发现自己刚才的话深深地伤害了她，他想要说道歉的话，这么久以来，自己唯有在照镜子的时候，会看到一个影子在他的心里面出现。

每当这个时候，方伟都朝着镜子里面的自己微微地笑着，那笑仿佛在说："张纯，我对你的爱永远都只藏在心里，一辈子都不会改变。"

时间回不到开始的地方。对于已经错过的一些东西，或许不用再试着去挽留，错了就错了；对于得到，我们都应该充满感激；对于失去，谁能保证那本该是属于你的？有些东西原本就是让你牵挂而不是获取的。世界变了，难忘的人，做过的梦，有过的期待，走过的路，有一些自己认为该珍惜的，现在又如何呢？

我们还有可能在一起吗？方伟这么直接地表达，令张纯不知道如何回答，她抬头看了看方伟，不知道怎么说。

方伟说，你不用马上回答我，你可以回去想一想，想好了再回答我。

张纯的表情刹那间变了，脸色变得更加难堪，她拿起桌子上面的一只水壶，把水倒进了水杯。

水是滚烫的，方伟以为她想要喝水，提醒她水烫，没有想到，突然之间，张纯把水杯往地上摔去，杯子碎了，方伟惊呆了。

张纯缓缓地说道，你看到了吗？这就是我们之间的关系。

杯子寂寞，被倒进开水，滚烫的感觉，这是恋爱的感觉。

水变温了，杯子很舒服，这是生活的感觉。

水变凉了，杯子害怕，也许这就是失去的感觉。

水彻底凉了，杯子难受，把水倒出，杯子很舒服。

杯子掉在地上摔成一片一片的，发现每一片上都有水的痕迹，它知道心里还爱着水，想再爱一次水，却不可能了。

张纯一口气说完，服务员走了过来，先生需要帮忙吗？方伟摆了摆手，说，不用了。

张纯拎起自己的包转身朝门外走去，这个时候，她的眼泪淌了下来，她控制不住自己的情绪，不知道这是爱还是恨。

## 【135】调控，转向，降价潮

方伟望着张纯渐渐远去的背影，自言自语，你就这么恨我?

对待爱人最残忍的方式，不是爱恨交织，不是欺骗背叛，而是在极致的疼爱之后，逐渐淡漠。

杨旭在早会上宣布了一条可靠消息，万润地产20%转向商业地产，这是不是意味着房地产市场老大位置的万润，在房地产业遭遇宏观层面前所未有的政策调控寒流后，一直强调只做住宅开发的王岩遇到了新的烦恼?

金世羽说，万润不可能大举转向商业地产，我估计是以住宅为核心，商业只是辅助。

嗯，毛语说，在市场面前，企业其实很卑微。上个季度万冠的销售额不是超过了万润吗? 金董，江湾地块是不是已经开始动工了?

赵健这个家伙脑袋就是灵光，什么事情都掐准了时机。目前绝对是最佳的时点，看样子这次万冠想不发财都难。

我们世和中国已经参股了他们的项目，大家都等着好消息吧。金世羽得意地说，马经天在一旁有些担心，他担心的不是参股，而是商业地产的运营管理公司。祝涛最近根本没有顾及整个项目的运作，只停留在公司层面的管理，这样的方式会不会令世澜商业只是浮于表面化，而忽视了深层次的项目利润?

金世羽却偏偏如此地信任他，这让马经天与甲方沟通起来特别不顺利，因为祝涛总会在事后插一脚。

金合韵几乎成了两个人之间的传声筒，但两个人之间的战争还是在继续恶化，金合韵几乎快要被两个人给逼晕头了。

就拿这次的业态定位问题，甲方其实已经同意了马经天对于“御香海”整个项目的定位主题，可是事后，祝涛竟然私下跟甲方商量这个主题还不够完整，并说出了自己的意见，将了马经天一军，使得马经天在甲方面前威信扫地。

马经天的心里一直留着这道阴影，他发誓一定要挽回那次的不愉快，但机会有时候就真的很难把握住。

不是马经天错过了很多次报复的机会，而是祝涛根本没有把机会留给他。这么忙？马经天看着金合韵又在那里打瞌睡，他发现自己最近中午也很想睡觉，可是事情往往忙不过来。

艾青端着一杯咖啡进来，看到马经天闭着眼睛，艾青轻轻地走到马经天的身后，给他按起了肩膀。马经天惊醒了，一看是艾青，艾青朝着桌子上面冒着热气的咖啡说道，喝吧，刚给你煮的，加了奶和糖。

马经天起身端起咖啡说，下午我还有哪些行程，给我看一下。这几天实在是太累了，总想要睡觉，要是能放几天假那该多好呀。

你不是有年假吗？怎么不休？艾青说，别的领导都休过年假了。我想把你的年假和我的年假调到一起来休，你看行吗？

为什么呢？马经天一时没有反应过来，艾青不高兴地说，想和你一起出去玩呀。

我哪里有时间休假，最近忙得要死，听说天域公关接过来以后，让我管这块，我都快忙死了，还不断有业务往我身上压。你看，我的背是不是驼了很多？

嗯，貌似是的，感觉好像有点弯了，要不你最近几天上我家，我来给你按摩一下，保证你舒服。

行了，你哪会按摩？别到时候按得我起不来，那就惨了。

怎么会呢？我有那么笨吗？

不是笨，这个是有技巧的，懂吗？

我不想懂！艾青说着，再次给马经天按摩了几下肩膀，听到有人敲门，艾青走开了，进来的是金合韵。

怎么？有什么事？马经天笑着问道。

大事没有，都是些麻烦事，你要不要听我慢慢说？金合韵在马经天的对面坐下来。

首先，金世羽肯定是支持你的，但是世澜商业现在是归祝涛管，所以很多地方你们两个要先沟通好，再去甲方谈事情。

马经天说，我是想先沟通，可是你看那个祝涛，上次就给我背后来了一枪，幸亏我反应快，不然死的就是我。他那样做不是在损害公司的集体利益吗？

现在情况难说，很多事情也不是由我说了算，你要知道金世羽只能在背后给你支持，但是毕竟你们现在是两个系统下面的，要协调一件事情肯定很难哦。

那也不能这么整我，马经天显然不满意金合韵的回答，发现自己被愚弄了，谁还能这么淡定。

马总，你是老领导了，就不要拿我来开涮了，找个时间我和你一起去整一整那个姓祝的，你觉得怎么样？金合韵一脸期待地说。

马经天哈哈一笑，你说的话可是真的，你个小丫头，整人你可是有一手，当初我就是这么被你征服的。

好吧，我会设计一个圈套，让他钻进去，到时候任你来玩，怎么样？

好，马经天一阵兴奋，我非常期待你和我的联袂表演。金合韵对着马经天扮了一个鬼脸，你说的可是真的？万一出什么事情，你可要站到我这边。

OK，保证在背后挺你，马经天开心地说，发现刚才喝的那杯咖啡真的很提神，自己又精神百倍了。

## 【136】除了你，一切繁华都是背景

说起来容易，做起来却很难，金合韵想了半天也没有想出什么好的点子来。说心里话，她并不善于整人。要不是马经天老是这么说她，她才懒得理他呢？

今天，顾悦的天域公关与世和中国签订全面并购协议，有很多世和中国的高层要出席宴会。

作为世澜商业的老总，祝涛为顾悦订了99朵玫瑰花，鲜花配上这个女人，感觉现场气氛确实完美了很多。

今天你可是出尽了风头，祝涛一边在顾悦的耳边嘀咕着，一边环顾四周的人。今天来了很多政界与商界的名人，这些都是顾悦这么多年积累起来的朋友，用金世羽的话说，那是商业脉络。今天当顾悦将要退出这个商界的时候，他们都来送别，当然更多的是祝福这个女人重新回归平静的生活。

一个女人，想要放弃这么大的事业，成就自己的丈夫与家庭，这需要相当大的勇气，这些并不是所有女人都能做到的。其实顾悦的姐妹们也非常好奇，为何她在事业如此顺利的前景下放弃自己的事业，而来成就刚刚起步的祝涛?

拿顾悦的话来说，除了你，一切繁华都是背景。

再成功的女人，如果没有一个完整的家庭，不仅不完美，甚至可以说是失败。顾悦不仅成功了，现在是事业与家庭的双丰收，她应该说是最终的赢者。

张纯也出席了今天的签约宴会。看到方伟也在被邀请之列，张纯觉得很奇怪，为何他还会来呢?望着顾悦与祝涛幸福地挽着双手，张纯在一旁的角落里面黯然神伤。

方伟看到张纯了，但是他并没有走过来打招呼的意思，他正在和张晴打情骂俏，看着很得意的样子。

方总，最近还去香港吗?啥时候也带我去玩一玩。张晴是个很会表演的性感尤物，她知道方伟现在又是单身了，适时靠近，会省很多的力。

你想要去香港吗?好的，我下周就要去见几个投资人，你要不跟我一起去，咋样?

张晴的眼睛开始放电，好的，太好了，天域公关以后由我来掌管，以后这方面的机会还望方总能多给点。

方伟说，金世羽把天域公关竟然交给你了，这可是个肥差，你未来前途无量。张晴笑开了花，方总，我原来就是从天域公关出来的，现在也算是一种回归吧。

对了，你原本就是从那里出道的，看样子今年你要开始辉煌了，恭喜你呀。

哈哈，还望方总能提携下我们这些小辈，张晴继续拍他的马屁。

我们两个年纪差不了多少吧，就别小了，叫哥哥吧。

哦，哥哥好，张晴甜甜地叫着。

自从上次不欢而散之后，方伟就一直没有打电话给张纯，本来有个电视访谈节目方伟想要张纯亲自来给他做，可是张纯没有答应，所以这期节目竟然就撤掉了，为此，张豪还骂了她。

张纯很委屈，她发现自己的身体最近有些不太对劲，今天也是，头特别晕，老是想要睡觉，刚才差点儿就晕倒了，一旁的金合韵看着赶紧上前扶住了她，张总，你是不是哪里不舒服呀?

张纯摇了摇头，最近这种状态我感觉比较频繁，不知道是怎么回事?

要不等下宴会结束后，我带你去医院检查一下，好吗?金合韵诚恳地说道，关心的表情令张纯很感动。

太谢谢你了，张纯确实需要一个知心的女性朋友，很多事情不能对自己的亲人说。

在这场角逐中，最大的赢家依然是金世羽，他不仅成功挖到了祝涛，还促成了顾悦与祝涛的婚事，当然他最大的收获就是天域公关这家在上海的高端公关公司，金世羽收购它的最主要目的是为世和会的扩大建立广泛的商业脉络。

当然金世羽的最终目标是建立房地产全产业服务链，这个目标正在一点点接近了，金世羽感觉仿佛有一股强大的力量在推着自己往前进。

而这一切正好落入了胡鸣与方伟联合设计的商业阴谋里面，过不了多久，世和中国的资金链就会紧张，虽然不能打倒金世羽，但是能让金世羽知道市场上还有他的竞争对手，这就是方伟想要达到的目标。

胡鸣在一旁看着金世羽和顾悦签订协议时从容不迫的样子，他心里的感慨更加强烈了，自己故意没有和祝涛搞好关系，使得祝涛一开始就心存疑虑，所有工作的展开也存在着主观性，一切都是以项目赢利为主，并没有考虑晨远的整体发展规划。

是自己错了，胡鸣有些黯然。俞镜在一旁偷偷地说，你看这些人，貌似都是从一个模子里面刻出来的一样，他们走的当然是同一条路了，而我和你也是。

胡鸣笑了，俞镜总是能在适当的时候给予自己最好的帮助，唯一没有背叛他的就是镜子，这点是他最欣慰的。

能有这样的朋友，即使事业没有世和中国那么成功，也不枉自己在这个世界上走一遭。

胡鸣心里想到的也是同样一句话："除了你，一切繁华都是背景。"只是这句话他是在心底对俞镜说的。

马经天正在李放的旁边，两个人不知道在讨论着什么问题。李放一边听一边笑，看样子是在说什么好玩的事情。

你想不想签下一期的广告？马经天这么问李放。李放不知道怎么回答马经天，干脆不作声了。

我能去你那儿吗？马经天试探地问，露出了期待的表情，那种表情很复杂，李放能感觉出来，那不是爱情，是一种调戏。

可是这种感觉分明是暧昧的，见不得人的，李放知道不能拒绝，那样会导致另外一种后果，答应了，也可以有其他办法，如果拒绝了，就没有商量的余地了。

你是说"御香海"的广告代理吗？李放假装不懂，有时候女人的聪明之处在于装糊涂。越是聪明的女人越会装。

## 【137】道可道，非常道；名可名，非常名

天域公关这家沪上高端的公关公司再一次落了张晴的囊中。周一的例会上，金世羽宣布，由张晴掌管天域公关的所有事情，张晴的升职书上面赫然写着天域公关执行总经理。张晴没有表现出喜上眉梢的感觉，但是心底里面溢出来的高兴劲却伪装不了。

这么多年的奋斗，自己终于在最关键的时刻，拿到了自己想要的东西。金世羽把这一切交给她，不是没有道理的。这么多年来，张晴都是任劳任怨，金世羽的心里懂得，他的优点是善于琢磨属下的优点，在合适的时候安排他们去自己该去的地方。

当然，发现一个人的缺点很容易，什么小事都可以搞大，但是金世羽不会这样，他清楚每个人物的缺点，他善于发现的是人的优点。作为一个领导，他要运用手中的棋子，摆出最佳的阵营，这样才能做到运筹帷幄。

“道可道，非常道；名可名，非常名。”这是金世羽认可的一句话，也被他贯彻到公司的运作中去了。

一个只知道下属缺点的领导，并不是一个能服人的好领导，这些都是公司运营中存在的规律，“为我所用，适时利用”，被利用者也会非常感激。

感谢金总对我的信任，也非常感谢各位同事在工作中给予我的帮助与支持，希望在接下来的日子里，大家能同我一起努力，共创辉煌！张晴高兴地说着自己的感受。

张纯今天也出席了例会，她在一旁沉默着，只要有金世羽在的时候，她一般都是沉默的，不发表任何意见，除非金世羽点名。

金世羽看到了角落边上的张纯，她变得有些沧桑了，脸色一直白白的，金世羽的眼神从刚才的强势变得温柔了。

张总，你最近遇到什么事情了吗？

张纯正在想着别的事情，根本没有听到金世羽的话。一旁的金合韵拉了拉她，她一惊，抬头迎上了金世羽的目光，金世羽继续道，既然没有什么事情了，那大家早点散了。

张纯，你留一下，我有点儿事情要找你商量。金世羽一边说一边朝着门外走去。

张纯跟在他的后面，一路低着头，仿佛犯了什么错误似的。

关上门，金世羽说，想我了吗？怎么我发现你最近老是走神？听说上次一档节目还临时被撤掉了，到底怎么回事呢？

张纯知道即使自己不说，也会有人偷偷告诉金世羽的，是方伟的一期专题采访，他一定要我给他录，我说我没时间，他就临时把这档节目给撤掉了。

我发现你最近脸色很不好，是不是生病了？金世羽关切地问道。

张纯心里想，千万不能把这件事情告诉他，一定不能，她不知道金世羽的心底到底有没有她，如果没有，告诉他也许就是个错误。张纯也叮嘱过金合韵，不许把自己怀孕的事情告诉金世羽，就那么仅有的一次，张纯的整个人开始有些虚胖了，已经两个月了，估计孩子已经在肚子里面成形了。

张纯害怕，不知道怎么办才好，这个孩子要还是不要？自己是不是要嫁给金世羽？这些她都没有考虑好，况且金世羽并没有向自己求过婚。

爱情与婚姻往往是两回事。在里面走过一遭的张纯深知那种痛苦与折磨。

你不觉得马经天在广告代理权外包的事情上面有问题吗？张纯岔开了话题，其实这个问题本来张纯不想讲的，只是自己未来或许会离开这里，把事情讲开了，离开的时候就不会留下遗憾。

有什么问题？广告代理我们现在都是外包的，只要有合适的广告公司，就可以选择呀。再说，“御香海”可是拿了上海代理界的双料冠军，你觉得哪个环节出了问题呢？金世羽实在想不出里面的问题在哪里。

你没有看到问题的实质，我是说，这些项目的广告代理，不能让项目的操盘手直接定，我觉得需要报批管理一下，毕竟这里面的内幕谁都不知道，你说是吗？

哦，金世羽被张纯这么一点拨，马上明白了。

你提醒得对，我去拟定一道程序就是了，以后不会出现这些漏洞了。

还有，世锦这一块的事情，张晴也行的，她的能力挺强的。张纯这么说，令金世羽感到很困惑。

即使我不在，我哥也会管的，张纯说的话感觉像是在进行一种告别，金世羽有些害怕了。他打断了张纯，你就在我这里，我还找他们干吗？

金世羽分明看出张纯的心里装了一个不能被自己知道的秘密，那副心事重重的脸上充满了迷茫，自己能不能解开这个女子心底的机密呢？

心是个口袋，什么都不装时叫心灵，装一点儿时叫心眼，多装时叫心计，装更多时叫心机，装得太多就叫心事了。

张纯的心里装的就是心事，这点金世羽能看出来。

我们常常执着于近在咫尺的功利，执着于绚丽多姿的生活，执着于没有结果的爱情，很容易陷入不堪重负的状态。其实，放下一点，得到的会更多；会放下的人，才是真正懂得生活的人，才会活得更洒脱。

## 【138】区域开发的“七宗罪”

这里面最放不下的就是马经天了，他想要被肯定、被提拔、被更多的女人来崇拜，这次他竟然利用一个外地的区域开发项目让祝涛实实在在地钻进了他设计的圈套。

当然祝涛的强项是在商业地产的运营管理上面，而马经天就是运用他不熟悉区域开发这点，让他当了一回替死鬼。

事后，开发商非常生气，说世和中国派来的人什么都不懂，不想和他们签约了。这件事情被金世羽听到了，他非常生气，这可是个200万咨询费的项目，如果放弃就太可惜了。

而且这个项目规模很大，是一个片区的整体性规划，涉及前期的定位与规划。

金世羽找到了马经天，问道，为何让祝涛带队去做这个项目？马经天打着官腔说道，其实他认为祝涛能搞定这件事情。

金世羽说，我不管你是怎么认为的，你现在一定要把这个项目给我签回来，带着合约回来见我，知道了吗？

马经天听金世羽这么一说，他还是想推托，说自己非常忙，忙得都没有时间睡觉。

不过既然金董这么要求了，我一定竭尽全力去做好。金世羽笑着说，还是你老马最有办法，老马，这个项目签下来后，我放你年假，你好好地去度假，好不好？

好，多谢金董，我想去有海的地方，国外。金世羽说，没有问题。

金世羽说，你想去月球也行，哈哈。前提是有票卖。

快要过年了，金世羽说，跟着我混的兄弟我是不会忘记的，老马你也是的，这么多年了，是吧？

马经天嘴上一个劲儿地说，好，是啊，金董照顾我，看我现在是有房有车，还美女不断。

和美女要保持一定的距离，不是所有美女都是那么容易接近的，你知道不，“人和人之间的距离，太近了会扎人，太远了会伤人。”

这话谁说的？马经天问。叔本华啊，金世羽道，你不知道吗？

还真不认识。不过我确实想结婚，马经天认真地说。

看中哪个了，我来给你说说媒，你觉得怎么样？金世羽说道。

那敢情好呀，如果金董给我说媒，那我岂不是成了天底下最幸福的人了。

到底是谁？赶紧说呀。金世羽问，是不是我也认识呢？

我想娶金合韵，马经天眼睛盯着金世羽，想要看他的反应到底是怎么样的。

什么，你要娶那个臭丫头。不会吧，老马，你品位有问题。金世羽笑得不知道说什么好了。

什么叫我品位有问题？金合韵是个女人吧，而且青春美貌，聪明可爱，我娶她是因为我真的喜欢她。我是认真的，真没有骗你。

等你把那个合同给我带回来，我就给你们安排，怎么样？金世羽竟然没有反对，这点令马经天很吃惊。

马经天这次出差前，竟然叫上了张晴跟他一起去，这个属于上海的世外桃源，是很多都市人热切向往的地方，张晴不知道马经天是不是已经做好了准备。

当地的政府领导们都来了，张晴有些紧张，因为第一次去的时候是祝涛，被当地的政府与开发商损了一通。这次还是这几个人，令张晴有些害怕。如果等下还是不满意，张晴怕再次损害世和中国的品牌形象。

张晴的心里忐忑不安，然而马经天看上去却一点儿也不紧张。他一边喝着咖啡，一边在检查投影仪等设备，把PPT调整到最佳的视觉位置。

所有的领导都到场了，看着他们的脸色，马经天不动声色，他知道他们这次还是来看笑话的，马经天首先把PPT放好，上面赫然写着八个大字：区域开发的“七宗罪”。

马经天环顾了一下各位领导的脸，发现他们由刚才的不可一世和鄙夷的眼神，已经变成好奇的目光及疑惑的表情，马经天知道，自己今天有可能会成功。

开场白令各位领导又惊又喜。当整篇目录展现出来的时候，所有的领导都开始鼓掌了。马经天首先解释了一下目录上面的7个章节的概要，每点都深深刺中了在场领导的心。

马经天说，区域开发有哪几种我们经常看到的问题呢？

多——遍地开花，大——大兴土木，同——千城一面，乱——混乱无章，空——鬼城和卧城，缺——要素缺乏，残——开而不发。

马经天在每个点后面细细展开自己的理论与案例的精彩剖析，整个提案讲了整整两个小时，会议室里面静悄悄的，没有人中途离场。

张晴也听呆了，她第一次发现马经天这么有内涵，怪不得金世羽如此器重他。

大家都意犹未尽，当马经天讲完整个提案的时候，会场爆发出一阵掌声，政府领导们都露出了赞赏的目光。

马总，我们直接进入商务标阶段。马经天笑着说，听您的。

当然，在随后的宴席中，马经天竟然也喝多了，马经天醉了，张晴在一旁解围。

在宾馆里面，张晴说，合约签下来了，你还喝那么多酒干吗呢？

马经天眯着眼说道，哥喝酒，那是因为这酒它虽然伤脾、伤身，但是它不伤心呀。

你没听过借酒消愁愁更愁，张晴说，自己撑不住的时候，要适当地调整，你如果整天这样，身体早晚会出问题的。自己都不爱惜自己，别人哪会爱你呀。

没人爱我，我好可怜，马经天嘟囔着，渐渐进入了梦乡。梦中他仿佛看到自己已经爬上了金世羽的位置，那张椅子宽大、舒服，还能有绝对的话语权。

马经天旗开得胜，最没有面子的当然要数祝涛了，他没有想到马经天对他的存在是如此在意。

祝涛心想，一定要找个机会解开两个人之间的误会，男人之间什么事情应该都好说。

金世羽问马经天，你是怎么说服甲方那帮人的？我看这个项目难度确实很大呀！张晴在一旁解释说，金董，你那是没看到老马有多厉害。当时所有在场的领导都听呆了，整整两个小时没有一个人中途离场。

金世羽看着马经天，发现马经天无精打采的，感觉很疲惫的样子，关心地问道，是不是最近太累了？老马，我说过给你放假的。

张晴说，老马后来还陪着甲方领导喝了好多酒，估计是喝伤了身体。

马经天幽幽地说道，哥我喝酒，那是因为它不伤心。金世羽从心底笑了出来，说，他酒还没醒。

张晴，你赶紧送老马回家休息，这两天好好休息下，明年会更有精神的。张晴扶着马经天往外走去。经过金合韵办公室的时候，张晴说，你也跟我一起回去吧。

金合韵看着马经天很累的样子，就和张晴一起把他送回了家。

今年的年关好过吗？金世羽打电话给方伟，问星邑湾的销售情况。方伟笑着说，今年收获颇丰呀，还得感谢金董世和中国团队的精诚合作呀。

行了，方总，我们未来还要有十城战略合作计划，记得年夜饭要跟我一起吃。方伟笑着说，那你得选好日子了，我这里天天有饭局。

我们哥们儿吃饭，一定得挑个好日子，2011年就会有好兆头。

好，听你的，方伟说道，张豪呢？最近还好吧？

金世羽说，张豪最近很郁闷，哈哈，主要是我最近忙着商业地产和资本这块事情，所以对于张豪这块地产传媒，我真是顾不上了。

# 第十三章

# 世事如棋，沧海桑田

## 【139】繁荣与隐忧

张纯，你2010年最后一期《中国楼市》的封面专题准备安排什么内容？

哦，金总，你觉得有什么样的主题适合进行年终盘点，最好娱乐一点儿，能引起大家的兴趣与关注的。

那就来一期“2010回顾，2011展望”吧，张纯说道。

这个没有争议，关键要有能引起大家进行互动的专题，金世羽说道。这个要不你先和马总、毛总他们具体商量一下，看看几位老总的意见。

嗯，张纯答应道。我这就去问问他们的意见。

张纯召集了几位老总开了一个会。

马经天说，主题最好由甲方或者项目来冠名，这样有利可图。杨旭反对说，这个不一定都要由甲方来冠名，乙方全权主持也可以。

毛语说道，关键是论坛的话题是倾向于哪一方，这样由那方来冠名比较合理。

那张总，你觉得呢？张纯问张晴，张晴最近刚接手了天域公关，所以考虑问题也是从自身的工作出发，我觉得利用公关方面的力量，可能取得更多财富阶层的认可。

大家你一言，我一语，张纯不知道要听谁的话了。最后张纯说道，我还是先出一个策划提案，大家进行表决。

这个办法比较好，张豪说，省得大家在这里浪费宝贵的时间。马经天说，我们这是在沟通，怎么叫浪费时间。

祝涛说，最好能涉及明年的房地产发展方向，比如商业地产方面的。其实这里的每个人都想为自己所掌管的工作而服务，这样凝聚力就分散了。其实，从他们之间的谈话内容中，张纯已经了解了大概。

张纯何其聪明，思维的逻辑力与洞察力超级强，这些他哥哥张豪是深有体会的，大家散会后，张豪问道，你可以吗，这么大一个活动，要不要派几个助手给你呀？实在太累的话，记得问金世羽要人。

张纯对着哥哥轻轻地笑了笑说，哥，我没有问题，大家都会帮助我。

这样，你把想法说出来，我来给你做这个提案好吗？张豪心疼地看着妹妹，她的脸色最近越来越苍白，感觉像是病了一样，问她哪里不舒服，她也不说。

我想这个主题应该是反映整个中国楼市的现状与未来，你觉得呢？哥哥，张纯看着张豪，想要得到张豪肯定的回答。

嗯，你说得很对，张豪看着妹妹的脸，发现自己的妹妹变得更加成熟了。不仅是外表，想法也成熟了很多。

我觉得“创造与梦想”这几个字很能反映房地产整个产业链上面的内容，张纯的眼神望向窗外，早已落幕的晚霞被城市的灯光所替代。

这些城市中的人们都在寻找着自己的梦想，房地产是不断创造梦想与神话的行业，我觉得我们可以用这个来概括这么多年中国的房地产市场，张纯激动地说着，张豪在一边开始做这个提案。

听着妹妹的话，张豪笑着说，你成熟了。这个时候，金世羽推门进来了，金世羽很久没有来看张纯了，看到张豪也在，有些不自在。

你们俩这么晚了还在讨论工作，不用吃饭吗？金世羽说道。

我在想2010中国楼市的主题“创造与梦想”，金董，你觉得怎么样？

哦，这个主题很不错。金世羽高兴地回应着，我记得昨天在一个新闻发布会上有个记者问我，请给梦想下个定义。

我回答，在梦里想得到的就是梦想。

记者又问，你的梦想是什么？

我回答，希望每天有更多的时间做梦。

张豪和张纯同时笑了起来，回答得妙，金董。

张豪说，江湖本无路，敢梦肯闯大路，领头的人敢于做梦，同路的人同心肯干，梦想离实现一步之遥。

还是张总会说话，那这期的主题就这么定了。年会搞得隆重点，多请几家开发商的老总，或者那些专家，看看有什么思想火花的碰撞。

张纯，你最近怎么脸色不太好，是不是累的？金世羽把手放在张纯的额头上，那温度从手心传到了金世羽的心里。

你们继续讨论，我先走了，等下还有个宴会要去，金世羽说着就开门走了。

我们继续吧，张豪说道。

其实在整个主题会上面可以分成几个段落，例如房产税、房价、绿色与低碳、住宅产业化、民生保障房等几个大的主题，张纯说道，这样就更能引起大家的关注。

张豪继续写着，其实通过张纯的叙述，他已经知道了整个专题会的情景了，这一场大型地产界的盛宴，一定会是轰动的。

“创造与梦想”地产界的主题盛会，还是让张晴的天域公关来具体操作？张豪问道。

对，让张晴来搞一下，她还没搞过这么大的活动呢，正好热热身。

广告这块的推广就是世锦传媒了吧。

嗯，这个也没有问题啦，网络和纸媒两个渠道同时展开，实现线上与线下的整体支持。张豪的思维也被张纯带动了，开始自己的信息整合与想象。

## 【140】倾斜，漫舞，踮脚，人间就找到了轴心

一场规模浩瀚的地产界盛宴就这样徐徐拉开了帷幕，这次出席盛会的人有来自政界的高官，地产开发界的大腕，代理界的老总，还有很多媒体，整整几百人出席了这次盛宴。

张纯很早就穿着美丽的礼服来到了会场，今天由她、张晴和张豪三个人来主持此次的盛会，她一席白色的天鹅绒礼服，张晴穿的则是一袭宝蓝色的蚕丝礼服。

张豪看到妹妹穿得那么少，心里很是过意不去，金合韵走了上来，把身上的那件羊绒披肩轻轻地披在了张纯的肩上，张纯心里一阵感动。

这个时候自己不能倒下，张纯告诉自己，千万不能倒下。

随着大批嘉宾的到场，张纯安慰了一下自己，总算可以由室外转向室内了。张晴说，你先进去吧，我在这里继续收尾工作，张纯就直接来到了室内。

会场里面，万润的王岩、金源的励博和肖林、星邑湾的施彦和方伟、万冠的赵健，开发商邀请名单上面的人都来了。

峰尚广告的李放也来了，和她在一起的是董海，两个人穿得都很时尚，这种造型李放以前从来没有尝试过。

晨远机构的胡鸣和俞镜也出席了，两个人一向很低调，这次出席这样的地产盛宴，两个人也是没有刻意地去修饰。

张晴来了一段开白场，大家都笑了，因为这样的地产盛宴一般只有娱乐界才会这么搞。可是在今天的上海，这样的盛宴将会成为未来房地产传播的主流模式。

今天我们邀请这么多房地产界的大腕们，也来走一走明星红毯，张晴笑着说，这说明我们的房地产市场已经迈出了传统的模式，是一种创新。

所以大家看，我们此次的主题是“创造与梦想”。

曾经有这样一句话，我问过很多人，你心中理想的房子是什么样的?

有80%的人回答是，面朝大海，春暖花开。

这是“理想居住”的一种人生境界，我们都渴望有一个心灵安居的家，房子是我们每一个人的家，为了这样一个小小的家，我们每天都在奋斗与努力。

每个人心中都有梦想，我们需要创造才能实现这样的梦想，房地产也一样，从传统的建房子，到如今的绿色、低碳、宜居等，这一系列的创新，是我们十年间共同见证的发展历程。

今天我们来举行这样的年度盛典，是为了让房地产行业更加理性与健康，张豪接着说道。一旁的张纯已经感觉到了温暖，只是她的身体还是有些冷。

下面我们欢迎房地产界的老大哥，俗称“甲方”，哈哈，有请王岩来代表甲方致辞。

台下一阵欢呼，这位传说中的房地产大亨已经很久不露面了，这个时候出来，确实很给面子。只是一旁的张纯感觉头有些昏，感觉可能是自己最近休息得太少，无法保证睡眠吧。

王岩的讲话赢得了台下阵阵欢呼，台下的励博大喊要和他比一把。王岩笑着说，今天咱们不比了，等下了台，我们私下吧。

接着上台的是金世羽，金世羽从张纯手里面接过话筒，心里一阵感慨，十年了，世和中国整整经历了十年的拼搏，才有了今天的辉煌。今天我非常感谢参加此次盛宴的各位领导，还有我们的朋友，感谢你们的到来，也感谢大家对于房地产这个行业一直的忠诚与热爱。

代表房地产界的新秀奖，颁给了峰尚广告的李放，李放没有上台，上来领奖的人是董海，这也是李放的聪明之处。董海留着胡子，看上去酷酷的，他上来的第一句话就是针对胡鸣。

十年了，我一直在为多年前的事情耿耿于怀，如今当我拿起这个奖杯，所有的都已经是过往浮云了。台下一阵哄笑，董海接着说，首先要感谢当初让我离开上海的那位朋友，是你给了我重回上海滩的决心与使命。这里也要感谢峰尚广告，给我支持与帮助，还要感谢我的朋友们，你们就是我的力量。

董海没有指名道姓，但是业内人士基本都知道那场“大变局”是胡鸣一手策划的，大家见胡鸣不作声，也就算了。

报告与颁奖都是简短的形式，一会儿工夫，所有人都进入了宴会厅，那里有冷餐会，有舞会，这是每个女人都向往成为主角的地方，张纯已经感觉到了来自里面热情似火的气氛，便快步朝着里面走去。

舞会开始了，金世羽大步朝着张纯走去，来请我们的张大美女跳一支舞吧，张纯看着金世羽，笑着将右手交到了金世羽的手里。

倾斜，漫舞，踮脚，人间就找到了轴心。

金世羽搂住张纯的腰，翩翩起舞，一旁的方伟看着心里很不痛快。掌声响起来了，角落里面的张晴说，没想到我们的金董舞跳得这么好，我都一直没有发现啊。

金合韵笑着说，你没发现的事情还多着呢，金董可是才华横溢，他还会画画呢！

是吗？张晴望着金世羽与张纯在舞池里面奔放的舞蹈，心里不由得一阵感叹。

此时此刻，两个人之间仿佛只拥有彼此，没有了其他的人。而金世羽怎么会知道，他搂着的不是只有张纯一个人，还有她肚子里的孩子，那是属于他们两个人的孩子。

## 【141】你是我最残缺的美

方伟的心一阵疼痛，竟然没有发现走到他身边的李放。方总，跳一支吧。方伟什么都没有说，拉起李放的手，进入舞池，而他的眼光却始终追随着张纯。

旋转的舞步，动感的音乐，碎语里面含着岁月的沧桑。

方总，今天不在状态呀，李放问道。

方伟笑了笑，放开了李放，可能有些累。那方总，我们休息下吧，李放很体贴。

舞池边，拿着高脚杯的红男绿女们，都在谈论着与身份有关的话题，这些都是时下最为流行的话题。

突然之间，舞池内一阵骚动，方伟转身，视野所及之处，他看到张纯从金世羽的怀中缓缓滑落。张纯的头正好往外面倾斜着，那缓缓闭上的眼睛，正好看进了方伟的眼睛里面，那一眼很长很长，长到下一个世纪，还有对方的影子，那只是属于另一个自己的“影子恋人”。

人生的路很长，漫漫跋涉间，我们只影前行，走自己的路，唱自己的歌，写着自己才看得懂的文字，品着的也只是个人的寂寞。当时间一次次地将我们吞噬在各个群体中，分分散散，聚聚合合，离别间，才发现原来我们一直都只是一个人，永远和自己站在一起的只有那个漆黑的影子。

金世羽其实已经感觉到张纯舞步的蹒跚，只是他没有想那么多，最后的旋转，让张纯消耗掉了所有的力气，她终于倒下了，那样华丽与凄美，宛如一个天使跃入深深的海底。

金世羽没有抓住她，张纯躺在了地上，动听的音乐还在继续，没有丝毫停下来的迹象，周围所有人都在看着，看着一个女子倒下了。方伟上前，一把抱住了张纯，朝着外面飞奔而去，金世羽跟在他的身后，紧紧地。车里面，方伟始终紧紧地抱着她，一动不敢动，生怕惊醒了她的美梦。

一路飞奔，来到了医院，门外，几个男人与女人沉默着，谁也不跟谁说话，死一样地沉默。

门终于开了，医生从里面出来了。三个男人同时抓住了医生的手，可是谁也没有说话，只有期待的眼神。

幸亏送来得早，大人和孩子都保住了，她是因为劳累过度，一个怀孕的女子怎么能这么瘦呢？要赶紧休息，调养，保胎。她刚怀孕两个月，正是关键时刻。你们谁是病人家属？三个男人异口同声地说，我。

医生看了看他们三个，到底谁是？三个男人还是异口同声说，我。

医生摇了摇头，说，见鬼了。那去办下住院的手续，她需要观察三天。

张豪说，我去办住院手续，方伟和金世羽都迫不及待地往病房里面走去。

金世羽的心里其实有点儿感觉，那个孩子肯定是自己的，可是为何张纯从来没有向自己提过呢？是她自己都不知道吗？

金世羽却不敢当着这么多人的面来问张纯，他看着方伟拉着张纯的手，眼神里面露出爱怜的表情，金世羽突然之间明白了，其实方伟还是爱着张纯的，他默默地退去了，站在外面心里一阵感慨。

张纯缓缓地睁开眼睛，看到方伟握着自己的手。她想要找金世羽，可是她看遍了整个房间都没有找到，她的心里一阵凄凉。

莫非，金世羽真的并不爱她？张纯痛苦地笑着。方伟笑着说，傻瓜，都这样了，还逞强！为什么不告诉我，自己怀孕了？

张纯的泪淌了下来，这个孩子不是你的。

方伟说，我知道，但是，你知道吗？即使这样，我还是爱你的。

我是个残缺的女人，我并不完美，张纯激动地喊道。

你是我最残缺的美。方伟的这句话，让张纯再也控制不住自己的感情，她放声痛哭了起来。

哭吧，那样你会好受些。方伟知道，她需要宣泄自己的情感。张纯是个内心丰富的女子，她通常不把感觉告诉别人，往往自己深藏，只有能读懂她的男人，才会知道她需要什么。

可是这几个男人都太忙，没有时间来好好读她，她一直被大家所遗忘，直到如今。深埋过后是记忆的回放。

张纯想起了从前，那段无忧无虑的时光，看着他们接项目玩，看着他们嚣张跋扈，颠覆红尘。

而今，十年过去了，所有的记忆都在不停地回放，一路走来，沧桑，寂寞，孤独，忍让，更多的是痛苦与折磨。这些都让她过早地品尝了。如果没有这些记忆，或许她还会是一个单纯与快乐的女子。

一入地产深似海，十年历程两茫茫。

## 【142】戒不掉的思念

金世羽的漠然离开，让原本怀着一线希望的张纯更加消沉。她出院后并没有回公司，金世羽等待着她出现在公司，可是一个星期过去了，张纯还是没有出现，金世羽急了。

张豪说，张纯在家里养着呢，要不你去看看她吧。她心里面很苦，没有一个可以说话的人。金世羽想了想说，那好吧。

可是，公司最近太忙了，有很多投资人来上海洽谈，金世羽没有办法抽身，就这样，两个人这么近却又那么远，思念无时无刻不在折磨着他们。

只有在梦里，金世羽才能感觉到张纯存在于他的身边。梦醒时分，一个人的夜晚，是那么难熬与艰辛。

毛语看着金世羽日益憔悴，说，你还是去看看她吧，看是否有机会走到一起，毕竟她还怀着你的孩子呢。

你怎么确定那个孩子是我的呢？金世羽反问道。

毛语说道，那个孩子绝对不是方伟的，除了你，还有谁？我跟你讲，要想走进一个女人的心里，光有喜欢和爱是不够的。你必须要懂她，要懂她逞强里的柔弱，给她精神上的支撑；要懂她快乐里的忧伤，给她心灵上的呵护；要懂她的蛮横不讲理，准确回应她眼中的期盼；要懂她心路走向何方，和她风雨中一起走……

她的要求其实也不多，她只是想找一个完全懂他的爱人。

你说得容易，当事人又不是你，你怎么知道她和我不是玩玩的？金世羽最近心里也特别乱。毕竟张纯一开始嫁的不是他，如果这个时候娶她，会不会被他的那帮哥们儿笑话呢？

我最近实在太忙了，简云那里有很多投资人要我去跟他们谈判。

毛语问道，是不是世融基金那块？简云不是搞得挺好的吗？你就放手让她做好了，何必还要插一手呢。

但是决策的事情还是我来定的，不然我没法把握全局了。毛语听到金世羽这么说也无语了。

再说了，卓美网最近邀请了我很多次，要我去北京谈谈2011年的合作问题。

所以我最近可能要去北京待一段时间，我实在没有精力再去关注感情了。听着金世羽的话，毛语有些寒心。

当一周后张纯再次回到世和中国的办公室的时候，金世羽已经不在上海了，他去了北京，他其实是在逃避，他内心的纠结只有他自己的心里最清楚。

跟着金世羽一起去北京的还有天域公关的总经理张晴与世和会的老总金合韵，

在和卓美网的洽谈中，金世羽知道了他们很多的真实想法。

卓美网建议把卓美地产传媒这一块的日常运营管理搬到北京来，毕竟北京是中国的政治中心，话语权在北京，什么事情都好谈的。

金世羽笑着说，上海是金融中心，也是海纳百川的大都市，难道没有话语权吗？

卓美网的建议是靠近领导，好说话，这点金世羽心里是明朗的。

哈哈，我懂，哪能不懂呢？金世羽心里也清楚，卓美网与上面的领导关系很近，自己当初与他们合作就是因为这一点。

回到各自的房间，金世羽一个人在想着张纯，想着她肚子里面的孩子，不知道她好不好。

金世羽拿起了电话，话筒中传来了张纯清澈的声音，你还好吗？金世羽问道。

电话那头不说话了。金世羽接着说，我过两天就回上海，我们见个面好吗？

张纯抑制住自己的心情，她其实已经做好了离开的准备，只是她需要的是金世羽的一个态度，如今这个电话给了她最好的答案。

金世羽并没有不在乎她，只是在乎得有些伤感。当两个人之间的感觉，只靠一个人在苦苦维系，想放弃而下不了决定的时候，你首先应该放弃的是自己，放弃自己的那份残存的希望，然后才能放弃想放弃的别人。爱情的确应该包容，但是如果总是在很辛苦地包容，在勉强维持，那已经不是爱情了！

我忘不了你，每天晚上你都会出现在我的梦里面，张纯，你要等我回来，我有很多话告诉你。

孩子还好吗？医生有没有说什么？金世羽急切地想要知道孩子是不是自己的，可是张纯并没有主动说明。

张纯哽咽的声音，让金世羽的心很痛，他不敢再问了，怕自己的话再次伤害她。

# 【143】两两相望，相忘谁先忘

金合韵其实清楚张纯对于金世羽的感情，但是她的闺密张晴却希望金合韵不要出手，张晴还是喜欢金世羽的，都说爱情是自私的，可是谁又能明白其中的深意呢。

金董，我们在北京多待几天，张晴说还有几个投资人和上面的领导想要和你谈一谈合作的事情。

金世羽很想回上海看张纯，可是听到金合韵这么说，又开始犹豫了。到底是事业重要，今年是世和中国最为关键的一年，一定要做好铺垫，平稳过渡。

金世羽打电话给张豪的时候，张豪正在和肖林谈事情。你妹妹最近怎么样？如果身体不舒服就叫她在家休息，我忙完就回上海陪她。

金董呀，你们之间的事情我真的是很无语。不过我跟你说一件事情，你自己决定要不要尽快回上海吧。

到底是什么事情，金世羽心里突然一紧。

我想来想去还是要告诉你，张纯已经做好了出国的准备，可能就在明天或者后天，她不让我告诉你，可是我想想还是要告诉你。

什么？你为什么不拦住她？这么大的事情，为什么不早点告诉我呀？

金世羽着急了，等到真的要离开的时候，开始舍不得了，这就是人的劣根性，拥有的时候我们都不会好好珍惜。

记得有人说过这样一段话：让女人念念不忘的是感情，让男人念念不忘的是感觉。感情随着时间沉淀，感觉随着时间消失。终究是性别不同，所以，谁又能明白谁的深爱，谁又能理解谁的离开？

金世羽叫金合韵赶紧订回上海的机票。这个时候已经很晚了，金合韵说。最早也要明早了，我给你订明天的吧。

金世羽的心里非常着急，他恨不得能马上回到张纯的身边，问问她为什么要在这个时候离开上海。

电话一直打不通，金世羽的心冷到了极点，那么漫长的深夜，张纯，你为何这么狠心？我在心里念着你这么多年，为何这个时候要离开我？

金世羽回味着那夜，那个夜晚留给金世羽的感觉一直在他的体内留有余温。张纯清澈的眼神，性感的身材，纯净的灵魂，每时每刻都在他的脑海里面，那么深刻，那么难忘。

金世羽一大早就回到了上海，可是张豪在电话里告诉他的是张纯已经去浦东机场了。两个机场相隔如此遥远，金世羽紧张了，他叫上司机开着车直奔浦东机场。

一路的风景就像浮云一样飘过，今天的天，晴得有些过了，空中已经没有几片云了。金世羽的心里却如乌云压顶般厚。

赶到浦东机场的时候，张纯已经开始登机了。张豪和方伟都来送行，方伟望着肚子一天天大起来的张纯，心里有些舍不得她的离开。张豪说，你放心好了，美国我有朋友的，他们会照顾她的，再说让她去外面散散心也是好事情。

方伟说，大哥，她去了可能就再也不回来了。我能不想吗？

张豪没好气地说，那谁让你们当初不珍惜的，现在后悔太晚了。

这个时候金世羽从远处跑了过来，张纯看见金世羽，赶紧转过脸去，她不知道该怎么面对他，就如当初他不知道怎么面对她和肚子里面的孩子一样。如今人都要离开了，再多说任何话都是多余的。

张纯的心里很矛盾，她知道肯定是张豪打电话给金世羽的。张纯再次转身，与金世羽四目相对，刹那间两个人的心开始起伏。

两两相望，相忘谁先忘。

金世羽看到张纯的眼神里面没有了期待，取而代之的是绝望与冷漠。

金世羽一把抱住了张纯，别走了，好吗？嫁给我，我愿意照顾你一辈子！

这句话张纯等了多久呀，可是，如今说出来，张纯总感觉到是那么假。

忘记我吧！张纯幽幽地说道。

那我们的孩子呢？金世羽不甘心。

孩子是我一个人的。张纯的眼神里面只有倔强，没有丝毫放手的痕迹。

金世羽的心被推到了冰点，纯，你就原谅我吧！是我错了，我们重新开始好吗？

不好！张纯的声音很冷，仿佛从另一个世界传来的一样。

你去那么远的地方，谁来照顾你呢？一个人怎么办？

那也和你没有关系，我会自己照顾好我自己的。张纯不甘心被金世羽这么看扁。

妹妹，时间到了，要登机了。张豪在一旁催道。

张纯拿起包转身朝着登机处走去，留下金世羽一个人在那里遥望。他知道他就要失去张纯了，这是他罪有应得。如果不是自己一味顾着工作与事业，张纯也许就不会离开了，都是自己的错。

在回来的路上，金世羽一言不发，张豪问他北京的事情怎么样了，他也答非所问，就像丢了魂一样。

方伟说，金董，你也别急，我想她也就是想出国散散心，过段时间你去美国看看她不就好了吗？女人嘛，关键要懂她，只要你懂她，她肯定会乖乖地跟着你，不会乱跑的。

## 【144】恰似故人来

貌似你也是个婚姻的失败者，就不用教育我们了，张豪对着方伟说道。

算了，金世羽幽幽地说道。还是随缘吧，我想有一天她会明白我的。方伟说，等到那一天，孩子都能叫你爸了。而你能对着自己的良心说，你配让他叫你爸爸吗？

金世羽无语了，是啊，自己配吗？不配，自己虽然是个事业的成功者，可却是个爱情的失败者。

金董，北京的事情到底怎么样了？张豪继续问道。

哦，事情还算顺利，卓美网要我们把世和会那块搬到北京去，我想要先考虑一下。你觉得怎么样？金世羽确实没有时间考虑自己的私事了。新一轮的房地产大战就要来临了，所有的一切都要放下，为了世和中国这么多人，也要放下小我来成就大我。

方伟问道，接下来的动作是什么？金世羽笑了笑说，这个是公司最高机密，不能随便告诉外人的。

好呀，我已经成了外人了。方伟说，你们知道胡鸣最近的动作是什么吗？

是什么？张豪和金世羽异口同声地问道。

这个也是机密，我也不告诉你们，方伟打着哈哈道。

金世羽叹气道，什么事情能逃过你“地产鬼才”的耳目，你最近是不是升职了？

再升职俺也不能跟你比，你是两家上市公司老总，而我只是一家小开发商的总监，咱们不能比，方伟谦虚地说。

得了吧，张豪说道，谁不知道你方总私底下把鸡蛋放进了那么多篮子，别在这里跟我哭穷了。那个“花间一壶酒”饭店是不是也是你开的？

那可不是？你们要经常来捧场。方伟说，我现在是星邑集团全国营销总监，特别忙，没有时间跟你瞎侃哦。不过我还是提醒你，当心一点儿胡鸣他们，听说他们最近也在进行私募。

这夜，金世羽很晚才回家。路上他看到一个女子从他的车子边经过，他仿佛看到了张纯，那笑容真的好像是她呀，可转念一想，张纯已经去了美国了。

金世羽也只有在一个人的时候，空虚的脑袋里面才会有张纯的样子，他已经习惯了张纯这个时候出现在他的心里。孤独、寂寞、无助的时候，张纯冥冥之中会给他一种向上的力量，从来都不会让他失望。

金董，你怎么这么晚才回来？金世羽停下车，开门的时候，背后有人叫他，他转身一看，原来是张晴，他不知道张晴为什么这么晚会在自己的家门口。

莫非有非常重要的事情？金世羽心里想着，是不是公司出了什么事情呢？

张晴今晚好像是特意打扮过了，特别靓丽，富有女人的韵味。是不是公司有事情找我?

不是公司的事情就不能来找你吗?张晴问道。张纯都已经走了,为何你还要这么执着呢?我有什么不好吗?

金世羽突然之间明白了张晴来的目的,他笑着说,不是你不好,而是我不够好。你确实很好,我想应该是我不适合你!

那是因为你并不了解我,其实我们两个真的很合适。张晴继续说道。

你看,我们有共同的事业基础,有共同的爱好。我们有太多的相似之处,你难道没有发现吗?张晴的眼神里面满是挑衅。

金世羽其实也看到了,正因为两个人有太多的相似,所以才不合适,都能看透彼此,就不好玩了。

金世羽拉着张晴的手说,我非常同意你的观点,我们是很好的事业合作伙伴。

但是,人大概到最后才会懂得,重要的不是"要什么",而是"不要什么"。

那张纯呢?你们之间也只有好奇,还是彼此了解呢?张晴不服气地说。

我和她,金世羽想了想说,我们之间的那种感觉是欣赏与彼此的拥有,"恰似故人来"。

张晴已经没有话说了,她知道她已经彻底输给了张纯,自己还是放手吧,太多的执着只会让自己受到伤害。

退一步说不定还能成为真正的知已红颜,张晴流着泪说,我明白了,我永远都住不进你的心里。金世羽的心里也非常烦躁,其实他不想伤害她,可是他的心里确实已经容不下别的女人了。

除了张纯,一切繁华都只是背景。梦里,金世羽再一次和张纯相遇了。

情感是直线,平行不可怕,错过就错过了,还能找寻下一段美丽,可怕的是相交,明明我们相遇,有过缠绵的交集,却在不经意间远离,而且越走越远。你用一转身离去,我用一辈子忘记。从此,寒冷的天空下,再也握不住你冰凉的手,踏实地往前走;从此,我孤独地和自己对弈,红尘中无人与我推敲爱情这盘残棋。

第二天,金世羽一大早来到办公室,就看到财务经理坐在那里等他。金总,我昨天查分公司账的时候，发现世锦传媒的账上已经没有一分钱了，是不是张总把钱全部提走了啊?

啊，金世羽一惊，世锦传媒账上我记得有1,000万呢！一分都没有了？你没有搞错吧?

是真的，我看了你签发的提款印章，财务经理递给金世羽一张提款账单，金世羽慌乱地接过，上面的印章是真实的，金世羽一屁股坐在了椅子上面，难道真的是张纯做的？转念一想，不对，张豪不是没有出国吗?

金世羽的心彻底凉了，他真的后悔让张纯进公司了，他抬头对着财务经理说，报案吧，我没有什么更好的选择了！

## 【145】三千白发，只为一个黄昏

马经天把手上的工作都处理好了，正想休息一下，李放的电话打了过来。

马总，我们的合同什么时候签？我这里可是要赶着开工啦。李放柔柔的声音听得马经天心里痒痒的。

哦，那你今晚有空吗？马经天试探地问道，我们见面聊一聊吧，看看合作的基础是什么?

这个还需要基础吗？李放笑着说，我们的基础很牢的，你放心好了，我这里有强大的团队，优秀的创作素材，经验丰富的设计人员，这些足够了吧?

马经天的心里在琢磨着李放说的每一句话，知道她在跟自己打哑谜。

可是我们总得见面聊一聊，不然怎么盖章？马经天笑着说道。你去订个酒店，带上合同文本，我来给你盖章吧。

李放的心里一沉，看样子马经天这次说的都是真的，他这是在钓鱼，自己不上钩，他很有可能会在这次的合作上面捣糨糊。

自己是去还是不去？李放一时间不知道怎么回答。马经天说，怎么？怕了？我又不会吃了你。我顶多给你盖个章而已，不用害怕，我会很温柔的。

盖了章，我以后就没人要了。李放想了想说道。

没有人要，我要呀！不过不能让别人碰了，不然我就退货了。马经天色色地说道。

那这次“御香海”的广告代理合同标的是多少，还有期限多长？李放心里衡量着自己的付出值不值得。

保证你绝对满意，盖过章的东西都是具有法律效力的，你还不放心？马经天继续他的探索。如果你不满意，你就告我。

马总，你说笑了吧。这让我可为难了。我一个小女子哪能跟你争什么？我也是活着不容易，你也知道，我就是一个高级打工者。

那你更要让我给你盖章了，只要这个章盖下去，我就会罩着你，没人敢欺负你了，你可是双赢呀，怎么样？马经天的声音像游魂一样在李放的耳边响着。

李放心里开始动摇了，马经天长得确实挺帅，可惜他不是自己的男人，这样的男人自己能否把握得住？自己可是从来没有谈过恋爱。

把自己的初恋交给这样一个男人，值得吗？不过她转念一想，马经天不是也没有结婚吗，为何不可以呢？她在心里给自己赌了一把。

好吧，那我订好酒店，告诉你时间与地点。李放说完挂掉了电话。

马经天的心里一阵激荡，那次宴会上面李放那迷人性感的身材还在他的脑海里面，从来没有消失过。

这个“御香海”的广告代理权本来也是要外包的，利用这一点能这么顺利地得到李放，令他自己都有些吃惊。

手机响了，他知道是李放的短消息，果然，在中山公园的龙之梦里面的一家酒店，李放订了一个房间。马经天的心早已经飞到了那里。他收拾好自己，准备回家换件衣服，车子在马路上面飞奔，今天路况不错，竟然一路顺风。

晚上8点，马经天按响了808号的房门，开门的正是李放。马经天迫不及待地抱住了她，那种期待了这么久的相思在短时间内爆发了。

吻激烈而霸道，令李放感到快要窒息了，他们之间不是第一次相拥，但这次绝对是最激动人心的。

这是一次放肆的激情，两个人都默许了，彼此再无任何顾忌了，马经天被李放身上的香味激起压了很久的欲望。他的双手触摸到了李放那腰际，曲线柔美，恰到好处地给了他柔软的感觉。

……

不知道过了多久，马经天的手机响起了，惊醒了两个人的美梦。李放还躺在了他的怀里面，沉静而秀美。

好的，等下见！马经天说完就挂掉了电话。怀里的李放醒了，抬头望着他。

马经天笑嘻嘻地说，你刚才表现不错，下次一定会更好。李放的心里一阵嘀咕，还有下次呀。你要走吗？李放犹豫地问道。

嗯，是的，等下有个客户要见。幸亏就约在这附近，不然还来不及呢。

那你等下还会回来吗？李放想知道马经天的心里到底有没有她。我估计要很晚了，我就不回来了，你明早把房间退了，今晚就别回去了。

马经天一边穿衣服一边说话。马经天低头的时候，李放看到他的头上竟然有好多的白头发，你怎么那么多白头发，是不是平时动脑筋很多？

马经天低头吻了她一下，我这三千白发，可都是为了这个黄昏。

李放的心里一阵欢喜，她感觉到马经天的心里是有她的，这就足够了，女人就是这样，为了爱什么都不顾了。

## 【146】我将生命给了你，也将梦境传递

我先走了，你要乖。马经天又一次俯身吻着李放，他其实真的不想离开，只是刚才的电话真的很重要，不能不去。

记得明天10点半到我公司办公室，我给你正式盖章。李放白了他一眼，就知道盖章，你是不是经常给女人盖章？李放的心里一阵不舒服。

我倒是想呀，多盖几个，只不过没人给我盖呢！马经天打趣地说道。他拿起自己的手机朝着门外走去，转身给了李放一个飞吻，那眼神，聚光、暧昧，闪亮

得令李放再一次眩晕。

李放听着门关上了，她静静地闭上了自己的眼睛，开始回味刚才马经天在她身上留下的印迹。

李放确实累了，进入了梦乡，梦中她看到自己走进了马经天的办公室，里面的陈设都是那么熟悉，马经天正在埋头看着文件，李放把合同递给他，他看都没有看，就在上面签了字。李放的胸口不再郁闷，舒了一口气。

这件大事终于有着落了，接下来自己要做些什么呢？她拿起合同转身想要离开。

马经天在后面幽幽地说道，我是你唯一的男人，你要记住，我给你“盖过章”的，可千万不能背叛我！我要走了，你要永远记住我。

李放说，我不畏惧，我也无所畏惧，承受得越多，我的爱也越炽热，压力和危险只会加深我的爱。我会是你所需要的唯一天使，生命的结局一定会比开端更丰富更美丽，迎接你的天使也会说，唯一能使灵魂如此完美的，那就是爱。

你是我的天使，最初的天使。马经天大笑，李放转身，竟然发现马经天朝着窗外飞去，李放一惊，想要上前抓住他，这楼可高了，往窗外飞，那不是找死呀。

你以为你是子弹，别，马总，我不是答应你了吗？我永远是你唯一的天使，你别离开我啊！

可是马经天笑着，还是朝着窗外飞去，李放上前竟然没有抓住他，窗外一片黑暗，马经天就这样消失了。

李放睁开了眼睛，吓得一身冷汗，那个梦，马经天的笑容，以及他刚才对自己说的话语还依稀在自己的脑海里面，没有消失，这到底是怎么回事呢？

这个梦到底意味着什么？马经天想要告诉自己什么信息呢？李放想来想去还是想不明白，自己很少做梦，因为开了峰尚广告后，自己一直都很忙，没有时间来做梦。

可是今晚这梦做得有些稀奇，有人说梦是真实世界的反映，会不会是马经天有什么话要告诉自己，但是不方便在白天说呢？李放琢磨着白天与马经天的对话，发现自己并未遗漏什么呀。

这梦来得太突然了，李放拿起手机看了看时间，已经是早晨6点多了，昨晚，马经天走的时候告诉她今天10点半去他办公室签广告代理合同的，自己要快点起来，先回家换好衣服再去他那里！

想着这些，李放没有时间去思考刚才做梦的事情了，她来到卫生间冲了澡，然后匆忙退了房间，一路上，阳光也分外明媚。李放换好衣服，就出门去世和中国。

马经天昨晚也搞到很晚，一桌子好几个人灌他一个人酒，弄到后半夜才回家，累得要死，躺在床上没脱衣服就睡着了。

一大早，电话就不断。金合韵说，马总，今天我们约了“御香海”的开发商开大会，你可千万别迟到呀。马经天睁开眼睛，一看已经快9点了，得赶紧起床了，不然真的赶不及甲方会议了。

马经天冲完澡，换好衣服，突然感觉自己的头一阵眩晕，他扶住了卫生间的台，站了一会儿，感觉好多了。看着镜子中的自己，脸色格外苍白，是不是自己最近太累了，还是睡眠太少了?

还是赶紧去公司吧，等下还有一大堆的事情要处理。马经天匆忙赶到世和中国，艾青问他要不要来杯咖啡，马经天说，可以。

金合韵已经在办公室等他很久了。你怎么才来呀? 我还有事情要找你讨论呢！等下甲方到了就来不及了。

马经天摇摇手说道，小事你就自己决定好了，别老是来请示我，好吧? 金合韵这下不高兴了，那这个总要找你签字的，你不签字我可发不出去。

拿来，我签！马经天看也不看就把字签了。金合韵也感觉到马经天今天有些不对劲。

## 【147】死亡和爱彼此追跑，我在桥下听琴

等下10点的甲方会谈，你讲吗？金合韵问道。

还是你来讲吧，我就听听好了，最后我来总结。马经天有气无力地说。艾青推门进来，将泡好的咖啡递给了马经天。马经天感激地看了一眼艾青，金合韵说，那我等下再过来叫你，好吧？

看着金合韵把门带上了，艾青问道，这几天你忙不忙呀，不忙的话，今晚能去我家吗？

马经天头也不抬地说，好的，今晚？可以呀。你给我做啥好吃的？我想吃点补的。

番茄蛋汤，很补的。艾青笑着说。

好的，马经天微微一笑。我今天有哪些议程，是不是有好几个会呀。

今天10点钟是万润的人来开会，下午有个论坛的宴会需要你来出席，晚上是星邑湾的老总请你去吃饭。

没了，就这么多？马经天抬头问她，他自己心里想了半天，好像今天还少了点什么，可是自己一下子怎么也想不起来了。

马经天一看电脑上面的时间，已经10点了，他看了看刚才金合韵递给他的文件，快速地浏览着，想着其中的问题。艾青说，我再给你泡点茶吧，我这里有新买的好茶叶。马经天也没抬头，可以。

艾青出门的时候，张晴进来说，马总，中午一起吃个饭吧，我有些事情要向你请教。马经天正在看提案里面的问题，就说好。那等下中午的时候我来找你哦。

接着金合韵就来了。马总，我安排甲方进了大会议室，我们是不是可以开始了？

马经天这才抬头，看着金合韵问道，他们已经来啦？

是呀，刚到，我安排他们到那间豪华会议包间去了。我们现在就过去吧！金合韵说着拿起马经天手上的文件，我来给你拿吧！

马经天起身跟着金合韵朝那间世和中国最豪华的会议包间走去。

一进门，就看见王岩还有几位甲方的人在高谈阔论，王岩看到马经天很客气，起身与马经天握手。

金合韵把幻灯片调好，这次的提案非常的关键，是关于“御香海”在上海世博会即将结束时候的炒作。

王岩说，世博园的土地未来不会那么快出让，所以世博园这里的机遇要慢慢炒作，马经天点头同意王岩的说法。

金合韵对此次的提案做了很多的准备工作，包括提案的稿子设计、话题的营造，以及后世博论坛的举办等。王岩听着点头说，这个提案没有问题。

我现在关注的是“御香海”的价格问题，你们没有看到闵行那里的“格林紫郡”已经是5万一个平方米了，江湾那里的“金玺”也要超过4万一个平方米了，而我这里直面世博园的一线江景的房子，才只有6万一个平方米，实在是说不过去。

金合韵说，王总，我今天提案的最后一个板块就是关于提价的，我想借这次后世博论坛，把我们这个“御香海”的价格直接炒上去。

你的提价范围是多少？王岩问金合韵，如果过高的话，客户能接受吗？

金合韵说，一线江景8万一个平方。王总，周边的几个大盘都已经超过10万一个平方了。我这里提个2万，一点儿也不过分。王岩笑而不语，他的心里其实已经默认了金合韵的价格。

金合韵看着王岩不说话，其实她也知道这个价位应该能接受，金合韵接着说道，那么我讲接下来的策略及步骤了。

我们先可以借世博园来做大影响力，通过这样的影响力来炒作，然后再用小规模的宴会及话题来收揽客群。

你说的小规模的宴会和话题是指什么？王岩好奇地问道。

金合韵说，这是我们世和中国独有的一种推广方式，我们有世和会，还有网上很多的推广模式，例如“围脖”“围裙”“论坛”“高端客户宴会”。

王岩说，这些可以尝试，不过会不会降低客群的素质呢？

金合韵说，这点你放心好了，绝对不会的。世和会已经拥有了20%的高端客群，只要在他们中间一宣布什么小道消息，立刻就有人来回应。

看样子你说的这个方法真的不错，什么时候尝试一下啊？王岩着急地说。

哈哈，没有问题。王总，到时候你可一定要来。金合韵笑着说，我们马总一定会非常欢迎你。

金合韵转身问马经天，是吧，马总？

马经天低着头，坐在那里一动不动。王岩说，我们在这里讲了半天，马总却去和周公会谈了。

金合韵转而一想，有点儿不好意思，就走到马经天的面前，碰了他一下肩膀，然后，大家都惊呆了，马经天顺着桌子，从椅子上面滑了下来。金合韵想要拉住他，却拉了一个空，马经天直挺挺地躺在了会议室的地板上，双眼紧闭，脸色发白，没有任何反应。

金合韵一看不太对劲，蹲下身体，摸了摸他，马经天还是一动不动。王岩走近一看，知道出事了，叫他的手下赶紧出去，叫120，快，要快！

手下推门出去，正好碰到艾青端着一杯茶过来，两个人差点儿撞到了一起，茶杯碎了一地。艾青正要说什么，出来的人说，快，马总昏过去了，赶紧打120！所有的人被他这么一叫，都惊呆了。

## 【148】问天再借五百年

这个时候，李放正在马经天的办公室里面，听着音乐，等待着马经天来和她签那份合同呢。

金合韵第一次碰到这样的情况，已经吓得六神无主了，她一个劲儿地推着马经天，想让他起来，试图唤醒他的灵魂。

可是，马经天却没有任何反应，好像已经到了另外一个世界，这个世界那么遥远，触摸不到，虚幻的、无助的、缥缈的。

金合韵彻底傻了，第一次看到人死亡，而且是自己最心爱的男人，她的脸上写满了恐惧与绝世的孤独。

艾青的手扶着会议室的门框，她不敢进去，她无法想象，前一刻还好好的马经天，现在就这样躺在了她的脚下；刚才还说要晚上跟她一起回家的这个男人，如今却独自去了另外一个世界。

艾青不能接受，她宁愿相信这是个骗局，自己深爱的这个男人竟然就这么走了？

5分钟后，急救车急促地呼叫着来到了世和中国的大楼下面，李放看到120急救车停在了楼下，感觉到出事了。她推开了马经天的办公室大门，看到世和中国的很多员工都在大会议室门口聚着，她也朝着那里走去。

医生在不停地给马经天做着电击，可是躺在地上的马经天丝毫不动，没有一丝回魂的样子。医生最后宣布病人已经猝死，李放看到了躺在地上的马经天，她的眼睛突然瞪得很大，嘴巴张得如此大，有一种声音想要喊出来，可是就在喉咙口，怎么也叫不出声来。

李放看到瘫倒在马经天身旁的金合韵不停地抽泣着，仿佛是自己的丈夫死了一样。李放听到了另外一个声音，金合韵真是可怜，听说他们两个已经订婚了。

是啊，有一个声音这么说道，马经天说他一定会娶金合韵的。

那金合韵呢？你没看到她手上戴着订婚戒指吗？李放抬头看了看金合韵的双手，赫然一个大戒指在她的手指上晃荡。

李放觉得这个世界真是可笑，昨晚，这个男人还在自己的床上，宣布她是他唯一的天使。

而这个男人却早已经和另外一个女人海誓山盟了，这个世界真如此残忍吗？为了所谓的利益可以出卖自己的灵魂。

接着又有声音说道，你没有看到马经天最近经常出入酒店吗？我听说他有好多情人呢，哈哈，真要是这样，估计是纵欲过度。

谁说不是呢？哪个当领导的不是这样？这年头这种事情不足为奇，幸亏，他没死在情人的床上，不然，更惨。

也对哦，估计等下我们都要向他学习了，为了工作鞠躬尽瘁呀，死而后已什么的。

李放听到有各种各样的声音在她的耳朵边上说话，她的脑袋就要爆掉了。她后悔昨晚跟他过夜了，也后悔为什么不在昨晚签订这份合同，如今说什么都晚了。

一切都晚了。

如果老天能可怜我，我不想问天借五百年，只要借我一天就够，让我签好这份合约。李放突然发现自己的想法是如此可笑。

此时此刻，三个女人的心理变化都是如此地不同，马经天也该知足了，自己走了，竟然有三个女人为他守候着。但这三个女人的心态绝对是截然不同的，金合韵是为失去了自己一辈子的爱人而难过，艾青难过的是失去了一个知己，而李放后悔的是自己的付出没有得到任何回报。

马经天被医生抬走了。医生说，谁是家属，跟我去一下医院，办理一下手续。金合韵在毛语的搀扶下缓缓地站了起来，她的脚已经麻木了，不听自己的使唤了。

她不知道自己该做些什么。毛语吩咐手下赶紧带好钱和身份证件，一行人朝着医院的方向开车而去。毛语说，赶紧通知老马的家属，看看后面的事情怎么弄。听听家属的具体意见吧。金合韵，事情已经发生了，还是节哀顺变吧，不然老马看到你这样，他会不放心的。

金合韵还沉浸在痛苦中，她清楚马经天是爱她的，他们之间的爱情是一种境界，马经天经常这么跟她说，爱情的最高境界，不是一方为另一方无休止地付出以换取回报，而是你丰富了我的生命，我也丰富了你的生命。我们相遇之前是两个人，相遇之后，不是变成一个，而是一个半。我把一半留给自己，那样我才可以更清醒地去爱你。

想到这里，金合韵的眼泪又开始不停地流淌着，在心里一遍遍地说着，我也是，我要把一半留给自己，另一半给你。

## 【149】生命如此美妙，瞬间灰飞烟灭

马经天的父母从西安赶了过来，他们连儿子最后一面都没见到，只能在医院

的太平间里面，白发人送黑发人，这是世界上最悲惨的事情。

金合韵扶着两位老人，早已经欲哭无泪了，两位老人想把儿子的骨灰带回西安，让他回到自己的家乡，可是金合韵很想把马经天留在上海，陪着自己。一旁的金世羽说，还是听父母安排吧，金合韵没有作声。

两位老人知道金合韵就是他们还未过门的儿媳妇，悄然默认了。马妈妈说，还是让他留下来陪你吧。

金合韵听了感激地点了点头。明天开追悼会，金世羽说，世和中国的门口要挂上挽联，所有员工要进行默哀。这一天世界仿佛也失去了光彩，一大早大门口挂上了一副挽联，上面赫然写着：十载英名宜自慰，一腔热血岂徒流。

两位老人悲伤地来到了马经天的办公室，里面的陈设都没有动过，金合韵一边整理着马经天留下的遗物，一边向两位老人描述他平时的工作情景。

“香邑”的那套房子没有卖掉，两位老人决定把这套房子留给金合韵，金合韵伤心地看着他们，不知道该说些什么好。

在机场分手的时候，金合韵只说了一句话。

谢谢你们，把他留给了我。

世间的高贵而节制，要锤炼他乡的定语。

金合韵知道马经天喜欢上海这座城市，上海，对于他来说，是他人生的一次重大转折，这里十年的生活，马经天早已把上海当成了他自己终生不变的家。一个人有多少个十年？对于上海这座大都市来讲，又有多少异乡人把这里当成家？

金合韵在龙华那里给马经天安了一个家，在这里你永远不会消失了，你永远会在这里等我，等着我，终有一天我会来陪你。

不管你愿意还是不愿意见我，我都会来看你，永远不会改变的。金合韵在心里跟马经天诉说着，艾青瞟了一眼金合韵，心里酸酸的不是滋味。她看着金合韵手指上的那枚戒指，她知道那就是见证，不管自己相信还是不相信，这就是事实，多么残酷啊。

李放没有来参加葬礼，她仿佛觉得马经天还在这个世界上一样，他怎么可以这么轻易地走了呢？很多事情还没有做完。

金世羽扶着金合韵的肩膀，他的心里也非常伤感，最让他觉得可惜的是世和中国少了一员如此优秀的大将。他突然发现，人世间没有什么比友谊与亲情更可贵了。

马经天的猝死不仅在世和中国引起了震动，也在整个房地产界引起了反思。金世羽觉得公司需要加强体育方面的管理，让员工有一个健康的身体。

毛语问金世羽，金董，我和你同样感到痛心，但是我们是不是要吸取这次的教训，别让这样的事情再次发生？

生命如此美妙，却瞬间可以灰飞烟灭。

金世羽看着毛语，语重心长地说，我和你一样，我们的想法估计差不多，让员工进行军事化训练，通过体能测试能看出一个人的健康状况。

好，我也觉得这样比较好。毛语说道，老马这个位置是招新人还是由谁来代替一下？

金世羽想了想说，还是你先代替一下吧，还有，马经天那个区域性规划的大项目，还是你带领团队去吧。我看金合韵最近需要放假一段时间，她这样的状态会影响工作的。

好吧，我跟她说一下看看，是不是她自己也愿意休假。毛语说着起身朝外面走去。

金世羽抬头望着窗外，经历了这件事情，他的心里突然更加牵挂张纯了，不知道她在美国好不好？

上次简云打电话过来说，张纯怀的很有可能是双胞胎，这令金世羽很激动。

等自己把手上的这些事情安排好了赶紧要去美国一趟，简云还说张纯确实是爱他的，不然不会那么傻，一个人跑到美国，给他生孩子去。

金世羽想了想，傻傻地笑着，自己就要当爸爸了，可是却还没有结婚。对于张纯，他的心里只有愧疚，虽然他打了很多次电话，可张纯都没有接。他渴望见到张纯，但又有些害怕见到她。

金世羽正沉浸在无限的遐思中，张晴走到他桌子前面，他没有感觉到。张晴问道，金董，那个区域开发规划项目我们什么时候派人过去？甲方已经催了很多次了。

哦，这个呀，我跟毛总说过了，让他带队，你问问他吧，你想去的话，也一起去吧。金世羽随口这么说道。

好呀，金合韵说也要去，想完成马经天的这个遗愿，这个项目是马经天和她一起搞定的，她很想一起参与这件事情。张晴说。

那就让她去吧，不过我看她情绪不是很好，所以想让她多休息几天。还有，“御香海”的广告代理合同，本来是给峰尚广告的，不知道现在金董是有别的安排，还是照着原来的计划执行。

就峰尚广告吧，李放不是做得挺好的吗？这些能不改变的尽量不改变，好不好？金世羽发现自己突然之间有很多事情要做。他发现他的公司里不仅仅是少了一个人，自己还少了一条手臂。

## 【150】我看见的田园与都市，与虚构有关

哦，对了，这个项目的规模多大？金世羽问道。

张晴说，我还没有看具体的资料呢，等下看了给你汇报下，或者我等下和毛语，还有金合韵他们一起商量好了再告诉你吧。

公司人手不够了，下面的事情，最近你们几个要多关注点。好不好？也许近期我会出一次国，待一段时间再回来，金世羽若有所思地说道。张晴心里知道，他还是想着张纯，不管张纯到哪里，他心里都装着她。

张晴走出了金世羽的办公室，心里空荡荡的，感觉像是永远地失去了某样东西一样。

金合韵这段时间没有去她家里，却始终住在她的隔壁，马经天的离开对她的打击非常大，她心里仿佛永远失去了某样东西，总觉得不自在。有些东西虽然旧了，我们都舍不得丢掉，人也一样，念旧是人的本能，虽然新的东西很新鲜，得到后很有满足感，但是不如旧的来得柔软。

金世羽一直以为马经天的这个项目是位于外地的，他没有想到这个项目就在崇明岛。他很想去崇明看看，听说那里未来的发展会很好，还有人说，崇明岛是世界第15大长寿岛呢！

马经天也曾经说，想要在崇明岛买套房子，等老了以后好去那儿养老。金合韵这几天不知道在琢磨些什么，老是翻来覆去地研究崇明岛，看哪里的房子好。

在他们几个人全部商量好整个方案以后，一行7人朝着崇明岛出发了。

大家都在谈论上海这片最后的净土，金合韵依旧眼神忧郁，漠然望着窗外。

放眼望去，无边无际。张晴高兴地说着当地的风俗，我听当地人说，每到秋冬季节，崇明岛的东滩那里会有上百万只候鸟在这里过冬，大片鸟群就像天上的白云般飘移而至，景象蔚然壮观。

张晴叹了口气说，可惜我们去的不是时节，只能看见不多的鸟儿，难免有些遗憾。

金世羽满眼看到的是冒出来的芽，嫩嫩的，绿绿的，心情也跟着好了起来。他真想在这里用一天时间享受一片海滩，用两天走过一座小镇，用三天品味一个小岛，远离喧嚣的都市生活，自得其乐。

车子在风声中飞驰，这里的车子不多，没有上海市内那么拥挤。一行人来到了明珠湖，这里野花开满小径，芦苇掩鸥鸟，在这里，可以放松心情，简单而纯粹。

金合韵沿着一条栈道缓缓走着，风儿吹过，掀起阵阵绿浪。

静听晚风拂过芦苇，诉说着它的过往。

在这个瞬间，沉静感怀，无法言语。

已是深春时分，见到如此多的秋荻未落，有几分疑惑，只见它们在风中摇曳，随风翩翩起舞，宛如婀娜多姿的少女，亭亭玉立在水中央。

春色幽深处，渔歌一曲长。

吾心虽忆越，此情若静水。

夕阳中，倦鸟归林，白鹭晨出暮归，依时有序，一只只栖息在树上，似老僧坐定，互不相扰，颇有意境。

金合韵想起了马经天，马经天当初谈下这个项目的时候，金合韵一直陪伴着他，那个时候金合韵就深深地爱上了这个男人。如今世事变迁，而他早已随着这滚滚的江水，一去不回。

君不见东流水，一去不复回。

君不见江边草，一岁一枯荣。

蹉跎人生亦如此，何苦叹息自忧煎。

但愿亲友常微笑，相逢莫乏沽酒钱。

金合韵照着这边的风俗，想给马经天买一所房子，然后把他的骨灰盒安放在这里，每年清明的时候，来这里看看他，给他培土浇灌，这样马经天就会永远陪伴着她，不会从她的心里消失了。

金世羽看了半天的风景，心里叹了口气。这里好美呀，可惜了。

毛语问道，金董为何叹息呢?

金世羽说，我看到的这片田园都市，感觉像是虚构的。我听说上海市政府在江苏那里买了一块地，估计这里将来也要成片拆迁了，建起来的估计都是别墅和高楼。你说不可惜吗?

确实是。毛语说道，你看现在，这里炊烟袅袅，微风习习，满目翠绿，不知道以后会是什么样子。

崇明虽然是上海最美的一个地方，但也是上海最穷的一个地方。祝涛说，一个地方如果经济不发达，什么都是虚的。

毛语不同意祝涛的观点，其实并不是一定要发展工业化经济，也要看每个地方的核心资源，我认为只有利用好某个地方的独特资源，才能有好的定位，崇明的定位是生态岛。

这个时候，崇明岛规划局的领导们出现了。金合韵看着那一桌子崇明的特产，想到了马经天，满眼都是他的影子。

陈局说道，我们这里的风味你们不一定能吃得惯，但绝对是绿色的，有机的。

金世羽尝了尝说，很新鲜。陈局，我们这次来的主要任务是配合你们完成这次区域规划的前期定位，其实上次，老马已经做得差不多了。我们这次来的目的是为了完成老马的遗愿，想为老马在这里安个家，买个墓床。

哦，我也听说了，老马前段时间突然走了，我们也感到十分痛惜。这个人很有才华，我想，不管怎么样，我们的合作还是继续吧。陈局若有所思地说着，至于你说的那个问题，我想没有什么难度。老马既然喜欢这里，我们就给他弄个好了，我找个风水好点的地方。

那太感谢了，陈局！金世羽这么说着，看着金合韵。金合韵低着头，没有说话，但心里分外感谢金世羽。

## 【151】有没有第三条路线

陈局继续说道，老马给我们的前期定位里面提出了很多的要求，可是鉴于我们的实力，很多项目我们暂时没有能力来完成，资金缺口很大。

金世羽想了想说，这个问题我听说了，所以这次我来是准备和你们商量一下，看具体怎么操作。资金问题我们世融基金可以解决，关键是合作模式，我们要坐下来具体讨论一下。

陈局听金世羽这么一说，感到前途一片光明，眉飞色舞地说道，其实只要资金与资源到位，其他的事情都好办。

金世羽听陈局这么一说，感到他们不是很重视这个项目的本身，其实金世羽的心里也清楚，旅游区域的规划，如果没有政府的介入很难办。但是政府的投入也毕竟有限，操作还是需要市场化运作。

毛语对陈局说，现在很多的旅游区域规划只注重经济效益，没有考虑到生态、社会等效益，虽然短时间内能吸引游客，但是长时间很难留住游客。那种传统的观光性质的旅游已经不是旅游性项目的发展方向了。

陈局问，毛总，你有何高见?

毛语想要继续说，一旁的祝涛打断了他的话语，其实旅游地产的核心还是经济效益，旅游地产投入的周期特别长，如果不注重经济效益，很有可能亏本。长三角区域的旅游地产“死盘”的不是很多吗?

毛语说，祝总说得虽然没有错，但是我们也不能只关注短期的经济效益，毕竟长期的效益来得更长远，我认为旅游地产已经迈进了深度旅游阶段。

何谓深度旅游阶段?祝涛还是不肯放弃自己的主张。

张晴看到这样的局面，赶紧出来打圆场，来，陈局，咱们来干一杯，为了我们未来深度合作的顺利。

张晴说道，其实我们想要做的是为崇明岛的整体形象做宣传，不仅仅只是一个片区，这样才更有利于崇明的旅游生态定位。

陈局一听有道理，赶紧拍手说道，金董，你手下的干将可真是层出不穷呀。

金世羽浅笑，心里在琢磨着这几个人以后哪个适合接他的班。

一直没有说话的金合韵，冒出了一句话，你们觉得崇明岛有没有“第三条路线”可以走?

什么路线?祝涛惊讶金合韵说话的方式。

金世羽摇摇头说，目前肯定没有，我们可不想成为千古罪人，这么好的一个地方，如果给工业化或者经济化了，将来很难修复。

既然没有，我们应该根据老马从前的定位来继续深化。至于第三条路线，或者你们想把这里定位成香港或者澳门的那种赌城?但是这里不合适。

或者定位成影视基地，但是这里没有足够的文化内蕴给你来玩这个概念。金合韵环顾了一下座位上的每个人，他们都在认真听着她的讲话，仿佛他们又看到了马经天回到他们的身边来了。每个人都听得如此地入神，停下了手中的筷子。

这样的一个岛屿，它不仅属于上海，还属于整个中国。为何国外的岛屿大家都如此想去度假呢？那是因为这些岛屿有独特的自然资源，而当地的人们充分地发挥了这种自然资源，这里也是。我们要根据崇明岛的独特自然资源，来慢慢地品味它，了解它，开发出适合这里的产品，我记得有个国外的朋友来这里后的第一感觉是这里太像普罗旺斯了。当然普罗旺斯那是国外的，不是这里的，也只是像而已，我们要开发定位的，是属于中国的，纯粹的中国式岛屿。

嗯，这个想法很有创意，“中国式岛屿”，崇明岛。金世羽嘴里念着这个概念，点点头说，可行。

金合韵说，你们知道上海有这样一家店，名字叫作“花间一壶酒”，现在在上海很火，吸引了很多都市白领。

这也是一种商机，可以结合我们的项目来共同发展。毛语说道。

哦，陈局说，“花间一壶酒”听起来像是喝花酒的地方。金世羽笑着说，听起来像，其实不是，哪天陈局有空，去那里，我做东，保证你能吃出不同的味道来。

陈局的眼里充满了向往，哈哈一笑。金董说得好，还能吃出不同的特色呀。这个我一定要去试一试。刚才金合韵提出的这个建议确实不错，我觉得可以考虑，可以以上海为试点，向全国、全世界扩张。

金世羽转头问毛语，那个“花间一壶酒”有没有进行商标注册？毛语说，这个要问问方伟。如果没有注册，赶紧注册下来，这也是一项很好的知识产权。

## 【152】伤感是爱情的遗产

墓床很快就弄好了，在一条宁静的小河流的边上，墓床的周围绿树婆娑，碧波荡漾，好一派田园风光。就在这墓的旁边不远处，有一幢新盖起来的两层小楼，红瓦白墙，透露着主人不一般的身价。

金世羽和金合韵来到这里，一看就喜欢上了这里，真是美，屋子里面的装修很简约，也特别干净。金合韵是按照马经天喜欢的风格来装修的，所有的材料都是从上海运过来的。

你真的打算在这里安家了？金世羽关切地问金合韵，我觉得你应该忘掉他，他不值得你为他付出这么多，你到底了解马经天多少？

我知道我在做什么。金合韵很平静地说，我也知道你们想说什么，他很滥情，但他最终还是我的，这一点永远都不会改变。

唉！金世羽叹了口气，他知道自己说不过她，你个傻丫头，为了这么一个男人这么执着。让金世羽感叹的是自己的感情，自己何尝不是这样？对于张纯，从头至尾，他都只爱着她一个人。当梦想变成现实的时候，他简直不敢相信自己的眼睛，害怕得要命，不敢接近张纯。

事业再成功的男人，都逃不过"情"这个字，金世羽也一样，这也许就是一种宿命。

既然事情都办妥了，那我们先回上海吧！改天找个合适的日子，把马经天的骨灰运过来，把这里的墓床再弄得大一点儿，这样才有气派呀！

金合韵说道，不需要太大，马经天是个低调的人，他懂得"木秀于林，风必摧之"的道理。听金合韵这么一说，金世羽想想也对，太张扬了，不是让她更难受吗？

那你跟我一起回去吗？金世羽问道，世和会的很多事情还没开始执行呢，你可要把工作与情感分开来呀！

俞镜呢？最近很少看到你跟他在一起，是不是闹别扭了？金世羽关注地问道。其实金世羽是想让金合韵把俞镜给挖过来，只是金合韵没有张纯那么聪明，一点就透的那种。

你接下来有什么打算吗？金世羽在回上海的路上问金合韵，金合韵一开始没有说话，沉默有时候不是没有话说，而是不知道如何回答。我想，我跟以前没有什么改变吧。金合韵平静的脸上让金世羽看不到一丝的讯息。你不打算回美国吗？你妈妈最近跟我说了很多次，想让你重新回美国去，那里也有很多事情等着你去做呢!

我短时间内是不会离开上海的。金合韵的回答等于否定了金世羽接下来所有的话。金世羽不说了，他也想换一个话题，可是不知道怎么说。

笔直的马路看不到尽头，这一天格外晴朗，看不到空气中尘埃的影子，可是金合韵的心情却是如此不平静，这个决定是不是会绑住自己的一生？马经天呀，你为何总是苦苦地纠缠着我的梦境，我想要逃脱你的手掌心，可是多少个夜里，你依然还是会出现，那么痴痴地望着我，那么真实。金合韵仿佛觉得他还活着，就在自己的身边一样，永远都不会消失。

伤感是爱情的遗产。

金合韵低语，心里涌现出一股悲伤，感应着金世羽的心情。

苦苦地爱着、始终放不了手的那个人，俨然是熟土旧地，宛若故乡的一片山河，浩瀚尘世，普天之下，你只晓得这个地方，全然看不到它早已经成了荒芜。直到一天，终于死心了，幽幽地转过身去，才发现背后一直也有另一片山河。于是，所有的痴心都终结了。我们从来就没有自己以为的那么深情。

你看过顾城的《墓床》吗?

金世羽喃喃低语着这首《墓床》。

我知道永逝的来临并不悲伤
松林中安放着我的愿望
下边有海，远看像水池
一点点跟着我的是下午的阳光
人时已尽，人世很长
我在中间应当休息
走过的人说树枝低了
走过的人说树枝在长

金合韵的泪顺着旅途缓缓流淌着，金世羽默然不语，自己何尝不是，人总有离去的时候，别哭了，好好活着，因为我们会死很久。

## 【153】你定格的画面能不能抵抗我的思念

回到“香邑”，张晴敲门进来，金合韵的情绪还是很低落，路上她接到了俞镜的电话，说想和她一起吃个饭，金合韵想都没想就拒绝了，她也不知道自己是为了什么，反正就是不想见人。

看到金合韵这个样子，张晴也很着急，金世羽悄悄跟张晴说道，你多关照她一点儿，我看她最近心情很差，我最近也非常忙，没空照顾她。

张晴说，好的，没有问题。你是不是知道胡鸣代理的那个“檀溪”最近又有大的策略要执行?

是的，我也是听说的。如果这期他们比我们早入市的话，会抢走我们的部分客户。可惜，老马不在了，不然他肯定有好主意。

金世羽叹气道，目前上海的“御香海”与“金玺”是我们的主打项目，一定要把握住这两个项目在上海楼市的领导地位，可不能让胡鸣他们抢了先机。

这个我也知道，可是胡鸣的手下俞镜太强了，我们的企划与策略水平跟不上。张晴心里一阵难受。

金世羽笑着说，这个你不用怕，我们有的是资源，这个年代不能只靠单纯的技术水平来取胜，这不科学，也不现实。

那现实是什么呢? 张晴问。

现实就是，谁拥有核心的竞争力，谁就能称王称霸。金世羽充满信心地说，张晴也不好打击他。

张晴接着道，其实定位很重要。金董，你看，“金玺”的定位是“皇族”系列，从他现有的客户群来看，北方与文艺有关的人占多数。

哦，金世羽说，还有这种现象?

你看“御香海”是欧式风格，具有浓郁的海派风格，又位于黄浦江边，它的客户群更多的是海外人士与南方人士。

其实我们要根据项目不同的定位来匹配它的客户资源，这样更容易进行精准定位。

金世羽说道，产品竞争力是可以让项目获得更多的优势。但我始终认为资源更重要，没有特定的资源整合，项目再好也白搭。

金世羽和张晴看问题的角度还是很不一样。宏观与微观的角度差距竟然如此大，这也是没有办法的事情，毕竟每个人的阅历不一样，这个世界上就没有两片完全相同的叶子。

两个人讨论得正热烈的时候，一旁的金合韵翻开了马经天的相册，硕大的泪珠滴落在相册上面，泪滴荡漾开了水花。

金合韵越陷越深，金世羽叹了口气，无奈地说，怎么咱们金家的人都是“情痴”呢?

张晴在金世羽的耳边喃喃说道，有办法让她清醒过来，不过这个办法很伤人。金世羽说，不怕，只要能让她回到从前的样子，花多大的代价都值得。金世羽拿过那本相册，上面赫然写着这样的几行字。

翻开你的相册，依然是你熟悉的笑脸；触摸你的容颜，我无法猜透你的内心；那最初的相遇，清澈如水；和最后的别离，欲语还休；你向我诉说着生生世世的缘分，和永不分离的承诺。

我无法突破我们之间的诺言，也许，最好和最美的是今生的等待，与来世相遇；

佛说，前世500次的相遇，才能换来今生的擦肩而过。也许，我们的前世只有499次相遇，所以，今生我们无法相聚；

可是，你永远定格在我面前的容颜，能不能抵抗我对你的思念呢?

金世羽的心里黯然神伤，张纯那美丽清澈的眼神始终在他心里晃悠，怎么忘也忘不掉。

其实金世羽心里明白，要想回到从前，那是不可能的。心里的那件事，不会随着记忆而消失。

金合韵说，没有关系，我会做好我手头上的事情的。“御香海”这期的活动交给我吧！我已经有新的思路了，绝对可以打败“檀溪”，使它成为上海最主流的话题。

张晴说，你真的有办法？如果真的能行，希望先出一个方案，让大家探讨一下。

金合韵说，这个方案不到执行的时候我是不会说的，要保持神秘性，这样才会有揭开面纱时的震撼。金世羽道，让我们好好瞧瞧，看看你学了马经天几成火候。

金合韵没有作声，但是更加坚定了自己的想法，这同时也是马经天的遗愿。虽然他本人可能有很多的缺点，但他却永远在金合韵的心里。

世界上最可怕的事情，不是被悲伤击垮，而是无法从悲伤中站起来。

## 【154】一个人的地老天荒

上海的冬天阴柔而淡定，金世羽却在狠狠地想念着张纯，还有他们即将出世的孩子。周均打电话给他，告诉他确实是龙凤胎，金世羽好想马上就赶去美国，好想和张纯一起等待他们的孩子的出世，可是这里总有忙不完的事情。

金世羽的表现让张纯的心更加冷，她连金世羽的电话都不想接，这样的状况一直持续了很久，直到张纯接到了金合韵的电话，她告诉张纯，金世羽一直深爱着她，张纯听得心里一阵酸楚。

“御香海”的总体策略在给甲方的提案中得到了肯定与赞赏，金合韵这一周的辛苦没有白费。金合韵这次提出的是“三大季”和“八大攻略”，让“御香海”从高端的政商交流平台到东方的戴维营，实现汇聚世界的梦想，超越“檀溪”，惊现

“空中檀宫”的世界盛宴。

甲方被金合韵的提案深深吸引了。毛语问，何谓“三大季”？

所谓的“三大季”就是把御香海打造成为国际性质的楼盘，从国际生活体验季、全球大使生活季、世界梦想实现季三个概念入手。

那么“八大攻略”是什么呢？张晴问道。

“八大攻略”就是我们实现这“三大季”的具体策略方向，例如举行全球大使峰会，邀请全球顶级团队进行世界级产品发布，让“御香海”真正成为世界名流交际场、全球投资的洽谈地、国际商务交流地、高端人群的度假地。

电话再次响起，是李放。李放问金合韵，是不是应该签订“御香海”的广告代理权了？金合韵说，好吧，你来我公司吧。

李放来到金合韵的办公室，看到金合韵的桌了上依然放着马经天的相片，她的手指上还戴着那枚戒指，李放的心里酸酸的，很不是滋味儿，她几次想要开口说，可是话到嘴边又咽了回去。

李放心想，现在这个时候告诉金合韵，是不是太傻了？金合韵会相信吗？弄不好她会恨自己一辈子，都说太清醒的女人不容易幸福，可是，同是女人，李放也不想金合韵一直这么深陷下去。

金合韵提案的整体方向得到了甲方的认可，一时间，执行的忙碌让金合韵忘记了失去爱人的痛苦。她与李放峰尚广告的整体配合，使“御香海”又一次超越“檀溪”，成为上海楼市的风向标。一篇《上海楼市上演顶级精神盛宴，黄浦江惊现空中檀宫》，又一次把“御香海”推到了舆论的风口浪尖。

金合韵望着马经天的相片，默默地告诉他，成功了，我终于成功了。我会来陪你，你等我好吗？

冥冥中马经天的眼睛仿佛眨了眨，告诉她，他一直在等着她，金合韵仿佛在刹那间读懂了这个眼神，那是一种召唤。

忙了整整一个冬季，金合韵确实累了。她放下了手上的事情，一个人去崇明岛看望马经天。那幢房子在油菜花的盛开中，显得格外灿烂，那墓床周围满是高高的油菜，微风吹过，好像马经天还在油菜花的包围中灿烂地微笑着。

金合韵很想在这里种上一大片向日葵，不知那样会不会更加美丽？马经天会不会喜欢她亲自为他种植的向日葵呢？

我与伊人本一家，情缘虽尽莫咨嗟。清明过了春自去，几见狂蜂恋落花。

呆呆地看了半天墓床上面马经天的相片，金合韵拿出纸巾擦去了灰尘。她喃喃低语，也许时间是一种解药，可是我现在服下的却是毒药。

手机响起，金合韵一看是俞镜的电话，她犹豫着，关掉了手机，从此我就和你为伴，永远都不分开了。夜幕降临，一旁的房子里面闪现出微弱的灯光，金合韵把这座只属于马经天和她的屋子上上下下都整理好，也收拾起自己的心情。

到底怎样才能彻底忘记你？到底怎样才可以摆脱相思？爱得那么疲惫那么痛苦，到头来还是无法忘记对你的深情。

金合韵对着这夜说道，你走了，就让我一个人实现这个地老天荒的梦想。

金合韵拿着马经天送给她的那枚戒指，来到了夜幕下的墓床边，马经天一如既往地微笑，看着她。金合韵拿出了一把刀，切向自己的手腕，那疼痛钻心，却是解脱。她缓缓躺下，仰望长空，想起了马经天对她说的那句话，“小傻瓜，我数星星；你智商太低，就数月亮吧！”

金合韵在疼痛中慢慢睡去了，迎接她的将会是另一个世界吧！

## 【155】我们的时代比尘土更厚

俞镜赶到了崇明岛，他望着那座油菜花丛中的墓床，看到马经天的相片旁边赫然多了三个字：金合韵。那边上一摊早已风干的血迹，格外血腥。

俞镜的灵魂被彻底震撼了，这是一种什么样的恋情，可以让一个人为所爱的人放弃自己的生命？俞镜在心里面默默地念叨，自己应该早点关注金合韵，或许这样她就不会走上今天的绝路。俞镜的电话再次响起，是李放打过来的。

你赶紧来医院吧！金合韵在这里。听到这恍如隔世的名字，俞镜的心再次纠结，他不知道此时的金合韵会是什么样子。

病床上面，脸色苍白的金合韵，眼睛直直地盯着天花板，而泪却不停地流淌着。她手上紧紧地握住了一支录音笔，李放试了很多次想要从她手里拿走，可是她拼命拽着，就是不肯放手。

那小小的录音笔彻底粉碎了金合韵的爱情，不堪入耳的声音一次次侵入她的灵魂深处。俞镜赶到病房后，就问李放，你给她的是什么？

李放说，我其实很早就想告诉她了。可是我怕伤害她，现在想来告诉她，可惜还是晚了。俞镜赫然看到金合韵的手腕上面包着白色纱布，原来那夜的梦不是假的。

到底是怎么回事？俞镜握住了金合韵的小手，她的手冰凉得像是在另一个世界的深处。

这是马经天和我之间的一次交易，在酒店里面，也是他死之前的最后一晚。我录了音，他说第二天要跟我签合同，我怕他会反悔。李放说。

那我刚才去的那个地方怎么会有她的名字呢？俞镜好奇地问道。

李放说，我赶到那里的时候，她已经割了手腕，医生说再晚一个小时，人就没了。我都没有仔细看那里，估计是她自己加上去的吧。

俞镜的心里很是疼痛，为什么如此滥情的一个人，会让金合韵付出那么多，甚至是自己的生命？

金合韵，你咋这么傻！你知道吗？“御香海”已经在上海楼市引起了轰动，很多国外名人都来这里买房了。这是一种前瞻性的领导力在召唤着，你就这么走了，你叫我情何以堪!

金世羽和从美国赶回来的简云出现在病房，金合韵看到金世羽，一下子起身扑到了他的怀里面，也许这个时候亲人的安慰是最有用的。

你这个傻孩子，你怎么这么傻?你走了，你叫我们以后怎么办?出任何事情都不能走这条路。在金世羽的怀里面，金合韵把握着录音笔的手悄然松开了，李放拿过了那支录音笔。

俞镜看到这里，心里也格外痛惜，这种爱不是爱情，是心疼，是对亲人般的那种疼痛，金合韵的心里也非常清楚，镜子给不了她要的那种爱情。

马经天能给她，但是他已经离开了，自己的爱情到底在哪里呢?等你康复了，我们就回家，好吗?金世羽期待地看着金合韵，他这次无论如何也要把她带回美国去。

看着金世羽如此伤心的样子，金合韵感觉自己快要醒悟了，她看到镜子也在，就问，“御香海”这个项目最后怎么样了?

俞镜发现她没有听到刚才自己说的话，再说一遍也无妨，只要她高兴。

“御香海”的营销魅力早就超过了“檀溪”，恭喜你，大小姐，你已经出师了。

一周后，金合韵回到了公司，可是她看到的却是铺天盖地关于她的负面新闻。

世和中国策划经理金合韵，“御香海”项目主案策划大师为情所困，在崇明岛割腕自杀，差点儿死于情人的墓床之上。

金合韵看到这些，心里很是难过，为何自己的痴情换不来别人的理解，为什么呢?

但是已经死过一次的金合韵已经不惧怕任何风雨了，她冰雪聪明，知道这件事情一定是对手干的。所以还没等公司下文，她主动撤出了“御香海”的策划团队，这样能尽快挽救“御香海”的名誉，也为“御香海”下一步的策略制造了一个新的话题。

俞镜打电话给金合韵，他的意思还是安慰她，怕她想不开，俞镜的心里也很矛盾，他总觉得和金合韵之间缺少了点什么。

他们也经常出来玩，经常发短信与打电话，但这些能表明什么呢？爱情少了一味药，没有了这味药，什么都上不了劲。

这个时代的特征造就了很多我们想象不到的事情，那堆积的厚厚的尘土，覆盖了我们彼此的灵魂，沟通变得更加艰难，我们都在猜测对方的思想，从自己的角度考虑所有的问题，这让我们都活得很累，很疲惫，爱情、事业、生活、工作，都像是一盘棋子，我们每天转换着不同的身份来与对方博弈。

## 【156】我正在煮月亮，你想往里加点什么

在“花间一壶酒”内，方伟正在和乙方的人庆贺星邑湾的“全国十城”取得的销售业绩，显然方伟这次不仅赢得了市场的先机，还让金世羽掉进了他设置的商业连环阴谋里面。

金董，还是感谢你的内幕消息，不然我这里的销售计划可能要延后很长时间。方伟感谢的是金世羽对即将出台的房产税及新“国八条”预先透露的内幕消息。

星邑湾不仅超额完成了销售目标，也比规定的日期提前了一个多月。李放在一旁笑着说，来，我先敬金董一杯，感谢金董的提议，让峰尚广告得到如此优厚的待遇。

金世羽看着李放苦笑着说，你那是跟对了人，你看你方总，现在可是呼风唤雨。谁又知道金世羽内心的苦闷，他为星邑湾这个项目投了2个亿的保证金，再加上这段时间并购天域公关，参股“金玺”，导致世和中国的资金链几乎断裂，

方伟笑着说，金董，你也别谦虚了，你到哪里都跟个黑帮老大似的，前呼后拥。方伟清楚，由于自己以“全成品”为借口，一直拖着星邑湾的开盘时间，导致世和中国因为资金问题陷入困境，金世羽的心里是有苦难言。

金董，怎么看待这次的调控政策呢？张晴问道。

金世羽摇摇头说道，天机不可泄露也。方伟笑着说，金董所谓的天机让我猜一猜，我估计能猜到百分之九十九。

金世羽说，真的吗？猜对了我自罚三杯，猜错了，你也同样喝三杯。

方伟说，那我开始了。第一个问题是，世和中国未来十年的战略布局是什么样子的？方伟看到金世羽眨了眨眼睛，知道自己说对了一个。就接着道，第二个问题是世和中国未来的转变会在哪里？

金世羽笑得有些惨淡，这个问题确实值得自己深思，那第三个问题呢？

方伟说，世和中国能否独霸中国的房地产市场？

张晴笑道，方总你简直是我老板肚子里面的蛔虫，竟然这么清楚他的想法。

方伟笑着靠近张晴说道，这个还用说吗？我们几个是打小一起长大的哥们儿。他想什么我能不清楚吗？

但是谁又能清楚此时的方伟，心里到底想的是什么呢？金世羽把蓝思和皇基两家公司都逼上了绝路，把自己的“老婆”张纯骗到了国外，这份深仇，方伟无处去诉说。

金世羽也在想这次真的被方伟利用了一把，但是只要世和中国的平台不倒，方伟就不能拿他怎么样。不过金世羽也终于明白了，方伟进入甲方的真正目的是要对付他，如果他联合胡鸣一起来对付世和中国，未来自己会有很多麻烦，方伟究竟是对自己还是对世和中国充满仇恨呢？

男人之间有时候假装的都是坚强，背地里只有暗自较量了。

金世羽想到了昨天看到一句话：有人是一辈子的朋友，有人是一杯子的朋友，有人是一被子的朋友。

金世羽也考虑到了来自世和中国自身内部体系中的复杂关系，以及来自外部同行恶劣的竞争关系，十年虽然过去了，但是未来的竞争格局是不是会更加复杂，这是金世羽眼下首先要考虑的问题。

金世羽首先要大家关注的是企业的文化价值观，只有员工之间彼此都能接受，才能够看到永恒在什么地方。

金世羽始终觉得世和中国的企业文化表达的是一个团队或合伙人之间的关系，只有方向一致才能找到目标，否则就会南辕北辙。

方伟笑着说，金董你说的这些像一个东西，我猜它可能是个望远镜，能够望到彼岸。

金世羽举起了手中的酒杯，一饮而尽，对着方伟说，来，我自罚三杯。一旁的张晴看在眼里，心里也不是滋味儿。

今天，金合韵怎么没有来？张晴环顾了一下四周，问金世羽。

她正在准备出国的事情，估计明天就要离开上海，金世羽缓缓地说道。

方伟问道，为何没有听她说起过？我觉得她在上海发展得挺好的，何必要去美国呢？难道又是她妈妈在逼她吗？

此时的金合韵，正在崇明岛马经天的墓床前面，那金色的油菜花早已经没有了，蔓延的是绿油油的油菜田，这个时候是崇明岛春暖花开最美的季节。

阳春三月，满目是绿色的希望种子，金合韵选择在这个时候与马经天告别。是时候告别了，所有的事情都已经结束了，与镜子也只能是朋友了，这里没有任何值得她留恋的了。

金合韵盯着马经天的相片看了半天，从他的眼神里面她看出了他想要对自己说的话，你可以离开了，只要有你的影子陪伴着我，我就知足了，你走吧，见与不见，我永远都在这里等你，不会消失不见。

金合韵突然看到马经天墓床边上有一束白色的雏菊，她的心里一震，莫非还有其他的女人在心里藏着他？金合韵低头，弯腰捡起那束雏菊，一挥手扔到了油菜花田里，转身大步，毫无留恋地向着车子走去。

## 【157】保存我，灵魂就足够

心累了，常常徘徊在坚持和放弃之间，举棋不定，还不如向着外面的世界奔跑，金合韵坚定了内心的想法，要去美国，看看外面的世界。她要忘记这里的一切烦恼，让那些该记的和不该记住的都留在记忆里，放飞自己的内心。

俞镜知道的时候，已经是第三天的下午了，金合韵是3点的飞机，俞镜开着车子飞快地往浦东国际机场赶去。可是当他到达的时候，金合韵的飞机已经起飞了，俞镜失落地望着天空，心里有着千般万般的后悔。

他掏出手机，看到了金合韵发给他的短消息，俞镜兴奋地打开了短消息：镜子，感谢你对我的帮助与信任，这么长时间以来，你是我唯一可以信任的朋友。我们之间太相似了，所以只能是朋友或者知己，我希望未来也是。

“很久以前看过沈宏非的一篇文章，至今印象深刻。他说，世上万物，都有三种状态。比如龙虾，就有贵族气息的大龙虾，现实主义的小龙虾，还有浪漫主义的龙虾片。我这一代人其实对最后一种龙虾片抱着最美好的记忆，这是物质匮乏时代的替代品，与龙虾毫无关系。”

我离开了，但希望我们还是真正的朋友，镜子，记住我，灵魂就足够了。

俞镜望着远去的飞机，心里默然念叨，你常在我的心中。

俞镜回到晨远，看到胡鸣正在叹气，知道最近可能是由于政策的影响，项目的销售不是很理想，再加上来自峰尚广告董海这边的压力，使得胡鸣最近很烦心。

胡总，俞镜走进胡鸣的办公室，胡鸣竟然没有反应过来，还在一边叹气一边看着电脑里面的新闻。

过了很久，胡鸣才抬起头来，看到俞镜关切的目光。其实他也清楚，出来混，迟早都是要还的。他曾经从董海那里夺走的不仅仅是财富，还有一个男人的自尊，如今该是他偿还的时候了。

胡鸣对着俞镜自言自语，我最近发现自己看自己很不顺眼，不知道这是怎么了，是不是我老了?

俞镜说道，人生到了一定的时间，就只剩下和自己较劲了。我们的人生所经历的三个阶段是“阅湖”“悦己”“越人”。

胡鸣问道，这三个词该如何理解呢?

俞镜坐下来缓缓说道，所谓“阅湖”，就是以良好的心态来应对环境；“悦己”，就是让自己成长，得到快乐，人生就是拈花那一微笑；而“越人”，就是超越了物质，在精神上得到自己的境界。

有时候我们之所以困惑，是我们自己和自己过不去，看开点吧，这个世界没有过不去的坎。

胡鸣又长长地叹了一口气，是不是晨远太年轻了，还是阅历不够，为何金世羽的两家公司都能得到如此好的结局，我付出了这么多的努力，却只得了这么一点儿成绩?

俞镜不慌不忙地说道，胡总，你知道何谓人上人吗?

怎么说? 胡鸣一脸的好奇心。

所谓的人上人，就是能隐藏住自己是怎么上去的人。俞镜笑着说道，你没有发现，金世羽身边的人正在一个个离他而去吗?

胡鸣想了想说道，是的，先是马经天的离世，再就是张纯去了美国，金合韵也走了，顾悦干脆退出了江湖，那这些又能说明什么呢?

俞靖笑着说，说明这家公司开始转折了，这个要看金世羽的整体把控力度，如果他没有考虑到后路，那么一家企业在转折的时候就会出现严重的方向性错误。

你看好了，世和中国最近肯定是在选择他的接班人了，你难道没有发现他们最近又在进行大规模的招聘活动吗?

胡鸣想了想说道，有道理，我们现在的实力只能以不变应市场之变了。

## 【158】谁是未来的领袖

金世羽回到家里的时候，已经是深夜了，电话铃不断地响着，金世羽赶紧拿起了电话，是简云打来的，一定是什么要紧的事情。

简云在电话里面非常着急，让金世羽感到分外紧张。金总，张纯来美国后，生了一对龙凤胎，不过她得了产后忧郁症，特别是听说张豪被刑拘后情况更加严重了。这两天，我都找不到她人，我预感她可能已经回国了。

金世羽听得心里一阵痛楚，好吧，我一定马上查到她，看她是不是已经回国。放下电话，屋子里面死一般的沉默，月光斜照在窗台边角，金世羽仿佛看到了他的一双儿女天真的微笑。

这夜，仿佛也变得漫长了，金世羽没怎么睡着。一大早，打开电视新闻，他惊呆了，电视里面赫然是他要找的人。

今天早上，上海某轻轨发生一起重大卧轨事故，一位年纪不到30岁的女子，怀抱两位刚出生不久的孩子，纵身跳下轻轨，女子不幸被铁钉扎中了头部，当场死亡，两位刚满月不久的龙凤胎，被这名女子紧紧抱在怀中，没有受到伤害，目前医院正在紧急抢救孩子。

金世羽拿起车钥匙，急忙赶往医院，他真的后悔了，不该举报张豪，张豪根本没有参与这件事情，1,000万只是张纯拿走了，金世羽满脑子都是孩子他妈妈张纯。

在医院，他看到了方伟、毛语，还有张晴，方伟上前说，孩子已经脱离危险，幸亏张纯抱得紧，金世羽看着特护病房里面闭着眼睛、露出笑脸的两个孩子，他的神经突然有了一种触动，他做出了人生中又一个重大的决定。

第二天，金世羽提前召开了世和中国的战略年会，毛语、张晴，还有祝涛都来了，他们突然之间发现金世羽变得很沉默，好像要有大事要发生，杨旭知道，这或许又是一次新的机遇，有种期待已久的感觉在鼓励着他。

金世羽看了看大家，然后宣布，由于世和中国战略布局的调整，世和中国董事局主席一职由毛语，毛总来担任，以后所有战略布局的问题，大家首先要请示毛总，你们还有什么问题吗？在场的所有人都不知道如何说，一时间会场内显得分外沉寂，也许大家都还没有反应过来，他们的老大为何有此一举。

就连毛语也是一时之间不知所措，事先金世羽也根本没有跟他沟通过，虽然他有这个企图，但是金世羽始终掌管着大小事情，他也就懒得争了，如今，突然之间宣布，让毛语有些紧张了，以为是世和中国出了什么事情呢。

毛语来到金世羽的办公室，看到金世羽在若无其事地下棋，最近金世羽总喜欢摆弄象棋。毛语问道，金董，你为何要这么做呢？

金世羽抬头看看毛语，又指了指这盘棋子，慢条斯理地说，世和中国要创新就需要进行自我颠覆，你看，好比下闲棋。我想到围棋中的闲子，看似暂无意义的闲子，从战略的角度也许将成为竞争对手全局中的被征子，被接不归，生死劫中的重要伏笔，一枚闲子很可能演化成一盘具有时代意义的经典大棋。

这么说，我就是那枚闲子？毛语明摆着露出了不满。

金世羽笑着说，你不是闲，是因为我在上面，就显得你比较闲了。我跟你交个底吧，老弟，我确实想要退下来了，我的人生不可能永远在线，我此去美国，或许不一定能按时回来，即使回来，也不见得能再次投入进来，所以，我这是全身而退，老弟，你明白吗？

毛语思索着金世羽说的话，他或许明白了金世羽的良苦用心。

至于谁是未来的真正领袖，老弟，就看你了。金世羽的眼神里面满是期待，令毛语充满了钦佩之情。

是呀，毛语由衷地感慨，世和中国走过了十年的风风雨雨，经过了多少生生死死的劫难，才取得了如此辉煌的局面，金世羽是经过深刻思考后，才把这盘棋交给毛语的。

那金董，你什么时候走？毛语竟然有些舍不得，当身边真正的朋友离开的时候，毛语才发现有些事情并没有认真沟通过。

今晚的飞机，金世羽反而非常镇定。

今晚，就在今晚？毛语喃喃自语，那种突然的别离让他感觉到了友谊的珍贵，他恨不得能从头开始，金世羽带着他们经历了十年的征途，而今离别在即，过去的点点滴滴令他相当不舍。

今晚估计又是一个难眠之夜。当金世羽怀抱两个孩子，赶到机场的时候，被眼前的情景惊呆了，他的好友都来了，公司的主要高层也都在场，这太让他意外了。

方伟首先走上前去，握住了金世羽的双手，眼中满是感慨，什么都不多说了，你能这么做，我很佩服你，祝福你。

张豪的到来，让金世羽有些吃惊，他一时语塞，不知道说什么好。张豪显得很憔悴，他看着金世羽怀中的两个孩子，仿佛也看到了希望，脸上露出了释怀的微笑。

金世羽哽咽着，转身擦了擦眼睛，看到张晴站在他的身旁，忧伤地望着他，好像在说，此生无法相守，我们只能遥相思念了。

金世羽不愿意再等待，那会徒加悲伤，他瞧着怀中两个熟睡的孩子，朝着登机通道径直走去。

因为他知道，人生旅途中，总有人不断走来，有人不断离去。当新的名字变成老的名字，当老的名字渐渐模糊，又是一个故事的结束和另一个故事的开始。在不断的相遇和错开中，最终明白：身边的人只能陪着自己走过或近或远的一程，而不能伴自己一生；陪伴一生的是自己的名字和那些或清晰或模糊的名字所带来的感动……

方伟回到“花间一壶酒”，酒过三巡，他竟然感觉醉了，他想着飞往国外的金世羽，想着那远在天堂的张纯，他曾经的爱人。

这个世界上最残忍的一句话，不是对不起，也不是我恨你，而是，我们再也回不去。就是这样再简单不过的一句话，生生地将两个原本亲密的人隔为疏离。没有经历过的人，永远都不会明白，那是怎样的一种切肤之痛……

# 后记：远见

这一年是许多年的倒影。

在过去的四年多时间里，上海楼市一路高歌猛进，犹如芝麻开花，节节高，上演着令人咋舌的神话。

任何行业都有自己的运行周期，如今的上海房地产市场，已经处于高位运行的阶段，高涨之后的市场调整迟早会到来。

胡鸣的晨远机构失去了一员大将，但是他得到了上海最好的项目——“檀溪”，在和俞镜的共同努力下，“檀溪”成了顶级别墅项目，成了上海别墅领域的风向标。

李放在方伟的帮助下成立的峰尚广告代理了上海黄浦江边的一线江景高端住宅“御香海”，董海的企划策略，荣获了上海地产界颁发的广告大奖。

顾悦把自己辛苦创立十年之久的天域公关卖给了金世羽，把自己嫁给新加入世澜商业的祝涛，正式退出了地产江湖。

收获最大的就是金世羽了，他花了十年的时间，成功建立了房地产全产业链服务体系，对地产网媒、广告公司、公关公司、代理公司等进行了全面资源的整合，世和中国与中世信集团成功登陆纳斯达克。

张豪没有把世锦传媒的架构进一步扩大，因为张纯私自拿走了世锦传媒的

1,000万，他被金世羽举报后刑拘，最终由于没有任何证据被释放，但是他再一次征服了他心爱的女人——肖林。

这一年，马经天为世和中国建立了广泛的项目网络体系，进一步完善了公司的项目理论思维体系，与张晴和金合韵的共同努力，使得他们之间的工作更加完美，而马经天与几个女人之间的关系却变得更加复杂了。

方伟在星邑集团成功培植了自己的营销管理团队，随着星邑湾“十城记”的成功展开，方伟在甲方的地位越来越高。

金合韵在俞镜的指导下，凭借着自己出色的才华，在世和中国内部建立起了属于自己的团队，并且得到了金世羽与马经天的认可。

张晴真正拥有了自己的房子，还清了贷款，当然她自己的青春也被埋没掉了，至今还没有找到合适的人。张晴把《房产观澜》这个地产传媒频道整合出了新的栏目，于2011年推出了很多新专栏节目，金世羽很赞同。金世羽把收购过来的天域公关交给了张晴，其实金世羽是非常看好张晴的，只是张晴最近一直不在状态。

不要因为寂寞而错爱，不要因为错爱而寂寞一生。张纯最矛盾的是她肚里面的胎儿，这个刚刚两个月大的孩子，她不知道是不是该留下。她与金世羽之间的关系变得更加捉摸不透了。最近，张纯总是莫名地感到忧伤，她反复琢磨着徐志摩的那句话：面对，不一定最难过。孤独，不一定不快乐。得到，不一定能长久。失去，不一定不再拥有。最后，难以抉择的张纯独自去了美国，在生完一对龙凤胎之后，回到上海，却卧轨自杀了，留下一对刚满月的龙凤胎给金世羽。

俞镜把自己所有的心血都寄托在了晨远这个公司里，“檀溪”这个项目虽然顶级，但是市场并不是那么好做。相反是他以前策划的“香邑”在上海的房地产界获得了更多的好评。胡鸣与俞镜的强强联手，让上海房地产的企划界的朋友得到了前所未有的前瞻力量。

董海在沉寂了多年后再次回到上海的房地产界，这一次，他卧底在李放的峰尚广告，在“御香海”项目的企划广告掀起了上海房地产界新浪潮的时候，大家突然之间记起了他。董海又一次走入了大众的视野，成为主角。

毛语默默地为世和中国付出了那么多，从一开始创立ERCI系统，到2009年整合中世信集团成功登陆纳斯达克，这些都离不开他的奉献。

网上有人说，中国楼市，大到不能倒，更大到救不了。

2011年1月28日，房产税在上海与重庆正式开始实施，紧接着新“国八条”与“限购令”连夜出台，中国的房地产市场是否已经进入了“白银帝国时代”？

这一切，只有时间才知道答案。

俞越

面包树上女子，2017.7.18日第二次再版校对于华东师大旁

# 特别鸣谢

出品人

张铭皓、张明、罗锋、李奕鹏

出品公司

北京金田影金所科技有限公司、前海创享影业（北京）有限公司、北京维宣房地产经纪有限公司

总制片人

张志成

制片人

尚克、张昕翔

导演

蔺水净

主演

张皓承、张风、于洪亮、张铎瀚、舒遥、薛小冉、郭祥鹏

联合出品

周有鹏、赵国行、王剑强、王海洋、叶伟峰、章伟、尹建文、袁海旭、邱平、秦民、王涛、王建洲、严增、陶颖、夏丽娜、桑琳、文军、吴亮亮、侯凤娟、裴海英、江明华、苗慧、陈兴、谭浩文、陶灵斌、孙志敏、刘育春、汪清、韩东、郑宝珍、杨占丰、沈鸿、宋海、孙旭峰、谢一红、商竞、朱静、王雷、郝运动、李斌、董向浩、李健、吴茂萍、王捷昕、马铁成、吴丽娜、魏泽宏、杨峰、林松青、潘喜鹏、王蓉辉、沈白、周成东、刘健、徐群志、邓辉、施伟峰、贺燕君、许美芝、黄舒、向炜玮、翁卫、陈炳祥、常潇文、韩永坤、常文军、邰亚青、郭丰磊、蓝翔、张明、陈宇波、潮成林、牟增彬、陈裔皓、何榕昕、王成英、李燕、陈爽、饶旎、胡海彬、冯会永、俞杰伦、宋晓宇、王松刚、朱晶晶、鞠亚东、李梦竹、张雷、廖登志、毛大庆、钟学伟、王渲雯琪

上海润安置业发展有限公司、六朝松（北京）教育科技有限公司、鑫火信息技术（上海）有限公司、河南和正文化传媒有限公司、中金凯晨投资控股有限公司、北京臻正房地产顾问有限公司、河南北软创业孵化有限公司、广西营造联社置业有限公司、北京华兴东方文化发展有限公司、H·FAMOUS、华纳环球（北京）国际文化产业发展有限公司、定制有道（北京）影视文化传播有限公司

鸣谢单位

上海印嘉餐饮有限公司、圣猴缘茶饮（上海国家会展中心店）、天宇天成国际文化传媒（北京）有限公司、北京金田影视·传媒智慧产业园、上海同大规划建筑设计有限公司、尊璞（上海）空间设计咨询有限公司 竺笑聆、LAOSONG 台湾特色餐饮连锁（上海金桥公园南店）、珠江地产集团北京紫宸山项目、泛合金融咖啡俱乐部、上海九脉文化传播有限公司、中国房地产经理人联盟、上海鑫桥建材市场经营管理有限公司、上海市公安局崇明分局向化派出所、上海卫家角息园有

限公司、富厚堂人文空间、上海同济大学、盘古天地、家后花艺生活馆、正荣国领、上海星颂网络科技有限公司、华侨城苏河湾、优铺网、优客工场、凤凰房产、凯信亚洲管理集团、西岸氧吧、洲际酒店长宁店、天津市金融投资商会、中国传媒大学文化大数据实验室、熊猫TV、搜狐焦点、空间研习社、ACOLLIN-AC跨界生活馆、上海好屋网信息技术有限公司、景鹄集团、宝格丽、三好咖啡馆、铂悦·西郊